Nika Michaelis
Verirrt

AF186178

Das Buch

Die grotesk inszenierte Leiche einer jungen Frau wird aufgebahrt in einer alten Badewanne am Hamburger Stadtrand in einer Bauernhofruine aufgefunden. Das Opfer ist nicht nur verkleidet und übertrieben geschminkt, ein weiteres schockierendes Detail in dieser absurden Szenerie verdeutlicht Carmen Kollinger und ihrem jüngeren Kollegen Matthias Zastrow, dass dieser Fall eine besondere Herausforderung wird.

Das Opfer war Patientin in einer Nervenheilanstalt und es gibt viele Verdächtige mit einem Motiv. Doch die taffe Klinikchefin gibt sich wenig kooperativ, ebenso wie ihr halbseiden wirkender Oberarzt. Es ist viel Fingerspitzengefühl und psychologisches Einfühlungsvermögen vom Ermittlungsduo gefragt, dessen Aufgabe durch private Turbulenzen nicht einfacher wird. Als sie sich endlich auf der richtigen Fährte wähnen, verschwindet ein weiteres Mädchen aus der Klinik. Die Sprachnachricht, die es hinterlassen hat, verrät nicht viel, nur dass sie sich in Todesangst wähnt …

Die Autorin

Nika Michaelis, geboren 1963 in Hamburg, verbrachte ihre Kindheit und Jugend im hohen Norden, zunächst in Schleswig-Holstein, später in Hamburg. Meist traf man sie mit einem Buch vor der Nase. Früh begann sie, ihre überbordende Fantasie damit zu kanalisieren, sich Geschichten auszudenken und aufzuschreiben. Folgerichtig war ihr Traum, »irgendetwas mit Literatur« zu machen. Doch nach einer mäßig erfolgreichen Schulkarriere, die zwar trotz aller Faul- und Verträumtheit zu einer Fachhochschulreife führte, rückte ein Studium der Germanistik in weite Ferne. Zudem bestanden ihre Eltern auf einer soliden Ausbildung. Als Kauffrau im Außenhandel fand sie tatsächlich Freude daran, fremde Länder und Kulturen kennenzulernen.

Aber die Lust aufs Schreiben ließ sie nie los und so wurde das Weihnachtsgeschenk ihrer besten Freundin schließlich zur Initialzündung: Sie vertiefte sich in das Handwerk des Schreibens und kann seither nicht mehr aufhören, in ihrer gemütlichen Wohnung in Hamburg oder in einem Strandkorb an Nord- oder Ostsee ihre fiktiven Opfer abzumurksen.

VERIRRT

EIN CARMEN-KOLLINGER-KRIMI

NIKA MICHAELIS

Deutsche Erstveröffentlichung bei
Edition M, Amazon Media EU S.à r.l.
38, avenue John F. Kennedy, L-1855 Luxembourg
August 2022
Copyright © der deutschsprachigen Ausgabe 2022
By Nika Michaelis
All rights reserved.

Umschlaggestaltung: Brian Barth, Berlin, www.barthwerk.com
Umschlagmotiv: © Hanka Steidle / plainpicture
1. Lektorat: Kanut Kirches
2. Lektorat: Diana Schaumlöffel
Korrektorat: Manuela Tiller/DRSVS
Gedruckt durch:
Amazon Distribution GmbH, Amazonstraße 1, 04347 Leipzig /
Canon Deutschland Business Services GmbH, Ferdinand-Jühlke-Straße 7,
99095 Erfurt /
CPI books GmbH, Birkstraße 10, 25917 Leck

ISBN 978-2-49671-162-2

www.edition-m-verlag.de

Für
Lilo und Rolf

DAS LABYRINTH

Das Wort Labyrinth bezeichnet ein System von Linien oder Wegen, das durch zahlreiche Richtungsänderungen ein Verfolgen oder Abschreiten des Musters zu einem Rätsel macht.

In seinem ursprünglichen Wesen meint es einen verschlungenen, verzweigungsfreien Weg, dessen Linienführung unter regelmäßigem Richtungswechsel zwangsläufig zum Ziel, dem Mittelpunkt, gelangt.

Im weiteren Sinne beschreibt es ein System mit Verzweigungen, das Sackgassen oder geschlossene Schleifen enthalten kann.

Diese Art Labyrinth wird auch Irrgarten genannt.

1

Mittwoch, 2. Januar, abends

Der Tod hatte ihr jede Würde genommen, dennoch musste er als Erlösung gekommen sein.

Carmen Kollinger zog die Lederjacke enger um den Körper und kratzte am Schorf unter ihrer Armbanduhr.

Das neue Jahr beginnt gleich mit einem Paukenschlag. Verdammt, wie krank musste ein Täter sein, der sich die Mühe einer solchen Inszenierung gab?

Die Tausend-Watt-Scheinwerfer der Spurensicherung beleuchteten den stockfleckigen Anbau des verfallenen Bauernhofs direkt an der A1 im nordöstlichen Randgebiet von Hamburg. Schneekristalle auf den Spinnweben am Fenster glitzerten unangebracht feierlich. In der Mitte dieser Ruine befand sich eine Badewanne mit Rostpickeln – und darin, in brackigem Wasser, das Mädchen. Die wachsgraue Haut schimmerte durchsichtig wie die einer Garnele. Die Leiche trug eine weiße Leinenhose und eine rothaarige Perücke, deren Locken über den Wannenrand hingen. Ihr Gesicht war grotesk geschminkt: Lippenstift weit über die Konturen aufgetragen, bordeauxroter Lidschatten bis zu den schwarzen

Brauen hochgezogen. Hals und Schultern schienen unversehrt, nicht so der Oberkörper. Die weiße Rüschenbluse war blutdurchtränkt. Carmen ließ ihren Blick weiterschweifen. Auf dem Marmoraufsatz des Nachttischs, den jemand dicht an die Wanne gerückt hatte, stand ein Strauß verblühter Teerosen und daneben eine abgebrannte Kerze. Die zwei schwarzroten Klumpen davor wirkten wie festgefroren. Dazwischen kauerte eine rot getigerte Katze, die Carmen erst jetzt bemerkte.

Carmen zwang sich zur Konzentration. Die Kollegen sollten sie professionell erleben. Sie brauchten nicht zu wissen, dass Carmen vor einer Stunde entschlossen gewesen war, den Kummer über ihre gestrige Entdeckung im Schlehengeist zu ertränken, und mit dieser Maßnahme bereits begonnen hatte. Gut, dass Linus heute Abend noch an die Uni wollte, als der Anruf vom Präsidium kam. Sie war eine unmögliche Mutter, ließ sich von ihrem Sohn zum Tatort fahren! Ach, sie würde sich später dafür geißeln können, am besten bei einem Glas Merlot und mit einem Kühlkissen auf dem Kopf. Sie bemühte sich, souverän und nebensächlich einen Pfefferminzkaugummi auszupacken.

»Weiß man schon, wer sie ist? Wer hat sie gefunden?«

Carmen sah zu Sören Lambeck hinüber, dem Chef der Spurensicherung. *Mufflon* nannte man ihn, seine grau gewellten Schläfenhaare standen wie immer zu Berge und ähnelten dem Gehörn der Paarhufer.

»Nein. Die da hinten.«

Jawoll, dachte Carmen, *er ist allzeit gesprächig.*

Sie kratzte ein Stück briefmarkengroßen Schorfs von ihrer Hand, zerkrümelte ihn zwischen Daumen und Zeigefinger, während sie in die angedeutete Richtung sah.

Dort draußen im Schneegrieseln stand dicht beieinander ein Teenagerpaar. Das Mädchen leckte mit ihrer gepiercten Zungenspitze über die Lippen und versuchte den Mantel zu schließen, was sich angesichts ihrer Dreizentnerfigur als schwierig erwies. Der Junge tippte Nachrichten in ein Smartphone, dazu wackelte sein Kopf im Stakkato – offenbar hörte er gleichzeitig Musik.

Wohl nicht die hellsten Lichter auf der Torte, die beiden, aber okay, die hatten sich den Abend gewiss anders vorgestellt.

Carmen seufzte und zeigte auf die zwei schwarzrot glänzenden Klumpen, die auf dem Marmor des Nachtschranks vor dem verwelkten Rosenstrauß lagen.

»Eine Ahnung, was das ist?«

Der Mufflon nickte. »Silikonkissen, zwei.«

Auf zwei wäre ich nun auch noch gekommen, dachte Carmen.

»Kissen? Meinen Sie etwa Silikonimplantate?«

Die Kiefer des Mufflons mahlten. »Yep.«

Carmen hörte das Wort, sah gleichzeitig die Atemluft des Kollegen in der Kälte kondensieren.

»Sie wollen damit sagen, sie wurden … dem Blut auf der Bluse nach zu urteilen, entfernt bevor …?« Carmens Hand deutete schlapp auf das Opfer. Sören Lambeck steckte sich eine filterlose Zigarette zwischen die Lippen, riss ein Streichholz an.

»Genau.«

Die Katze streckte sich, gähnte und rieb den Kopf an Carmens Kunstfellstiefeln. Sie bückte sich und kraulte das Tier am Hals.

Miezi, wenn du reden könntest, wer weiß, was du gesehen hast. Es muss grauenvoll gewesen sein.

Die Ankunft einer dunklen BMW-Limousine riss Carmen aus den trüben Gedanken. Ihr Kollege Matthias Zastrow sprang aus dem Wagen und lief auf sie zu.

»Hi Chef, ich habe das doppelte Lottchen gleich mitgebracht!«

Carmen sah den Gerichtsmediziner Dr. Joachim Lott und seinen Bruder Dr. Sebastian Lott, den Polizeipsychologen,

13

aus dem Fond des Wagens klettern. Beide standen kurz vor der Pensionierung. Niemand im Kommissariat 38 wollte sich vorstellen, wie Ermittlungen zukünftig ohne die zwei aussehen sollten. Sie erschienen meist gemeinsam an den Tat- oder Leichenfundorten und die anatomische Analyse des einen wurde durch die psychologische Bewertung der Fundumgebung des anderen ergänzt.

»Na, mien Deern, dich friert aber forchbar!«, begrüßte Dr. Joachim Lott Carmen und rieb ihre Hand zwischen seinen rauen Fingern. Sie hätte dem kleinen alten Mann am liebsten die grauen Haare aus der Stirn gestreichelt und ihm die neonfarbene Krawatte ordentlich gebunden.

»Das werden Sie auch gleich, wenn Sie die Bühne betreten, da hat sich jemand viel Mühe gegeben, besonders böse zu sein, kommen Sie.« Carmen begleitete die Brüder in die Ruine. Sie nahm im Augenwinkel wahr, dass Matthias sich bereits mit der Befragung der Teenager befasste. Nun, das hatte Zeit, interessanter waren im Augenblick die ersten Eindrücke der Brüder Lott.

2

Carmen warf die Schlüssel auf die Kommode im Flur. Durchgefroren bis aufs Mark, freute sie sich auf eine heiße Dusche und ihren Frotteepyjama. Gründlich wie immer hatten die Lotts sämtliche Einzelheiten katalogisiert, miteinander diskutiert und in ihre Diktiergeräte gesprochen.

Inzwischen zeigte die Uhr kurz vor Mitternacht. Vor dem Flurspiegel löste Carmen das Gummiband aus ihrem Zopf und schüttelte Schneeflocken aus dem Haar.

Aus der Wohnküche strömte der Duft von frischem Brot, Knoblauch, Oregano und Thymian. Linus saß am Holztisch über Bücher gebeugt, er hatte vor lauter Konzentration mehrere Propeller in sein blondes Haar gedreht.

»Hallo Mam, war es sehr schlimm?« Carmen ließ sich auf einen Stuhl sinken, schenkte sich ein Wasserglas Rotwein aus dem Tetra Pak ein und nahm die Armbanduhr ab.

»Eine junge Frau, ungefähr zwanzig Jahre alt, ihr Gesicht übertrieben geschminkt, keine Handtasche, keine Papiere. Aufgebahrt in einer Badewanne, herausgeschnittene Silikonbrüste, die auf einem Nachtschränkchen arrangiert wurden.«

Sie trank einen großen Schluck. Linus rollte die Augen und zwirbelte seinen Haarwirbel an der Stirn.

»Nun, das war wiederum sehr rücksichtsvoll von dem Täter beziehungsweise der Täterin. Es wird euch bei der Identifizierung helfen, Implantate haben üblicherweise eine Herstellerbezeichnung sowie eine Chargennummer und sie werden in einer Implantationsdatei verwaltet.«

Carmen nickte, legte die Füße auf den Stuhl gegenüber und massierte ihre Schläfen.

»Das sagt Dr. Lott auch. Die Implantate wurden *ante mortem* entfernt, sie hat noch lange geblutet. Wie es aussieht, hat der Täter sie betäubt, es fanden sich kaum Abwehrverletzungen oder Fesselspuren an Armen und Beinen. Dies könnte im Übrigen ein Indiz auf eine Täterin sein, die dem Opfer körperlich sonst nicht gewachsen gewesen wäre.«

Sie ließ ihre Schultern kreisen, dehnte die Muskeln im Nacken, indem sie den Kopf hin- und herbewegte. Manchmal hasste sie ihren Job und die menschlichen Abgründe, in die sie blicken musste.

»Mhm«, stimmte Linus zu, »kann sein. Grundsätzlich ist es unwahrscheinlich, äußerst unwahrscheinlich, dass sich das Opfer bei vollem Bewusstsein die Brust hat aufschneiden lassen. Zumal das eine ziemliche Sauerei gewesen sein muss. Da ich vermute, dass der Täter auf keinerlei ästhetische Schnittführung bedacht war und den Tod des Mädchens mindestens billigend in Kauf genommen hat, wird er keine Blutgefäße abgeklemmt haben. Vermutlich hat er den Schnitt seitlich angesetzt, weil es am bequemsten für ihn war. Wusstest du, dass weniger als die Hälfte aller Brustimplantate unter dem Brustmuskel positioniert werden? Die weitaus meisten Implantate werden epipectoral eingesetzt, also einfach nur unter die Haut geschoben. Seltsam, oder? Das submuskuläre Implantat sieht viel natürlicher aus. Wegen der kompletten Abdeckung durch den Muskel ist die Gefahr von fühlbaren Implantaträndern minimiert. Bei schlanken Frauen mit wenig Eigengewebe ein Riesenvorteil. Aber diese Technik erfordert vom Chirurgen mehr Können, außerdem ist sie deutlich invasiver.«

Linus drehte nun an einem Wirbel hinter seinem Ohr und fuhr fort: »Nehmen wir an, wir haben es in diesem Fall mit der submuskulären Variante zu tun. Dann musste der Täter den Musculus pectoralis major durchtrennen. Jedenfalls, wenn er kein ausgebildeter Chirurg war. Auch seitlich, denke ich. Also ich würde es wenigstens so machen.«

»Linus! Ich hoffe, du zerschneidest außer zu Lehrzwecken überhaupt keine Musculi pectorali oder wie die Dinger im Plural heißen mögen. Woher weißt du das alles? Lernt ihr das an der Uni? Du hättest das Zeug, Gerichtsmediziner zu werden!«

Carmen trank ihr Glas in einem Zug aus und griff erneut nach dem Tetra Pak.

»In der Tat, ich denke darüber nach. Welche Größe hatten die Implantate? Ich frage aus rein klinischem Interesse. Wenn das Implantat zum Typ passt, sieht man kaum mehr, was echt und was künstlich ist, oft kann man es nicht einmal fühlen.«

Carmen setzte sich aufrecht, fixierte ihren Sohn. »Hast du schon mal, verstehe mich bitte nicht falsch, hast du … Wie kann man das fühlen?«

»Mama, ich bin einundzwanzig Jahre alt und hatte auch außerhalb der Uni-Seziersäle manchmal die Gelegenheit, eine weibliche Brust zu berühren. Wenn man sich nicht sicher ist, ob Natur oder Fake, müsste man die Brust ganz schön durchkneten, um sicherzugehen. Oder die Haut genau nach Narben unter der Brust und an den möglicherweise versetzten Brustwarzen absuchen. Die meisten Mädchen reagieren allerdings säuerlich, wenn man sich ihren sekundären Geschlechtsmerkmalen auf weniger erotische als analytische Art nähert.«

»Kann ich mir vorstellen. Was sagt mein oberkluger Sohn dazu, dass der Täter die Silikonkissen am Tatort ließ?«

»Nun, Psychologie ist nicht mein Fach, spontan würde ich sagen, es ging ihm um den Prozess selber, um die Verstümmelung, weniger um eine Trophäe. Oder es ging um das Wiederherstellen der Natur oder um das archaische Symbol. Die Brust: das Nährende, Urweibliche. Vielleicht hat seine Mutter ihn zu früh abgestillt und zu früh auf den Topf gesetzt ...«

»Linus, wenn es mit dem Chefarzt oder mit der Gerichtsmedizin nicht klappt, sehe ich in der Psychologie ein breites Betätigungsfeld für dich. Bis auf deine Topf-Theorie assoziierte Dr. Lott ebenfalls in die Richtung. Ich bin müde, musst du noch lange lernen?«

Carmen steckte eine kalte Bruschetta in den Mund und leckte anschließend ihre öligen Finger ab. »Hm, lecker. Übrigens: Hat Gregor angerufen?«

»Paps? Ne, warum sollte er? Er hat seine Neujahrsgrüße doch bereits in der Weihnachtskarte übermittelt. Mam, hör auf, an deinem Handgelenk herumzukratzen. Erstens ist das ein Zeichen von Nervosität, zweitens verstärkt die Kratzerei die Produktion der Hautzellen auf dem obersten Epithel ...«

»Linus, bitte! Wenn ich Lust habe, an meinem Arm zu kratzen, werde ich es tun.«

Linus plinkerte mit den Augen, ein untrügliches Indiz dafür, dass er viele Sätze herunterschluckte, die eigentlich herauswollten.

»Linus, ich weiß, was du jetzt sagen willst. Du würdest mir gern erklären, dass ich nur *denke,* Lust zu haben, meine Haut aufkratzen zu wollen. In Wirklichkeit *muss* ich es tun, weil es eine Affekthandlung auf einen psychologischen Reiz ist.«

Linus faltete die Hände, schüttelte den Kopf.

»Nicht ganz, nur fast richtig, aber für heute ist mein Mund versiegelt.«

Er spitzte die Lippen und drehte mit Daumen und Zeigefinger einen unsichtbaren Schlüssel. Carmen betrachtete ihren Sohn und eine Woge von Zärtlichkeit durchströmte sie. Gern hätte sie diesen Schlaks umarmt, ihm wie früher heißen Vanillepudding mit Orangensoße gekocht und ihn ins Bett gebracht.

3

Irgendwann vorher

Sie liegt verkrümmt in der Badewanne, ihr Make-up ist verschmiert, das rote Haar hängt über den Wannenrand und ihre Pupillen sind stumpf.

Weißt du, wie viel Sternlein stehen an dem blauen Himmelszelt? Weißt du, wie viel Wolken gehen weithin über alle Welt? Gott der Herr hat sie gezählet, dass ihm auch nicht eines fehlet …
   Bei diesem Gutenachtlied habe ich immer weinen müssen. Wenn Teddy den Puppen vorsang und schließlich die Fürstin, bei der sich die Fäden verheddert hatten, aus der Marionettenkiste stieg. Sie warf die Püppies auf den Boden und drehte Teddy mit dem Gesicht zur Wand.

Ich nehme die Lupe aus der Schreibtischschublade, halte sie dicht an mein Auge. Das Glas spiegelt die weit geöffnete Pupille. Ich schaue in ihre Tiefe, fühle eine Träne hochsteigen. Oh, ich habe nach Jahren geweint und das wird mich wütend gemacht haben.
   Ich werde immer wütender, seit zehn Tagen erinnere ich mich wieder an jede Einzelheit. Teile meines Lebens inszenieren

sich, einem Theaterstück gleich, auf der Bühne. Pausenlos wird es aufgeführt. Ist es zu Ende, fängt es abermals von vorne an. Ich kann es nicht anhalten, bin gefesselter Zuschauer in der abgedunkelten Loge, gelähmt sitze ich in ihrer Schwärze. Sehe sie alle auf- und abtreten. Ich will das nicht sehen, die machen mich verrückt!

Haben Sie einmal in einen Abgrund hineingesehen? Hüten Sie sich! Selbst wenn Sie sich krampfhaft am Rande festhalten, verändert es Ihren Blick auf ewig.

Niemand weiß, wie es auf dem Grunde einer Seele aussieht. Im Glas der Lupe betrachte ich mein Riesenauge. Wechsle zu dem anderen, halte mich vorsichtshalber am Metallrand des Brennglases fest, damit ich nicht trudelnd hinabfalle in die schwarze Pupille, in das uralte, eklige Puppenspiel.

Ich beruhige mich. Das letzte Bühnenbild strahlt Frieden aus. Eingefroren zwischen meinem Auge und dem Lupenglas schwebt es in der Unendlichkeit. Dieser Akt hat die Ordnung wiederhergestellt. Alles stimmt:

Sie liegt verkrümmt in der Badewanne. Ihr Make-up habe ich verschmiert, das rote Haar hängt über den Wannenrand. Außer der einen dicken Strähne ihres echten Haares, die ich ihr von der Schläfe riss und nun um mein Handgelenk wickle. Ihre Pupillen sind stumpf, sie werden mich nie wieder anblicken.

Ich denke an Teddy und die Püppies, ich höre das Gutenachtlied seit zehn Tagen in Endlosschleife. Tag und Nacht. Als wäre dies nicht Qual genug, sehe ich in wiederkehrenden Flashs einen großen Mund mit scharf konturierten Lippen, der sich wie in alten Stummfilmen seltsam schnell und eckig bewegt.

Der Schlund kommt auf mich zu, ich fühle das Plastikfleisch, das sich über mein Gesicht stülpt, mir den Atem nimmt. Spätestens, wenn der letzte Ton des Gutenachtliedes verklingt, werde ich ersticken.

Ich bin schon oft gestorben. Ich weiß, wie es sich anfühlt, wenn mein Gehirn in diesem finalen Moment grelle Bilder produziert, farbige Sequenzen, die – wie paradox – kristallisieren und gleichzeitig mit dem zerrissenen Rest meines Selbst in den Boden sickern.

Ich kenne mich aus mit dem Tod, er ist gekleidet wie die Fürstin mit der spitzen Nase und den verworrenen Fäden.

Eines betrübt mich, und ich fühle die Hochstimmung verebben. Die Träne bahnt sich endlich aus der Tiefe des düsteren Spiegels ihren Weg über meine Wange. Die Haarsträhne entgleitet mir, sie bleibt wie eine glänzende schwarze Giftschlange auf dem Boden liegen.

Ich habe es nie herausgefunden. Was ist geschehen, dass ich keine Wahl habe und immer tiefer hinabsteigen muss?

4

Donnerstag, 3. Januar

Als der Wecker um sechs Uhr fünfundvierzig klingelte, tastete Dr. Silvia Rufius neben sich. Nein, sein warmer Körper lag nicht neben ihr, er war wieder einmal die Nacht nicht nach Hause gekommen. Jetzt schon die zweite in Folge, wenigstens das hatte er ihr bisher nie angetan. Nicht einmal Silvester hatten sie gemeinsam feiern können, wie immer hatte sie als Chefin freiwillig den Bereitschaftsdienst im Sanatorium übernommen. Immerhin hatten sie am Neujahrsmorgen eine Tasse Kaffee zusammen getrunken, bevor sie todmüde ins Bett gefallen war.

Zuhause. Was ist für einen Mann wie Thomas Gellert ein Zuhause? Gab es das überhaupt für ihn?

Wahrscheinlich hatte er in der Wohnung seiner Schwester Susanne im schicken Falkenried übernachtet. Das machte er in letzter Zeit öfter, seit Susanne für einen Forschungsauftrag in Neuseeland weilte.

»Das ist näher an der Klinik und ich störe dich nicht, wenn ich nach dem Nachtdienst nach Hause komme.«

Wie rücksichtsvoll. Es war dort tatsächlich dichter an der Klinik, ungefähr so viel näher, wie Silvia spucken konnte.

Sie sah auf die tanzenden Staubpartikel vor der Jalousie; die Querstreben gehörten unbedingt wieder mal feucht abgewischt, die Fensterbank ebenfalls. Mehrere Fliegenkadaver teilten sich den Platz mit einer Vielzahl von Staubflusen.

Ach Silvia, spiel dir nichts vor. Thomas liebte die Luxusmaisonette-Wohnung seiner Schwester im dritten und vierten Stock einer weißen Kaufmannsvilla mit knarrendem Holzparkett inklusive beleuchtetem Whirlpool auf der Dachterrasse. Damit beeindruckte er seine kleinen Mädchen. Silvia wusste schon länger, dass er hier und da *die Biene auf die Blüte hob.* Sie hasste ihren eigenen jammervollen Ton, der sie als bedürftig outete, wenn sie mit ihm sprach.

»Weißt du noch, Thomas, in Avignon, als wir abends vom Seminar kamen, nur Meisenringe, Nagellack und Bierdosen im Kühlschrank hatten? Wir pulten die Sonnenblumenkerne aus den Ringen, sie schmeckten wie Kaviar. Lustig war das, am nächsten Tag schmerzten unsere Gesichter, weil wir so gelacht hatten, und weißt du noch …«

Sie hasste es, wenn er genervt von der Zeitung aufsah, *»jaja«* nuschelte und sie erkennen musste, dass ihre Erinnerungen nicht die gleiche Bedeutung für ihn hatten.

Silvia seufzte, als sie die Beine aus dem Bett schwang.

Die Unterschenkel rasieren, notierte sie im Kopf. Klar, sie hatte in letzter Zeit den Sport vernachlässigt. Wo sie hinsah, Zeichen von Verwahrlosung. Es wurde schwieriger, mit den jungen Dingern mitzuhalten. Die blühten auf, während sie selbst mit ersten Hitzewallungen kämpfte und freiliegende Zahnhälse durch dezenteres Lachen zu verbergen suchte. Sie schmeckte Galle und lachte freudlos.

Dabei hatte Thomas seinen Doktortitel ihr zu verdanken. Sie hatte seinerzeit bereits gut verdient als Chefärztin in dem Psychiatrie-Sanatorium, das dem Universitätskrankenhaus angegliedert war, sodass er in aller Ruhe sechs Jahre an seiner

Dissertation arbeiten konnte. Sechs schöne Jahre, in denen sie sich jung und trotz Sechzig-Stunden-Woche lebendig gefühlt hatte. Wie viele Seiten hatte sie zusätzlich zu ihrer Arbeit im Krankenhaus für Thomas' Dissertation geschrieben? Sie war nun einmal einfach *besser*. Die Nächte entschädigten sie für die Mühe. Abende bei dem Kultspanier El Capitano, Partys mit viel argentinischem Tango; sie in kurzem schwarzem Rock mit verwegenen Ideen unter dem gegelten Haar. In der Morgendämmerung sanken sie endlich ins Bett, liebten sich, bis die Lippen wund gebissen waren und ihre Oberschenkelmuskeln krampften. Am Tage begegneten sie sich in der Klinik. Der Doktorand Gellert siezte seine Chefin Frau Dr. Rufius, ein zusätzlicher Kick. Lang war es her. Tango und Minirock.

Silvia schlurfte ins Bad, zog ihrem Spiegelbild im Vorbeigehen eine Grimasse. Wann hatte Thomas angefangen, durch sie hindurchzusehen? Und wann, zum Teufel, hatte sie begonnen, sich von der selbstbewussten Chefärztin eines der renommiertesten Sanatorien in Norddeutschland in ein kleines Mädchen zurückzuverwandeln? Ein Mädel, das ihm alles recht machen wollte? Das zu stottern begann, wenn er es tatsächlich einmal wieder ansah?

Sie streifte die Unterhose ab, ließ sie zum rechten Knöchel herunterrutschen, schleuderte sie mit Schwung in die Luft und fing sie mit der linken Hand auf. *Na bitte, geht doch.* Jetzt eine Dusche, die würde Wunder wirken. Danach sähe die Welt hoffentlich anders aus.

5

Wie jeden Morgen hatte Matthias Zastrow sein Bad in eine Dampfsauna verwandelt. Wie jeden Morgen ließ er abschließend eiskaltes Wasser aus den zwölf Massagedüsen auf seinen Rücken prasseln. Tropfend trat er hinter der Glasabtrennung hervor, griff nach einem Handtuch, als sein Handy klingelte. Nein, so früh würde Annalena niemals anrufen, aber wer weiß? Vielleicht war sie gerade erst nach Hause gekommen? Sie war undurchschaubar.

Er tippte auf den grünen Hörer und senkte die Stimme um zwei Nuancen.

»Hallo? Ach, Carmen. Wo treffen wir uns? Okay, Rechtsmedizin. Wie jetzt, Dr. Lott ist fertig? War Garner nicht dabei? Normalerweise ist der Herr Oberstaatsanwalt doch omnipräsent und besteht ebenfalls auf unserer Anwesenheit.« Er lauschte Carmens Redeschwall.

»Ach, der Öttinger. Ich dachte, der ist im Urlaub? Na prima, umso besser. Gib mir eine Viertelstunde.«

Er beendete das Gespräch und warf sein Smartphone auf den Haufen schmutziger Sportklamotten, die sich seit zwei Wochen vor der Waschmaschine warmliefen.

Natürlich. Nicht sie. Eine Frau wie Annalena rief niemanden an. Sie ließ sich nicht einmal anrufen, sie stellte einfach ihr Telefon aus, so sah das aus. Matthias sprang in seine Jeans, griff nach einem Hemd. Heute Abend würde er ins Funny Crow gehen, wo er sie vor einem Monat kennengelernt hatte.

Annalena hatte neben ihm an der Bar gesessen und irgendwann ihrem Begleiter den Rest seines Bieres in Schritthöhe auf die Anzughose gegossen. Dann hatte sie sich langsam zu Matthias umgedreht und gesagt: »Der Abend fängt noch einmal neu an, vielleicht sogar das Leben. Wie heißt du?«

Matthias war hingerissen gewesen und bestellte zwei Flaschen Jever. Ihre Augen glühten, als sie, ohne den Blick von ihm zu wenden, nach dem Feuerzeug auf der Theke tastete und lässig die Kronkorken von den Flaschen schnippte. Sie hatten sich daraufhin drei- oder viermal in dem Club getroffen und die letzten beiden Male endete ihr Date in seiner Wohnung. Ein Schmerz durchzog seinen Magen, als er an Annalenas Leidenschaft und wilde Hingabe dachte. Wenn er sie heute Abend im Funny Crow nicht träfe, wäre vielleicht wenigstens Feodora da. Seit sie sich vor einem halben Jahr getrennt hatten, war Feo seine beste Freundin geworden.

Er betrachtete sein Spiegelbild: *Okay, keine Rasur heute Morgen.* Nachdem er mit Föhn und Gel herumgefuhrwerkt hatte, sah er aus, als hätte man ihn soeben rückwärts durch einen Windkanal gezerrt.

6

Carmen erwartete Matthias im Schneetreiben vor dem Bunker. So nannten sie das triste Gebäude, das neben den Sektionsräumen der Rechtsmedizin auch eine Abteilung der forensischen Pathologie beherbergte und in das ungeklärte Todesfälle zur weiteren Untersuchung überstellt wurden. Hamburg besaß mehrere dieser Einrichtungen. Hier im rechtsmedizinischen Institut des Universitätskrankenhauses Eppendorf beschäftigte man sich primär mit Opfern von Straftaten. Jährlich wurden über zehntausend äußere Leichenschauen bewältigt und ungefähr eintausendfünfhundert Leichen obduziert. Die wenigsten davon waren Mordopfer, viel öfter ging es um die Klärung der Todesursache bei Menschen, die allein in ihrer Wohnung tot aufgefunden wurden. Insgesamt veränderte sich die Rechtsmedizin: Durch bildgebende Verfahren wie die Computertomografie wurden Leichenöffnungen immer seltener durchgeführt. Dr. Lott sezierte allerdings nach wie vor am liebsten in klassischer Manier per Hand und mit Werkzeugen, die aussahen, als wären sie einer mittelalterlichen Folterkammer entliehen. Er war dafür bekannt, äußerst gründlich vorzugehen, und eine Obduktion konnte etliche Stunden in Anspruch nehmen.

Zwischen Staatsanwalt Werner Öttinger, Dr. Lott und dem Kommissariat 38 gab es eine stillschweigende Übereinkunft: Der Vorschrift des Herrn Oberstaatsanwalts Garner war Genüge getan, wenn die Kriminalbeamten und Öttinger selbst lediglich der letzten Stunde der Autopsie in der Gerichtsmedizin beiwohnten.

»Kaffee?« Carmen hielt Matthias einen Pappbecher Coffee-to-go hin. Dankbar nahm er ihn entgegen, entfernte den Deckel, riss zwei Tüten Zucker auf und entleerte sie in den Becher.

»Dr. Lott wartet auf uns, er hat die ganze Nacht durchgearbeitet. Den Arzt, der ihm assistierte, hat er nach Hause geschickt, der wankte soeben grüngesichtig vorbei.« Carmen zündete eine Zigarette an und blies Kringel in die Winterluft.

»Mein Gott, was hast du mit deinen Haaren angestellt, du siehst aus wie ...«

Matthias nahm ihr die Zigarette aus den Fingern, tat einen tiefen Zug.

»Unglaublich, unser Lottchen, braucht es inzwischen überhaupt keinen Schlaf mehr?«, lenkte er ab, als er die Kippe mit dem Stiefelabsatz in den Boden trat.

Dr. Joachim Lott schaute kurz hoch, als die beiden Ermittler am Eingang zum Sektionssaal ihre Stiefel abtraten und die bereitliegenden Kittel überwarfen. In zwei Reihen standen jeweils sechs Sektionstische hintereinander, sie wurden indes nur noch selten gleichzeitig genutzt.

Auf dem ersten Tisch lag das Opfer. Das Glasdach, das den Gerichtsmedizinern ein natürliches Oberlicht schenken sollte, war mit einer dicken Schneeschicht bedeckt, die Morgensonne schickte mit Mühe fahle Strahlen hindurch. Die Leiche des Mädchens wirkte in diesem Licht unwirklich. Nur der große Y-Schnitt auf ihrem Oberkörper und die seitlich klaffenden Wunden neben jeder Brust ließen ahnen, dass keine Schaufensterpuppe auf dem Tisch lag.

Carmen trat näher heran. Dr. Lott hatte sowohl das clowneske Make-up als auch die Perücke entfernt. Das Mädchen musste zu Lebzeiten eine Schönheit gewesen sein. Langes schwarzes Haar umrahmte ein ebenmäßiges Gesicht, dessen Kinn Charakterstärke vermuten ließ. Sie war überdurchschnittlich groß und sehr schlank. An der Schläfe hatte ihr jemand ein Büschel Haare ausgerissen.

»Tja, die arme Deern hat einiges hinter sich. Der Täter hat die großen Brustmuskeln mehrfach durchtrennt. Das spricht dafür, dass die Implantate …«, Carmen räusperte sich, »nicht epipectoral, sondern submuskulär positioniert waren.« Dr. Lott sah sie an.

»Deibel ook no mol, Frau Kommissarin, du weest Bescheed.« Mit Blick auf Matthias wechselte er ins Hochdeutsche. »Wie gestern Abend vermutet, hat sie von dem Gemetzel an den Brüsten nichts mehr mitbekommen. Es gibt kaum Abwehrverletzungen an Armen und Beinen. Allerdings hat man sie zur Einnahme von Tabletten gezwungen; sogar sehr brutal. Mehrere Schneidezähne sind locker und ihre Speiseröhre weist Verletzungen von einem spitzen Gegenstand auf, mit dem der Täter ihr Lorazepam verabreicht hat. Diese Substanz fand ich in überdosierter Konzentration in ihrem Blut. Das ist ein Derivat von Benzodiazepin. Es hat ein weites Anwendungsgebiet, wird üblicherweise bei Depressionen, Psychosen und Traumata eingesetzt. Wird ebenfalls zu K.-o.-Tropfen verquirlt oder mit Drogen verschnitten. Diese Überdosis war todesursächlich.«

Dr. Lott schüttelte bekümmert das schüttere Haar und wickelte seine grelle Krawatte zu einer Rolle auf, bis er am Hals angelangt war.

»Seltsam«, stutzte Carmen. »Kaum Abwehrverletzungen? Wieso hat sie sich nicht gewehrt, als man ihr das Zeugs in die Speiseröhre eingetrichtert hat?«

»Tja, miene Lütte, ich habe Spuren eines Muskelrelaxans gefunden, das sie offensichtlich mit Rotwein zusammen aufnahm und das ihre Bewegungsfähigkeit stark herabgesetzt hat. Sie hätte sich daher gar nicht wehren können. Teuflisch.«

Die drei starrten auf das Mädchen, das ausschließlich durch die Misshandlungen an ihrem Körper ihr Geheimnis preisgeben konnte. Dr. Lott wandte sich als Erster ab.

»Als die Silikonkissen entfernt wurden, hat sie noch gelebt, deshalb der große Blutverlust, die Flecken auf der Bluse. Gestorben ist sie erst später. Ich würde sagen, frühestens gegen Mitternacht, eher in den frühen Morgenstunden des Neujahrstages. Die Chargennummer der Brustimplantate habe ich ImplanData in Köln gemailt. Das kann zwei Tage dauern, bis die sich melden. Heute ist schon Donnerstag, mit Glück haben wir morgen Abend eine Rückmeldung.« Matthias schüttelte den Kopf.

»Zwei Tage? Die brauchen doch nur die Nummer in eine Bildschirmmaske einzutippen, den Rest besorgt die Technik, es macht *pling* und der Name steht da! So viele Anfragen dürfte es dort nicht geben, ich gehe davon aus, dass die meisten Implantatträgerinnen ihren eignen Namen kennen!«

Dr. Lott ließ die Krawattenrolle los, begann unmittelbar mit Zeige- und Mittelfingern eine neue Wurst zu formen.

»Jo, mien Jung, das mach wohl angehen, aber es muss einer die Zeit haben, die Nummer einzugeben. Übrigens, sie war in der zehnten oder elften Woche schwanger und sie hatte ein bis zwei Tage vor ihrem Tod Geschlechtsverkehr. Die DNA haben wir selbstverständlich isoliert und sie wird mit der BKA-Datenbank abgeglichen. Alles, was wir an fremder DNA an der Leiche oder am Fundort sicherstellen konnten, wird abgeglichen. Tja, was gibt's sonst? Sie hatte eine vergrößerte Leber, die feingewebliche Untersuchung der Pathologie steht noch aus, ich tippe auf Medikamentenmissbrauch. Einige Stunden vor ihrem Tod hat sie eine Pizza Frutti di Mare gegessen, die Tintenfischringe waren recht plastisch zu erkennen, sahen aus wie poröse Gummidichtungen.« Er lächelte ohne echte Freude.

»Wein hat sie dazu getrunken, er enthielt wahrscheinlich das Muskelrelaxans, aber das sagte ich ja schon. Minderwertigen Rotwein, mit einem hohen Anteil an Fuselölen, Tetra-Pak-Ware würde ich vermuten.«

Carmen überzog eine Gänsehaut. Nie wieder würde sie Rotwein aus dem Tetra Pak trinken, man stelle sich vor, sie würde obduziert, sie würde *post mortem* zum Gespött des Präsidiums.

»So, ihr beiden Hübschen, alles andere lest ihr ausführlich in meinem Bericht. Nu brauch ich eine Mütze Schlaf, bin ja nicht mehr so jung wie ihr!«

Dr. Lott schaltete die Organwaage aus und das grün blinkende Display erlosch.

Matthias half ihm aus dem Kittel und überlegte laut: »Sie war schwanger, ob sie das überhaupt schon wusste?«

Dr. Lott knüllte seinen Kittel zusammen und warf ihn in einen Wäschekorb.

»O ja, gut, dass ihr das ansprecht. Ich werd langsam tüdelig. Zeit, dass ich in Rente gehe. Sehr gut möglich, dass sie es wusste. Hier, seht mal das Tattoo auf ihrem linken Oberarm, es ist frisch, hatte sich entzündet und verheilte schlecht. Schätze, es ist zwei bis drei Wochen alt. Aufgrund der Narbenbildung ist es schwer zu erkennen, aber schaut genau hin: Da ist ein Baum, gestaltet als ein verschlungenes P oder R. Gegenüber noch ein Baum, dessen Krone wie ein üppiges B aussieht. Kennt ihr die Sage von Philemon und Baucis? Eine bezaubernde Liebesgeschichte, sehr romantisch. Von Ovid, aus seinem zentralen Werk, den

Metamorphosen, also Verwandlungen. Kurz vor oder nach unserer Zeitrechnung geschrieben, wenn ich nicht irre. Die Bäume wuchsen über den Gräbern des Liebespaares zusammen. Ach ja, wirklich mystisch. Aber ich werde mit dem Alter immer geschwätziger und schweife ab. Wichtig ist das Datum, das in die Blätter der Bäume hineintätowiert wurde, der 12. Juli. Es liegt in der Zukunft und könnte mit der Geburt ihres Kindes zusammenhängen.«

Dr. Lott öffnete die Tür zum Flur und strich sich das wirre Haar aus dem Gesicht.

»12. Juli, bedauerlicherweise ohne Jahresangabe.«

Carmen notierte die Buchstaben und Zahlen. Sie sah ihren Kollegen an.

»Das Datum kann genauso gut eine wichtige Rolle in ihrer Vergangenheit gespielt haben«, gab sie zu bedenken.

7

Als die Ermittler den Bunker verließen, fuhr ein dunkles Mercedes-Cabriolet auf den Parkplatz, direkt vor die Eingangstür. Staatsanwalt Werner Öttinger stieg umständlich aus. Er hatte Ähnlichkeit mit einem gealterten Piet Klocke. Lange bevor jener prominent wurde, hatte Öttinger seine Satzfragmente schon mit ausladender Gestik untermalt.

»Alles erledigt? Na Gott sei ... Je älter ich ... desto weniger kann ich dagegen an, gegen den Geruch, die Geräusche ... na, Sie wissen schon. Der Kaffee wie gehabt ... also die allerreinste ... Dr. Lott ist noch ...?«

Seine dünnen Arme ruderten durch die Luft. Carmen und Matthias nickten.

»Alles wie immer, der Kaffee ist zum Würgen und das Lottchen gründlich wie seit eh und je.«

»Prima, ich lasse mich kurz briefen und haue meine Stempel auf die Dings. Die Dingsbums, die Unterlagen. Dann kann mein Oberst Garner nicht ... Bis später, wir sprechen?«

Er hielt die behandschuhte Hand wie ein Telefon ans Ohr, während er rückwärts gehend in den Bunker stolperte.

»Haben wir ein Glück, dass Öttinger und nicht Oberstaatsanwalt Garner Dienst hat. Andernfalls hätten wir die komplette Nacht im Sektionssaal verbracht und wären mittlerweile selbst zu Gewalttaten fähig.«

Carmen setzte sich auf den Beifahrersitz und schlug ihre Stiefel gegeneinander, um den Schnee abzuklopfen, bevor sie die Beine ins Auto hineinzog. Die Sonne stand als fahle Scheibe am Himmel, endlich hatte das Schneetreiben aufgehört. Sofort verwandelte sich der Schnee auf den Straßen in grauen Matsch.

»Zurück zu dem armen Mädchen, was denkst du: eine Schwangere, die sich so sehr auf das Kind freut, dass sie den Geburtstermin auf ihren Arm tätowieren lässt? Aber Rotwein trinkt und Tablettenmissbrauch betreibt? Was, wenn das Kind ein paar Tage früher oder später käme? Hm, ich weiß nicht, das ist eigenartig. Da rede ich lieber noch einmal mit dem Psycho-Lottchen drüber.«

Matthias startete den Wagen. Nach einem kurzen Blick auf das Display verstaute er sein Handy in der Brusttasche. Er wendete und fuhr langsam auf die Hauptstraße. Carmen kuschelte sich in den Ledersitz und schaltete auf ihrer Seite die Sitzheizung an.

»Na gut, als ich mit Linus schwanger war, habe ich auch auf wenig verzichtet, aber das waren andere Zeiten damals. Da sprach niemand über Persil Sensitive, Biogurken oder alkoholfreien Sekt. Ich möchte mir nicht ausmalen, was Linus für ein Überflieger geworden wäre, wenn ich mir Cola und Currywurst, Pommes mit doppelt Mayo seinerzeit verboten hätte.« Die Ampel sprang auf Rot; Matthias bremste im allerletzten Moment.

»Dürr, wie der ist, scheint es ihm kaum geschadet zu haben. Wer weiß, wahrscheinlich hätte er schon promoviert, hättest du ihn pränatal besser ernährt?«

Carmen malte Kreise auf das beschlagene Seitenfenster. Linus glich weder ihr noch seinem Vater Gregor. Es schien, als hätte er von beiden Elternteilen das jeweils Beste aus dem

Genpool herausgesucht. Das nordische Aussehen hatte er aus Gregors Genen extrahiert. Carmen war dunkel und zu ihrem Leidwesen musste sie viel Sport treiben, um nicht ständig neue Garderobe kaufen zu müssen. Er hatte Carmens Kreativität geerbt und Gregors analytischen Verstand. Gregor. Mist – abermals waren ihre Gedanken bei ihm gelandet. Vorgestern Abend hatte sie ihn gesehen. Mit einer Frau. Groß, schlank, schwarzhaarig, mit jeder Menge Esprit. Sie lief lachend und gestikulierend neben ihm her, er zog sie an sich, umfasste ihre Hüften. Bemerkt hatte er Carmen nicht, obwohl sie den beiden auf der Kreuzung an der U-Bahn-Station Kellinghusenstraße direkt entgegenkam. Kaum länger als ein Jahr war seit der Trennung vergangen, aber diese Zeitspanne hatte gereicht, Carmen unsichtbar werden zu lassen.

Ihr Telefon klingelte und riss sie aus den Grübeleien.

»Kollinger … Was? Jetzt schon? Das ist ja super. Dr. Lott, vielen Dank für die Information.«

Sie wandte sich Matthias zu.

»ImplanData hat sich gemeldet. Wir haben einen Namen. Ragna Wellersleben. Geboren in Hamburg, zweiundzwanzig Jahre alt. Das Lottchen hat Sören informiert und unsere Perle Mailin beauftragt, die komplette Maschinerie anzuwerfen. Wohnort, Ausbildung, Eltern, Freunde et cetera et cetera.«

8

Im Sandorff-Sanatorium kickte Dr. Silvia Rufius ihre Pumps unter den Schreibtisch, ließ den Computer hochfahren und klickte durch die E-Mails der letzten sechs Tage. Über den Jahreswechsel hatte sie ausschließlich die als dringend markierten E-Mails angeschaut. Daher blinkten aktuell neunundachtzig ungelesene Nachrichten in ihrem Postfach. Der erste Weg hatte sie heute Morgen in das Ärztezimmer geführt. Thomas war bisher nicht eingetroffen. Der Blick seiner Kollegen war ihr übel aufgestoßen. Mitleidsvoll hatten Dr. Pérez und Dr. Thal sie angesehen. Es war demütigend.

Jeder wusste Bescheid; seit Thomas letzten Monat mit einer Patientin im Gruppentherapieraum in eindeutiger *Sitzung* erwischt worden war. Mit Alina Rombach.

Alinas Vater war ein bekannter Hamburger Teppichimporteur und man residierte in einer Gründerzeitvilla an der Elbe. Nur das Töchterchen wurde immer mal wieder in das Sanatorium ausquartiert. Borderline hatte Thomas diagnostiziert. Das mochte stimmen, Silvia traute Thomas jedoch differenzierte Diagnosen nicht zu. Alina war nicht Silvias Patientin, aber seit der eindeutigen *Sitzung* beobachtete sie Alina genauer. Durch irgendeinen grässlichen Unfall war

Alina auf dem rechten Auge erblindet und ihre symbiotische Beziehung zu dem Mitpatienten Niclas Pinnelka schien bei beiden die Verhaltensauffälligkeiten zu vervielfachen.

Ach, wieso beschäftigte sie sich mit dieser Göre? Silvia sah auf die Uhr. Halb zehn in Deutschland. Kein Frühstückchen, kein Thomas. Warum tat sie sich das mit ihm eigentlich an? Rausschmeißen sollte sie ihn, heute noch. Sie drehte ihr Haar im Nacken ein paar Mal um ihren Zeigefinger und steckte es mit einer Klammer am Hinterkopf fest. Sie scrollte weiter. Werbung und Bettel-Mails von Pharmazievertretern. *Langweilig.* Ein Kongress in Kaiserslautern, der Sponsor fragte an, ob sie einen Vortrag über *die Wirkung wechselseitiger Verhaltensänderungen in problematischen Paarbeziehungen* vorbereiten könnte. Beinahe hätte sie laut losgelacht. Zwölf Semester Psychologie, ein Doktortitel, diverse international anerkannte Publikationen und sie benahm sich in ihrer eigenen *problematischen Beziehung* wie eine Siebzehnjährige. Ohne dass sie über die Vorteile dieser Altersgruppe verfügte. Grimmig markierte sie die Mails, um sie dem virtuellen Papierkorb zu überantworten. Als sie die letzte und älteste E-Mail, datiert auf den 28. Dezember, las, rutschte ihre Laune weit unter die Nachweisbarkeitsgrenze. *Auch das noch.* Dr. Herbert Pathen, ein ehemaliger Studienkollege, kündigte ihr an, dass er Ragna Wellersleben wieder in das Sanatorium einweisen würde.

9

Ein windschiefer Maschendrahtzaun trennte die Hauptstraße von dem Grundstück in der Holzmühlenstraße, auf dem man in den Nachkriegsjahren drei Mietskasernen aus dem Schutt hochgezogen hatte. Carmen drückte die Eingangstür des mittleren Hauses auf. Auf der ersten Stufe saß ein dunkelhäutiges Mädchen in zu kurzen rosa-weiß gepunkteten Leggings und leckte die Schokolade von der Hälfte eines Prinzen-Kekses. Im Treppenhaus war es eiskalt und als Matthias den Lichtschalter betätigte, sprang im Keller tackernd ein Stromzähler an.

Familie Wellersleben wohnte im dritten Stock, das hatte Mailin auf dem gelben Post-it-Zettel notiert. Carmen und Matthias stiegen die knarrenden Holzstufen empor, vorbei an Schimmelflecken an den Wänden und Armeen von braunen Winterstiefeln vor den hellblau gestrichenen Wohnungstüren. Ein zerbrochenes Salzteigschild, auf dem sie nur noch Wellers entziffern konnten, wies den Ermittlern den Weg.

Wie symbolisch, dachte Carmen. Gleich würden die Eltern von Ragna erfahren, dass ihre Tochter getötet worden war. Ermordet und verstümmelt.

Auf das Klingeln öffnete eine Frau mittleren Alters in einem geblümten Hausfrauenkittel, wie Carmen ihn von ihrer Oma

39

Lucia kannte. Frau Wellersleben war vermutlich um die vierzig Jahre alt, aber Kummer und Verdruss hatten ihre Gesichtszüge ausgeleiert. Sie trocknete die Hände an einem Geschirrhandtuch ab, das die zeitlose Hoffnung HSV Deutscher Meister – dieses Jahr! beschwor.

»Frau Wellersleben? Mein Name ist Carmen Kollinger und dies ist mein Kollege Matthias Zastrow. Wir sind von der Kriminalpolizei, Kommissariat 38. Dürfen wir bitte kurz reinkommen?«

Die Frau warf keinen Blick auf die Polizeiausweise, die ihr entgegengestreckt wurden. Sie blieb stehen, als wäre sie zur Säule erstarrt.

»Es ist etwas mit Ragna, stimmt's?«

Carmen nickte. »Ja, leider. Bitte lassen Sie uns hineingehen.«

Frau Wellersleben führte Carmen und Matthias in ein Wohnzimmer. Eine klobige Eichenschrankwand dominierte die Hälfte des Raumes, die gegenüberliegende Seite wurde von einer entengrützefarbenen Couchgarnitur verschandelt.

»Frau Wellersleben, es tut uns leid, wir müssen Ihnen mitteilen, dass Ihre Tochter Ragna letzte Nacht auf einem alten Bauernhof in Hamburg-Rahlstedt tot aufgefunden wurde. Wie es aussieht, wurde sie ermordet. Dürfen wir Ihnen einige Fragen stellen?«

Die Frau sank auf einen der Sessel, der die Ausmaße eines Kleinwagens hatte. Mechanisch faltete sie ihr Geschirrhandtuch zu immer kleiner werdenden Quadraten.

»Wann haben Sie Ihre Tochter zuletzt gesehen?«, begann Carmen die Befragung.

»Ragna ist tot? Wie? Ich meine, sind Sie sicher, dass keine Verwechslung vorliegt, sie sollte doch wieder in die Klinik? Gesehen habe ich sie seit Tagen nicht mehr, zuletzt am Samstagmorgen.«

Frau Wellersleben suchte in dem Chaos aus halb zusammengebauten Überraschungsei-Figuren, Kugelschreibern, Zeitschriften und Fernbedienungen auf dem Kacheltisch nach einer Zigarette.

»Wir sind ziemlich sicher, dass es sich um Ragna handelt. Hat sie bei Ihnen gelebt? War sie krank? In welche Klinik sollte sie kommen?«

Carmen lehnte sich an den Türrahmen, während Frau Wellersleben nach einem Aschenbecher griff, der vor Wochen zuletzt abgewaschen zu sein schien. Undeutlich erkannte Carmen ein verblasstes Bergmotiv mit dem Schriftzug Oberstaufen.

»Ja, sie hat hier gewohnt, wenn sie nicht in der Klinik untergebracht war. Leider war das oft der Fall. Im Sandorff-Sanatorium. Sie war nicht krank; ich meine, sie hatte nicht Krebs oder so, sie war nur anders. Also, ich meine im Kopf.«

Carmen nickte. Sie kannte das Sandorff-Sanatorium, es lag in Eppendorf in direkter Nähe zur Universitätsklinik und war weit über die Grenzen von Hamburg als führende Psychiatrie anerkannt. Wie in vielen derartigen Einrichtungen gab es dort eine geschlossene Abteilung, eine Suchtstation und offene Abteilungen. Bekannt geworden war das Sanatorium durch die medizinische Leiterin, die bahnbrechende Erfolge in der Therapie von dissoziativen Persönlichkeitsstörungen vorzuweisen hatte. Carmen war ihr Name entfallen, aber vor ein paar Wochen hatte sie einen großen Artikel über jene Ärztin im *Hamburger Kurier* gelesen.

»Welche Art Störung wurde bei Ihrer Tochter behandelt? Sie sagten, sie habe sich oft in der Klinik aufgehalten, in welcher Abteilung?«

Frau Wellersleben drückte ihre Zigarette aus und zündete sofort eine neue an. Sie fixierte einen Punkt an der Siebzigerjahre-Tapete, auf der sich orange und giftgrüne Kreise abwechselten.

»Störung ist gut. Wenn Ragna ihre akute Phase hatte, spielte sie vollkommen verrückt. Sie glaubte zum Beispiel, sie wäre eine Ermittlerin im *Tatort*. Manchmal dachte sie, sie wäre die wieder auferstandene Emmie Weinhose oder wie die heißt. Sie wissen schon, die Sängerin, die sich mit Drogen ins Nirwana gebombt hat. Oder sie war eine fünfzehnjährige arabische Prinzessin ...«

Sie schüttelte den Kopf. »Sie können es sich nicht vorstellen, ich habe sie nicht mehr verstanden. Aber Sie haben mir gar nicht gesagt, wie wurde Ragna ermordet?«

Carmen lenkte ihren Blick von dem Oberstaufen-Aschenbecher auf das graue Gesicht von Ragnas Mutter.

»Sie ist an einer Überdosis eines Benzodiazepins gestorben, welches man ihr verabreicht hat.«

Frau Wellersleben winkte ab. »Aber das könnte sie selber getan haben, also ich meine, sie musste viele Medikamente einnehmen, wieso gehen Sie davon aus, dass man sie umgebracht hat?«

»Leider müssen wir tatsächlich von einer Fremdeinwirkung ausgehen, denn es gibt Details, die darauf hindeuten.«

Carmen sah Matthias dankbar an, als er diesen heiklen Part des Gesprächs übernahm: »Ich weiß, es wäre in allem Unglück leichter für Sie, wenn es ein Unfall gewesen wäre, aber man hat Ihrer Tochter die Silikonimplantate entfernt.«

»Man hat was? Sie meinen aus ihrer Brust?«

Das Grau verschwand aus dem Gesicht von Ragnas Mutter und wich einer wächsernen Starre. Sie tastete erneut nach der Zigarettenpackung.

»Man hat ihr die Implantate entnommen. Frau Wellersleben, die Vorstellung muss für Sie furchtbar sein und ich weiß, es gibt keinen wirklichen Trost. Vielleicht den einen: Ragna hat es nicht mitbekommen, das Benzodiazepin hatte sie längst betäubt. Gerade weil diese Tat derartig grausam ausgeführt wurde, müssen wir den Täter so schnell wie möglich finden.« Matthias holte Luft. »Da gibt es noch etwas: Ragna war schwanger. Zehnte oder elfte Woche. Wussten Sie das?«

Frau Wellersleben sank im Sessel zusammen. »Nein, das kann alles nicht wahr sein.«

Carmen nahm ein Foto aus der Eichenschrankwand, wischte unauffällig den Staub vom Glas. Aus mindestens zehn Jahren Abstand strahlte ihr aus dem Holzrahmen eine glückliche Ragna entgegen, die auf einer Schaukel unter einem Kirschbaum ihre kniestrumpfbekleideten Spargelbeine in den Himmel schwingen ließ.

»Wir fanden bei Ihrer Tochter ein frisches Tattoo auf dem Oberarm, sie hatte sich Buchstaben, ein P oder R und ein B, stechen lassen. Außerdem ein Datum, den 12. Juli. Sagt Ihnen das etwas?« Carmen stellte das Foto wieder neben eine Reihe von Flamencotänzerinnen, die mit breiten Röcken und unbewegten Gesichtern für ewig in den letzten Drehungen verharrten. Frau Wellersleben faltete das Geschirrhandtuch auf ihrem Schoß in Zentimeterquadrate, schüttelte den Kopf und blickte auf den Boden.

»Okay«, nahm Carmen einen neuen Anlauf, »bei Ragna wurde keine Handtasche gefunden, aber sicher hatte sie ein Handy, oder? Es ist zwar nicht wahrscheinlich, aber vielleicht hat der Täter ihre Tasche behalten und wir können ihn über das Telefon orten. Weiterhin brauchen wir eine Liste von Ragnas Freunden. Hatte sie einen Computer, war sie auf Facebook registriert?«

»Gab es in jüngster Zeit neue Freunde, war Ragna verändert?«, unterbrach Matthias Carmens Redestrom. Frau Wellersleben erwachte aus der Erstarrung.

»Verändert? Sie sind lustig. Ragna zeigte so viele Gesichter und Fratzen, das kann ich Ihnen sagen. In letzter Zeit saß sie nächtelang vor dem Computer, der hat sie immer verrückter gemacht. Ihre Handtasche ist hier, sie liegt im Flur. Ich habe mich den Tag noch gewundert, wieso sie ohne ihr Handy aus dem Haus ging. Aber ich verwarf den Gedanken, sie musste in einer schweren Phase stecken, wenn Dr. Pathen sie wieder einweisen wollte.«

»Dr. Pathen? Ihr Arzt?« Die Frage verklang im Raum. »Gut, die Handtasche nehmen wir mit, Ragnas Computer ebenfalls. Was ist mit ihren Freunden?«

Schade, dass die Handtasche im Flur lag, damit ging die Möglichkeit verloren, dass man sie irgendwann irgendwo finden könnte und dass der Täter somit eine Spur gelegt hätte. Über das Facebook-Profil von Ragna würden sie alle wichtigen Kontakte des Mädchens feststellen, diejenigen jedenfalls, die dort registriert waren.

Der Alarmton einer Uhr schreckte Carmen aus diesen Gedanken. Frau Wellersleben griff in die Tasche des Blümchenkittels und stellte eine Eieruhr in Form eines Gockels auf den Tisch, die sie konzentriert nachjustierte.

»Freunde? Keine Ahnung. Sie brachte nie jemanden mit hierher, sie schämte sich ihrer Herkunft. Mit ihrem Freund ist es aus, ein Glück, schließlich ist der verheiratet und vor Kurzem Vater geworden. Steffen van Bargen. Der hat ihr vielleicht Rosinen in den Kopf gesetzt: Hat ihr eingeredet, sie könne Schauspielerin werden, hat sie zu einem Casting geschickt. Sie faselte andauernd von Schauspielunterricht und Filmkarriere. Dieser Großkotz. Wegen dem hat sie sich überhaupt die Brüste vergrößern lassen.«

Der Plastikgockel auf dem Kacheltisch krähte. »Entschuldigen Sie, ich muss den Nudelauflauf aus dem Ofen nehmen.« Sie erhob sich.

»Okay, Frau Wellersleben, das wäre alles für den Augenblick. Es wird erforderlich sein, dass Sie Ihre Tochter identifizieren; wir werden unsere Kollegen Claudius Rother und Astrid Bern schicken. Gibt es jemanden, der Sie begleiten könnte? Ihr Mann, Verwandte, eine Freundin?«

Als keine Reaktion kam, hob Carmen die Schultern und sagte: »Wenn Ihnen noch etwas einfällt, rufen Sie uns bitte an. Jedes Detail kann wichtig sein.« Sie legte ihre Visitenkarte neben den Aschenbecher.

Da bekommt eine Frau die Nachricht, dass ihre Tochter ermordet wurde, dass man ihr die Brüste aufgeschnitten hat. Doch beim Klingeln einer Eieruhr funktioniert die Mutter, wie seit der Steinzeit antrainiert: Sie sorgt sich um das Essen für die Sippe. Das muss ich bei passender Gelegenheit unbedingt mit Dr. Lott analysieren, dachte Carmen.

10

Die Praxis von Ragnas Arzt, Dr. Pathen, lag direkt an einer viel befahrenen Kreuzung im Hamburger Stadtteil Eimsbüttel. Im Hellkamp suchte Carmen nach der angegebenen Hausnummer und wurde in einem zurückliegenden Eingang zwischen Pelagos – kretische Küche und einer Filiale von *Budnikowsky* fündig. Im Treppenhaus versperrte ein Kinderwagen die Tür zum Fahrstuhl. In der Gepäckablage saß eine Katze mit schlaffem Hängebauch, die Reste aus einem Erdbeerjoghurtbecher schleckte. Der Aufzug stank nach kaltem Rauch und rumpelte ächzend in den vierten Stock. Ein Zahnarzt, ein Gynäkologe und die psychiatrische Praxis von Dr. Pathen teilten sich die Etage. Carmen klingelte an der Tür. Im engen Foyer der Arztpraxis wurde sie von einer drallen Blondine empfangen, die einen angebissenen Döner und eine Piccoloflasche Asti Spumante unter der Theke verschwinden ließ. Carmen tat so, als habe sie nichts bemerkt.

»Ich hatte angerufen, Carmen Kollinger, Kripo. Könnte ich bitte Dr. Pathen sprechen?«

»Klitzekleines Momentchen bitte, ich melde Sie an.« Sie trippelte in einen dunklen Flur. Carmen hörte, wie sie »Herbert, dein Besuch ist da. Frau Kollinger von der Kripooo!« in einen Raum trompetete.

Dr. Pathen sah aus wie eine Kreuzung zwischen Heino und einem Haifisch. Das Toupet verfilzt, außerdem zu weit in das Gesicht gezogen. Fasziniert betrachtete Carmen seine Jacketkronen, die er spotlightartig entblößte. Sie saßen klein und spitz in seinem Kiefer und Carmen war gegen alle Logik überzeugt, dass sie wie bei einem Revolvergebiss sofort nachwuchsen, falls ein Zahn verlustig ging. Hektisch tippte der Arzt auf seiner Computertastatur herum.

»Ich bin gleich für Sie da, bitte haben Sie einen Moment Geduld.«

Wie in der Telekom-Warteschleife, nur mit unterhaltsamer Bilduntermalung, dachte Carmen und nutzte die Zeit, um den Raum genauer zu betrachten.

Dr. Pathen hatte seinen Arztkittel hinter sich über die Stuhllehne geworfen. Er trug ein braun kariertes Hemd, dessen obersten Knopf am Hals er ebenso geschlossen hatte wie die Manschettenknöpfe, darüber einen orange-grün gestreiften Pullunder. Der Schreibtisch quoll über von Akten und Angelzeitschriften. Auf der Fensterbank vor einer nahezu blinden Scheibe fristeten ein Gummibaum und eine Sansevieria ihr trockenes und absehbar endliches Dasein.

»Wir haben vorhin telefoniert, Herr Dr. Pathen. Es geht um Ihre ehemalige Patientin, Ragna Wellersleben. Ich möchte Ihnen einige Fragen zu ihr stellen.« Carmen löste mit Mühe den Blick von Gebiss und Toupet, das wie eine zu groß geratene Mütze das Fischgesicht des Psychiaters umschloss. Endlich schob er die Tastatur zurück.

»Schrecklich, was mit ihr geschehen ist. Letzte Nacht haben Sie Ragna gefunden?« Er seufzte und verschränkte seine Spinnenfinger ineinander. »Sie werden als Erstes ihre

Krankengeschichte erfahren wollen. Ihnen ist sicher bekannt, dass ich auch über den Tod einer Patientin hinaus an die ärztliche Schweigepflicht gebunden bin. In Anbetracht dieses scheußlichen Verbrechens kann ich es aber wohl vertreten, Ihnen einige allgemeine Informationen zu geben. Ragna Wellersleben litt an einer dissoziativen Identitätsstörung, besser bekannt als multiple Persönlichkeitsstörung. Sie gilt als eine der schwersten Formen der Dissoziation. Einfach gesagt versteht man darunter das Phänomen, dass die Ich-Struktur eines Menschen nicht mehr einheitlich arbeitet. Patienten mit dieser Erkrankung sind überwiegend weiblich. Sie bilden unterschiedliche Persönlichkeiten aus, die abwechselnd ihr Verhalten bestimmen. Ragna Wellersleben litt als Folgestörung zusätzlich an Depressionen und neigte zu Suchtverhalten. Die Ursachen von Dissoziationen sind weitgehend unbekannt, man vermutet schwere Traumata in der Kindheit hinter dem Krankheitsbild.« Der Arzt lupfte mit einem Bleistift kurz das Toupet über seinem Ohr.

»Ich begleite Ragna seit zehn Jahren, ein Trauma konnten wir nie beweisen, dennoch ist es wahrscheinlich; vermutlich liegt es sehr weit zurück.«

»Hm, können Sie mir bitte erklären, welche und wie viele verschiedene Persönlichkeiten Ragna ausprägte? Ihre Mutter sprach von Amy Winehouse, von einer arabischen Prinzessin. Warum flüchten Menschen mit dieser Störung in unterschiedliche Identitäten? Auf welche Art behandelt man ebendiese Patienten?« Carmen beobachtete gebannt, wie Dr. Pathen eine grüne Plastikforelle aus einer Schublade zog und sie als Briefbeschwerer auf einen Haufen Telefonnotizen legte.

»Warum flüchten Menschen aus der Realität? Aus einer für sie unerträglichen Welt? Wenn alle einschlägigen Studien zutreffen und dieser Störung ein Trauma zugrunde liegt, dann friert die Psyche unverarbeitbare Erlebnisse ein und trennt sie in unterschiedlichem Ausmaß von der Persönlichkeit ab. Jene Anteile beinhalten extreme Gefühle und Gedanken, sie werden zu mehr oder weniger autarken Persönlichkeitsanteilen. Ragnas Psyche hatte ihr verschiedene Auswege geschaffen. Eine ihrer Identitäten ließ sie erfolgreich, gleichzeitig tragisch leben. Extrovertiert, zügellos. Amy, die Dramaqueen. Es gab unterdessen auch die Prinzessin, wie Sie schon anmerkten. Darüber hinaus gab es männliche Anteile in ihr, die sich personalisierten. Jeder Mensch lebt verschiedengestaltige Seiten seiner Person aus. Verstehen Sie, nicht die Rollen sind entscheidend, sondern das zugrunde liegende Prinzip. Ragnas Psyche spaltete Persönlichkeitsanteile ab, formte sie fantasievoll aus und diese handelten schließlich vollkommen selbstständig. Sie erinnerte sich nicht an Aktionen, die eine ihrer Identitäten ausgeführt hatte, sobald sie jene Seelenfigur wieder verlassen hatte. Unsere Gesellschaft markiert das als krank. Und natürlich war Ragna weder die Reinkarnation von Amy Winehouse noch eine Prinzessin aus Tausendundeiner Nacht. Aber sehen Sie, wo genau verläuft die Grenze zur Krankheit?« Er hielt inne, drehte die Plastikforelle, sodass deren tote Fischaugen Carmen anglotzten. »Wie schon erläutert, nach gängiger Lehrmeinung wird der Vorgang der Dissoziation durch Traumata ausgelöst. Ausgelöst im Sinne eines Prozesses. Nur angestoßen! Das heißt automatisch, es ist etwas da, das darauf wartet, entfesselt zu werden. Vielleicht in jedem von uns.« Wiederum schien sein Ohr nach Frischluftzufuhr zu verlangen, Dr. Pathen schob den Stift unter die Toupetmütze und spreizte sie einen Zentimeter ab. Anschließend fuhr er fort. »Sie fragten nach der Medikamentation. Ich behandelte Ragna mit Lorazepam, darauf sprach sie gut an. Hin und wieder unterstützte ich die Therapie mit Haloperidol. Es war nicht leicht, sie medikamentös einzustellen, da sie ihre Tabletten meist nach Lust und Laune einnahm. Sie müssen wissen, dass

Lorazepam ebenfalls in der Drogenszene benutzt wird, um die psychoaktiven, vielmehr euphorisierenden Effekte von Opiaten zu verstärken. Hierzu addierten sich Ragnas Alkoholkonsum und vermutlich verschiedene Drogenexperimente. Sie ging nicht besonders fürsorglich mit sich um.« Der Bleistift wurde zur anderen Seite geschwenkt, Dr. Pathen gönnte auch diesem Ohr Belüftung. »Das führte immer wieder dazu, dass ich sie in das Sandorff-Sanatorium einweisen musste. Zuletzt vergangene Woche Freitag.«

Carmen nickte. Lorazepam, das hatte Dr. Lott als todesursächlich festgestellt. Eine vergrößerte Leber hatte er diagnostiziert, von Drogen hatte er bisher nichts gesagt. Der abschließende Bericht aus der Rechtsmedizin stand allerdings noch aus. Die Frage Dr. Pathens, wo die Grenze zwischen Krankheit und Gesundheit zu ziehen sei, die hatte Carmen sich schon oft in ihrem Berufsleben gestellt. Manches Mal erschien ihr eine Gattenmörderin geistig gesünder als das Opfer, wenn sich herausstellte, was es Frau und Kindern in langen Jahren angetan hatte. Aber natürlich rechtfertigte nichts einen Mord. Sie war hier, um einen Mord aufzuklären, nicht um philosophische Betrachtungen anzustellen über Schuld oder Unschuld eines Menschen am eigenen Schicksal.

»Herr Dr. Pathen, was passiert bei einer Überdosierung von Lorazepam?«

Der Arzt wiegte seinen Kopf. »Man müsste eine sehr hohe Dosis einnehmen, damit sie letal, also tödlich, wirkt. Je nachdem, wenn Drogen hinzukommen oder Organschädigungen vorliegen, kann es zu Atemstillstand oder einem Leberkoma führen. Vorher wird es in jedem Fall zu einer tiefen Sedierung kommen.«

Zum Glück, fand Carmen, das war das einzig Tröstende bei dieser schrecklichen Tat. Sie musste dringend mit Dr. Lott über Ragnas Drogen- und Alkoholkonsum sprechen.

»Herr Doktor, unser Gerichtsmediziner hat festgestellt, dass Ragna schwanger war. Wussten Sie das?«

Dr. Pathen erstarrte. »Um Gottes willen, nein. Nein, das habe ich nicht gewusst! Ich hätte sie viel früher in das Sandorff-Sanatorium eingewiesen. Dort wäre sie Tag und Nacht unter Beobachtung gewesen, man hätte die Medikamente reduziert, um dem Embryo nicht zu schaden, man hätte die Einwirkung der Schwangerschaftshormone auf ihre Erkrankung einschätzen können. Es ist bekannt, dass hormonelle Veränderungen psychotische Schübe auslösen können. Nein, das habe ich nicht gewusst.« Er tastete nach seiner Plastikforelle.

»Ragna hatte ein relativ frisches Tattoo, kennen Sie es? Sagen Ihnen die Buchstaben P oder R und B etwas? Vielleicht der 12. Juli?«

Der Psychiater überlegte und schüttelte den Kopf.

»Eine Frage noch. Wissen Sie den Namen des Arztes, der Ragna im Sandorff-Sanatorium behandelte?«

Dr. Pathen fuhr mit der Zunge an den spitzen Frontzähnen entlang.

Seinen Zahnarzt muss ich unbedingt kennenlernen, dachte Carmen, *der scheint über eine äußerst skurrile Art von Humor zu verfügen.*

»Natürlich weiß ich das«, antwortete Dr. Pathen in diesem Moment. »Wir arbeiten seit einigen Jahren zusammen, er heißt Dr. Thomas Gellert.«

11

Erneut hatte man sie hierhergebracht. Alina Rombach betrachtete ohne Emotion ihr Umfeld. Der Raum war schlicht und funktional eingerichtet. Grauer Linoleumboden, beige getünchte Raufasertapete, Holztisch und ein Stuhl mit gelber Plastiksitzfläche. Ein dicker, schwarzer Brummer flog unermüdlich gegen die Leuchtstoffröhre an der Decke. Sie kannte jene Art Zimmer, deshalb brauchte sie den Kopf nicht zu drehen, um zu erkennen, dass weiß lackierte Gitter hinter den Fensterscheiben jeden Gedanken an Freiheit im Keim erstickten. Sie lag auf einem Krankenhausbett in dem fürchterlichen Anbau der Villa bei den Seebewohnern. An diesem Ort gab es keine Rechte. Die Auslieferung war eine totale, wenn nicht existenzielle: ohne Gefühl für sich selber oder die Zeit. Die Benommenheit, der Wattekopf, der Durst, all das hatte sie schon hundertmal erlebt. Neu waren die Gurte über der Brust und dem Becken. Wo war Snooker? Verdammt, was war gestern Abend oder wann auch immer schiefgegangen? Wie lange dämmerte sie hier bereits vor sich hin? Ähnlich den Tannenbäumen zu Hause im hinteren Teil des Gartens, die langsam in der Morgendämmerung aus dem Nebel auftauchten, so nahmen ihre Erinnerungen allmählich schemenhafte Konturen an. Seit jeher hatte sie diesen Moment gefürchtet, nie wusste sie, was er bringen würde. Zunächst tauchte ein verwackeltes Bild wie in einem alten Schwarz-Weiß-Film auf. Schließlich wurde es klarer und sie glitt in die Sequenz:

Sorgfältig hatte sie abends ihre abgebissenen Fingernägel mit strassbesetzten Nails überklebt. Das schwarze Etuikleid, die Ellenbogenhandschuhe, alles saß wie angegossen. Die langen, pechschwarzen Haarsträhnen fielen bis auf ihre solariumgebräunten Schulterblätter. Den Pony hatte sie seitlich geföhnt, sodass er ihr schlimmes Auge verdeckte. Sie hatte einen guten Tag gehabt und sie fand sich schön. Mehrere Posen hatte sie vor dem Spiegel probiert: von kokett bis verrucht. Sie fühlte, es wäre ein Tag, an dem ihr alles gelänge. Snooker saß Beifall klatschend auf dem Fransenhocker neben dem Bett. Sie waren beide gut drauf, lange schon hatte sie ihn nicht mehr so vergnügt gesehen. Weit vor Niclas war Snooker ihr zuverlässigster Gefährte. Snooker kannte sie bereits seit frühester Kindheit, Niclas hatte sie erst im Sandorff-Sanatorium kennengelernt. Sie alle drei waren unzertrennlich geworden. Allerdings hatte Alina das Gefühl, dass Snooker eifersüchtig auf Niclas und neuerdings auch auf Dr. Gellert reagierte. Sie hatte versucht, ihn zu beruhigen. Dr. Gellert bedeutete ihr letztlich nichts, aber er war nützlich, sehr nützlich sogar. Abgesehen davon sah Snooker viel besser aus. An dem Abend hatte er dunkles Haar, das ihm locker auf den Kragen fiel. Mit seinem gut sitzenden, dunkelgrauen Armani-Anzug war er wirklich ein Bild von einem Mann. Sie nahmen ein Taxi. Zwar war es nicht weit von dem Sandorff-Sanatorium bis zum Club, aber der norddeutsche Winter sollte ihr auf keinen Fall die Frisur zerstören. Im Übrigen ging Snooker nicht gern zu Fuß.

Der Club, die Bar Monserrate: Heiß war es darin gewesen, sie erinnerte sich an wummernde Bässe, an zuckende

Lichtblitze. Doch dann: ein Loch, das von keinem Fünkchen einer Erinnerung erhellt wurde. Nichts, allein bleierne Schwärze.

Die Tür wurde geöffnet, ein Mann im weißen Sanatoriumskittel betrat das Zimmer.

»Hallo Alina, wie geht es dir?« Alina wusste nicht, wie es ihr ging. Erst recht nicht, ob sich die Szenen, die sie soeben mit ihrem inneren Auge angeschaut hatte, wirklich so zugetragen hatten.

Der Mann wiegte den Kopf, als er nach Alinas Handgelenk griff, um den Puls zu fühlen.

»Warum hast du deine Tabletten nicht genommen und Alkohol getrunken? Ich habe dir oft genug erklärt, was alles passieren kann. Wie hast du es überhaupt wieder geschafft zu entwischen? Waren wir nicht verabredet? Du steckst in ernsthaften Schwierigkeiten.«

Na so was, dachte Alina, *das ist so, seit ich denken kann.* Der Brummer an der Decke hatte seine sinnfreien Flüge gegen die Leuchtstoffröhre aufgegeben, er lag auf dem Rücken auf der Fensterbank, drehte sich und sein Summen wurde leiser. Alina wandte den Kopf zur Wand. Sie würde wachsam sein, aber jetzt war sie unendlich müde, sie wollte nichts als Ruhe. Irgendwann spürte sie endlich den Einstich in der Armvene. Es war wieder so weit und machte ihr nichts aus. Sie fühlte weder Glück noch Leid, wohltuender Frieden durchströmte sie. Alles war egal, so egal. Die Menschen würden sich gleich in Zeitlupe bewegen, ihre Stimmen würden hallen und Echos produzieren. Der Fußboden, die Wände, alles würde von ihr weichen. Kurz bevor sie wegdämmerte, dachte sie einen letzten Gedanken: *Es war nicht gerecht, zu keiner Zeit hatte irgendjemand jemals Mitgefühl mit ihr gehabt. Das Schlimmste jedoch: Mit der Injektion von Haloperidol, oder welches Zeug sie heute gewählt haben mochten, nahmen sie ihr jedes Mal Snooker weg, den einzigen Freund, dem sie einhundert Prozent vertraute.*

12

Carmen traf kurz nach vier Uhr vor dem Präsidium ein. Das Schneetreiben hatte erneut eingesetzt und ließ sie das Polizeigebäude von der Straße her nur erahnen. Carmen parkte ihr Auto und stapfte auf den erleuchteten Eingang zu. Das komplette Team erwartete sie bereits im Seminarraum am *runden Tisch*, der nach geltenden geometrischen Gesetzen keineswegs rund, sondern eindeutig rechteckig war.

Matthias und Sören saßen jeweils an den Stirnseiten und kippelten mit ihren Stühlen.

Mailin, Assistentin und guter Geist des Präsidiums, sortierte mit Gleichmut einen umgekippten Stapel Fotokopien. Sie stammte aus Shanghai, ihr Vorname bedeutete *schöne Jade*. Sie trug ihn mit Stolz und hatte Carmen erklärt, dass besonders Himmels- und Erdsymbole in China aus diesem feinen Edelstein hergestellt wurden. Das doppelte Lottchen hatte die Grauschöpfe zusammengesteckt und tuschelte. Oft wünschte Carmen sich, bei diesen Gesprächen einmal Mäuschen spielen zu können.

Den beiden gegenüber saßen Claudius Rother und Astrid Bern, zwei fleißige Arbeitsbienen, die Carmens Team immens bereicherten. Claudius sah aus wie ein Riesenbaby der Hells Angels mit seiner stämmigen Figur in der speckigen Ledermontur und mit dem Nackenzopf, der die spärlicher wachsenden Stirnhaare überreichlich kompensierte. Er hatte die Polizeiakademie mit Auszeichnung verlassen und strebte eine Karriere als Profiler an.

Astrid Bern brauchte den Vergleich mit Claudia Schiffer nicht zu scheuen, darüber hinaus verfügte sie über eine besondere Gabe: Sie besaß ein fotografisches Gedächtnis. Ohne die geringste Mühe merkte sie sich endlose Zahlenkolonnen oder nebensächliche Details. Mehr als einmal hatten ihre Kollegen sie in der Vergangenheit bei Wetten, dass..? anmelden wollen, aber Astrid hatte immer nur gelächelt und »Wehe euch! Ich bring euch um, einzeln und mit Schmackes!« angedroht.

Auf dem Tisch stand eine Schale übrig gebliebener Weihnachtskekse neben einem Adventsgesteck, das inzwischen beinahe alle Tannennadeln von sich geworfen hatte und dessen Kerzen niemand mehr anzuzünden wagte ohne einen Eimer Wasser in der Nähe.

»Hallo erst mal«, grüßte Carmen in die Runde und streifte ihre Fellfäustlinge ab.

»Sind wir vollzählig?« Matthias kippelte mit dem Stuhl nach vorne.

»Fast, Oberkriminalrat Schlesinger hat sein Kommen angekündigt, aber vielleicht winkt uns das Glück und er ist im Schneesturm stecken geblieben. Er sagte, zur Not dürften wir ohne ihn anfangen.« Matthias zwinkerte Carmen zu.

Na, dann prost Mahlzeit, auf diese Weise hätte der Schnee immerhin etwas Gutes. Oberkriminalrat Schlesinger war eine Nervensäge; jeder am Tisch hätte ihn ohne mit der Wimper zu zucken am liebsten nach Sibirien gebeamt.

»Wir fangen an!«, entschied Carmen, »Schließlich ist es längst nach vier Uhr. Ich beginne.«

Routiniert fasste sie den bisherigen Ermittlungsstand zusammen:»DieTote heißt Ragna Wellersleben, zweiundzwanzig Jahre alt. Todesursächlich war eine Überdosis Benzodiazepin, vermutlich in Verbindung mit Alkohol- oder Drogenmissbrauch. Der Täter mischte ihr ein Muskelrelaxans in den Rotwein und hat ihr anschließend mit äußerster Brutalität das Benzodiazepin eingetrichtert. Sie wurde in einer Bauernhofruine in Hamburg-Rahlstedt verkleidet in einer Badewanne gefunden. Der Täter hat ihre Silikonimplantate aus der Brust herausgeschnitten und neben der Leiche abgelegt. Das Mädchen litt an einer Störung, die wir als multiple Persönlichkeit kennen. Sie wurde von ihrem Arzt, Dr. Pathen, Ende letzter Woche in das Sandorff-Sanatorium eingewiesen. Dort ist sie schon öfter behandelt worden, dieses Mal kam sie da jedoch nicht mehr an. Behandelnder Arzt im Sandorff-Sanatorium ist ein Herr Dr. Thomas Gellert. Ein bis zwei Tage vor ihrem Tod hatte sie Geschlechtsverkehr, das Sperma hat die Rechtsmedizin sichergestellt. Das Opfer war in der zehnten oder elften Woche schwanger, routinemäßig wird die Pathologie abgleichen, ob Sperma und DNA des Embryos zusammenpassen, demnach von ein und demselben Mann stammen. Ragna hatte eine frische Tätowierung am Oberarm, Mailin wird gleich das Foto verteilen. Eventuell fällt einem von euch etwas zu dem Motiv, den tätowierten Buchstaben oder dem Datum ein. Ach ja, einen Namen haben wir noch: Steffen van Bargen. Ragnas Mutter zufolge war er bis vor Kurzem mit Ragna liiert. Er ist verheiratet, soll sogar gerade Vater geworden sein. Ragnas Smartphone und ihren Computer haben wir beschlagnahmt. Wir sollten zusätzlich ihr Zimmer durchsuchen. Astrid und Claudius: Kümmert ihr euch darum? Und bitte geht mit dem Bild des Tattoos in die einschlägigen Tattoo-Studios, fragt herum, wer es gestochen haben könnte, vor allem, was es darstellen soll.«

Die Angesprochenen nickten, während sie entsprechende Notizen in ihre Blöcke kritzelten. Vor dem Fenster des Besprechungsraumes fuhr ein Krankenwagen mit Sirene vorbei, sodass Carmen erst nach einer Weile weitersprach.

»Vielleicht übernimmst du gleich, Matthias, und berichtest, was ihr bei der Auswertung heute Nachmittag bislang herausfinden konntet. Was ergab die Befragung der beiden Teenager, die die Leiche gefunden haben?« Carmen lehnte sich zurück und griff nach einem schlappen Vanillekipferl. Sie hatte den ganzen Tag noch nichts gegessen und hörte plötzlich, dass ihr Magen knurrte.

Matthias nahm Mailin den Zuckerstreuer aus der Hand, schüttete eine beachtliche Menge Zucker in seinen schwarzen Kaffee und nahm einen großen Schluck.

»Nicht viel, die zwei gaben an, dass sie sich oft in der Bauernhofruine trafen, um ungestört allein sein zu können. Zuletzt am 29. Dezember. Dann erst wieder am 2. Januar, an dem sie die Leiche dort fanden. Beide stammen aus dem sogenannten Ballhaus, einer Einrichtung für verhaltensauffällige Jugendliche in Hamburg-Rahlstedt. Sie wirkten völlig verstört, als sie Ragna entdeckten. Leider waren sie jedoch nicht erschüttert genug, um davon abzusehen, mit dem Handy Bilder zu schießen und Einzelheiten an den *Hamburger Kurier* zu twittern. Dessen Schmierfink Bernd Morgenstern, diese Geißel der Menschheit, habe ich vorhin angerufen, um Schadensbegrenzung zu betreiben.«

Mailin schenkte ihm frischen Kaffee nach und Matthias griff reflexartig nach dem Zuckerstreuer.

»Auch sonst ist es unerfreulicherweise nicht viel, was wir haben. Die Spusi hat über den Telefonanbieter von Ragnas Handy ein Bewegungsprofil sowie einen Einzelverbindungsnachweis für alle ein- und ausgegangenen Gespräche sowie SMS der letzten drei Monate angefordert. Erfahrungsgemäß dauert es bei den Brüdern der Telefongesellschaften eine Weile, bis sie liefern können. Wir haben indes eine Liste von Ragnas E-Mail-Kontakten, die zum Glück recht ergiebig ist. Sie benutzte verschiedene E-Mail-Accounts. Vermutlich je nachdem, als welche Person sie sich aktuell fühlte. In ihrem Ragna-Wellersleben-Account taucht wiederholt eine Jennifer Lahmann auf, den Inhalten der Mails zufolge Ragnas beste Freundin. Es ist hauptsächlich banales Geplänkel, wann sie sich wo treffen. Es geht um Outfits: welche Jeans und welche Blusen sie anziehen wollen. In den letzten Wochen diskutierten sie über einen Mann, der allerdings nie beim Namen genannt wird. Es ist immer nur ein er.«

Carmen zeigte mit dem Kugelschreiber auf Claudius und Astrid. »Ihr sucht morgen diese Jennifer Lahmann auf. Bitte versucht herauszufinden, wer er ist und ob Jennifer von Ragnas Schwangerschaft wusste. Wir beide«, sie deutete auf Matthias, »werden morgen früh als Erstes diesen Steffen van Bargen, den mutmaßlichen Ex-Freund von Ragna, befragen und als Nächstes fahren wir in das Sandorff-Sanatorium. Mailin, sei so gut und …«

»Schon passiert, Chef, Adressen von Jennifer Lahmann und von Steffen van Bargen.«

Mailin schwenkte die Zeigefinger, an denen je einer der unvermeidlichen Post-it-Zettel pappte. Claudius nahm den einen entgegen und klebte ihn in seinen Timeplaner.

»Danke, Mailin. Matthias, bitte weiter.« Carmen ergriff den Zettel mit van Bargens Anschrift und ein weiteres Vanillekipferl.

»Es gibt viele Mails von einem Walker. Diese liefen nicht über ihren Ragna-Wellersleben-Account, sondern über den Kunstnamen Narzisse. Sören ist mit seinem Team dabei herauszufinden, wer sich hinter Walker verbirgt, beziehungsweise von woher die E-Mails kamen. Computer-IP-Adresse et cetera. Bei den E-Mails werden selbst hartgesottene Ermittler rot.«

Der Mufflon nickte, zugleich drehte er angelegentlich seine Filterlose zwischen den Fingern, ohne dass er Matthias zur Seite sprang. Matthias schaute in die Runde.

»Ich habe sie euch kopieren lassen, damit ihr eine anregende Gutenachtlektüre habt. Mailin, bitte.«

Mailin fischte zielsicher aus ihren vielen Papierstapeln je vier Seiten heraus, tackerte sie zusammen, kicherte ohne Unterlass und ließ die Unterlagen weiterreichen.

»Na fein. Da freue ich mich drauf, aber unter Umständen entdecken wir einen versteckten Hinweis auf Walker. Was ist mit Ragnas Facebook-Account? Hat sie analog zu den verschiedenen E-Mail-Adressen auch mehrere Facebook-Profile angelegt?«, wandte Carmen sich diesmal direkt an Sören Lambeck. Die Vanillekipferl schmeckten fürchterlich, sie passten zu dem gesamten grauenhaften Tag, doch in der Not frisst der Teufel Fliegen.

»Zwei. Sie trat unter ihrem wirklichen Namen auf und als Fantasiegestalt mit erfundenem Namen inklusive fiktiver Legende. Das Passwort für diesen Facebook-Dummy ist Narzisse.« Er reichte ihr einen DIN-A4-Bogen mit dem bisherigen Ergebnis seiner Untersuchungen, den Carmen mit gerunzelter Stirn überflog.

»Narzisse, wie eine ihrer E-Mail-Adressen. Okay, verfolg das weiter. Gibt es etwas Neues aus der Gerichtsmedizin?« Carmen wandte sich an das doppelte Lottchen, die wie auf Kommando ihre aufgedrehten Krawattenrollen herabschnellen ließen.

Dr. Joachim Lott sprach als Erster: »Die Analysen und die feingewebliche Untersuchung liegen aus dem Labor noch nicht vor, schließlich war ich heute Morgen um sieben erst mit der Obduktion fertig. Trotz und alledem, mien Broder und ick, wie hebbt uns lütt beeten Gedanken über das Schenario und ein denkbares Mördererprofil mooken deit.«

Mit der einen Hand suchte er in der Brusttasche seines Jacketts die Lesebrille heraus, mit der anderen griff er nach den Notizen vor ihm. Seinen kurzen Exkurs ins Platt beendend, bemühte er sich um Hochdeutsch.

»Das Wichtigste zuerst: Die Tat wurde nicht in der Hausruine verübt. Die Implantate wurden an einem anderen Ort entfernt, anderenfalls hätten wir deutlich mehr Blutspuren finden müssen. Ragna Wellersleben lebte nicht mehr, als sie in der Bauernhofruine abgelegt wurde, vermutlich wurde sie nicht lange nach eingetretenem Exitus dorthin gebracht. Die medizinischen Einzelheiten, die mich zu dieser Erkenntnis kommen lassen, erspare ich euch. Weil lecker sind die nich, so en détail utverklaart, und ihr seht mir man bannich schon brägenklöterig genug ut.«

Dr. Lott machte eine kurze Pause, bevor er hinzufügte: »Es gibt demzufolge irgendwo in Hamburg oder der näheren Umgebung, wie Niedersachsen oder Schleswig-Holstein, den eigentlichen Tatort und einen Täter, der psychopathische Züge aufweist.« Daraufhin klappte er die Brille zusammen, erschöpft von seinem Vortrag auf Hochdeutsch, und zeigte auf seinen Bruder. Der Angesprochene, Dr. Sebastian Lott, wiegte den Kopf.

»Über den Täter hebb ick mir die ganze Nacht den Brägen zermadelt. Mir ist in vierzig Jahren kein ähnlicher Fall bekannt geworden. Es gibt zwei Möglichkeiten: Ragna kannte den Täter nicht. Dafür spricht sehr wenig. Da müssten schon viele Zufälle zusammenkommen. Sie lernt jemanden kennen, sie hat zu viel getrunken, ihre Medikamente zu hoch dosiert, man schläft miteinander. Selbst wenn Ragna nicht wusste, dass sie schwanger war, halte ich dieses Szenario für unwahrscheinlich. Aber weiter: Zufällig hat diese Zufallsbekanntschaft ein Problem mit Silikonbrüsten. Er hat ein derartig dringendes Problem damit, dass er das Opfer betäubt. Sodann operiert er ihr die Kissen heraus. Anschließend zieht er die Sterbende wieder an, setzt ihr eine Perücke auf, die er aus Versehen zur Hand hat, schminkt das Opfer und legt es in einer Bauernhofruine ab. In einer Badewanne, wohlgemerkt. Nein, nein.«

Dr. Sebastian Lott zerbröselte das letzte Vanillekipferl zwischen den Fingern. »Alles deutet auf eine Beziehungstat hin. Ragna kannte ihren Mörder und der Mörder kannte sie. Aus irgendeinem Grund stellte sie ein Sinnbild für ihn dar. Für mich sieht es aus, als hätte er einen Stellvertretermord durchgeführt. Das zeigt die Verkleidung, die Wiederherstellung ihres künstlich veränderten Körpers und der Verzicht auf seine, nun, nennen wir es vorsichtig Operationsergebnisse. Die benötigte er offensichtlich nicht, um sich einen wiederkehrenden Kick zu verschaffen. Es ging ihm bei seiner Tat eher um eine Bereinigung.«

Dr. Lott räusperte sich kurz, dann fuhr er fort: »Hierfür spricht die symbolische Reinigung der Toten in der Badewanne und das Wiederankleiden des Opfers, womit er die Verstümmelung unsichtbar machte.« Wieder hielt er einen Moment inne.

»Mit derartigen Ritualen versuchen Mörder öfters, ihre Tat sinnbildlich ungeschehen zu machen. Manche decken die Leiche zu, andere falten die Hände des Toten und manche führen eben eine Art Reinigung durch. All dieses spricht immer für eine Beziehung zwischen Täter und Opfer. Bei Ragna haben wir es zudem nicht mit einem gewöhnlichen Menschen zu tun. Wie unsere Frau Kommissarin soeben berichtete, verfügte Ragna über multiple Persönlichkeitsstrukturen. Vermutlich unterhielten ihre divergenten Ichs obendrein verschiedene soziale Beziehungen. Welche von Ragnas Persönlichkeiten hat den Täter derartig gereizt? Welche Ragna erinnerte ihn an ein vergessenes Trauma, das er allein auf jene grausame Weise totmachen und neutralisieren konnte?«

Dr. Lott sah in die Runde, leckte seinen Zeigefinger an und pickte Kekskrümel auf, um sie säuberlich in einer Reihe auf seiner Kaffeeuntertasse abzulegen.

»Ach Kinners, ich rede ständig von ihm, damit meine ich allgemein den Täter, völlig unabhängig vom Geschlecht. Es ist genauso möglich, dass eine Frau diesen monströsen Akt der Pseudobefreiung ausgeführt hat.«

Matthias legte die Zeigefinger aneinander und stützte seine Stirn darauf, während er laut nachdachte: »Sie sagten Pseudobefreiung, Herr Dr. Lott. Das impliziert, dass sich der Täter oder die Täterin nur kurzfristig erleichtert fühlen wird? Was wiederum bedeutet, er oder sie wird weitermachen?«

»Jo, mien Jung. Das steht zu befürchten.«

13

»Da bist du ja!« Silvia bemühte sich, ihre Erleichterung nicht zu deutlich zu zeigen, als sie Thomas endlich in seinem Büro antraf. Erregung durchrieselte sie, als sie ihn ansah. Thomas hatte seinen Arztkittel aufgeknöpft, die Brille ins dunkle Haar geschoben. Er schien überaus aufgeräumter Stimmung zu sein und strahlte Silvia an.

»Ich war gerade bei Alina Rombach, sie hatte erneut einen heftigen psychotischen Schub. Heute Nacht ist sie offenbar entwischt, denn sie wurde gegen drei Uhr eingeliefert. Die Sanitäter berichteten, dass sie in einem Club, ich glaube in der Bar Monserrate, einen Ausraster hatte. Sie schien vollkommen außer sich, als sie hier ankam, hat geschrien und gespuckt, musste sogar fixiert werden. Jetzt schläft sie wie ein Baby.«

Mit dem Ellenbogen schob er die Akte, in der er soeben geblättert hatte, unter einen Stapel Psychologie heute.

Das habe ich gesehen, mein Bester. Ich werde herausfinden, was du vor mir verbirgst. Dein übertriebenes Interesse an Alina gefällt mir ebenfalls nicht. Wenn ich jemals die Kraft finden sollte, werde ich mich von dir Schmarotzer befreien.

Silvia blieb mit unbewegter Miene vor seinem Schreibtisch stehen. »Du warst noch lange beschäftigt gestern Abend?«

Ihre Stimme geriet nicht so sicher, wie sie es gewünscht hätte. Thomas fuhr sich mit beiden Händen durchs Haar. »Du sagst es, meine Liebe, ich habe die langweiligsten aller langweiligen Aufgaben verrichtet. Krankenkassenabrechnungen, Gutachterhonorare aufgestellt, Buchungen geprüft, nicht mal etwas gegessen habe ich.«

Er tätschelte das Sixpack unter dem blauen Poloshirt. Silvia bemühte sich, nicht hinzusehen.

Das denke ich mir. Und alles andere werde ich überprüfen. Nie hatte Thomas freiwillig Abrechnungen erledigt, das wäre das Allerneueste. Er sprang auf und nahm sie in den Arm.

»Was ist los mit dir, Cara? Wir arbeiten beide viel zu viel, was hältst du von einem Abendessen bei El Capitano, nur wir zwei?« Er blies ihr eine Strähne aus der Stirn und fuhr mit den Lippen über die Haut an ihren Schläfen.

»Wir machen früher Feierabend, trinken einen Cocktail in der Tower Bar. Einen Mojito oder eine Margarita …«

Silvia lehnte den Kopf an seine Schulter. Vielleicht tat sie ihm unrecht. Vielleicht hatte er tatsächlich etwas Bürokram erledigt. Im Übrigen, einen Abend bei El Capitano zu verbringen, das wäre genau das Richtige, wie damals, als er sie noch bewunderte und begehrte. Es würde sie auf jeden Fall aus ihrer trübseligen Grübelei herausreißen, sie konnte also nur gewinnen. Als sie seine Hände auf dem Po spürte, spannte sie automatisch die Muskeln an. Ja, sie würde weiter um ihre Liebe kämpfen.

Sie hatte gerade den Gürtel seiner Jeans geöffnet, als sein Telefon klingelte.

»Okay, ich bin sofort da.« Er beendete das Gespräch und warf das Smartphone lässig auf einen Berg Akten auf dem Tisch. »Aufgeschoben ist nicht aufgehoben«, flüsterte Thomas ihr ins Ohr, schob sie weg, schloss seinen Gürtel und knöpfte den Kittel zu. Pfeifend entschwand er auf den Klinikflur.

Silvia ordnete ebenfalls ihre Kleidung, wandte sich zur Tür, hielt aber dann inne. Mit drei Schritten ging sie zurück zum Schreibtisch. Sie schalt sich für ihr schlechtes Gewissen, als sie den Stapel Psychologie heute zur Seite schob. Die Patientenakte darunter platzte aus allen Nähten. Anscheinend ein schwerer, zumindest komplexer Fall. Auf der ersten Seite stand der Name derjenigen, deren Schicksal als abstrakte Geschichte, gekleidet in psychologische Fachtermini, zwischen diesen zwei Pappdeckeln steckte: Ragna Wellersleben.

Silvia löste ihr Haar, wand es im Nacken zu einem ordentlichen Knoten und befestigte die Silberspange mit hartem Griff darüber.

Seltsam, woher wusste Thomas, dass Ragna Wellersleben von Dr. Pathen kurz vor Silvester wieder einmal in das Sandorff-Sanatorium überwiesen worden war? Wusste er es überhaupt? Jede Einweisung wurde erst der Klinikleitung, also ihr, mitgeteilt.

Es war ihre Aufgabe, mit den behandelnden Ärzten die Therapiepläne zu entwerfen. Was interessierte Thomas an Ragna, diesem Enfant terrible? Abgesehen davon, kalt rieselte ein Schauer über ihren Rücken: Das hatte sie vollkommen vergessen! Hätte Ragna nicht längst hier eintreffen müssen?

14

»Komm, Matthias, was ist mit dir los? Leg endlich dein Telefon zur Seite. Ich ahne, dass es um eine Frau geht, aber so habe ich dich selten erlebt. Was meinst du, ich habe Hunger, du scheinst zu Hause auch nichts zu versäumen. Park die Karre, wir gehen zu mir rauf, bestellen uns eine Pizza, entkorken einen Merlot und legen anschießend die Füße auf den Tisch.«

»Carmen, deine Idee ist brillant.« Matthias warf sein Handy auf den Rücksitz und fügte hinzu: »Eigentlich wollte ich ins Funny Crow, aber dafür ist später noch Zeit.«

Es war ein normaler Donnerstag. Carmen fragte sich mit Schaudern, woher ihr zehn Jahre jüngerer Kollege die Energie nahm, nachts in Szeneclubs zu gehen und am nächsten Morgen fit und frisch auszusehen. Sie selbst leistete sich derartige Ausflüge seit über zwanzig Jahren nicht mehr.

Wie auch, vor zwanzig Jahren war Linus mit neuen Zähnchen, später mit seinen Albträumen ihre allnächtliche Unterhaltung gewesen. Als er aus dem Allergröbsten heraus war, folgte die schlimmste Zeit ihres Lebens. Wieder durchwachte Nächte bei dem wimmernden Kind im Krankenhaus. *Ach, nicht drüber nachdenken. Das war zum Glück vorbei.* Linus war wohlauf, schien die zwei furchtbaren Jahre verdrängt zu haben.

Jedenfalls hatte er nie mehr darüber gesprochen. Einzig sein Wunsch, Arzt zu werden, den er seit frühester Kindheit mit Ehrgeiz verfolgte, war gewiss kein Zufall.

Sie betraten das Treppenhaus des Altbaus im Lehmweg, in dem Carmen und ihr Sohn wohnten, und stiegen die knarrenden Holzstufen in den zweiten Stock hinauf. Das Schloss hakte, wie jeden Tag trat Carmen routiniert gegen das Türblatt, dann schlüpfte sie aus den Stiefeln und hielt Matthias die Wohnungstür auf. Sie warf ihre Lederjacke über einen Garderobenhaken, ein Clownsgesicht, den Linus aus einer Billardkugel geschaffen hatte.

»Wie immer? Pizza Tonno mit doppelt Zwiebeln?« Carmen griff nach Telefon und Pizzaservice-Flyer.

»Heute lieber ohne Zwiebeln.«

Carmen rückte ihre Lesebrille zurecht.

»Matthias, du hast wirklich null Ahnung. Lass dir von einer lebenserfahrenen Frau raten: Wenn du keine Zwiebeln bestellst, ist es absolut unmöglich, dass du *ihr* heute noch begegnest. Wenn du sichergehen willst, dass du sie nachher im Funny Crow triffst, lass am besten dreifach Knoblauch über die Pizza raspeln. Weißt du, interessante Männer habe ich nur dann kennengelernt, wenn ich meinen ausgeleierten Frottee-Wohn-Schlüpfer mit Ferkelchen und ihren Oink-Oink-Sprechblasen trug. Wahrscheinlich habe ich mich deshalb zu keiner Zeit entschließen können, ihn wegzuschmeißen. Man weiß ja nie.«

Matthias grinste und begann die Schnürsenkel seiner Sneakers aufzuziehen. »Was glaubst du, warum ich heute Morgen ein Paar Sportsocken vor der Waschmaschine gerettet habe?«

»Um mich zu narkotisieren? Um anschließend meine Aldi-Weinbestände auszuräubern? Okay, touché, ich kann dir nicht mehr viel beibringen. Hallo Luigi? Hier ist Carmen. Zweimal Pizza Tonno mit doppelt Zwiebeln, bitte.«

Sie legte das Telefon auf die Fensterbank und sah in dem Licht der Straßenlaterne dicke Schneeflocken wirbeln. Zum hundertsten Mal an diesem Tag stieg das Bild von Gregor und seiner Begleiterin in ihr auf. Seit wann kannte er sie, womöglich länger als ein Jahr? Hatte er sie bereits vor der Trennung von ihr kennengelernt, stellte sie sogar den wahren Grund dafür dar?

In drei Viertel aller Ehescheidungen leitete die Frau die Trennung ein und die Männer fielen aus allen Wolken. In Carmens Fall war es andersherum gewesen. An einem düsteren Novemberabend vor gut einem Jahr hatte Gregor plötzlich die ZEIT zusammengefaltet, hatte sich aus seinem Ohrensessel erhoben und erklärt, dass er eine *Auszeit* benötige, dass er *vorübergehend* ausziehen würde. Seither kommunizierten sie hauptsächlich über Linus. Carmen war es bei den wenigen *Aussprachen* mit Gregor bis heute nicht gelungen, den Grund für das Scheitern ihrer Ehe herauszufinden. Sobald sie bei Gregor tiefer bohrte, fiel eine Klappe in ihm zu und er wurde noch einsilbiger, als er es von Natur sowieso war. Doch seit einigen Wochen dämmerte ihr immerhin, dass die gewünschte *Auszeit* eher nicht vorübergehender Natur sein würde, und nun hatte sie ihn mit dieser Frau gesehen. Wie ein Spaltpilz fraß sich das Bild in ihr Gehirn.

»Richtig glücklich siehst du auch nicht aus.«

Matthias war hinter sie getreten und kämpfte mit einem Korkenzieher, dessen Flügel sich herabdrücken ließen, ohne dass sie den Korken einen Millimeter nach oben beförderten.

»Gregor, oder?«

Carmen nahm ihm die Flasche aus der Hand, stellte sie zwischen ihre Füße. Sekunden später hatte sie einen roten Kopf, aber ein sattes »Plopp« entschädigte sie für die Anstrengung.

»Mhm, Gregor. Vorgestern an der U-Bahn-Station Kellinghusenstraße. Schwarzes langes Haar, Modelmaße und südländischer Typ.«

»Ach du Schande. Natürlich denkst du, dies hätte eine Bedeutung. Jeder täte das spontan. Du könntest dennoch in Betracht ziehen, dass es eventuell eine harmlose Erklärung gibt?«

»Klar, sie ist seine Schwester, von der er erst vor Kurzem erfahren hat, oder seine Therapeutin, die er engagiert hat, um mit der Trennung von mir klarzukommen!«

Carmen warf Korkenzieher und Korken auf den Küchentisch.

»Nein, warte, noch viel besser: Sie ist seine weibliche Seite, eine Art abgespaltenes Ich, das sich hin und wieder in höchst attraktiver Weise materialisiert.«

Matthias verschluckte sich an seinem Wein.

»Carmen – du bist mal wieder zum Brüllen! Vielleicht ist genau das der Grund für das Verschwinden meiner Annalena. Logisch, ich Idiot, sie ist meine eigene abgespaltene weibliche Seite. Kein Wunder, dass ich sie telefonisch nicht erreichen kann und sie mir keine SMS schreibt.«

Er klatschte sich die Hand an seine Stirn. Wider Willen mussten beide lachen.

»Tja, Mist. Gregor hat eine schwarzhaarige Schönheit zu viel und Annalena ist abgängig. Carmen, ich weiß, das sagt sich leicht: Versuche es gelassen zu sehen. Grübeleien ändern nichts an eventuellen oder wirklichen Tatsachen. Was wäre der Worst Case? Gregor hat eine Freundin. Nicht ausgeschlossen, dass er nie wieder zu dir und Linus zurückkehrt. Du hast mir erzählt, dass du versucht hast, mit ihm zu reden, du hast dich bemüht herauszufinden, was eigentlich passiert ist, aber er geht nicht darauf ein. Solange er ein Gespräch verweigert, bist du machtlos. Wie willst du ihn zwingen?«

»Das ist ja das Gemeine«, fiel Carmen ihm ins Wort. »Matthias, meine Ehe ist nicht an einer einzelnen Klippe gescheitert. Ein Komplex aus zu viel Arbeit, unterschiedlichen Interessen, schließlich beiderseitigen Aufgebens und des resignativen Schweigens führte in die Sackgasse. Ich mache bestimmt nicht alles richtig im Leben, ich haue hundert Prozent öfter mal daneben. Aber dann könnte man es mir immerhin sagen. Man könnte doch, ich meine rein theoretisch, miteinander reden! In der Folge hätte ich die Möglichkeit zu überlegen. Vielleicht komme ich zu dem Schluss: Carmen, der hat recht, da hast du dich wirklich beknackt benommen. Wenn ich es also einsehe, entschuldige ich mich. Oder angenommen, dass ich mein Verhalten trotz kritischer Überprüfung in Ordnung finde, habe ich die Freiheit, bei meinem Standpunkt zu bleiben. Aber die Voraussetzung für das eine wie das andere ist, dass sich mein Gegenüber mit mir auseinandersetzt. Das tut Gregor nicht. Hat er eigentlich selten gemacht. Wenn ich daran denke, als Linus so krank war ...«, da musste Gregor unbedingt eine Auslandsprofessur annehmen.

Sie erhob sich, als es klingelte. Alles, was Matthias gesagt hatte, war richtig: Sie konnte an der Beziehung zu Gregor nichts verändern, solange der es nicht zuließ. Eines allerdings vermochte sie zu tun: Sie konnte ihre Einstellung zu ihm revidieren.

Mit zwei Pizzakartons kehrte Carmen in die Küche zurück. Sie schob Matthias einen Teller hin. Während er ein Stück Pizza in die Hand nahm und hineinbiss, füllte Carmen die Gläser nach.

»Übrigens«, wechselte sie das Thema »eine Type wie den Dr. Pathen habe ich selten gesehen. Schade, dass du nicht dabei warst. Der sah aus, als wäre er einem Comic entsprungen. So einen Heini hätte sich nicht einmal Linus mit all seiner Fantasie ausdenken können. Ständig zupfte er an seiner Heino-Perücke herum und spitze Zähne hatte der, wie ein Piranha oder Haifisch, echt bizarr. Ich musste mich zwingen, ihn nicht die ganze Zeit anzustarren. Er erklärte mir in groben Zügen Ragnas Krankheit, fand die unterschiedlichen Identitäten, die sie ausprägte, weniger entscheidend als das Phänomen an sich; dass jemand traumatische Gefühle und Gedanken als eingefrorene Ich-Anteile abspaltet. Seiner Meinung nach tun wir das alle mehr oder weniger. Wenngleich er zugab, dass man den Grad der Persönlichkeitsabspaltung bei Ragna als pathologisch bezeichnen muss.«

Matthias zerbröckelte seinen abgekauten Pizzarand und überlegte: »Dr. Lott hingegen betrachtet den Fall mehr aus kriminologischer Sicht und fand besonders ihre neu erschaffenen Persönlichkeiten untersuchenswert, da sie jeweils ein soziales Eigenleben geführt haben könnten und der Täter oder die Täterin auf eine dieser Identitäten reagiert haben könnte. Interessant wäre zu wissen, wie lange Ragna in einer ihrer Persönlichkeiten verweilte. Stunden, Tage? Was löste einen Wechsel in eine nächste Identität aus? Wie oft war sie Ragna Wellersleben? Fraglich jedoch, ob ihre Ärzte dies herausfinden konnten. Carmen, wir werden in den nächsten Tagen tief in die Abgründe psychischer Störungen eintauchen müssen. Mal sehen, was der dritte Fachmann auf dem Gebiet sagen wird, ihr behandelnder Arzt in dem Sanatorium, Dr. Gallert, oder wie der heißt. Vielleicht kennt der all ihre Identitäten genauer. Die Pizza ist mal wieder großartig, die beste in der Stadt – auch ohne dreifach Knoblauch –, reichst du mir noch einmal den Karton?«

Carmen hob mit dem Pfannenwender je zwei Stücke auf ihre Teller. »Dr. Pathen wies darauf hin, dass dissoziative Persönlichkeitsstörungen auf ein Trauma zurückgehen, betonte gleichzeitig aber, dass ihm bei Ragna keines bekannt geworden sei. Hier müssen wir trotzdem nachforschen. Familie, Freunde, Dr. Gellert, die Sanatoriumsleitung.«

Mit Zeigefinger und Daumen schnippte Carmen einen Krümel vom Tisch, dehnte anschließend ihren schmerzenden Nacken und sagte: »Tja, wie immer. Das ganze Programm mit allem Pipapo. Ragnas Vater, wo ist der eigentlich? Und wer ist er, wer ist Walker? Einige Ansätze haben wir glücklicherweise. Morgen werden wir mehr erfahren über die Freundin, Jennifer Lahmann. Aber als Erstes nehmen wir uns den Ex-Freund

Steffen van Bargen vor. Das wird interessant, Frau Wellersleben erwähnte doch, dass er verheiratet und gerade Vater geworden sei, gleichwohl Ragna sich seinetwegen die Brüste vergrößern ließ.«

Matthias schob das letzte Stück Pizza in den Mund und wischte die Finger an der Jeans ab.

»Ob dessen Frau von seinem Verhältnis zu Ragna wusste? Das alles wird ein Fünfhundert-Teile-Puzzle werden. Einige Teilchen stechen heraus: Betrug, multiple Ichs, ein ungeborenes Kind, ein geheimnisvoller Walker und die Tat eines Wahnsinnigen. Nur, wie passen sie zusammen, wo sind die Verbindungsstücke? Welches Bild wird uns das fertige Puzzle zeigen?«

»Es wird uns einen Blick hinter einen Vorhang werfen lassen, der unsere heutige Vorstellungskraft überfordert«, stöhnte Carmen. »Ich fürchte, wir werden viele Zeitgenossen treffen, die eine Menge zu verbergen haben. Steffen van Bargen wird sich nicht gern als fremdgehender Ehemann im Mittelpunkt von Ermittlungen wiederfinden. Auch für das Sandorff-Sanatorium ist es keine Reklame, wenn dort die Kripo ermittelt. Außerdem: Je nachdem, was für ein Typ unser Psychopath ist, wird er sich durch unsere Aufmerksamkeit entweder gestört oder animiert fühlen. Wir werden uns beeilen müssen. Mit jeder Stunde, die vergeht, werden Spuren verwischt und Erinnerungen möglicher Zeugen von neuen Eindrücken überlagert. Wusstest du, dass Reminiszenzen nicht statisch sind? Hat Linus mir neulich ausführlich erklärt, als ich ihm vorhielt, dass er schon als Dreijähriger ein Klugscheißer war. Erinnerungen werden vom Gehirn ständig umgebaut, so geringfügig, dass man es nicht merkt. Unheimlich, oder?« Carmen stand auf und trat ans Fenster. »Frau Holle schüttelt weiterhin ihre Betten aus.«

Riesige Schneeflocken segelten am Küchenfenster vorbei. Matthias stellte sich neben sie. »Wir werden dafür sorgen, dass sie nicht die Decke des Vergessens über die Bluttat an Ragna breiten kann.«

15

Die Gründerzeitvilla lag auf einem parkähnlichen Grundstück in der Elbchaussee. Hundertjährige Pappeln säumten die Auffahrt und trugen schwer an ihrer Schneelast. Es hatte die gesamte Nacht geschneit, das Anwesen sah aus wie mit Puderzucker bestäubt und glitzerte in der Vormittagssonne. Matthias zog die Handschuhe aus, bevor er klingelte. Die wuchtige Holzeingangstür öffnete sich vollautomatisch mit einem dezent und teuer klingenden »Klack«.

In der Eingangshalle thronten Gipsengel auf dem Treppengeländer und bliesen mit dicken Backen in die Posaunen des Jüngsten Gerichts. Carmen und Matthias betraten eine knarrende Palisandertreppe, die sich an Marmorsäulen vorbei in das erste Stockwerk wand. Eine junge Frau erwartete die beiden an einer bleiverglasten Wohnungstür.

»Kommissarin Kollinger? Sie hatten heute Morgen mit meinem Mann telefoniert? Ich bin Melanie van Bargen. Steffen müsste jeden Moment zurückkommen, er wollte vor der Befragung kurz seine Sekretärin instruieren. Bitte treten Sie ein, hier entlang geht es ins Wohnzimmer.«

Sie durchquerten einen sechseckigen Flur und das Parkett knarzte unter ihren Füßen. »Bitte schön.« Melanie van Bargen stieß eine Doppelflügeltür auf, sie betraten einen Raum mit riesigen Panoramafenstern, die auf den schneebedeckten Garten an der Rückseite der Villa hinausgingen. Carmen sah sich um.

»Gemütlich haben Sie es hier …«, sie beschrieb mit den Händen eine ausladende Geste.

Jedenfalls, wenn man sich in einem Operationssaal oder einer Gefriertruhe der gehobenen Klasse wohlfühlte.

Der Teppich glich unberührter Schneelandschaft in den Hochalpen. Lampenschirme, die tropfenden Eiszapfen ähnelten, stellten den einzigen Wandschmuck dar.

In dieser Wohnung sollte ein Säugling oder Kleinkind leben, fröhlich mit Spinatbrei kleckern? Die Welt mit nicht ständig klinisch reinen Fingern begreifen? Carmen beobachtete fasziniert, wie sich die Haare auf ihrem Unterarm aufstellten.

Melanie van Bargen wickelte ihre Perlenkette um den Zeigefinger und wies die Ermittler mit einem Nicken an, Platz auf dem badewannenartigen Sofa vor einem der Panoramafenster zu nehmen. Unzählige Zebrafinken zwitscherten in einer Voliere. Carmen setzte sich und nutzte die Gelegenheit, Melanie näher zu betrachten. Blaue Linien unter durchsichtiger Haut: eine Elfe, mit viel Wasser und dem dünnsten aller Aquarellpinsel gemalt. Sie trug einen Pagenkopf, bei dem nach einer Bewegung des Kopfes jedes einzelne Haar genau an seinen Platz zurückschwang. »Also«, begann Carmen, »Frau van Bargen, wir hatten eigentlich erwartet, mit Ihrem Mann sprechen zu können.«

Melanie van Bargen fixierte die Marmorstatue neben der Sofalehne. Ein üppiger Frauentorso, an dessen Busen sich ein Knäuel Kreuzottern festgebissen hatte.

Meine Güte, wo bin ich da denn gelandet – und schon wieder Brüste, dachte Carmen.

Die Elfe schleuderte ihre Pumps auf den weichen Teppich und griff unter ein Kissen, um eine Schachtel Zigaretten hervorzuziehen. Ihre bleichen Finger tasteten nach dem Cartier-Feuerzeug neben der Tischlampe, mit dem sie eine Light-Zigarette entzündete.

»Ich muss dann gleich lüften«, flüsterte sie. Wie auf ein Stichwort näherten sich Schritte, die Flügeltür wurde mit Elan aufgestoßen. Melanie warf die Zigarette in den Aschenbecher, eine Sekunde später erschien eine ältere Ausgabe ihrer selbst im Wohnzimmer.

Carmen riss die Augen auf; diese Frau war nicht mit Wasserfarben gemalt, hier hatte der Zeichner beherzt in den Tuschkasten gegriffen. Schwarz gefärbtes Haar, kantige Konturen und tintenschwarzes Wildlederkostüm. Der Chihuahua auf ihrem Arm wurde fast erwürgt von einem goldenen Halsband.

»Du hast wieder geraucht! Darling, wie kannst du nur, selbst wenn du nicht mehr stillst!« Ihre Nasenflügel bebten trotz der wenigen Hautreserve, die das Facelifting verrieten. »Sie sind Kommissarin Kollinger?«, wandte sie sich Carmen zu. Die Zebrafinken flatterten auf und begannen zu zetern. »Mein Name ist Uta Pinnelka, Melanie ist meine Tochter.«

Sie ließ sich in einen Sessel fallen, der Chihuahua hustete bekümmert. Die Verwandlung Melanies war verblüffend anzusehen. Ihr Gesicht verlor jede Farbe, ihre Konturen schienen sich zu verflüssigen und im Teppich zu versickern. *Assimilation in höchster Perfektion, die Tierwelt hätte von ihr lernen können.* Carmen wünschte sich weit weg.

Die dunkle Version von Melanie holte ein Blatt Papier aus ihrer Krokohandtasche und warf es über den Glastisch.

»Hier, das ist unsere Erklärung. Sie ermitteln wegen einer Gewalttat zum Nachteil einer Ragna Wellersleben? So heißt es doch juristisch korrekt? Ich habe nach Ihrem Anruf bei meinem Schwiegersohn Steffen natürlich sofort mit unserer

Anwaltssozietät kommuniziert. Folgendes: Selbstverständlich wusste meine Tochter, dass ihr Mann, dieser Kretin, sie betrogen hat. Hallo! Wir sind schließlich nicht blöd!«

Sie öffnete einen Blusenknopf und spreizte mit ihren mehrfach beringten Fingern den Kragen auseinander.

»Da Sie es sowieso herausfinden werden: Mein Sohn Niclas wird stationär behandelt in dem Sanatorium, wo auch bewusste Ragna therapiert wurde. Sein Problem ist die komplizierte Beziehung zu seinem Vater, der uns verlassen hat. Seitdem hat Niclas hin und wieder sogenannte Krisen, er nimmt seine Umgebung übersensibel wahr. Nichts Schlimmes. Ich jedenfalls komme glänzend mit ihm klar. Es ist eine Frechheit, dass sie ihn weggesperrt haben! Wäre das nicht geschehen, wäre alles bestens! Erst in diesem Sanatorium hat er Ragna kennengelernt und sich mit dieser Irren angefreundet. Niclas war nie halb so verrückt wie diese Person, aber ihn haben sie in die Geschlossene verfrachtet, während Ragna nur hin und wieder in jener Abteilung einquartiert wurde.« Sie holte kurz Luft. »Mein Schwiegersohn Steffen hat Ragna über Niclas bei einem Besuch dort kennengelernt. Glaube ich, so oder ähnlich muss es gewesen sein. However, Steffen hatte ein Verhältnis mit dieser Ragna, es ist jedoch seit Langem beendet. Nicht wahr, Melanie? Ihr habt euch ausgesprochen und einen Neuanfang gemacht. Ihr seid jetzt wieder glücklich!«

Uta Pinnelka setzte sich aufrecht hin und schlug ein Bein über das andere, ihr Stiefelabsatz hinterließ einen runden Abdruck im Teppichflor.

»Wir bestehen darauf, dass Sie mit den Informationen – und das steht hier in unserer Erklärung – vertraulich umgehen. Weder dieses dümmliche Techtelmechtel noch der Aufenthalt meines Sohnes Niclas in einer Nervenheilanstalt darf an die Öffentlichkeit dringen! Wir müssen an die Firma denken und die Arbeitsplätze, die bei einem Skandal gefährdet würden.«

In dem Versuch, verbindlich zu wirken, bleckte sie eine Reihe überdimensionierter Jacketkronen, die wie Grabplatten im Mondschein glänzten. Carmen stellten sich nun auch noch die Nackenhaare auf.

Was war mit den Hamburger Zahnärzten los? Der eine schuf gewissenlos ein Haifischgebiss und der Urheber dieses Fehlgriffs schien in einer bedenklich morbiden Schaffensphase zu stecken. Carmen fröstelte und lenkte ihre Aufmerksamkeit wieder auf die Befragung von Frau Pinnelka.

Was für eine selbstgerechte, dämliche Person. Sie gefällt sich, findet sich brillant und unglaublich ausgeschlafen. Sie realisiert nicht im Ansatz, wie viel sie über ihr pseudokluges Geschwätz preisgibt. Vor allem im Subtext.

Carmen schüttelte diese Gedanken ab und warf Matthias einen Blick zu.

»Danke, Frau Pinnelka, besonders dafür, dass Sie vorausschauend eine schriftliche Erklärung verfasst haben. Da haben Sie weit mitgedacht. Wenn alle unsere Befragungen derartig kooperativ unterstützt würden, unsere Aufklärungsquote wäre doppelt so hoch.«

Sie versuchte ein Lachen, das aber eher an klirrende Eiszapfen erinnerte. »Dennoch müssen wir unbedingt mit Ihrem Schwiegersohn sprechen. Wo finden wir ihn? In der Firma? Was ist das für ein Betrieb und wie lautet die Adresse?«

Uta Pinnelka nickte und lehnte sich in ihrem Sessel zurück. Mit der linken Hand ließ sie den hustenden Chihuahua von der Leine.

»Der *Betrieb,* wie Sie das nennen, ist das führende histologische Labor in Norddeutschland. Wir sind ein Traditionsunternehmen, gegründet von Steffens Großvater. Mittlerweile ist *Nordhisto* überregional bekannt, wir haben sogar schon Gewebeproben aus Skandinavien untersucht!

Wo Sie Steffen finden?«» Sie wandte sich zur Seite, fixierte aus schmalen Augen ihre Tochter.

»Melanie? Hallo! Wach auf! Gib der Frau Kommissarin seine Visitenkarte.« Sofort erhob sich Melanie. Carmen und Matthias folgten ihr durch den sechseckigen Flur in eine Bibliothek. Meterhohe Bücherregale mit fahrbaren Schiebeleitern schmückten die Wände. Über ein kleines Podest mit Ohrensesseln trat man auf eine Glasveranda heraus, die über dem glitzernden Schneefeld des Gartens zu schweben schien.

In diesem Raum würde ich mich gern einen Monat einschließen lassen und mich durch die Erstausgaben bedeutender Literaten schmökern, dachte Carmen.

»Ein wunderschönes Anwesen besitzen Sie, Frau van Bargen. Diese großzügigen Räume mit den hohen Decken und dem Stuck, der Parkettboden! Allein das Treppenhaus mit den Marmorsäulen ist beeindruckend. Wohnt Ihre Mutter eigentlich ebenfalls hier?«, fragte Matthias, als sie außer Hörweite von Uta Pinnelka waren. Melanie van Bargen sah an ihm vorbei zur Tür.

»Ja. Ursprünglich wurde dieses Haus als Hotel konzipiert. Bedauerlicherweise schien der Besitzer recht glücklos zu sein.« Sie richtete ihren Blick auf die Ermittler, während sie fortfuhr.

»Hier oben im ersten Stock lagen die Fremdenzimmer. Wie Sie gerade eben erwähnten: repräsentativ, mit hohen Decken, Stuckverzierung, Kronleuchtern und Blick in den Park aus beinahe jedem Fenster. Sie haben recht, ein Hauch von Glanz ist bis heute geblieben. Doch genauso blieb die kalte Gleichgültigkeit eines Hauses, das immer wieder Fremde beherbergen musste.«

Melanies Gesicht zeigte keinerlei Emotion, als sie nach einer kurzen Pause hinzufügte: »Im Erdgeschoss befanden sich damals die Küche und einige Wirtschaftsräume sowie ein Speisesaal. Steffens Großvater ließ im kompletten Untergeschoss und später in der ehemaligen Küche eines seiner ersten Labore sowie ein Büro einrichten, als er das Haus kaufte. Beides wird heute nicht mehr benutzt. Rechts davon wurden der Speisesaal und die Hauswirtschaftsräume in eine Wohnung umgebaut. Vier Zimmer mit Wintergarten und Terrasse. Dort lebt meine Mutter mit meinem Halbbruder Niels.«

»Meine Fresse!« Matthias und Carmen stolperten die Treppe hinunter an den Gipsengeln vorbei, die weiterhin ungerührt unter einem glitzernden Kristallkronleuchter in ihre Posaunen bliesen.

»Was war das denn für ein Kabarett? Oder war das echt?«

Carmen schloss den Wagen auf, blieb jedoch an der Fahrertür stehen. »Ich fürchte, wir haben soeben den ersten tiefen Einblick in unser Fünfhundert-Teile-Puzzle bekommen. Wenn die Einrichtung einer Wohnung den Seelenzustand ihrer Besitzer widerspiegelt, dann haben wir mit Melanie und Steffen van Bargen die nächsten vereisten Psychen vor uns. Und die Pinnelka! Auf jeden Fall müssen wir noch heute mit diesem Steffen sprechen. Ich rufe Mailin an, dass sie ihn festnagelt, notfalls heute Nachmittag ins Präsidium vorlädt. Haut der Typ einfach ab. Muss angeblich seine Sekretärin instruieren, der wird ja mächtig wichtig sein. Fest steht, Steffen hatte mit Ragna Kontakt und er kommt als möglicher Vater ihres ungeborenen Kindes in Betracht. Wer weiß, ob das Verhältnis wirklich beendet war? Was die Pinnelka behauptet und was für Pamphlete sie von ihrer Anwaltssozietät verfassen lässt, sollte uns in genau entgegengesetzter Richtung denken lassen. Wieso hat sie uns eigentlich unaufgefordert von ihrem Sohn Niclas erzählt? Wieso meint sie zu wissen, dass Ragna eher in die geschlossene Abteilung gehörte als ihr Sohn?«

»Ich glaube, sie wollte den Eindruck erwecken, dass sie mit uns zusammenarbeiten will. Sie möchte, dass wir ihre ureigenen

Bewertungen übernehmen. Vor allem will sie verhindern, dass ihre Familiengeheimnisse bekannt werden. Vielleicht denkt sie, wenn sie freiwillig etwas preisgibt, was wir früher oder später sowieso herausgefunden hätten, und wenn sie uns gleichzeitig droht, dass wir dann nicht tiefer bohren?«

Carmen nickte und überlegte.

»Die Frau spricht nur in Fettdruck und Ausrufezeichen, sie muss eine wahnsinnige Angst haben, nicht ernst genommen zu werden oder zu kurz zu kommen. Sie schwingt das Kommando, befehligt das Regiment, weil sie nur auf diese Art und Weise die Sicherheit erlangt, ihr eigenes Leben kontrollieren zu können.«

Sie standen noch immer vor dem Auto. Carmen lachte, fegte Schnee vom Autodach in ihre Fäustlinge und formte einen Schneeball, mit dem sie sich die Stirn kühlte.

»Was für eine Pest. Mit der Tante werden wir garantiert einiges erleben, das sage ich dir. Die hält sich für megaschlau und weiß auf jedem Gebiet Bescheid. Hast du gemerkt, wie unempfindlich sie gegen meine Ironie war? Sie fühlte sich sogar gebumfiedelt, als ich sie für ihr Mitdenken lobte. Typisch. Komm, wir haben heute viel vor. Die nächste Station ist Dr. Gellert im Sandorff-Sanatorium. Erinnere mich daran, dass ich den guten Mann neben Ragna Wellersleben auch auf Niclas Pinnelka anspreche.«

16

Vor ihrem Bürofenster glitzerte der Schnee in der Januarsonne wie abertausend Diamantensplitter, der Himmel erstrahlte in Aquamarinblau. Silvia hielt einen kurzen Moment ihr Gesicht in die Sonne und schloss die Augen. Sie hatte Thomas Unrecht getan. Tatsächlich hatte er einige Quartalsabrechnungen erledigt in den letzten Tagen. Nicht viele, *na gut.* Das meiste an administrativen Aufgaben blieb stets an ihr hängen, aber ihr gingen sie schließlich viel leichter von der Hand. Das Wichtigste war, er hatte sie nicht angelogen, er hatte gesagt, dass er Abrechnungen gemacht hatte, und es stimmte. Er gab sich wieder Mühe. Sie lächelte, als sie den gestrigen Abend Revue passieren ließ.

Nach der Ankündigung von Thomas, auszugehen, hatte Silvia ihre unerfreulichen Gedanken ebenso zur Seite geschoben wie die diversen Patientenakten auf ihrem Schreibtisch.

Nach Ragna Wellersleben könnte sie morgen früh forschen, dachte sie. Jetzt würde sie deren Arzt, Dr. Pathen, sowieso nicht mehr erreichen. Mit leicht fiebriger Stirn hatte sie Thomas' weißen Porsche Cayenne aus der Garage bugsiert und war über schneeglatte Straßen nach Hause in die Eppendorfer Landstraße geschlittert. Nur nicht, dass sie dem Auto einen Kratzer zufügte, da verstand Thomas wenig Spaß. Zum Glück brauchte sie in der voll geparkten Straße keinen Parkplatz zu suchen, denn sie hatten in der Tiefgarage eines Nachbarhauses zwei Stellplätze anmieten können.

Oben in der Wohnung angekommen, streifte sie wie der Blitz ihr Kostüm ab, löste den Haarknoten und stieg zum zweiten Mal an diesem Tag unter die Dusche. Während sie ihre Beine einschäumte und mit Thomas' Nassrasierer die Haarstoppeln von den Unterschenkeln schabte, überlegte sie, was sie anziehen sollte. Sie entschied sich für ein weinrotes Etuikleid, dazu passten der Rubinschmuck und ihr Lackledermantel. Edel würde das zusammen aussehen, gleichzeitig eine Nuance verrucht. Nein, *geheimnisvoll*, das klang besser. Thomas liebte diese Kombination. Er hatte vollkommen recht, sie hatten viel zu viel gearbeitet in den letzten Monaten. Und sie, Silvia, hatte angefangen, sich und die Beziehung zu vernachlässigen. Wenn sie abends nach Hause kam, hatte sie nur selten Lust auf pflegende Gesichtsmasken, geschweige denn auf Sport. Oft sank sie mit einem Buch, meistens aber mit einem Schwung Patientenakten ins Bett. Von Zeit zu Zeit schlief sie darüber ein.

Thomas war acht Jahre jünger als sie, er hatte im vergangenen August seinen neununddreißigsten Geburtstag gefeiert. Kein Wunder, dass er in diesem betulichen Dasein wenig Enthusiasmus verspürte. Während sie die Haare föhnte und am Hinterkopf antoupierte, damit man den nachwachsenden grauen Haaransatz nicht gleich sähe, lächelte sie. Ab morgen begänne ihr neues Leben, passend zum Jahresbeginn: Sie würde sich in den Hintern treten, abends lecker kochen, sie würde sonntag- und mittwochmorgens an der Alster entlangjoggen und endlich ihr Training im Fitnessstudio wieder aufnehmen. Gewisse Kompromisse musste sie eben schließen. Vielleicht würde Thomas sie in ihrem neuen Leben nicht anbeten. Als erster Schritt würde es genügen, wenn er sie überhaupt wieder als Frau und nicht als Arbeitgeberin und Statistin wahrnähme. Sie sprühte eine lange Stirnsträhne mit Haarspray ein und strich sie im Bogen auf ihrer Wange glatt.

Thomas stellte tatsächlich sein Glas zur Seite und warf die Zeitung auf den Boden, als sie ins Wohnzimmer trat.

»Silvia, Cara! Du siehst fantastisch aus!«

Der Abend hatte gehalten, was er versprochen hatte: Die Margarita in der Bar des Hotels Hafenblick schmeckte wie Nektar und ließ Silvias Nerven vibrieren. Thomas hatte den besten Platz im Erker des El Capitano reservieren lassen. Silvia schalt sich insgeheim für den Gedanken, dass sie kurz überlegt hatte, vorher im Restaurant anzurufen, weil sie fürchtete, Thomas könnte es verbaselt haben. Nein, er hatte es nicht vergessen, er hatte sogar einen Strauß gelber Teerosen auf ihrem Tisch platzieren lassen.

Friedhofsblumen, hatte das gemeine Teufelchen in ihrem Kopf geflüstert. *Wieso wusste er nach den vielen gemeinsamen Jahren nicht, dass sie eine der wenigen Frauen war, die Rosen verabscheuten?*

Natürlich hatte sie sich des ketzerischen Gedankens sofort geschämt. Thomas entnahm dem Kühler neben dem Tisch die Flasche Veuve Clicquot Ponsardin und schenkte die Gläser voll. Er prostete ihr zu und griff nach ihrer Hand.

»Viel zu selten sitze ich mit meiner schönen Frau Doktor bei einem edlen Essen zusammen.« Silvia spürte das Prickeln des Champagners auf der Zunge und unwesentlich später im Kopf.

Wie recht er hat, dachte sie wohl zum hundertsten Mal an diesem Tag. Unter seinem Blick fühlte sie sich einer Königin gleich und plötzlich um zehn Jahre jünger.

Brauchte es wirklich nur ein Glas Schampus, eine gediegene Atmosphäre und ein wenig Aufmerksamkeit, dass sie sich wie neugeboren vorkam? Sie ließ ihren Blick durch die Fenster schweifen, im Hafen kehrte langsam Ruhe ein. Die kleinen Fähren hatten die Musicalgäste auf die andere Elbseite zum König der Löwen gebracht und fuhren jetzt zu den Liegeplätzen zurück.

An den Landungsbrücken konnte Silvia den alten HADAG-Dampfer *Kirchdorf* ausmachen, auf dem sie schon als Kind gefahren war. Sie lächelte. Ruhe und Tradition, das vermittelte Sicherheit. Zu ihrem neuen Leben würde zukünftig wieder eine Prise Abenteuer gehören, nahm sie sich vor.

Thomas traf die Menüauswahl: Fischvariationen als Vorspeise und Rinderfilet mit Spargel zum Hauptgang. Ein weiteres Mal meldete sich der kleine Beelzebub in ihrem Inneren: *Spargel im Januar, wo der wohl herkommt? Bestellte er das, weil es das teuerste Gericht auf der Karte war?*

Mit einer Handbewegung verscheuchte Silvia den inneren Zensor.

O Silvia, warum kannst du diesen Abend nicht einfach genießen? Wieso bewertest und kommentierst du neuerdings alles, was in dir und um dich herum geschieht? Sie schnappte ihr Glas und trank es in einem Zug aus. *Was hatte Thomas soeben gesagt?* Sie hatte nicht zugehört.

Nach dem Essen nahmen sie ein Taxi. Thomas fasste ihr auf dem Rücksitz unter den Saum ihres Kleides, eng umschlungen stiegen sie die Treppen in dem Altbau in der Eppendorfer Landstraße hinauf und wie früher drückte Thomas sie in die Ecke neben der Garderobe, streifte ungeduldig ihren Lackledermantel ab, griff in den Ausschnitt ihres Kleides. Sie hatte den Wein zum Hauptgang etwas hastig getrunken und war nicht sicher, ob er ihr wirklich »Silvia, Cara, meine große Liebe« ins Ohr gehaucht hatte, aber selbst wenn sie unkonzentriert gewesen sein sollte, es hatte sich gut angehört und angefühlt.

Wieder lächelte sie, kippte ihren Bürostuhl zurück, streifte die Pumps ab und legte die Füße auf den Papierkorb unter ihrem

Schreibtisch. Ins Bett hatten sie es nicht mehr geschafft, nur bis zum Wohnzimmer auf das Sofa. Thomas hatte eine weitere Flasche Champagner hervorgezaubert und nach dem ersten Schluck waren sie wild übereinander hergefallen. Wie früher.

Silvia leckte über ihre aufgesprungene Unterlippe und blinzelte mit einem Auge auf den Kalender. Welche Termine könnte sie heute an Dr. Pérez oder Dr. Thal delegieren? Sie wollte sich in der Januarsonne am Fenster den Luxus einer freien Vormittagsstunde gönnen, um den gestrigen Abend in allen Einzelheiten wieder und wieder vor ihrem inneren Auge auferstehen zu lassen. Als sie den Kalender in die Hand nahm, bemerkte sie, dass ihre Sekretärin Tina eine Notiz zwischen die Seiten geklemmt hatte.

Alina Rombach bittet dringend um einen Termin bei Ihnen. Geht es heute um zehn Uhr?

Silvia knüllte den Zettel zusammen. Alina Rombach, die hatte ihr gerade noch gefehlt, niemand hätte schlechter in diesen Vormittag gepasst als jenes Flittchen. Das könnte Dr. Thal oder sonst wer übernehmen. Sie griff nach dem Telefon.

»Tina? Bitte schicke Frau Rombach zu Herrn Dr. Thal. Ich habe keine Zeit. Und sorge dafür, dass ich in den nächsten zwei Stunden nicht gestört werde.«

Während sie mit einer Hand Jasmintee aus der Thermoskanne in ihre Teetasse nachschenkte, lauschte sie der Stimme von Tina.

»Tina, wie bitte? Bitte noch einmal, wieso hat die Polizei angerufen? Wegen Ragna Wellersleben? Wo ist die überhaupt? Ist sie gestern Abend eingetroffen, als ich schon weg war? Sie sollte doch eigentlich …« Silvia nahm die Füße vom Papierkorb.

»Nein! Tot? O mein Gott. Okay, okay, ruf bitte sofort Dr. Pathen an und stelle ihn zu mir durch. Was hast du gesagt, wann kommen die von der Kripo?«

Mit den Füßen tastete sie nach ihren Pumps unter dem Tisch, dabei blickte sie auf die Zeitangabe des Computerbildschirms.

»Das ist in zehn Minuten! Warum wollen die Dr. Gellert sprechen? Er war zwar ihr Arzt, aber … Nein, er ist noch nicht hier, der kommt heute später.«

Sie öffnete eine Schublade des Schreibtisches und stopfte einen Stapel Akten hinein.

»Tina, bitte töte mir jetzt nicht den letzten Nerv mit der Rombach, das ist momentan unwichtig, dringend erst recht nicht. Die ist ständig aufgeregt, sie sieht und hört immer Bemerkenswertes in ihrer Umgebung und beschwert sich über alles und jeden. Seit wir sie kennen, braucht sie ihre Bühne. Schick sie zu Dr. Thal oder in die Bewegungstherapie, was weiß ich, denk dir etwas aus!«

Silvia knallte den Hörer auf. *Ragna. Die Kripo. Was hatte das zu bedeuten?* Hätte sie doch nur gestern nachgeforscht, wieso Dr. Pathen Ragna abermals eingewiesen hatte und ob es einen Grund für ihr Nichterscheinen gab. Als Klinikleiterin hätte sie sich darum kümmern müssen. Außerdem hatte sie gestern Abend komplett vergessen, Thomas zu fragen, ob und woher er wusste, dass Ragna wieder eingewiesen worden war. *Wo war überhaupt die Akte? Lag sie unverändert unter dem Stapel Psychologie heute in Thomas' Büro?* Silvia hörte ihren Herzschlag in den Ohren rauschen. *Ganz ruhig,* befahl sie sich. Als Erstes würde sie mit Dr. Pathen sprechen, dann die Unterlagen suchen. Wenn die Zeit reichte, könnte sie versuchen, Thomas zu Hause zu erreichen. *Nein, andersherum. Erst Thomas anrufen und im Anschluss nach der Akte fahnden.* Zunächst musste sie wissen, warum Thomas Ragnas Patientenakte studiert hatte. Vor allem musste sie ihn davor bewahren, dass er unvorbereitet in die Befragung der Kripo hineinstolperte. Das ganze Thema roch nach Ungemach, das spürte Silvia mit all ihren Sinnen.

17

»Warst du gestern Nacht noch im Funny Crow?«, fragte Carmen und hielt ihrem Kollegen die Tüte mit duftenden Franzbrötchen hin. Sie waren vor einer Viertelstunde von der Elbchaussee abgebogen und hatten kurz nach Altona einen Bäcker entdeckt, der mit Backwaren aus Uromas Holzofen warb.

»Mhm, zwei Stunden oder so«, nuschelte Matthias.

»Annalena war nicht da, richtig?« Carmen biss herzhaft in das süße Gebäck und fuhr augenblicklich mit der Zunge Richtung Sechser-Backenzahn unten rechts. Schiete, da war bald ein Zahnarzttermin fällig. Aber köstlich schmeckte Uromas Backware, deutlich gehaltvoller als die Industrieware der Franchise-Bäcker.

»Natürlich nicht! Ich hätte die Sneakersocken von weiter unten aus dem Stapel dreckiger Sportklamotten ziehen oder besser noch deinen Tipp mit dem Knoblauch befolgen sollen. Eine allerletzte Option habe ich dennoch.«

Er grinste und riss eine Tüte Zucker auf, deren Inhalt er komplett in seinem Kaffeebecher versenkte.

»Tatsächlich – verrätst du sie mir?«

»Meine Boxershorts mit dem Eiffelturm vorn drauf.«

Carmen lachte, sodass die Möwen, die sich Krümel von Uromas Franzbrötchen erhofft hatten, kreischend von dem Lattenzaun neben den Fahrradständern aufflogen.

»Du hast was? So etwas kann dir nur deine Ex-Freundin Feodora geschenkt haben, oder? Ich lach mich kaputt. Dagegen kann ich meinen Frotteeschlüpfer mit den Schweinchen einpacken.«

»Die Shorts hat mir meine Mutter aus ihrem Frankreichurlaub mitgebracht, außerdem ist es lange her«, bemerkte Matthias leicht beleidigt. Carmen presste eine Hand auf den Mund und bemühte sich um Contenance.

»Was für ein Glück für dich, dass Mutti die Ferien nicht in Italien, zum Beispiel in Pisa, verbrachte!«

Ihr Ringen um Fassung endete in einem erneuten Lachanfall. Schließlich brachte sie hervor: »Linus würde frühestens Ostern oder wenn er dringend Geld bräuchte, wieder ein Wort mit mir reden, falls ich ihm eine derartige Unterhose schenken würde. Deine Mutter scheint über einen deftigen Humor zu verfügen. Aber recht hast du!«

Sie schlug dem Kollegen auf die Schulter. »Wenn das nicht hilft, dann hilft gar nichts. Wahrscheinlich kennt deine Mutter Murphys-Slip-Law und hat das Geschenk für dich seinerzeit mit äußerstem Weitblick ausgewählt.«

»Haben wir eigentlich schon Ergebnisse aus der Rechtsmedizin wegen der DNA des Embryos und des Spermas?«, wechselte Matthias das Thema.

»Nein, ich ruf Dr. Lott nachher an, aber vielleicht hat er inzwischen gemailt. Du weißt ja, die Lottchen schlafen so gut wie nie mehr.«

Sie schlenderten von der Bäckerei zum Auto zurück, klopften die Krümel von den Jacken und sofort landeten drei Lachmöwen auf dem Radweg, die sich über die Krumen hermachten.

»Muss raue See gewesen sein vor der Küste, wenn so viele Möwen in die Stadt kommen.« Carmen legte den Kopf in den Nacken und betrachtete den blauen Himmel, an dem sich weitere Vögel der Nordseeküste formierten.

»Hat Mailin uns inzwischen im Sandorff-Sanatorium angemeldet? Ich will sowohl den Gellert als auch die Sanatoriumsleitung sprechen.«

»Hier«, Matthias kramte einen Zettel aus der Jackentasche.

»Eine Frau Dr. Silvia Rufius leitet die Klinik. Mailin hat alles recherchiert und notiert. Also: Dr. Rufius ist siebenundvierzig Jahre alt. Geboren, aufgewachsen in Hamburg, studiert und promoviert ebenfalls in Hamburg. Bevor sie die Leitung des Sandorff-Sanatoriums vor zehn Jahren übernahm, arbeitete sie mit an einem Projekt für traumatisierte Jugendliche im Iran. Sie veröffentlichte verschiedene Arbeiten über dissoziative Persönlichkeitsstrukturen, die international für Aufsehen gesorgt haben. Dieses Krankheitsbild wird vorwiegend in ihrem Sanatorium therapiert; aber auch die Schizophrenen des Nordens konzentrieren sich dort, ein besonderes Fachgebiet der Einrichtung. Hierfür gilt ein Herr Dr. Thal als Spezialist.«

»Hm, weißt du auch etwas über Dr. Gellert?«

»Logisch, wenn Mailin erst einmal anfängt, ist sie nicht zu bremsen.«

Matthias drehte den eng bekritzelten Zettel um.

»Dr. Thomas Gellert, neununddreißig Jahre alt, geboren in Kiel, studiert und promoviert in Hamburg. War Assistenzarzt bei Frau Dr. Rufius, ist jetzt Oberarzt bei ihr. Sonst nichts. Keine Fachartikel, keine Ehrungen. Dafür führt er einen Internetblog, wo er über Borderline und andere Persönlichkeitsstörungen referiert. Also um ehrlich zu sein, Mailin hat wörtlich schwadroniert geschrieben. Scheint, als ob sich Dr. Gellert mangels elitärem Fachpublikum auf die Bewunderung einer anonymen Fangemeinde im Internet beschränken muss.«

Matthias startete den Wagen und ließ an einem Zebrastreifen zwei Kindergartenkinder mit knallroten Tropfnasen und offenen Anoraks über die Straße. Kaum auf der anderen Straßenseite angekommen, dankten sie es ihm mit Fratzen und Stinkefingern, um sich dann kreischend vor Wonne aus dem Staube zu machen.

»Niedlich, die Kleinen, einfach bezaubernd, wie sie ihre frühkindlichen Emotionen ausdrücken.«

Carmen lachte. »Komm, früher waren wir nicht anders! Ich weiß noch, wie meine Mutter sich wunderte, weil ich mich plötzlich weigerte, in *Meinerts Kolonialwarenladen* einkaufen zu gehen. Inge Meinert hatte mich erwischt, wie ich mit verstellter Stimme Auf der Straße USA, dudahhh, dudahhh, steht ein nacktes Ehepaar, dudadudadei … hinter einem Fliederbusch gesungen habe, als ich sah, wie sie mit offener Bluse und ihrem Schwiegervater im Schuppen hinter dem Geschäft verschwand.« Carmen kicherte bei der Erinnerung. Wochenlang hatte sie sich nicht mehr in den Laden getraut aus Angst davor, ausgemeckert zu werden. Dabei hätte eher Inge Meinert Bammel haben müssen.

Sie bogen von der Hauptstraße ab und fuhren durch Eppendorf. Ein ehemaliges Arbeiterviertel mit hohem Altbaubestand, in dem die Gentrifizierung dafür gesorgt hatte, dass die sanierten, einstigen Mietwohnungen heutzutage lediglich für betuchte Hamburger erschwinglich waren.

»Stopp, Matthias, da ist es! Wow, wenn eines Tages mein Hippocampus ein von mir abgekoppeltes Eigenleben führen will oder meine Synapsen anders napsen, als von der Evolution vorgesehen, möchte ich an einem Ort wie diesem ein paar ruhige Jahre verbringen.«

Sie suchten eine Weile nach einem Parkplatz und stellten den Wagen schließlich neben einem Altglascontainer ab, vor dem sich Bataillone von Flaschen in Kartons stapelten.

Langsam gingen sie auf das dreigeschossige Gebäude zu. Villa Sandorff stand in dezenten, goldenen Lettern an der Fassade. Zum Hochparterre führten fünf lang gezogene Stufen hinauf, und die Überdachung an der Vorderseite des Hauses wurde von zwei Säulen gestützt.

»Weißt du, was mir als Erstes durch meine halbwegs intakten Hirnverdrahtungen ins Bewusstsein schießt? Wie konnte sich eine Ragna Wellersleben, beziehungsweise ihre Mutter, dieses Sanatorium leisten?«

Matthias öffnete die Eingangstür und sie betraten das Foyer des Gründerzeitgebäudes. Rechts in der dunklen Halle erblickten sie eine Art Rezeption, die allerdings nicht besetzt war. Auf dem Boden lag ein riesiger Orientteppich, dessen Farben ausgeblichen und Fransen abgetreten waren. Die letzten Besucher hatten Streusalz und Steinchen auf dem Parkett hinterlassen. Sowohl Wände als auch Treppengeländer hätten gut und gerne einen frischen Anstrich vertragen, und braune Stockflecke zierten den Boden, auf dem ihre Schritte widerhallten. Carmen fühlte, wie ihr eine Gänsehaut über den Rücken kroch.

»Okay, ich werde mich doch lieber irgendwo anders auskurieren, wenn das mit meinem Hippo-Dingsbums nicht mehr klappt. Hier muss man buchstäblich erst hinter die Fassade schauen.«

Sie drehte sich einmal um die eigene Achse, um jede Nuance der Halle aufzunehmen. Matthias nickte und ging zum Empfangstresen, hinter dem in diesem Moment eine Tür in der Mahagoni-Täfelung geöffnet wurde. Eine junge Frau mit asymmetrisch geschnittenen dunklen Haaren, die an einen schief aufgesetzten Helm erinnerten, reichte ihre rechte Hand über den Tresen.

»Guten Tag, mein Name ist Christina Lemcke-Wieler – alle sagen Tina. Ich bin die Assistentin der Klinikleitung, Frau Dr. Rufius. Sie sind von der Kripo?«

Carmen und Matthias zückten ihre Dienstausweise.

»Guten Morgen, wir haben einen Termin bei Frau Dr. Rufius und Herrn Dr. Gellert.«

Tina Lemcke-Wieler zog eine überdimensionale, schwarze Hornbrille aus der Kitteltasche und studierte die Polizeiausweise.

»Frau Dr. Rufius hat mich gebeten, Sie in ihr Büro zu bringen, sie wird in wenigen Minuten von der Patientenvisite zurück sein. Kommen Sie. Darf ich Ihnen einen Kaffee anbieten?«

Carmen und Matthias verneinten und folgten der androgynen Gestalt durch einen dunklen Klinikflur. Schwarz-Weiß-Fotografien asiatischer Metropolen schmückten die Wände. Carmen erkannte Hongkong an der legendären Star Ferry und Kuala Lumpur an den Petronas Towers. Das Gebäude erschien extrem verwinkelt, mehrfach ging es ein paar Stufen treppauf. Sie durchquerten verschiedene kleine Dielen, bevor Tina eine Glastür öffnete, indem sie ihre Identifizierungskarte durch den vorgesehenen Schlitz am Türrahmen zog.

»Der neuere Teil unserer Klinik. Damit wurden der alte Gebäudekern und der Anbau zu einem Rechteck mit großzügigem Atrium im Inneren ausgebaut«, erläuterte sie.

Wieder folgten sie ihr durch einen Gang, an endlosen Zimmertüren vorbei und kleineren Fluren, die sich in dunklen Sackgassen zu verlieren schienen.

»Wir sind derzeit dabei, die Türen auf das Kartensystem umzurüsten, dann müssen wir uns endlich nicht mehr die ständig wechselnden Zahlencodes merken. Aber wie Sie sehen, sind wir noch nicht fertig.«

Sie stoppten vor einer Doppelflügeltür und Tina tippte mit atemberaubender Geschwindigkeit eine Zahlenreihe in das Lesegerät neben der Tür. Die Assistentin trat zur Seite, ließ Carmen und Matthias den Vortritt. Sie wies mit der Hand in ein geräumiges Büro mit einer verglasten Loggia.

»Nehmen Sie dort Platz, ich werde Frau Dr. Rufius anpiepsen, damit sie weiß, dass Sie bereits hier sind.«

Sie hatte die Tür halb geschlossen und wollte sich zum Gehen wenden, als eine junge Frau wie aus dem Nichts auf die Sekretärin zuschoss. Carmen wandte sich um und konnte einen schneeweißen Jogginganzug sowie schwarze Haarsträhnen erkennen.

»Ich will jetzt sofort mit Frau Dr. Rufius sprechen. Sofort, es ist wichtig, lassen Sie mich gefälligst rein. Meine Eltern zahlen einen Arsch voll Geld, damit ich hier behandelt werde, da habe ich Anspruch auf einen Termin, wenn es dringend ist!«

Tina Lemcke-Wieler drückte ihren mageren Rücken durch und setzte eine professionelle Miene auf. Sie schob die Frau aus Carmens Sichtfeld in den Flur.

»Beruhigen Sie sich. Es gibt keinen Grund, aufgeregt zu sein. Frau Dr. Rufius ist auf Patientenvisite, sie wird sicher später für Sie Zeit haben. Wollen Sie nicht zunächst mit Herrn Dr. Thal über Ihr Problem reden?«

Die Assistentin nickte den Ermittlern kurz über die Schulter zu, während sie mit dem Fuß die Tür hinter sich zuzog.

»Verdammte Scheiße noch einmal, ich will die Rufius sprechen und sie soll diesen Hochstapler anweisen, die Finger von mir zu lassen! Außerdem ist Snooker verschwunden, was haben Sie mit ihm gemacht?«

Mit fünf Schritten hatte Carmen das Büro durchquert und lauschte an der Tür. Das Einzige, was sie verstehen konnte, waren Tinas besänftigende Worte: »Alina, kommen Sie jetzt. Sie sind furchtbar aufgeregt und das ist nicht gut für Sie. Ich werde Sie nun zu Dr. Thal bringen, einverstanden?«

Die Schritte verklangen, Carmen setzte sich Matthias gegenüber. »Oha, hast du das mitgekriegt? Das wäre kein Beruf für mich. Ständig Menschen beruhigen, die im wahrsten Sinne des Wortes außer Rand und Band sind. Obwohl, so verrückt klang diese Alina gar nicht. Aufgebracht, okay. Vielleicht zahlen ihre Eltern wirklich viel Geld für die Therapie; wer weiß, wie lange sie schon auf einen Termin bei Frau Dr. Rufius wartet?«

Carmen sah sich um, zuckte mit den Achseln. »Wir wissen es nicht. Aber schön hat sie es hier, ich meine die Chefin. Die Loggia mit Blick auf den Garten ist ein Traum.«

Den Boden des Büros bedeckte ein saphirblauer Teppich, dessen Farbe in den abstrakten Kunstdrucken an den Wänden wiederholt wurde. Außer dem hellblauen Sofa in der Loggia befand sich ein Schreibtisch aus dunklem Tropenholz vor einem weiteren Fenster sowie ein Bücherregal, in dem zahlreiche Bookmarks in der Fachliteratur davon zeugten, dass sich die Bewohnerin des Zimmers ausführlich mit ihrem Gebiet beschäftigt hatte.

»Entschuldigen Sie bitte, dass ich Sie warten ließ. Da bin ich!« Eine schlanke Frau mit blondem Grace-Kelly-Haarknoten und kristallblauen Augen hatte das Büro betreten. Der Teppich dämpfte ihre Schritte, als sie den Raum durchquerte, um die Jalousie am Fenster etwas herabzulassen, damit das Sonnenlicht die Ermittler nicht blendete. Erst als das Zimmer in pastellfarbenes Licht getaucht war, drehte sie sich um, reichte Carmen und Matthias eine kühle Hand zur Begrüßung.

Kein Mode- oder Interior-Design-Magazin verstünde es, diese Harmonie besser zu illustrieren. Wohltemperierte Unterkühlung, falls es so etwas gab. Purismus, die Beschränkung auf das Wesentliche, sowohl bei Frau Dr. Rufius als auch in ihrem Büro.

Carmen war gegen ihren Willen beeindruckt. Während Matthias sie beide vorstellte und den Grund ihres Besuches zusammenfasste, betrachtete Carmen Frau Dr. Rufius, die sich mit dem Laissez-faire einer edlen Katze zu dem Sideboard hinter ihrem Schreibtisch bewegte. Sie entnahm einem Fach drei Gläser und eine Karaffe, die mit Wasser, einer Limonenscheibe sowie einigen Minzzweigen gefüllt war. Ohne zu fragen, schenkte sie die Gläser voll, stellte jedem eines hin. Das eigene nahm sie in die rechte Hand und strich mit dem linken Zeigefinger um den Glasrand herum. »Furchtbar. Sie sagen, man hat ihr die Brustimplantate entfernt? Entsetzlich, wie barbarisch und welch archaischer Akt. Leider kann ich Ihnen nicht viel Erhellendes zu Frau Wellersleben berichten. Zwar kenne ich sie natürlich, auch bin ich im Großen und Ganzen in ihre Behandlung involviert, aber therapiert wurde sie von Herrn Dr. Gellert. Ein wirklicher Fachmann und seit Jahren mit Ragnas Krankengeschichte vertraut. Ich habe ihn bereits angerufen, er wird in wenigen Minuten zu uns stoßen.«

Sie lehnte sich zurück und schlug ihre Chanel-Runway-Nude-bestrumpften Beine übereinander.

Mein Gott, für eine dieser Strumpfhosen könnte ich mir einen Satz Winterreifen kaufen. Na ja, wenigstens fast. Frau Doktor trägt das als Arbeitskleidung in der Klinik! Carmen ließ den Blick wieder höher wandern.

»Frau Dr. Rufius, was uns neben der Krankheitsgeschichte von Ragna Wellersleben interessiert und Sie uns gewiss beantworten können: Wir haben in dem häuslichen Umfeld des Opfers nicht den Eindruck gewonnen, dass es sich Ihr Etablissement leisten könnte. Wer kam für die Kosten der Behandlung auf?«

Sie biss sich auf die Zunge, kurz bevor sie den Blick von Matthias auffing, doch Dr. Rufius war Profi genug, um den Fauxpas überlegen zu parieren.

»Unser Sanatorium«, hier sah sie Carmen den Bruchteil einer Sekunde länger an und zog die perfekt gezupfte Augenbraue eine Nuance höher, »orientiert sich im Wesentlichen an den üblichen Behandlungssätzen. Verständlicherweise jedoch lassen wir uns die intensivere Zuwendung, die eine Klinik mit städtischem Träger nicht zu leisten imstande wäre, honorieren.«

Sie trank einen Schluck und stellte ihr Glas auf dem Tisch ab. »Um auf Ihre Frage zurückzukommen, Frau Kollinger. Die Rechnungen über Ragna Wellerslebens zurückliegende Aufenthalte wurden von ihrem Vater beglichen. Genau, ich erinnere mich, ich habe mich gewundert, dass wir einen Scheck erhielten. Das ist heutzutage unüblich.«

Matthias nickte. Er hatte am Morgen Mailin auf die Fährte von Ragnas Vater gesetzt. Sie dürfte in den letzten Stunden wie ein Trüffelschwein dessen Umfeld durchwühlt haben. Der arme Mann, spätestens heute Abend wäre alles, was sich über ihn finden ließ, durchleuchtet und katalogisiert.

»In der Tat unüblich und auffällig. Mit wem hatte Ragna im Sanatorium Kontakt? Außer dem Personal, wer besuchte sie? Und vor allem, haben Sie sich nicht gewundert, dass Ragna trotz Einweisung von Herrn Dr. Pathen am 28. Dezember bis gestern Abend nicht erschienen ist? Sicher hatte Dr. Pathen Sie doch über diesen Schritt informiert?«

Silvia Rufius ergriff ihr Glas und begann von Neuem, mit dem Zeigefinger den Rand zu umkreisen.

»Das hat er, es ist Usus unter Kollegen, außerdem kennen wir uns seit dem Studium. Allerdings ist es weniger ungewöhnlich, als Sie denken, dass Patienten trotz einer Einweisung nicht in der Klinik oder in einem Sanatorium erscheinen. Sie müssen wissen, dass lediglich in konkreten Überlastungssituationen, also in Situationen, wo entweder das Leben des Patienten selber, das seiner Angehörigen oder Fremder akut bedroht ist, eine Zwangseinweisung erfolgt. Die überwiegende Anzahl unserer Patienten wird von Hausärzten oder Psychiatern eingewiesen. Bei diesen Klienten erfolgt die Aufnahme in eine psychiatrische Einrichtung freiwillig; das heißt, sie verfügen über eine grundsätzliche Einsicht in ihre Behandlungsbedürftigkeit. Sie stehen zwar unter erheblichem Druck, erhoffen jedoch durch die

Therapie eine Linderung ihrer Qualen. So wird es auch bei Ragna gewesen sein.«

Dr. Rufius strich mit zwei Fingern eine Strähne aus der Stirn.

»Manchmal ändern diese Personen kurzfristig ihre Meinung. Ein banaler Außenreiz, der sie ablenkt, mag genügen und sie vergessen oder verdrängen den Vorsatz, sich in Behandlung begeben zu wollen. Nein. Abgesehen davon, dass ich bei derzeit ungefähr zweihundertachtzig bis dreihundert ambulant und stationär behandelter Patienten nicht alle Krankheitsverläufe, geschweige denn die dazugehörigen Termine im Kopf haben kann, hätte ich viel zu tun, sofort Nachforschungen anzustellen, wenn ein Patient nicht pünktlich eintrifft.«

Carmen wandte den Blick von dem schneeglitzernden Garten, in dem einzelne Vögel ihre Spuren bei der Futtersuche hinterlassen hatten, hin zu Frau Dr. Rufius.

Dissonanz, an diesem Punkt stimmte etwas nicht. Wäre ich Klinikchefin, würde ich allein aus betriebswirtschaftlichen Gründen nachforschen, wo eine Patientin bleibt, selbst wenn mich ihr Schicksal nicht sonderlich interessiert, weil ich es an einen geschwätzigen Blogger-Oberarzt delegiert habe. Diese Einrichtung erweckte nicht den Eindruck, auf zahlungskräftige Klienten verzichten zu können.

Es blieb ihr keine Zeit, den Gedanken zu verfolgen, Frau Dr. Rufius sprach bereits weiter.

»Sie fragten nach Besuch? Nein, soweit ich mich erinnere, wurde Ragna lediglich von ihrer Mutter besucht. Das müssen jeweils unerfreuliche Begegnungen gewesen sein, mir wurde wiederholt berichtet, es hätte lautstarke Auseinandersetzungen gegeben. Im Interesse unserer Patientin hat Herr Dr. Gellert diese Termine mehrfach abbrechen müssen.«

Carmen blickte hinaus in den Garten und hatte ein Fünfhundert-Teile-Puzzle vor Augen. Die schwierigsten Puzzles, die sie aus der Kindheit erinnerte, waren Schneelandschaften, über denen ein hellblauer Himmel strahlte. Genau wie die Momentaufnahme, die sie gerade vor sich sah. Da gab es nur einen Weg: Erst die vier Eckstücke heraussuchen, dann den Rand zusammensetzen. Schließlich die einzelnen Teile nach Weiß und Blau trennen. Zum Schluss die mühselige Detailarbeit: verschiedene Weiß- und Blautöne sortieren und einpassen. Als Kind war sie sowohl systematisch als auch nach dem Zufallsprinzip vorgegangen. Manchmal hatte sie einfach ausprobiert, ob ein Verbindungsteil passte. So viel Routine hatte sie erworben, dass sie inzwischen das Puzzle einer Nebelwand über Cornwall in einer Neumondnacht zügig hätte zusammensetzen können.

Gerade als Carmen dieses eine Teilchen suchte, das sie probehalber in ihrer Befragung einsetzen wollte, wurde die Tür aufgerissen. Ein Mann trat über die Schwelle.

»Guten Tag, Frau Kollinger? Herr Zastrow? Ich bin Dr. Thomas Gellert, bitte setzen Sie sich wieder, was kann ich für Sie tun?«

Mit großen Schritten durchmaß er den Raum und setzte sich neben Frau Dr. Rufius auf das Sofa. Er trug eine Jeans, die modisch ausgeblichene Knitterfalten im Schritt aufwies. Sein eisblaues Polohemd hing locker über dem braunen Ledergürtel. Er sah jünger aus als Ende dreißig, nicht schlank, aber durchtrainiert. Braunes, schulterlanges Haar, das er hinter die Ohren gestrichen hatte. Grübchen am Kinn. *Kommt direkt aus der Dusche, irgendwie sauber geschrubbt und durchgelüftet.*

Unwillkürlich drückte Carmen den Rücken durch.

»Dr. Gellert, wir interessieren uns für Ihre Patientin, Ragna Wellersleben. Wann haben Sie diese zuletzt gesehen, wie schätzen Sie ihr Krankheitsbild ein, wer hatte mit ihr Kontakt?«

»Viele Fragen auf einmal ...« Thomas Gellert strich über seinen Dreitagebart und begann die Nagelhaut des linken

Daumens erst mit seinem Ringfinger, dann mit dem Nagel des Mittelfingers zurückzuschieben.

»Ragna Wellersleben litt an einer Persönlichkeitsstörung, die für meine Begriffe völlig überbewertet wurde, sie war medikamentös gut eingestellt und bewältigte ihren Alltag ohne Auffälligkeiten.«

Jetzt war der Zeigefingernagel dran, sich zwischen Daumennagel und Nagelhaut zu bohren.

Eine hässliche Angewohnheit, dachte Carmen, konnte dennoch nicht den Blick von der geröteten und verkrusteten Daumennagelfalz abwenden.

»Aha. Inwieweit überbewertet? Dr. Pathen deutete an, dass Ragna ihre Medikamente je nach Bauchgefühl und Wellenschlag einnahm, dass sie Drogen und Alkohol konsumierte, dass auf diese Weise uneinschätzbare Chemiecocktails ihre Grunderkrankung zusätzlich ungünstig beeinflussten.«

»Na, na. So schlimm war es nicht. Natürlich feiert eine junge, lebenslustige Frau Partys, vielleicht hat sie mal einen Joint geraucht, aber Exzesse hat sie sicher nicht gelebt.« Er schüttelte den Kopf. »Das hätte sie auf Dauer nicht verbergen können.«

»Na schön. Soweit wir wissen, war bei ihr eine dissoziative Erkrankung diagnostiziert worden, sie prägte multiple Persönlichkeiten aus. Wir interessieren uns dafür, welche Charaktere sie entwickelte, es sollen spektakuläre dabei gewesen sein, wie Amy Winehouse zum Beispiel. In dieser Rolle mag sie Männer angezogen haben, für die eine echte Amy unerreichbar gewesen wäre, die sich aber von einer Kopie durchaus angelockt gefühlt haben mögen. Zudem sah Ragna der Sängerin ähnlich. In einer exzentrischen Diva-Figur wird sie andere Männer angesprochen haben, als wenn sie sich in ein vierjähriges Mädchen verwandelte, um einmal die Extreme zu bemühen. Mit wem also hatte sie Kontakt? Hatte sie einen Freund? Warum kam es mit ihrer Mutter zu Auseinandersetzungen?«

Mein Gott, habe ich Sabbelwasser getrunken, wieso rede ich ohne Punkt und Komma? Carmen ließ sich in das Sofapolster zurücksinken.

»Noch mehr Fragen. Ragnas Diagnose haben Sie formal korrekt wiedergegeben. Die Bandbreite der Störung ist allerdings enorm und die Ausmaße können stark differieren. Sehen Sie, wir alle erleben dissoziative Alltagsphänomene. Zum Beispiel wenn wir Auto fahren, automatisch auf Verkehrszeichen, auf Verkehrsteilnehmer reagieren, gleichzeitig gedanklich jedoch mitten in der Auseinandersetzung mit dem Chef vor einer Stunde stecken. Plötzlich stehen wir an einer Ampel und fragen uns, wie wir eigentlich hierhergekommen sind. Das ist die Schwelle, in der streng genommen das Land der Abspaltungen betreten wird. Dann gibt es die schweren Fälle von totaler Depersonalisierung, in denen es bei den Betroffenen in belastenden Situationen zu einer vollkommen zersplitterten Wahrnehmung und Informationsverarbeitung kommt. Das Bewusstsein distanziert sich: Dies alles passiert nicht mir. Der Patient wechselt in eine alternative Identität. So perfekt ist das entsprechende Gehirn trainiert und in der Lage, unangenehme Eindrücke auszuschalten, dass sich diese Menschen nicht daran erinnern können, eine andere Rolle übernommen zu haben. Tja, da gäbe es noch vieles zu vertiefen. Aber dies zur groben Orientierung. Im Übrigen gebe ich Ihnen recht. Der Täter muss sich durch Ragna oder eine ihrer Abspaltungen provoziert gefühlt haben. Welche das gewesen sein mag, dazu müsste ich den Täter und nicht das Opfer kennen.«

Gemächlich streckte er die Beine unter dem Tisch aus, während er gleichzeitig seine Schultermuskeln dehnte.

»Verstehe«, griff Matthias das Thema auf. »Diese Störung, die Sie beschreiben, ist sie angeboren oder liegt ihr ein Trauma zugrunde?«

Die Ärzte tauschten einen kurzen Blick.

»Wie gesagt, bei Ragna war die Symptomatik nur partiell ausgebildet. Jedoch erwähnte sie ein- oder zweimal einen Unfall, der lange zurückgelegen und mit Feuer zu tun gehabt haben muss. Sie sprach in dem Zusammenhang von dem Verlust einer Puppe. Ich erinnere mich sogar an deren Namen: Lore. Brand und Puppe mögen existiert haben, beides kann genauso als eine Art Metapher, als eingefrorene Szene für einen schweren Schock stehen. Es ist oftmals erstaunlich, worauf Menschen in einer existenziell bedrohlichen Situation, wie einem Unfall, ihren Fokus richten. Bei Ragna habe ich darüber nie Näheres herausgefunden. Sie klappte zu wie eine Auster bei dem Thema und flüchtete. Nicht physisch natürlich, sondern auf ihre bewährte Art. Sie wechselte die Identität. Aber das tut jedes Individuum in Bedrängnis hin und wieder, stimmt's? Ob bewusst oder unbewusst: Man tickt eine Problematik an, die dem Gegenüber unheimlich ist, und zack – plötzlich kommt es einem vor, als säße dort ein vollkommen anderer Mensch. Besonders gut zu beobachten in strapazierten Partnerschaften.«

Dr. Gellert schien dies witzig zu finden, als Einziger lachte er. Carmen schmeckte Bitterkeit. *Genauso war es immer mit Gregor gewesen.* Wenn sie, Carmen, damals mit ihm über Linus' Krankheit oder über ihrer beider Umgang damit sprechen wollte – zack, fiel eine Tür zu und urplötzlich saß sie einem Schweigemönch gegenüber. Wie oft hatte sie gebeten, gebettelt und schließlich geschrien. Sie hatte sich um Sachlichkeit bemüht und sie hatte Teller an die Wand geworfen. Alles vergeblich.

Carmen richtete ihren Blick wieder auf den Arzt, der wie ein satter Kater seinen Bauch tätschelte und voll in seinem Element zu sein schien. Ungerührt sprach er weiter.

»Sie deuteten vorhin die problematische Mutter-Tochter-Beziehung an: Genau dieser stete Wechsel der Identitäten hat zu den Konflikten mit Ragnas Mutter geführt, denn die verstand nie den Kern der Erkrankung ihrer Tochter. Für die Mutter war Ragna komplett geisteskrank und nach ihrer sehr einfachen, wenig wissenschaftlichen Auffassung hätte sich die Tochter nur zusammenreißen müssen, um zu erkennen, dass sie nicht Amy Winehouse oder sonst wer sein konnte. Wenn die beiden miteinander sprachen, dann standen sich Wesen aus verschiedenen Universen gegenüber. Sie funkten in Gänze aneinander vorbei.«

Wie sie selber und Gregor, grübelte Carmen, *wann nur hatten sich ihre Welten getrennt?* Abermals ertappte sie sich bei privaten Gedanken in einer Situation, in der sie ihre Sinne nicht zweiteilen durfte.

Heute Abend werde ich darüber nachdenken.

Sie fasste sich und griff den Faden mit der verlorenen Puppe auf. »Haben Sie die Mutter auf jenen Unfall angesprochen?«

»Selbstverständlich tat ich das. Angeblich gab es keinen Unfall, keinen Brand und keine Puppe mit dem Namen Lore.«

»Na prima, also suchen wir eventuell ein Phantomtrauma.«

Während Carmen die Fotografie von Ragnas Tattoo auf den Tisch legte und zu den beiden Ärzten drehte, fixierte sie Dr. Gellert.

»Sehen Sie sich das Tattoo an, können Sie sich die Motivwahl, die Buchstaben oder das Datum erklären?«

Dr. Gellert warf kaum einen Blick auf das Bild.

»Nein. Nach meiner Auffassung wird Symbolik bei psychisch kranken Personen generell überbewertet. Keine Ahnung, was das bedeuten soll.«

Er drehte das Foto zurück in Richtung Carmen und Matthias.

»Tja, in diesem Fall geht es nicht allein um reine Symbolik, sondern um konkrete Buchstaben und ein Datum, den 12. Juli«, wandte Carmen ein.

»Sorry, ich kann Ihnen nichts dazu sagen.«

»Ach, Frau Dr. Rufius, Herr Dr. Gellert, eine Frage noch. Wussten Sie, dass Ragna schwanger war?«, schaltete sich Matthias ein.

Dr. Gellert schob die Brille von der Stirn in das feuchte Haar und griff nach dem Wasserglas vor ihm; er nahm einen großen Schluck.

Zwar bin ich nur Hobbypsychologin, dachte Carmen, *doch eine Übersprungshandlung erkenne ich. Bemerkenswert, dass er aus Frau Doktors Gläschen trinkt. Ob er auch von ihrem Tellerchen isst und in ihrem Bettchen schläft?*

Silvia Rufius sprang in die Bresche.

»Frau Wellersleben war zuletzt im Spätsommer letztes Jahr stationär in Behandlung, wie also könnten wir von einer inzwischen eingetretenen Schwangerschaft wissen?«

Dr. Gellert tätschelte weiterhin seinen Bauch unter dem Polohemd und sah Carmen direkt in die Augen.

»Wir wissen zwar viel über unsere Patienten, aber es gibt eine gewisse Zone …« Carmens und Dr. Rufius' Blicke trafen sich, als sie sich gleichzeitig von der gebräunten Haut über dem Hosenbund des Arztes lösten.

»Tja, wie hätten Sie davon erfahren können? Hätte ja sein können, dass Ragna ambulant von Ihnen weiterbetreut wurde, oder vielleicht hat der Herr Kollege Pathen«, die Kommissarin nahm Frau Dr. Rufius ins Visier, »bei seiner Einweisung entsprechende Hinweise gegeben?«

Möglich wäre es immerhin, wenngleich Dr. Pathen behauptet hatte, nichts von Ragnas Schwangerschaft gewusst zu haben.

»Es tut mir sehr leid, dass wir Ihnen nicht helfen konnten.« Dr. Gellert erhob sich, Frau Dr. Rufius stand ebenfalls auf.

Falsch herum. Die Klinikchefin hätte das Gespräch beenden müssen, nicht ein ihr unterstellter Oberarzt.

Carmen beschloss, es für den Moment auf sich beruhen zu lassen.

»Bitte lassen Sie uns eine Liste zukommen mit allen Freunden oder intensiveren Kontakten von Ragna. Wenn Ihnen noch etwas einfällt, Sie kennen es aus dem Fernsehen, dann …«

»… melden wir uns unverzüglich bei Ihnen.«

Dr. Gellert lächelte, schritt zur Tür und schenkte Carmen den Ausblick auf seine muskulöse Hinteransicht. Als sie ihm die Hand zum Abschied reichte, fiel Carmen ein: »Im Zuge der Ermittlungen sind wir auf einen weiteren Patienten Ihrer Einrichtung gestoßen: Niclas Pinnelka. Hatte er Kontakt zu Ragna?«

Die beiden Ärzte blickten sich an.

»Wahrscheinlich, aber was hat das mit dem Mord zu tun?«

Dr. Rufius runzelte die Stirn. »Niclas befindet sich seit über sechs Jahren ausschließlich in der geschlossenen Abteilung. Ragna war lediglich während schwerer Krisen dort untergebracht.«

In dem Büro hinter ihnen begann ein Telefon zu klingeln und Dr. Rufius verabschiedete sich, um das Gespräch anzunehmen. Thomas Gellert sah Carmen an und strich mit Daumen und Zeigefinger über seinen Dreitagebart.

»Eines ist sicher: Mit Niels, Niclas' Bruder, hatte Ragna Kontakt, soweit ich mich erinnere. Wenn der Niclas besuchte, habe ich ihn manchmal mit Ragna gesehen.«

18

»Du brauchst nichts zu sagen. Frau Dr. Rufius ist dir nicht geheuer und ihr Adlatus erst recht nicht, wenn ich auch ein gewisses Funkeln in deinen Augen gesehen habe. Ist schon eine Erscheinung, der Typ, oder?«

»Ja. Und okay, ich habe Etablissement statt Sanatorium gesagt. Ich weiß, Sprache ist entlarvend. Schiete, ich habe es selber gemerkt, dass das Mist, sogar hochgradig unprofessionell von mir war.«

Sie kratzte an dem Rest Schorf unter ihrer Armbanduhr und kickte eine Capri-Sonne-Tüte von dem Gehsteig in einen Schneehaufen.

»Außerdem, was viel frustrierender ist: Erfahren haben wir rein gar nichts. Konkrete Überlastungssituation! So reden diese Psychoklempner. Das heißt auf gut Deutsch: Jemand flippt komplett aus. Will sich oder andere umbringen. Welch ein Euphemismus! Wer denkt sich die ganzen Verniedlichungen in der Medizin aus? *Raumforderung* für einen todbringenden Tumor oder *Absiedlungen* für seine Leben vernichtenden Tentakel? Es blendet den realen Horror gnädig aus. *Überbewertete Störung! Wir alle erleben uns in abgetrennten Rollen, bla, bla, bla.* Ja, natürlich fahre ich Auto, denke gleichzeitig an den Kakteengarten auf Lanzarote und bremse, wenn eine Ampel auf Rot springt. Als Linus todkrank war, quasi im Universitätskrankenhaus in Eppendorf *lebte* wegen besagter *Raumforderung,* da habe ich mindestens drei Rollen parallel gelebt! Ach Scheiße!«

Ihre Faust donnerte auf ein Autodach, Schnee flog auf.

»Drum herum geredet haben alle beide, bagatellisiert. Eigentlich hätten sie uns erklären müssen, dass Ragna sehr krank war, um damit die Unterbringung in ihrem Haus zu rechtfertigen und um weiter Rechnungen schreiben zu können. Hast du bemerkt, dass Dr. Rufius dem Typen komplett die Bühne überlassen hat? Und hast du gesehen, wie er nach dem Glas von der Rufius gegriffen hat, als ich das Thema auf die Schwangerschaft brachte? Kämst du je auf die Idee, bei einer Konferenz aus meinem Glas zu trinken?«

»Ja nun, sofern Wodka und kein Quasselwasser darin wäre«, erwiderte Matthias trocken.

»Entschuldige, ich weiß selbst nicht, was mit mir los ist. Irgendetwas regt mich seit der letzten halben Stunde total auf. Wenn ich bloß wüsste, was. Weißt du, wenn ich mich derartig hochschraube, dann hat es oft mit einer Spiegelung zu tun.«

»Ach du Schande. Ne, logisch. Spiegelung. Sicher, dass nur Wasser in deinem Glas war?«

Carmen ignorierte seine Bemerkung, sie kramte ein Tempo aus der Jackentasche, schnaubte geräuschvoll hinein, knüllte es zusammen und drückte es ihrem Kollegen in die Hand. Sie hob den Zeigefinger.

»Wenn mich jemand aus der Fassung bringt und ich aggressiv reagiere, dann zeigt mir derjenige etwas. Also meistens was Unangenehmes. Etwas, das ich an mir selbst zum Kotzen finde. Unbewusstes oder Verdrängtes. Das meine ich mit Spiegelung. Ich komme nur nicht darauf, was es im Moment ist. Ich weiß nicht einmal, ob es Dr. Rufius, Dr. Gellert oder ob es deren Interaktion untereinander war, verdammt noch mal.«

Matthias steckte das Taschentuch in eine verschneite Buchsbaumhecke und wischte die Hand unauffällig an seiner Jeans ab.

»Carmen, hervorragend. Das mag alles richtig sein, ist aber viel zu kompliziert. Sicher werden wir alle ständig von irgendwem gespiegelt. Das ist Amateurpsychologie. Was unseren Fall angeht: Ich glaube, die beiden da eben haben oder hatten was miteinander und sie versuchen, irgendetwas hinter der Fassade des maroden Gebäudes und ihres wissenschaftlichen Geredes zu verbergen.«

»Matthias, genau! Du bist genial. Genauso ist es!«

In dem Moment klingelte ihr Telefon, es dauerte eine Weile, bis sie alle Jackentaschen durchsucht und es hervorgekramt hatte.

»Sören? Na, so was! Wir sehen uns nachher zur Abendbesprechung.« Sie sah Matthias an.

»Oha, das war der Mufflon. Er sagt, Dr. Lott hat gemeldet, dass die DNA vom Embryo und das Sperma nicht von ein und demselben Mann stammen. Das heißt, wir suchen neben Lore, dem Phantomtrauma, zwei höchst lebendige Männer, die auf Ragna oder auf einen ihrer personalen Ableger abgefahren sind.«

19

Dr. Thal war ein Idiot. Vertieft in eine Schachpartie, die er seit Wochen gegen sich selber spielte, hatte er kurz aufgesehen, als Alina von Tina in sein Sprechzimmer geschoben worden war. Die Pillen, die er ihr zur Beruhigung in die Hand gedrückt hatte, ruhten inzwischen in der chinesischen Bodenvase im Foyer. Nicht zum ersten Mal hatte Alina dafür gesorgt, dass der Schleier vor ihrem Auge weggezogen blieb. Schade, dass Ragna noch nicht eingetroffen war. Warum eigentlich? Hatte Thomas nicht irgendwann erwähnt, dass sie kommen würde? Ragna hätte sich über die gelben Pastillchen von Dr. Thal gefreut. Die freute sich über alles, was sie einwerfen konnte. Diese dämliche Blindschleiche, tat immer so groß, gab an mit ihrem Millionärsfreund, der ihr angeblich sogar die Titten bezahlt hatte. Alina hatte für ihre eigene Brustvergrößerung selbst löhnen müssen. Ihre Eltern waren nicht bereit gewesen, ihr den kleinsten Betrag dazuzugeben, dabei schwammen die in Geld. Statt ihr die paar Kröten zu schenken, hatte Papa obendrein eine Hirnimplantation als dringendere Sofortmaßnahme empfohlen!

Aber auch mit geschenkten Möpsen blieb Ragna auf ewig eine Blindschleiche. Ziemlich weit unten in der Klinikhierarchie.

Jeder der Klienten kannte die *Börse* im Foyer, die einer Vase der Ming-Dynastie nachempfunden schien und nur den *Waldbewohnern* der offenen Abteilung zugänglich war.

Das beste Versteck ist grundsätzlich direkt vor den Augen der Autoritäten. Kaum einer der Patienten war so blöd, Medikamente oder Drogen im eigenen Zimmer zu horten. Und keiner der bescheuerten Ärzte wusste von der *Börse,* von dem ausgeklügelten Kuriersystem oder welche Währungen in der Welt des Sandorff-Sanatoriums galten.

Alina strich die Haare zurück und schloss den Reißverschluss ihrer Joggingjacke. Na schön, ihr Auftritt vor dem Büro von Dr. Rufius hatte nur die gelben Pillen, also zweite Wahl gebracht, aber immerhin. Sie hatte gehofft, dass Tina sie zu Thomas Gellert schleppen würde, der war großzügiger mit den weißen Kapseln, denn die waren heiß begehrt. Niclas hatte erst letzte Woche einen iPod hergegeben für sechs von ihnen. An seiner Stelle hätte sie das ebenfalls getan. Es musste schwer auszuhalten sein, wenn man von Glasköpfen umgeben war, wenn man in jeden Kopf hineinsehen konnte! Niclas konnte das. Er hatte ihr von milchigen Gestalten mit quallenartigen Kopfkörpern berichtet, die durch die dunklen Gänge ihres Schädels mäanderten. Die sich wie auf ein geheimes Signal hin sammelten und wisperten, deren Chor schließlich zu einer Sirene anschwoll. Wie konnte er das wissen?

Dennoch hatte sich Alina so einfach nicht beeindrucken lassen. Zu Beginn der Freundschaft hatte sie Niclas einem maßgeblichen Test unterzogen.

»Siehst du Snooker? Wie sieht er aus?«

Niclas hatte sie eingehend gemustert und nach einigen Minuten intensiven Nachdenkens geantwortet: »Natürlich sehe ich ihn. Heute ist er dunkelhaarig, er lebt weit hinten in deinem Kopf, neben dem kleinen Mädchen in ihrem Kristallzimmer.«

Niclas konnte tatsächlich in sie hineinsehen! *Grauenhaft* und gleichzeitig *prickelnd*. Allein die Vorstellung, wie auf jedem angezogenen Körper eine einsehbare Glaskugel thronte. Alina hatte schon früh in ihrem Leben erfahren, dass es ungut war, alles zu sehen oder alles zu wissen. Niclas dagegen musste, selbst wenn er es nicht wollte, jedweden Gedanken ansehen. Nicht nur die eigenen. Nein, er musste überdies, speziell in dieser kranken Umgebung, sämtliche Sprünge in den gläsernen Schüsseln seiner Mitpatienten betrachten. Wenn die Hirngespinste das Kommando übernahmen, wenn sie es gar toll trieben und manchen Glaskopfträger in den furchterregenden Anbau der Villa zu den *Seebewohnern* schickten. An jenen Ort, wo sogar ein Eichhörnchen jeglicher Rechte sowie der Reste seines Selbst beraubt wurde.

Alina schüttelte sich. All die intellektuellen Klugscheißer um sie herum versuchten sie und ihre Gedanken, ihre sogenannte Störung, zu analysieren, aber Niclas guckte einfach nur genau hin und erkannte ihren Horror. Dennoch, sie war vergleichsweise gut dran. Sie hatte eine Strategie entwickelt, um hier komfortabel zu überleben. Der arme Niclas gehörte trotz seines genialen Durchblicks zu den *Seebewohnern* der geschlossenen Abteilung und die durften ihr Element nicht verlassen. Zudem hatte er als Mann keine Möglichkeit, seine Medikation zu verbessern. Da hatten es Blindschleichen und Eichhörnchen besser. Speziell Letztere kamen überallhin, weil sie so schlau waren.

Alina kicherte und griff in die Hosentasche. Zum Glück, der Zettel mit den neuen Zahlencodes knisterte in ihrer Hand. Sie trat auf den Balkon und zündete eine Zigarette an. Snooker könnte endlich wieder auftauchen, seine Abwesenheit ärgerte Alina, aber im Stich gelassen hatte er sie noch nie.

Nicht einmal damals, als die kleine Olivia unter dem Eis im Teich verschwand. Wütend trat Alina die Zigarette aus.

Weg mit diesem Quallenkopfgedanken, bevor der in dunklen Gängen nach Verstärkung suchen konnte. Sie sah auf die Kippe neben dem Stiefelabsatz im Schnee. Verschwendung, da wären mindestens noch drei Züge dran gewesen. Bis Snooker auftauchen würde, könnte sie Niclas besuchen. Wenn Tina Lemcke-Wieler ihre Ruhe haben wollte, ließ sie Alina manchmal zu ihm. Später, sobald sie sich fit genug fühlen würde, heute Abend, würde sie wieder abhauen. Die Bar Monserrate und die neue Diskothek übten eine magnetische Anziehungskraft auf sie aus. Außerdem musste sie herausfinden, was vorgestern geschehen war und warum sie sich an nichts mehr erinnern konnte. Von all dem abgesehen hatte sie eine Verabredung und mindestens eine Rechnung offen.

20

Die Fahrt zum Kommissariat dauerte eine geschlagene Stunde, da sich in einer Einbahnstraße in Eppendorf der Lieferwagen einer in diesem Stadtteil ansässigen Fischhandlung quer gestellt hatte. Die Versuche hilfsbereiter Passanten und Fahrer, deren Autos sich hinter dem Transporter stauten, jenen zur Seite zu schieben, scheiterten an der schneeglatten Fahrbahn, auf der die Räder immer wieder durchdrehten und die Stiefel der Anschiebenden ebenfalls kaum Halt fanden. Die Hinterfront des Lieferwagens zierten ein herzhaft lachender Dorsch sowie drei lächelnde Plattfische. Carmen betrachtete die blubbernden Luftblasen über ihnen, die den Schriftzug Gute Ideen aus Nord- und Ostsee, fangfrisch auf den Tisch formten. Ob die bedauernswerten Fische wussten, dass ihre Artgenossen im Innern des Wagens selber als gute Idee auf den Tischen landen würden? Wahrscheinlich nicht, denn dann wäre ihnen das Lächeln geschwind vergangen. Wann wohl Ragna klar geworden war, dass sie in Gefahr und zum Opfer ausersehen war?

Gerade bei Beziehungstaten gibt es diesen einen wichtigen Moment, in welchem dem Opfer grausam bewusst wird, dass der vertraute Mensch zum Täter wird, dass er keinen Spaß macht, wenn er ein Messer zückt. Das Opfer denkt fieberhaft nach, wie es das Unvermeidliche verhindern kann. Vielleicht argumentiert es oder fleht, um endlich zur Einsicht zu gelangen, dass es aus ist. *Hoffentlich war Ragna schon zu umnebelt, um diese endgültige Erkenntnis erleben zu müssen.* Carmen seufzte, leider war das wenig wahrscheinlich. Alle Erfahrung zeigte, dass es den allermeisten Tätern genau hierauf ankam: auf den Moment, in dem sie die Allmacht über Leben und Tod in den Augen des Opfers gespiegelt sahen. Selbst wenn Ragna die Verabreichung des Benzodiazepins nur halbwegs und das Massaker an ihren Brüsten nicht mehr bewusst erlebt haben sollte, war anzunehmen, dass sie sich mit dem Wissen in dem Nebel verlor, dass dieser in eine ewige Nacht führen würde. Carmen seufzte erneut und öffnete die Tür. Zu guter Letzt hatte ein Jeep den Lieferwagen von der Straße gezogen und Matthias kehrte in den warmen Dienst-BMW zurück.

»Endlich, die Fische können weiterfahren. Habe ich dir eigentlich jemals von meinem Goldfisch erzählt? Der hieß Kerstin.« Er grinste. »Goldig, oder?«

Seine Kollegin sah ihn mit großen Augen an.

»Kerstin, warum nicht? Damit konnte er sich bestimmt besser identifizieren als mit Bambi oder King Kong. Das hätte einem Goldfisch etwas viel cineastische Bildung abverlangt, denke ich.«

Matthias nickte zufrieden und sie hielten vor dem Kommissariat. Mailin stöckelte ihnen entgegen.

»Matthias, das sind die Unterlagen über Ragnas Vater.«

Sie reichte ihm eine Mappe, auf der vorne ihre geliebten Post-its mit den Extrakten der Akte klebten.

»Chef«, Mailin wandte sich an Carmen, »ich habe den Herrn van Bargen vorgeladen, er wartet seit einer halben Stunde vor Ihrem Büro. Er klopft alle fünf Minuten bei uns an und meckert, dass er seine Zeit nicht gestohlen hat. Außerdem warten wichtige Termine auf ihn, er will den Oberkriminalrat

Schlesinger persönlich sprechen und, und, und. Dr. Lott hat zu mir gesagt, ›watt för een Smeerlappen‹ oder so ähnlich. Bitte, was ist das?«

Sie blinzelte über den Rand der Brille und drückte Carmen ebenfalls eine mit gelben Zetteln übersäte Mappe in die Hand.

»Oh, ein Smeerlappen, das ist wörtlich übersetzt: ein schmieriger Lappen, ein Putztuch. Man sagt es zu Menschen, die dreckig und speckig sind. Aber auch zu Leuten, die irgendwie glitschig und schmierig von der Art her sind. Ja, so kann man das, glaube ich, ausdrücken.«

Mailin schob ihre Brille mit dem Mittelfinger hoch.

»Dann hat er absolut recht, unser Herr Dr. Lott!«

Damit drehte sie sich um und klackerte auf ihren stelzenartigen Absätzen den Flur entlang zurück in ihr Büro.

»Nun wartet der schon so lange, da können wir uns schnell noch einen Kaffee holen«, schlug Matthias vor. Einträchtig bogen sie auf dem Gang Richtung Cafeteria ab und zogen Becher mit dünnem Kaffee aus dem Automaten.

»Gut, dann mal los. Auf den bin ich gespannt. Ehemann von Melanie van Bargen, Schwiegersohn von der Pinnelka, ehemaliger Liebhaber von Ragna Wellersleben. Neununddreißig Jahre alt, Erbe und Geschäftsführer von *Nordhisto*, dem größten histologischen Institut Norddeutschlands.«

Letzteres las Carmen von einem der Zettel auf ihrer Mappe ab.

»Komm, schauen wir uns den Smeerlappen einmal ganz unvoreingenommen an.«

Sie kicherten und streckten zwei Finger zum Victoryzeichen in die Luft.

»Genau. Vollkommen unvoreingenommen«, bestätigte Matthias.

Als die Ermittler auf ihr Büro zugingen, sprang Steffen van Bargen von dem Plastikstuhl vor der Tür auf, wie der Springteufel aus der Schachtel. Sowohl Mimik als auch Körperhaltung drückten mühsam beherrschten Ärger aus. Der ganze Mann vibrierte.

»Sind Sie Frau Kollinger? Na endlich! Mensch, ich habe wichtige Termine!«, rief er ihr entgegen.

Carmen betrachtete ihn, während sie auf ihn zuschlenderten. Sie hätte ihn nicht als unattraktiv bezeichnet: Er war mittelgroß, schlank und trug das an den Schläfen ergrauende Haar ordentlich auf der linken Seite gescheitelt. Er war edel gekleidet, seine Füße steckten in schwarzen, gewiss handgefertigten Halbschuhen, die keine Spur von Schnee oder Streusalz aufwiesen und garantiert in einem italienischen Modezentrum designt worden waren. Die Velourslederjacke hatte er geöffnet, und als Carmen ihm die Hand zur Begrüßung reichte, sah sie eine Breitling-Armbanduhr an seinem Handgelenk aufblitzen. Dennoch, auf eine seltsame Weise passte er zu seiner Frau Melanie van Bargen. Auch Steffen war von eigenartiger Konturlosigkeit, als hätte er sich die letzten Jahre ausschließlich von Milchschnitten ernährt und die Jahresurlaube im Londoner Nebel verbracht. Bevor er zu zetern anheben konnte, schenkte Carmen ihm ein klirrendes Lächeln.

»Hauptkommissarin Carmen Kollinger, mein Kollege Hauptkommissar Matthias Zastrow. Entschuldigen Sie bitte unsere Verspätung, der Schnee! Wir hatten erwartet, Sie bereits heute Morgen anzutreffen, schließlich hatten wir telefoniert. Das wäre für uns alle entspannter gewesen, nicht wahr?«

Sie stieß die Tür auf und rauschte an ihm vorbei, ohne ihm den Vortritt zu lassen.

»Nehmen Sie Platz, Kaffee?«

Steffen van Bargen setzte sich gehorsam, lehnte den Kaffee mit Blick auf die Plastikbecher der Kommissare indigniert ab. Mit den Fingern trommelte er auf die Tischplatte.

»Ich musste dringend ins Institut, wir sind schließlich …«

»Genau«, schnitt Carmen ihm das Wort ab, »die führende histologische Einrichtung in Norddeutschland und Ihre Sekretärin musste instruiert werden.« Sie räumte einen Stapel Akten zur Seite. »Also, da wir alle knapp an Zeit sind, fangen wir an: Ragna Wellersleben wurde ermordet aufgefunden. Wir wissen, dass Sie ein Verhältnis mit ihr hatten. Ragnas Mutter und auch Ihre Schwiegermutter, Uta Pinnelka, sagten aus, die Affäre sei beendet gewesen. Uns interessiert Ihre Sicht der Dinge. War die Affäre zwischen Ragna und Ihnen tatsächlich vorbei?«

Steffen van Bargen massierte sein Handgelenk und lehnte sich auf dem Stuhl zurück. »Unter die Bekanntschaft habe ich vor gut zwei Monaten einen Schlussstrich gezogen, das ist richtig. Ein Verhältnis, wie Sie sinngemäß anzudeuten belieben, war es nie wirklich.«

»Na schön, ich frage Sie direkt: Hatten Sie während Ihrer Bekanntschaft hin und wieder Geschlechtsverkehr mit Ragna Wellersleben?«

»Ab und zu, ja.« Starr blickte er auf Carmens Hände.

»Aus Versehen vor ein paar Tagen noch einmal?«

»Was soll das alles? Was wollen Sie mir anhängen? Seit zwei Monaten habe ich sie nicht mehr gesehen! So. Sind wir jetzt fertig? Mehr habe ich nicht zu sagen zu dem Thema.«

Matthias, der die ganze Zeit am Fenster gestanden hatte, wandte sich um.

»Herr van Bargen, ich fürchte, wir sind nicht fertig. Schauen Sie das Foto an. Ragna hatte sich ein Tattoo stechen lassen, können Sie uns seine Bedeutung erklären?« Er ließ die Fotografie auf den Tisch fallen.

»Was weiß ich, was das bedeutet! Ein S für Steffen ist jedenfalls nicht dabei!« Erregt sprang er auf. »Kann ich jetzt endlich gehen?«

»Sicher, bald. Vorher haben wir jedoch drei wesentliche Dinge zu klären. Erstens: Ragna war schwanger, wussten Sie das?«

Van Bargen presste die Lippen aufeinander, schüttelte den Kopf und schwieg, ließ sich aber auf den Stuhl zurückfallen.

Matthias blieb neben Carmens Schreibtisch stehen.

»Nein? Gut, wir werden noch heute einen DNA-Test zur Feststellung der Vaterschaft beantragen, da Sie in jedem Falle als Vater infrage kommen. Die Analyse wird praktischerweise gleichzeitig Ihre Aussage bestätigen, dass Sie nicht derjenige waren, mit dem Ragna kurz vor ihrem Tod Geschlechtsverkehr hatte.«

Van Bargen begriff nicht sofort, Matthias fügte daher hinzu: »Die DNA des Embryos und die DNA des Spermas, das an Ragnas Leiche sichergestellt wurde, stimmen nicht überein.«

Als keinerlei Reaktion erfolgte, ergriff Carmen das Wort.

»Zweitens: Ragnas Mutter erwähnte, dass Sie Ragna für talentiert hielten, sie sogar zu einem Casting geschickt haben. Name und Adresse?«

Steffen van Bargen seufzte genervt. »Sie war außergewöhnlich hübsch und sehr exzentrisch. Warum hätte sie es nicht probieren sollen? Ich habe sie mit einem alten Freund bekannt gemacht, der unverbrauchte Gesichter für Daily Soaps suchte. Driss halt, aber sie fuhr darauf ab. Tom Bassing, Sierichstraße. Nummer weiß ich nicht aus dem Kopf.«

Mit der linken Hand zerknüllte Carmen einen Zettel, den sie vom Aktendeckel gerissen hatte, mit rechts klappte sie die Akte auf und legte sie schräg auf die Kante des Tackers, sodass ihr Gegenüber unmöglich über Kopf mitlesen konnte.

»Kommen wir zum dritten Punkt: Bassing hat nicht zufälligerweise auch unverbrauchte Körper für seine Daily Productions gesucht? Ragna hatte sich die Brüste mit Silikon aufpolstern lassen. Das werden Sie hundertprozentig gewusst haben, wenn Sie *ab und zu* Geschlechtsverkehr mit ihr hatten.

Zumal uns die Aussage von Ragnas Mutter vorliegt, dass jene kosmetische Maßnahme angeblich Ihretwegen erfolgte. Oh, wie ich sehe, war meine Assistentin Mailin heute Nachmittag ausgesprochen fleißig. Sie hat die Chargennummern der Implantate zurückverfolgt. Auf diese Weise fand sie heraus, wo und wann die Operation durchgeführt wurde. Nicht wirklich spannend für Sie, Herr van Bargen, denn das wissen Sie ja, nicht wahr? Interessant für uns ist, wer den Eingriff bezahlt hat. Ganz schön viel Geld für eine *Bekanntschaft.*«

Van Bargen sank in sich zusammen, seine Hände zitterten und als er Carmen anblickte, zuckte das rechte Augenlid.

»Ich konfrontiere Sie mit unserem Wissen, um Sie noch einmal zum Überlegen anzuregen, was Ihre Beziehung zu Ragna anging. Sie muss Ihnen mehr bedeutet haben, als Sie uns weismachen wollen. Der Täter hat übrigens die kostbaren Silikonkissen aus Ragnas Brüsten entfernt. Ich habe selten ein derartig abscheuliches Verbrechen gesehen. Was glauben Sie, warum er das getan hat?« Wie nebenbei drehte Carmen die Akte, sodass van Bargen einen Blick auf die Leichenfundort-Fotos werfen musste.

»Das weiß ich doch nicht! Es ist Ihr Job, das herauszufinden! Wieso sollte ich ihr erst die Dinger bezahlen, um sie ihr anschließend herauszuschneiden?«

Er schien sich wieder zu fassen, obwohl seine Gesichtsfarbe ein wächsernes Grau angenommen hatte. »Ich habe sie seit zwei Monaten nicht mehr gesehen. Ich habe mich von ihr getrennt. Melanie wollte sich scheiden lassen, wenn ich mich nicht von Ragna trenne. Meine Schwiegermutter, diese Pissnelke, hat sich ständig eingemischt und meine Frau aufgestachelt. Einmal hat Uta Ragna aufgesucht, angeblich sogar bedroht. Ragna hat mich ausgelacht, es wurde immer schwieriger zwischen uns allen.« Er kramte ein Taschentuch aus der Jackentasche und wischte über seine verschwitzte Stirn.

»Außerdem hatte Ragna seit einigen Wochen irgendetwas mit einem anderen. Sie sprach stets nur von ihm wie von einer Majestät, nannte keinen Namen, aber ich hatte das Gefühl, es wäre ihr Arzt.«

»Ihr Arzt?«, fragten Carmen und Matthias wie aus einem Mund.

»Natürlich nicht Dr. Pathen. Der ist ja selber nicht ganz knusper, haben Sie den einmal gesehen? Nein, nicht Dr. Pathen. Ich meine den anderen: Dr. Thomas Gellert.«

21

Nach der Abendbesprechung mit dem kompletten Team saßen Carmen und Matthias im Konferenzraum am runden Tisch. Irgendeine gute Seele hatte das kahle Adventsgesteck und die Vanillekipferlkrümel entsorgt, dafür einen Topf Glücksklee sowie eine Schale Gummibärchen hingestellt.

Carmen studierte den Bericht von Dr. Lott. Keine Treffer der an Ragnas Leiche und am Fundort sichergestellten fremden DNA in der BKA-Datenbank. So gesehen hatten sie es bei dem Täter mit einem unbeschriebenen Blatt zu tun. Die feingewebliche Laboruntersuchung hatte geschädigte Organe durch Drogen- und Medikamentenmissbrauch ergeben. Die Verabreichung des todbringenden Benzodiazepins musste am Silvesterabend zwischen einundzwanzig und dreiundzwanzig Uhr erfolgt sein. Die Kleidung und die Perücke, mit der Ragna aufgefunden worden war, hatte Dr. Lott an die Spurensicherung weitergegeben. In einer handschriftlichen Notiz hatte er vermerkt, dass sämtliche Etiketten, die Rückschlüsse auf die Herkunft der Textilien gegeben hätten, sorgfältig entfernt worden waren. Carmen legte den Bericht zur Seite. Bislang war Ragnas Mutter die letzte Person, die Ragna lebend gesehen hatte, und dies am Samstagmorgen. Der Tod war Montagnacht beziehungsweise Dienstag in den frühen Morgenstunden eingetreten. Im schlimmsten Fall wäre das Opfer über sechzig Stunden in der Gewalt des Täters gewesen.

Die DNA-Analyse der Probe von Steffen van Bargen war, dank des unkonventionellen und zeitsparenden Arbeitsstils von Staatsanwalt Öttinger, bereits veranlasst. Claudius Rother kümmerte sich um das Alibi von van Bargen. Angeblich hatte dieser die Silvester- und Neujahrsnacht zu Hause verbracht. Seine Schwiegermutter Uta Pinnelka und ihr Sohn Niels, die unten im selben Haus wohnten und bis nach Mitternacht an der Party teilgenommen hatten, sollten dies bestätigen.

»Matthias, wir kommen zu langsam vorwärts: Das Herumzeigen des Tattoos hat bisher nichts gebracht, Astrid und Claudius werden noch etliche Studios abgrasen müssen. Sören kann diesen Walker nicht identifizieren, weil der seine E-Mails aus Internetcafés in verschiedenen Stadtteilen abgeschickt hat. Das allerdings macht ihn verdächtig, denn es deutet darauf hin, dass Walker gern anonym bleiben möchte.«

»Ja, aber immerhin hat die Durchsuchung von Ragnas Zimmer ihren Mutterpass zutage befördert; sie wusste also von der Schwangerschaft. Und zwar erst seit Kurzem.«

Carmen nickte.

»Offiziell seit dem 28. Dezember, dem gleichen Tag, an dem Dr. Pathen sie einweisen wollte. Zwischen dem errechneten Geburtstermin und dem Datum, das ihr Tattoo zeigt, liegt jedenfalls eine viel zu lange Zeit, fast zwei Wochen. Unwahrscheinlich, dass hier ein Zusammenhang besteht. Zumal das Tattoo zwar frisch ist, aber definitiv vor dem letzten Freitag gestochen wurde, also bevor sie von der Schwangerschaft offiziell erfahren hat.«

Matthias trat zum Fenster und öffnete es. Sofort schwebten Schneeflocken auf die Fensterbank, wo sie sich in kleine

Tröpfchen verwandelten. Carmen sog die kalte Luft in ihre Lungen und überlegte weiter.

»Möglicherweise hatte sie schon vorher einen Schwangerschaftstest gemacht. Die Frage ist, ob sie wusste, wer der Vater ihres Kindes war und ob sie ihn bereits informiert hatte. Eventuell hat sie alle infrage kommenden Kandidaten in die Pflicht genommen und bei einem von ihnen eine Panik ausgelöst. Apropos Vater: Was hat Mailin über Ragnas eigenen Herrn Papa herausgefunden?«

Ihr Kollege schloss das Fenster.

»Christian Wellersleben?« Er wühlte in einem Haufen Unterlagen und zog eine Pappmappe hervor.

»Der ist ein echtes Schätzchen: x-mal vorbestraft wegen Betrug, Nötigung und Körperverletzung. Lebt angeblich getrennt von seiner Familie, gemeldet ist er nach wie vor in der Holzmühlenstraße, wo seine Frau Sybille wohnt und bis vor Kurzem auch Ragna gelebt hat.«

»Mhm, die Frau mit der Gockeleieruhr und dem Nudelauflauf.«

»Wie bitte?«

»Na, Ragnas Mutter! Ich fand das höchst befremdlich. Wir informieren sie über den Tod der Tochter, und als der Gockel kräht, ist ihre größte Sorge das Essen. Lass mich raten: Sie hat ihren Mann ewig nicht mehr gesehen und keine Ahnung, wo er sich herumtreibt?«

»Exakt, Glückwunsch. So ungefähr lesen sich Mailins Notizen.«

Mit dem Ärmel wischte Matthias die Fensterbank trocken und versuchte ein Spinnenskelett von seiner Manschette zu schütteln.

»Den werden wir schon aufspüren. Außerdem müssen wir Tom Bassing, diesen Filmfuzzi, befragen. Als Allererstes werden wir Gellert noch einmal auf die Pelle rücken. Wenn

123

der tatsächlich etwas mit Ragna hatte, wie Steffen van Bargen andeutete, und wenn du recht hast, dass er der Partner von der Rufius ist: Das wäre eine hochbrisante Konstellation. Gellert könnte dieser er sein, über den Ragna mit ihrer besten Freundin – wie hieß sie gleich? – E-Mails ausgetauscht hat.«

»Jennifer Lahmann«, antwortete Matthias, schüttelte seinen Arm, an den sich die mumifizierte Spinne beharrlich klammerte. Er rieb die Augen, während Carmen eine zweite Handvoll Gummibärchen in den Mund schaufelte.

»Astrid schreibt in dem Bericht, Jennifer hätte angegeben, dass sie nichts von einer Schwangerschaft wusste. Dass Ragna aber einen neuen Freund hatte. Aber angeblich hätte sie dessen Namen nicht preisgegeben.«

»Was nicht stimmen muss«, gähnte Matthias.

»Was nicht stimmen muss«, pflichtete Carmen ihm bei. »Vielleicht ist er der Filmfuzzi oder jemand, den wir noch nicht kennen. Gib mir bitte die Liste mit den Namen der Mitpatienten rüber, mit denen Ragna befreundet gewesen sein soll, die Frau Dr. Rufius vorhin gemailt hat. Oh, die ist kurz!« Sie starrte auf drei Namen, hinter denen Alter und Diagnose notiert waren.

»Lucas Claasen, Alina Rombach, Clara Warburg. Das hilft uns ohne weitergehende Informationen zu den Patienten kein Stück weiter. Alina. Den Namen habe ich vor Kurzem irgendwo gehört. Alina, genau: Das war doch die junge Dame, die unbedingt Dr. Rufius sprechen wollte, als wir in deren Büro auf sie warteten. Wir nehmen die Liste zu Dr. Gellert mit, die soll er uns mit mehr Leben füllen.«

Schritte und ein leises Klingeln, das sich vom Flur her näherte, ließ die beiden aufhorchen.

»Öttinger«, grinste Matthias und Carmen lächelte. Außer im Hochsommer trug der Herr Staatsanwalt dicke Lederstiefeletten, deren klingelnde Reißverschlusszipper sein Nahen stets akustisch ankündigten.

»Sie sind ja immer noch …« Er verharrte an der offenen Tür und ließ seine Hände durch die Luft flattern.

»Schon neue …? Oder der Täter …« Er zog die Handkante quer über den mageren Hals.

»Nein.« Carmen verbiss sich das Lachen. »Nein, Herr Öttinger, keine neuen Erkenntnisse und der Täter ist weder ermittelt, geschweige denn liquidiert.«

Öttinger drehte die Augen Richtung Flurdecke und legte die Hände an die Schläfen.

»Gibt es hier inzwischen …?« Er brachte es fertig, mit Händen und Kopf eine Art Fragezeichen zu illustrieren.

»Sie meinen, einen trinkbaren Kaffee? O nein. Wie seit zwanzig Jahren nur die Automatenbrühe auf dem Flur.«

»Trotzdem, gepflegte Nachtruhe … und schönes Wochen…« Er fing seine zappelnden Hände ein, faltete sie wie ein Priester vor der Brust, und verhalten klingelnd entfernte er sich.

»Du, Matthias, was mir gerade einfällt. Wenn Melanie van Bargen herausbekommen hätte, dass ihr Mann die Brüste seiner Geliebten Ragna bezahlt hat …«

»Du meinst …«

»Ja, das wäre ein starker symbolischer Akt: die Dinger herauszuoperieren, und, by the way, wie bedauerlich, stirbt die ungeliebte Rivalin dabei.«

22

Eine halbe Stunde später stoppte Matthias den Wagen vor dem Mietshaus im Lehmweg. Die Fahrt über hatten sie wie ein eingespieltes Ehepaar abwechselnd gegähnt und in die Dunkelheit hinausgestarrt, jeder seinen trüben Gedanken nachhängend.

Einen Versuch mache ich noch, dachte Matthias, *wenn ich heute Annalena nicht im* Funny Crow *treffe, gebe ich auf. Jedenfalls wahrscheinlich.* Direkt vor Carmens Haus war natürlich kein Parkplatz zu finden, deshalb hielt Matthias mit Warnblinker in der zweiten Reihe.

»Bis dann«, gähnte Carmen nochmals herzhaft und stieg aus dem Wagen. Ihr Kollege reihte sich in den Verkehr ein, bog ab auf die Hauptstraße und blieb vor einer roten Ampel stehen. Bis im Funny Crow überhaupt was los wäre, hatte er etliche Stunden Zeit. Sein Blick fiel auf die Leuchtreklame des Restaurants Tolle Knolle direkt neben der Kreuzung und er beschloss, die Heimfahrt auf ein, zwei Bierchen in gefälliger Begleitung einer Riesenportion Bratkartoffeln mit Sauerfleisch zu unterbrechen. Er parkte den Wagen hinter einer dunklen Limousine, die ihm bekannt vorkam. Der klitzekleine Sylt-Aufkleber über der 0 der 106 im Nummernschild und die Beule am rechten Kotflügel.

Ach ne, der Herr Kollinger.

Die Delle am Heck verdankte die Luxuskarosse Frau Kollinger, die zwar ebenso schnell rückwärts wie vorwärts fuhr. Ersteres allerdings erkennbar mit deutlich weniger Präzision und die daher das edle Gefährt gegen einen Müllcontainer gedengelt hatte.

Interessant, mal sehen, ob Gregor mit seiner neuen Flamme unterwegs ist. Hundert Meter von Carmens Wohnung entfernt wäre das nicht sonderlich feinfühlig, dachte Matthias, als er die Tür des Tolle Knolle öffnete. Der Duft von Bratkartoffeln mit Zwiebeln und Speck schlug ihm entgegen. An der Bar entdeckte er Carmens Noch-Ehemann Gregor, der finster auf eine Lüttje Lage stierte, die in Hamburg üblicherweise aus einem Pils und einem Korn besteht. Auf seinem Bierdeckel zählte Matthias vier Striche.

»Hey Greg, was dagegen, wenn ich mich zu dir setze?«

Gregor sah kurz auf, wedelte mit der Hand als Zustimmung und betrachtete die aufsteigenden Kohlensäurebläschen in seinem Bierglas.

»Lange nicht gesehen«, sagte Matthias, und als er keine Antwort bekam, fügte er hinzu: »Habe Carmen vor fünf Minuten zu Hause abgeliefert.«

»Mhm, Carmen.« Gregor seufzte, nahm einen großen Schluck Bier aus dem Glas und wischte den Schaum mit dem Jackenärmel von seinen Lippen.

Matthias gab seine Bestellung auf und betrachtete Gregor von der Seite. Früher hatten die Kollingers gelegentlich mit Matthias und Feodora im Restaurant Tolle Knolle zusammen gegessen. Matthias hatte Gregor stets bewundert. Obwohl erfolgreicher Geisteswissenschaftler an der Uni, schwafelte Gregor nie elitär daher. Im Gegenteil, er sprach wenig. Deshalb hörte jeder zu, wenn er das Wort ergriff, dann saß jede Silbe pointiert und pfeilgerade, sodass man sie im Feuilleton der Zeit hätte drucken können. Heute allerdings machte er einen derangierten Eindruck. Seine Krawatte hing auf halb acht und das helle Haar fiel ihm in die Stirn.

Die Bedienung brachte Matthias' Bier.

»Tja, dann mal Prost.«

Sie hoben ihre Gläser und verfielen aufs Neue in Schweigen. Matthias schaute zum dreihundertsten Mal an diesem Tag auf sein Handy und ließ es in einer unauffälligen Bewegung in die Jackentasche gleiten. *Nichts.*

»Wie ist sie drauf?«

»Carmen? Tja, ich weiß nicht. Wir sind an einem ziemlich hässlichen Mordfall dran, der nimmt sie sehr mit, und alles andere, das berede lieber mit ihr selber.«

»Genau das wollte ich vorhin tun, aber Frau Hauptkommissarin war nicht da.« Gregor nahm einen großen Schluck und bedeutete der Bedienung mit Zeige- und Mittelfinger, zwei frische Biere zu bringen.

»Deshalb noch hier in der Gegend?«

»Jo.«

»Vielleicht …«

»Ne, heute nach den Bieren nicht mehr. Aber«, er zerbröselte seinen Bierdeckel, »ich hätte schon lange mit ihr reden sollen, es war nicht fair von mir und gerade jetzt, wo …«

Die Bedienung stellte einen Teller mit Fleisch und Bratkartoffeln vor Matthias ab, von dem eine Familie mit drei halbwüchsigen Kindern satt geworden wäre. Er wickelte das Besteck aus der Serviette. »Ja, manchmal hilft es, miteinander zu reden.«

Wenn er Annalena nachher träfe, würde er sie direkt fragen, ob sie sich mehr als eine Bettgeschichte mit ihm vorstellen könnte. Sollte er sie nicht treffen, würde er einen Haken hinter diese Episode setzen. Er bepackte seine Gabel mit einem Stück Sauerfleisch und einem Berg Bratkartoffeln.

Gregor nickte. »Es ist kompliziert, hoffentlich wird sie mich verstehen, wenn ich die richtigen Worte finde. Matthias, hast du etwas Zeit?«

23

Durch die Milchglasscheibe der Küchentür konnte Carmen ihren Sohn erkennen, der in gewohnter Sprechgeschwindigkeit auf eine ihm gegenübersitzende Gestalt einredete. Es duftete nach Zwiebelkuchen und Carmen lief das Wasser im Mund zusammen. Sie streifte die Stiefel ab, verschwand kurz im Bad und kämmte die Haare, damit Linus sich vor seinem Besuch ihrer nicht schämen musste. Als sie die Tür zur Küche öffnete, blieb ihr der Mund offen stehen.

»Wer um Himmels willen ist das?«

Sie deutete auf die bleiche Gestalt auf dem Stuhl vor dem Fenster, die sich den kahlen Schädel mit Linus' St.-Pauli-Basecap und den knochigen Hals mit Carmens einzigem Kaschmirschal wärmte.

»Das? Nun, das ist Frau Beimer.«

»Aha, Frau Beimer … Du redest mit einem Skelett?«

»Mam, du kommst immer so spät nach Hause und Frau Beimer ist erstklassige Gesellschaft. Sie ist relativ anspruchslos und hilft mir beim Lernen. Frau Beimer besteht aus zweihundertsechs Einzelknochen. Schau nur, diese wundervoll geformte Patella …«

Er klinkte einen scheibenförmigen Knochen vor dem Kniegelenk aus und hielt ihn in die Luft. Carmen sank auf den Stuhl vor dem Schrank, der am weitesten von Frau Beimer entfernt stand.

»Ich glaub, es hackt! Muss die jetzt ausgerechnet in unserer Küche wohnen? Und soll mein Schal sie vor einer Mandelentzündung bewahren oder ihr Doppelkinn verbergen?«

Linus lachte fröhlich. »Weißt du, am lebenden Objekt kann ich die lateinischen Knochenbezeichnungen besser lernen, als wenn ich auf die zweidimensionalen Zeichnungen im Lehrbuch starre. Zusätzlich brauche ich viel weniger Gehirnspeicherkapazität bei derartig optimierter Lernmethodik.«

»Verstehe, wie praktisch. Ich schätze, fünfundsiebzig Prozent deiner Hirnkapazität sind eh vollumfänglich durch das Sprachzentrum belegt.«

Wieder lachte Linus. »Das stimmt und es gibt böse Zungen, die behaupten, hierin gliche ich dir! Willst du von meinem fantastischen Zwiebelkuchen kosten?«

Carmen nickte ergeben, betrachtete Frau Beimer. »Woher weißt du, dass es sich nicht um Herrn Beimer handelt? Stell dir die Auswirkungen auf seine Psyche vor, wenn …«

»Mam, deine Sorge ehrt dich und zeigt, dass du bereit bist, eine emotionale Bindung zu Frau Beimer aufzubauen. Ihre psychische Gesundheit habe ich selbstverständlich bedacht. Man kann das Geschlecht am Becken erkennen. Siehst du? Der Beckeneingang ist groß und rund. Bei Herrn Beimer wird er herzförmig sein, aber der Herr Gemahl wohnt bei Nathalie. Was macht dein Fall?«

Carmen riss den Blick von der von ihrem Gatten getrennt lebenden Frau Beimer und fragte sich, wie die Mutter der Kommilitonin Nathalie auf den überraschenden Familienzuwachs reagieren würde.

Sie schob den Gedanken beiseite und berichtete Linus von den wenigen Fortschritten, die sie bei den Ermittlungen erzielt hatten. Seit Linus das Abitur bestanden hatte, diskutierte sie regelmäßig ihre Fälle mit ihm. Dies war zwar streng verboten, aber Linus schwieg über sein Wissen und hatte mit unkonventionellen Ideen und Gedankengängen des Öfteren zur Klärung aussichtslos erscheinender Fälle beigetragen.

»Fangen wir an bei dem Motiv«, begann sie. »Sofern Dr. Lott recht hat, haben wir es mit jemandem zu tun, der schwere psychische Störungen aufweist. Irgendetwas an Ragna hat ihn derartig verstört, dass er ausschließlich durch die Verstümmelungen an ihrem Körper und mit ihrem Sterben sein fragiles seelisches Gleichgewicht wieder austarieren konnte. Reicht ihm das? Wird er weitermachen, falls er auf eine Frau trifft, die ähnliche Merkmale zeigt wie Ragna und ihn an ein temporär verdrängtes Trauma erinnert? Oder ist es viel einfacher? Die betrogene Ehefrau Melanie van Bargen hat sich Genugtuung verschafft? Oder der Vater von Ragnas ungeborenem Kind wollte seine Vaterschaft vertuschen, weil diese ihn in Schwierigkeiten gebracht hätte? Mmh, Linus, der Zwiebelkuchen ist superlecker. Woher kannst du so gut backen und kochen? Das zumindest hast du nicht von mir.«

Strahlend nickte Linus. Carmen war froh, dass er das Thema nicht aufgriff, sondern den Faden des Falls aufnahm.

»Letzteres, also dass der potenzielle Vater seine Urheberschaft an der Schwangerschaft vertuschen wollte, halte ich für ein schwaches Motiv. Er hätte sie abgemurkst und fertig. Wozu das Entfernen der Implantate? Er müsste ein außergewöhnlich perverser Witzbold sein, wenn er damit die Tat eines Psychopathen hätte vortäuschen wollen. Nein, aber wer weiß? Gottes Tiergarten ist groß, es laufen viele Freaks herum.« Linus tätschelte Frau Beimer das magere Handgelenk und zwirbelte sein Ponyhaar.

131

»Als Erstes stelle ich mir die Frage, wer alles Zugang zu Benzodiazepinen hatte; die kann man schließlich nicht einfach in der Drogerie kaufen. Soweit ich weiß, fallen die meisten sogar unter das Betäubungsmittelgesetz. Der Täter kennt sich mit Medikamenten aus; dem Opfer ein Muskelrelaxans zu verabreichen, um dessen Wehrhaftigkeit herabzusetzen, spricht ebenfalls dafür.«

Linus erhob die Stimme, denn in der Wohnung, die an ihre Küche grenzte, wurde gehämmert und gebohrt.

»Also, wer kam an das Zeug ran? Zunächst Ragna selber, sie könnte es sogar bei sich gehabt haben. Dr. Pathen, Dr. Gellert, Dr. Rufius, Mitpatienten könnten es beschafft oder gehortet haben, das Personal in dem Sanatorium. Auch Steffen van Bargen und seine Frau Melanie könnten durch ihr Institut über Bezugsmöglichkeiten verfügen.« Ein weiterer blonder Propeller entstand über seiner Stirn.

»Richtig«, erwiderte Carmen. »Sie alle wissen auf dem medizinischen Sektor Bescheid und kamen relativ einfach an Benzos ran. Bleiben lediglich die beste Freundin Jennifer, der geheimnisvolle Walker, der Filmheini, die Pissnelke und ihr Sohn Niels übrig. Doch realisierbar ist die Beschaffung für jeden Menschen mit einschlägigen Verbindungen, weswegen ich niemanden von vornherein ausschließen würde.«

»Pissnelke?« Linus sah seine Mutter fragend an.

»Die Mutter von Melanie van Bargen und von Niels und Niclas. Ihr eigener Schwiegersohn, Steffen van Bargen, nannte sie so. Dessen Wohnung verströmt übrigens den Charme einer Leichenhalle. Uta Pinnelka wohnt unten im gleichen Haus. Melanie van Bargen erzählte, dass Steffens Großvater in diesem umgestalteten Hotelbau sein allererstes Labor gründete, welches die Basis für das heute bekannte Institut *Nordhisto* bildete. Ich habe sie kennengelernt; die Pissnelke ist wirklich eine unangenehme Erscheinung. Überhaupt ein unheimliches Haus – samt seiner Bewohner. Erinnert mich an einen alten Song, wo in einem seltsamen Hotel eine skurrile Gesellschaft zusammentrifft. Egal, du fragtest nach der Pissnelke. Lieber drei Frau Beimers als eine Frau Pinnelka.«

»Hm, bei Motiv und Möglichkeit zur Tat kommen wir nicht weiter. Was ist mit dem Tatort beziehungsweise dem Ort, wo die Leiche gefunden wurde? Der Täter muss diese Ruine gut gekannt haben. Sie bildete sozusagen die Bühne für seine Inszenierung. Die Tote in der Badewanne, mit der Perücke, das Gesicht geschminkt, die Silikonkissen auf dem Nachttisch. Er hätte ihren Leichnam doch auch einfach irgendwo im Gebüsch ablegen können.«

»Stimmt, vielleicht ist der Ort für ihn notwendiger Bestandteil der Dramaturgie. Ein zerfallenes Haus – Ausdruck für ein zerbrochenes Leben? In dem eine rothaarige Frau mit großen Brüsten eine Rolle gespielt hat? Sehr spekulativ. Trotzdem lasse ich morgen gleich feststellen, wem das Grundstück gehört, warum und seit wann es derartig verwahrlost ist, ob es Pläne damit gab.«

»Es kann natürlich Zufall sein, aber mein Gefühl sagt mir, dass der Ort eine Symbolik hat, genau wie die ganze Komposition der Tat.«

Als in der Nachbarwohnung erneut gebohrt wurde, schwieg Linus und gab Frau Beimer ihre Patella am Knie zurück, mit der er während des Gesprächs die Zwiebelkuchenkrümel zu einem ordentlichen Häufchen in der Mitte des Tisches zusammengekehrt hatte. »Ach, fast habe ich es vergessen: Paps war vorhin da, wollte dich sprechen – er kommt morgen noch einmal vorbei.«

»Das sagst du jetzt erst? Weißt du, was er wollte?« Carmen richtete sich kerzengerade auf.

»Keine Ahnung. Schien aber wichtig zu sein, denn er überlegte, auf dich zu warten. Hoffentlich hören die nebenan bald auf, die Wand zu perforieren, ich muss noch lernen.«

Was wollte Gregor plötzlich von ihr nach monatelangem Schweigen im Walde? Ein unangenehmes Ziehen meldete sich in Carmens Bauch. *Das bedeutet nichts Gutes.*

24

Samstag, 5. Januar

Ein anhaltender Klingelton weckte Silvia Rufius. Sie tastete nach der Armbanduhr auf dem Nachttisch. Ihr Schädel dröhnte und die Uhr glitt zwischen ihren Fingern hindurch. *Ach egal*, sie ließ den Kopf vorsichtig auf das Kissen zurücksinken. Wo war ihr Telefon? Das Klingeln hörte nicht auf. Am liebsten hätte sie sich die Ohren zugehalten, denn der Ton verstärkte den stechenden Schmerz hinter den Schläfen. Nach endloser Zeit schien der Anrufer aufgegeben zu haben und Silvia versuchte, ihre verkrampften Finger zu lockern. Die Erinnerung traf sie wie ein Schlag. Sie hatten gestritten gestern Abend, ganz schrecklich gezankt, und am Ende hatte sie ihn rausgeworfen. Sie brauchte den Kopf nicht zu wenden, um zu wissen, dass das Bett neben ihr verwaist war. Silvia schloss die Augen und sah die Szene scharf ausgeleuchtet wie in einem Kinofilm wieder vor sich.

Thomas hatte etwas gesagt, das sie vollkommen aus der Fassung gebracht hatte. Sie hatten es sich spätnachmittags vor dem Kamin gemütlich gemacht. Es musste Übermut gewesen sein, weil der vorherige Abend ihr noch immer alle Nerven vibrieren

135

ließ. Sie hatte eigentlich nur aus Spaß nachgefragt: »Du bist doch hoffentlich nicht der Vater von Ragna Wellerslebens ungeborenem Kind? Sag es besser gleich, du bist der Frage der Kommissarin nach Ragnas Schwangerschaft ausgewichen und hast mein Wasserglas gegriffen. Ich habe bemerkt, dass Frau Kollinger die Übersprungshandlung erkannt hat. Gestehe, die Polizei wird es so oder so herausfinden.«

Während sie redete, hatte sie die Beine auf das Sofa gezogen und eine Decke über sie gebreitet. Thomas hatte sich aufgesetzt, sein Glas abgestellt. Als er sie ansah, hatte sie es bereits gewusst. Sie erstarrte, sämtliche Muskeln und Nerven waren schlagartig wie gelähmt. Zu oft hatte sie diesen Blick gesehen, jetzt fehlte allein die wortreiche Rechtfertigung.

»Silvia, Cara, glaube mir, es hatte nichts zu bedeuten und ich konnte nichts dafür, sie hat mich einfach vollkommen verrückt gemacht mit ihrer Exzentrik …«

Mit Mühe löste Silvia sich aus der Paralyse. Weder die Kaschmirdecke noch das flackernde Kaminfeuer schenkten ihr Wärme. Sie stieß ihn von sich, stand mühsam auf.

»Sag bitte, dass es ein beschissener Witz ist. Sie hat dich verrückt gemacht? Übernimmst du jemals die Verantwortung für das, was du anrichtest? Dass du auf junge Mädchen abfährst, ist für mich schlimm genug, doch dass du deine Geliebten neuerdings unter unseren Patientinnen rekrutierst, ist kriminell! Exzentrik!«

Sie spie das Wort aus wie saure Milch. »Da liegst du natürlich goldrichtig, denn wenn du auf Exzentrik stehst, könntest du nirgends fündiger werden als in unserer Klinik.«

Kurz holte sie Luft. »Aber dass du obendrein so tust, als ob du das Opfer wärst, nein, das ist der Gipfel!«

Mit fahrigen Bewegungen hatte sie Ohrringe und Kette abgenommen, beides mit Verve auf den Glastisch geschmettert. Inzwischen war er aufgestanden. Sein Gesicht wurde von dem flackernden Kaminfeuer angestrahlt. Silvia hätte am liebsten die vergangenen drei Minuten aus dem Universum radiert und sich in seine Arme geworfen. Doch irgendetwas unterschied die heutige Situation von den zahllosen Malen zuvor.

»Es ist schon lange her, ich erinnere mich kaum daran, ich schwöre dir, niemals wieder wird so etwas vorkommen. Ich habe gerade gestern gemerkt, wie viel du mir bedeutest. Cara, Liebste, weißt du noch …«

Sie hatte ihm eine Weile zugehört, die innere Leere hatte sich bei jeder seiner Rechtfertigungen ausgeweitet. Die Worte rauschten an ihr vorbei, während sie über einen anderen Punkt nachdachte. Hier ging es um wesentlich mehr als einen banalen Fehltritt. Ragna Wellersleben war tot; sie war bestialisch ermordet worden. Silvia wusste nicht, was geschehen war, und sie war sicher, dass Thomas Ragna nicht mit eigener Hand verstümmelt und getötet hatte. Mit Grausen jedoch überfiel sie das untrügliche Gefühl, dass Ragnas Tod direkt oder indirekt mit seiner Person zusammenhing. Mit einer plötzlichen Klarheit, die sie selber überraschte, hatte sie Thomas mitten im Satz das Wort abgeschnitten.

»Du ruinierst unsere Liebe. Ich werde nicht zulassen, dass du zusätzlich noch das Sanatorium zerstörst. Ich muss nachdenken, geh jetzt.«

Das Handy begann erneut irgendwo in der Wohnung zu klingeln, Silvia zog sich die Decke über die Ohren.

Natürlich war er nicht sofort gegangen, wieder und wieder hatte er versucht, sie zu umschmeicheln. Schließlich hatte er sie angeschrien, was er denn noch tun solle, es täte ihm doch leid, ob er ihr die Füße küssen müsste. Es waren furchtbare Sätze gefallen, die besser nie ausgesprochen worden wären. Irgendwann war sie wie ferngesteuert aufgestanden, hatte ihm wortlos Jacke und Schuhe hingeworfen. Schon vorher hatten sich Kopfschmerzen mit feinen Nadelstichen angekündigt, aber als er beleidigt abgezogen war, begann sie die Aura einer Migräne zu sehen. Mit dem Rest Whiskey aus Thomas' Glas hatte sie zwei Kopfschmerztabletten hinuntergewürgt.

Bravo, Frau Doktor. Sie dürften eigentlich wissen, dass der nächste Morgen umso furchtbarer wird.

Das war er auch. Der Schmerz trommelte gegen ihre Schläfen. Sie hatte Durst und wusste gleichzeitig, dass sie eine Viertelstunde benötigen würde, um ein Glas Wasser zu trinken, ohne dass ihr Magen es gleich wieder nach oben transportieren würde.

Und Thomas, schon jetzt vermisste sie ihn entgegen aller Vernunft. Sie erhob sich, denn zuallererst musste das grausame Klingeln aufhören, das mit mehrfachen Echos in ihrem Schädel widerhallte. Sie schleppte sich ins Wohnzimmer und zog das Telefon aus der Kostümjacke, die zusammengeknüllt auf einem Sessel lag. Auf dem Display sah sie, dass es bereits kurz nach neun Uhr morgens war. Außerdem hatte Tina Lemcke-Wieler zum ersten Mal um sieben Uhr, dann jede weitere Viertelstunde versucht, sie zu erreichen. Das konnte nur bedeuten, dass ein Notfall eingetreten war. Silvia seufzte, zwang den Blick auf die Tasten, die immer wieder vor ihren Augen verschwammen. Endlich hatte sie die Kurzwahl der Klinik gewählt und konzentrierte sich mit letztverbliebener Kraft auf den Wortschwall, den Tina Lemcke-Wieler in ihr Ohr spülte.

»Tina, noch einmal in Ruhe. Alina Rombach ist verschwunden? Ja und? Sie ist freiwillig bei uns, und wie Sie wissen, war sie erst vor ein paar Tagen nachts unterwegs mit dem Ergebnis, dass es ihr hinterher ziemlich bescheiden ging. Sie wird schon wieder auftauchen.«

Ein weiterer Redeschwall von Tina folgte. Silvia bemühte sich, den Nebel aus ihrem Hirn zu scheuchen.

»Alina hat auf den Anrufbeantworter gesprochen? Wann? Aber wieso ist der überhaupt angesprungen? Wer hatte Telefonbereitschaft? Tina, beruhigen Sie sich, was hat das alles mit Dr. Gellert zu tun?« Silvia lauschte.

»O verdammt, ich komme so schnell wie möglich. Warten Sie auf mich, wir rufen die Polizei gemeinsam an.«

Sie beendete das Gespräch und knetete ihre kalkweißen Finger. Alina war weg, hatte einen Hilferuf auf dem Anrufbeantworter hinterlassen, weil sie niemanden unter der Bereitschaftsnummer erreicht hatte. Also hatte Thomas irgendwann heute Nacht sein Telefon ausgeschaltet.

25

Diesmal war es anders, das merkte sie sofort. Der gesamte Körper fühlte sich taub an, ihre Zunge war geschwollen und füllte den Mund komplett aus. Alina bemühte sich zu schlucken, aber Schmerz ließ sie aufheulen. Hatte man ihr Steine in den Hals gestopft? Sie versuchte sich zu beruhigen, probierte den Kopf zu drehen. Sie war in Sicherheit, oder?

Die Fenster mit den Gittern, der graue Linoleumboden, der Holztisch, der Stuhl mit der gelben Plastiksitzfläche und der dicke Brummer, der auf der Fensterbank auf dem Rücken kreiselnd den letzten Versuch aufgab, auf die Beine zu kommen. All das würde sie sehen, wenn es ihr gelänge, den Kopf zu wenden. Wie oft war sie in diesem Raum aufgewacht. Die Gurte jedenfalls spürte sie, nicht nur über der Brust und über dem Bauch, sondern auch Arme und Beine steckten in Fesseln.

Wieso das? Außerdem fror sie gotterbärmlich. Ihre Zähne schlugen aufeinander und ihre Haare waren nass. Schließlich gelang es ihr, den Kopf zu bewegen. Er lag in einer Pfütze!

Nein, das zumindest war absolut unmöglich.

Sie musste endlich richtig wach werden, um Hilfe schreien. Man konnte sie doch nicht verdursten und erfrieren lassen in diesem scheiß Sanatorium? Selbst hier nicht bei den

Seebewohnern. Sie konzentrierte sich und versuchte ihr Auge zu öffnen. Es blieb tiefschwarz um sie herum. Eine ferne Vision stieg in ihr auf, auch das hatte sie schon einmal erlebt.

Hatte man ihr das gute Auge jetzt ebenfalls zerstört?

Nein, sie bekam es auf, aber in diesem Raum gab es kein Licht. Der Anflug einer Ahnung, gefolgt von einer grässlichen Erkenntnis, überkam sie.

Sie befand sich gar nicht im Sanatorium. Zu fremd die Situation und alles um sie herum. Eine dunkle Angst kroch in ihre Knochen.

Wohin hatte er sie verschleppt? Wo war er überhaupt, wie konnte er ihr Erinnerungsvermögen ausschalten? Oder hatte er nichts damit zu tun und *sie* steckte hinter diesem Horror? Sie war viel gefährlicher, denn sie verfügte über Macht.

Panik überkam Alina, sie wandte den Blick in ihr Inneres. Dort, wo ihr Hirn normalerweise die vergangenen Stunden abspeicherte, klapperte eine Tür im Wind. Als Alina sie aufstieß, sah sie sich einem Meer der Schwärze gegenüber. Quallenköpfe sammelten sich, sie brandeten in Wellen an. Alina hörte einen hohen Ton, den sie zu singen begannen, als die Wellenkämme brachen. Anhaltend durchdrang der Ton ihren Kopf. Unter der eiskalten Haut fühlte sie die heißen Brandungswellen. Sie zerrte an den Fesseln, schlug den Schädel hin und her, aber es blieb dunkel, kalt und nass, während der Ton unaufhaltsam die Tonleiter hinaufstieg. Schließlich sank sie zusammen, gab jeden Widerstand auf und endlich fand der Ton den Weg hinaus aus ihrem Inneren. Alina Rombach schrie aus Leibeskräften, wie nur einmal zuvor im Leben.

26

»Na, Frau Beimer? Was hat Ihnen denn die Petersilie verhagelt? Sie wirken heute Morgen saft- und kraftlos.« *Jetzt rede ich schon mit einem Skelett!*

»Sie erlauben?« Carmen griff nach der Zeitung, die Linus dem neuen Familienmitglied zur geistigen Erbauung auf den Schoß gelegt hatte. Ein Blick auf den Aufmacher ließ Carmens Petersilie im Zeitraffer welken.

»Verdammte Sch…!« Gedankenverloren biss sie in ein Stück kalten Zwiebelkuchen.

Psychopath schlitzt Brüste auf – Ermittler ohne heiße Spur!, titelte der *Hamburger Kurier.* Der Untertitel fragte verzweifelt: *Wie schützen wir unsere Mädchen vor dem Schlitzer?*

Der Reporter hatte ganze Arbeit geleistet. Ein grobkörniges Schwarz-Weiß-Bild der Bauernhofruine vermittelte den Eindruck eines Dracula-Wohnsitzes. Der Text stand dem Foto in puncto Grauen um wenig nach, ließ die Ermittler hilflos und inkompetent dastehen.

Bernd Morgenstern, du Schmierfink, irgendwann schneide ich dir die Eier ab!

Plötzlich stutzte Carmen, sie legte den Rest Zwiebelkuchen auf den Teller zurück. Das Bild! Irgendetwas stimmte nicht.

Da unten, am Eingang des verfallenen Hauses, erkannte sie einen hellen Fleck. Was hatte Matthias am Donnerstag bei der Teambesprechung über die Teenager gesagt, die das Opfer gefunden hatten?

»... völlig verstört, als sie Ragna entdeckten. Leider nicht erschüttert genug, um davon abzusehen, mit dem Handy Bilder zu schießen und Einzelheiten an den *Hamburger Kurier* zu twittern.«

Natürlich! Morgensterns Aufnahme stammte von den Teenies. Sie musste das Zeitungsbild mit den offiziellen Fotos vom Fundort der Leiche vergleichen, denn sie war hundertprozentig sicher, dass sie über den hellen Fleck gestolpert wäre, wenn er auf den Polizeifotos zu erkennen gewesen wäre.

»Na gut, Morgenstern! Bis ich mehr weiß, bleiben deine Eier eben erst einmal dran.«

27

Eine Stunde später traf Carmen im Kommissariat ein. Auf dem Flur begegnete sie Astrid, die eine viel zu volle Kaffeetasse auf einem Tablett balancierte.

»Carmen, gut, dass du da bist. Ich hätte dich sowieso gleich angerufen. Ich habe die halbe Nacht im Archiv verbracht, aber es hat sich gelohnt.« Sie stellte das Tablett auf der Fensterbank ab, wobei der Kaffee überschwappte.

»Der Name war es. Ragna. Die ganze Zeit wusste ich, dass ich irgendwann einmal etwas gelesen oder gehört hatte, wo eine Ragna eine zentrale Rolle spielte. Also, ich muss weiter ausholen: Ich konnte bereits im Kindergarten lesen und als meine Eltern das spannten, versteckten sie sämtliche Zeitungen vor mir. Sie glaubten wohl, dass ich seelischen Schaden nähme, wenn ich in dem zarten Alter von Mördern oder Unfällen erführe. Als ich in die Schule kam, habe ich verheimlicht, dass ich lesen konnte. Das hatte den Vorteil, dass keinerlei Schriftstücke und Bücher vor mir verborgen wurden.«

»Clever! Und das mit sechs Jahren. Echt ausgekocht.«

»Eines Tages ließ Frau Hehn, unsere Klassenlehrerin, ihre Zeitung während der Pause im Klassenzimmer liegen. Es regnete, ich war erkältet, musste deshalb nicht auf den

Schulhof. Da habe ich es gelesen: Durch Brandstiftung war ein Einfamilienhaus in Volksdorf abgebrannt. Die Eltern konnte nicht gerettet werden. Einzig die Tochter überlebte das Inferno: Ragna Wellersleben; damals ein Kleinkind.«

»Das Trauma! Astrid, deine Gedächtniskapazitäten möchte ich haben! Sollen wir nicht doch einmal über *Wetten, dass..?* nachdenken?«

Astrid verzog ihr Gesicht und drohte mit ausgefahrenen Krallen.

»Untersteh dich! Im Übrigen ist ein fotografisches Gedächtnis auch eine Plage. Ich kann beispielsweise sämtliche Namenstage aufsagen. Oder auf Kisuaheli bis eine Million zählen. Leider bin ich noch nie in die Verlegenheit gekommen, dass mir die Fähigkeit geholfen hätte. Ich weiß, dass die Summe aller Zahlen von eins bis einhundert fünftausendfünfzig ergibt und dass eine Stubenfliege in F-Dur summt. Was soll ich nur damit anfangen?«

Carmen lächelte verstehend.

»Das geht wohl jedem Menschen mehr oder weniger so. Auch mein Gehirn gönnt sich eine großflächige Abteilung mit nutzfreiem Wissen. Willst du die Telefonnummer meiner Sandkastenliebe erfahren? Andreas Sasse hieß er, hat mich tief beeindruckt, als er mir an meinem ersten Schultag den Turnbeutel nach Hause trug und sich mit feuchtem Handkuss verabschiedete. Und weißt du, was Osteoglossiformes sind oder was sich hinter einer Anatidaephobie verbirgt?«

»Nein und bitte bewahre Stillschweigen! Sonst wird dieses Wissen auch in meinem Hirn bis in alle Ewigkeit zu den unmöglichsten Gelegenheiten aufploppen«, flehte Astrid und presste die Zeigefinger gegen ihre Ohren.

»Okay, ich schweige. Keine retrograde Amnesie durch Genuss hochprozentiger Alkoholika hat es bisher vermocht, diese wahnwitzigen Informationen von meiner Großhirnrinde zu tilgen. Dafür habe ich kaum eine Vokabel des großen Latinums mehr präsent. Außer vino.«

Sie lachte unfroh, nahm dabei die Kollegin in den Arm.

»Tja, Astrid, die Vorteile deiner Begabung überwiegen dennoch deutlich, besonders in unserem Beruf. Niemals hätte ich mich an einen Jahrzehnte zurückliegenden Zeitungsartikel erinnert, den ich heimlich als Grundschulkind las. Ich bin froh, wenn mir einfällt, wo ich letztes Jahr meinen Urlaub verbracht habe. Aber falls Ragnas Eltern umgekommen sind, wer ist dann die Frau Wellersleben, die wir über den Tod ihrer Tochter informierten? Und wer ist der Mann, der Schecks für Ragnas Sanatoriumsaufenthalte schickte? Warum hat Frau Wellersleben Dr. Gellert gegenüber ein mögliches Trauma durch einen Brand abgestritten?«

Astrid beugte sich über den Kaffeebecher auf der Fensterbank und schlürfte einen Schluck ab.

»Genau das habe ich mich natürlich auch gefragt. Ich habe den Originalartikel im Mikrofilmarchiv gefunden. War ganz einfach, denn ich hatte immer nur einmal im Jahr eine Erkältung, die mich vor dem Schulhof bewahrte. Und stets direkt nach dem alljährlichen Urlaub auf Norderney, im September. Also musste der Zeitungsbericht im September 1993 erschienen sein.«

Carmen starrte ihre junge Kollegin an. »Du bist genial, absolut genial!«

Astrid strahlte, während sie den Kaffeepott vom Tablett nahm und ein Tempo aus der Hosentasche zog, um ihn abzutupfen.

»Ich habe den Artikel gefunden und vorhin den Reporter Gerd Donhauser, der ihn geschrieben hat, angerufen. Er ist inzwischen pensioniert, aber er konnte sich erinnern. Die wirklichen Eltern von Ragna hießen Eleonore und Robert

Wellersleben. Sie waren wohlhabend. Ragna als Einzelkind ist logischerweise die Haupterbin.«

Carmen nahm Astrid das Tempo aus der Hand, knüllte es zusammen und wischte das Tablett trocken.

»Eleonore – Lore, das Phantomtrauma! Bei Lore handelte es sich gar nicht um eine Puppe, die bei einem Brand verschwand, gemeint war Ragnas Mutter! Die Psychologin in mir sagt: Das Kind wandelte den existenziellen Schrecken, den Verlust der Mutter, jene Verkörperung seines Urvertrauens, in einen abstrakten Gegenstand um. Wahnsinn, welche Auswege eine bedrängte Psyche findet. Wahn-Sinn, im ursprünglichen Sinne des Wortes!«

Sie blickten aus dem Fenster, an dem ein Schwarm kreischender Möwen vorbeiflog. Dann sprach Astrid weiter: »Donhauser sagte, dass der Verursacher des Brandes nie ermittelt werden konnte und dass Ragna schließlich von ihren Pateneltern adoptiert wurde. Von Christian und Sybille Wellersleben. Ihr Onkel Christian, der Bruder ihres Vaters, verwaltete seither das Vermögen von Ragna. Theoretisch hätte es ihr mit Erreichen der Volljährigkeit zugestanden, doch ihre Erkrankung mag die Situation verändert haben.«

»Christian und Robert waren also Brüder ...«

»Ja, und vermutlich, aber das ist nur meine Idee, haben die Pateneltern, als sie Ragna aufnahmen, beschlossen, vor ihr und aller Welt so zu tun, als ob sie die leiblichen Eltern wären. Die Nachnamen waren eh identisch und im Umfeld scheint es niemanden interessiert zu haben. Das würde ebenfalls erklären, warum Sybille Wellersleben den Brand und die Puppe Lore abgestritten hat.«

Durch das Fenster sah Carmen auf den hellblauen Himmel und die Eiszapfen, die von der maroden Regenrinne wuchsen. Einzelne Eiskristalle glitzerten in der Sonne, ein jedes eine klitzekleine eigene Welt aus Licht und Wasser.

Wie jeder Mensch. Schaute man bei dem einen wie dem anderen nach innen, offenbarten sich schillernde Einzeluniversen.

»Jetzt, da Ragna und ihr Kind tot sind, haben die Wellerslebens wahrscheinlich keine finanziellen Sorgen mehr.«

Die Ermittlerinnen wechselten einen Blick des Einvernehmens, als sie vom Flur in die Cafeteria traten. Carmen zog einen Kaffee aus dem Automaten und stellte ihn vor sich auf den Tisch.

»Astrid, ich habe auch etwas. Wir müssen uns die offiziellen Fotos vom Fundort der Leiche anschauen und mit dem Bild in der Zeitung vergleichen. Das wurde von den beiden Teenies gemacht, bevor wir an der Bauernhofruine eintrafen. Ich habe eine Kleinigkeit entdeckt, die auf unseren Abzügen fehlt. Ich kenne den Chefredakteur, Ralf Kunze, den rufe ich an. Glaub mir, keine leichte Aufgabe, aber es ist wichtig, dass er uns sofort die Zeitungsfotos mailt.«

28

Eine Melodie weckte Alina.

Weißt du, wie viel Sternlein stehehen, an dem großen Himmelszelt. Gott der Herr hat sie gezähelet, dass ihm auch nicht eines fehelet ...

Die Kinderspieluhr spielte langsamer, erst holperten noch drei Töne nacheinander über die Walze, dann quälten sich zwei Noten in Zeitlupe über die silberne Spule. Nach einer halben Minute verklang ein letzter Ton im Raum. Schließlich dröhnte Totenstille um sie herum. Die Fesseln waren fort, aber immer noch war es stockdunkel. Seltsamerweise fühlte sie sich besser und sie konnte klarer denken. Tastend richtete sie den Oberkörper auf, ihr Haar war getrocknet. Sie lag auf einem Doppelbett unter einer weichen Daunendecke. Einen Moment lang glaubte sie zu Hause bei den Eltern zu sein, versetzt in eine frühere Zeit. Damals, als sie und Olivia am Sonntagmorgen zu Mama und Papa ins Bett durften, das nach Mamas Aloe-vera-Creme roch, die sie jeden Abend dick aufs Gesicht schmierte. Damals, als Olivia noch lebte. Damals, bevor Alina ihre kleine Schwester umgebracht hatte. Alina fühlte das bekannte Kribbeln auf der Kopfhaut und scheuchte ihre Familie aus den dunklen Gedankengängen. Sie tastete weiter und stieß gegen einen harten Gegenstand. Eine Taschenlampe. Fahrig, mit Herzklopfen knipste Alina die Leuchte an, die gespeist von einer altersschwachen Batterie nur wenig Helligkeit produzierte. Sie ließ den Lichtstrahl wandern. Tatsächlich befand sie sich in einer Art Himmelbett, wie Nebelschwaden versperrten grauweiße Stoffbahnen die Sicht auf den Raum dahinter.

»Hallo?«, rief sie und hörte das zittrige Echo der eigenen Stimme.

»Hallo, wer ist da? Snooker?«

Mit der rechten Hand teilte sie den Bettvorhang. Der Lichtkegel der Taschenlampe leuchtete auf eine altertümliche Badewanne mit Krallenfüßen und Rostpickeln, die neben dem Himmelbett stand. Zwischen Schlafplatz und Wanne befand sich ein Nachttisch mit Marmorplatte, eingesponnen von Spinnweben. Mittendrin trotzte eine Vase mit frischen Teerosen dem Verfall, deren Knospen wie leuchtende Fackeln das einzig lebendige Zeichen in diesem Verlies markierten. Auf dem Boden vor dem Bett stand ein Tablett mit einer Flasche Perrier und zwei Packungen Schokokeksen. Dahinter dunkle, feucht glänzende Mauern, ohne Fenster. Alina lenkte das schwache Licht nach links, der Lichtstrahl traf eine Nische, die anscheinend vor langer Zeit ein kleines Bad beherbergt hatte. An dem hellen Fleck auf der Erde und einem verbogenen Rohr konnte sie erkennen, dass hier einst die Badewanne verankert gewesen sein musste. Ein Emaillewaschbecken hing verkehrt herum an der Wand, gehalten nur an der einen Seite von einer dicken Schraube. Der Wasserhahn ragte nutzlos in den Raum. Daneben sah Alina eine wenig Vertrauen erweckende Toilette, deren in der Mitte zerbrochene Brille jeweils links und rechts wie schlaffe Arme herabhing. Alina nahm sich vor, diese verwahrloste Stätte lediglich im absoluten Notfall zu benutzen.

Die Bettdecke hatte sie gewärmt, doch die Kühle des Kellerraumes kroch in jede ihrer Zellen und sie roch Moder.

Sie leuchtete auf ihre Armbanduhr. 5. Januar, zehn Uhr oder zweiundzwanzig Uhr. Plötzlich raschelte es links von ihr. Sie fuhr herum und erstarrte. War sie in dieser Gruft nicht alleine? Das Licht der Taschenlampe wurde schwächer. Im gleichen Moment, als es erlosch, setzte die Kinderspieluhr erneut ein. Schnell jetzt, neu aufgezogen klangen die Töne weniger melancholisch und fast beschwingt. Nächste Strophe, Alina kannte den Text.

Weißt du, wie viel Mücklein spielen in der hellen Sonnenglut ... wie viel Fischlein auch sich kühlen in der hellen Wasserflut ... Gott der Herr rief sie mit Namen, dass sie all' ins Leben kamen ... dass sie nun so fröhlich sind ... dass sie nun so fröhlich sind ...

29

Ralf Kunze, der Chefredakteur vom *Hamburger Kurier*, hatte das Bild sofort gemailt. Er hatte Carmen bereits häufiger geholfen. Allerdings erinnerte er sie bei diesen Gelegenheiten in schöner Regelmäßigkeit süffisant an einen Abend, den Carmen ebenso gern wie die Osteoglossiformes aus dem Hirn verbannt hätte. Schlimm genug, dass sie mit diesem Typen vor gefühlten hundert Jahren eines Abends im Stairways versackt war. Einem allerletzten Aufflackern ihres alkoholisierten Verstandes hatte sie es zu verdanken, dass sie nicht mit ihm im Bett gelandet war.

Carmen und Astrid blickten auf die Vergrößerung des Fotos. Es war derartig stark vergrößert, dass sie beinah die einzelnen Pixel zählen konnten.

»Das gibt es doch nicht! Wie konnten wir das übersehen?« Carmen deutete auf eine Identifikations- und Türöffnungskarte des Sandorff-Sanatoriums. Leider lag sie verkehrt herum vor dem dunklen Hoftor, sodass man weder Bild noch Namen des Karteninhabers erkennen konnte, nur das Emblem der Klinik.

Astrid lehnte sich zurück, gähnte herzhaft und biss in einen Apfel, den sie neben einer versteinerten Mandarine auf der Suche nach Nougatschokolade bei Claudius in der Schreibtischschublade gefunden hatte.

»Dafür gibt es nur eine Erklärung.«

»Stimmt, die Teenies haben die Karte eingesteckt, bevor sie die Polizei anriefen. Aber wozu und warum?«

Ihr Telefon klingelte und Carmen griff nach ihrer Jacke. In der letzten Jackentasche, die sie durchwühlte, fand sie das Handy.

Warum beginne ich mit meiner Suche nicht zukünftig in der Tasche, in der ich das Ding am wenigsten vermute?

Bevor sie das Gespräch entgegennahm, schlug sie sich mit der Hand gegen die Stirn.

»Logo, die Eintrittskarte in ein Sanatorium. In die Apotheke, zu den Medikamenten! Was könnte attraktiver für Drogensüchtige sein? Diese Karte ist in einschlägigen Kreisen Gold wert.«

Endlich tippte sie auf das Hörer-Symbol, um das Gespräch anzunehmen.

»Frau Dr. Rufius … wie bitte? Wann? Haben Sie bei den Eltern nachgefragt? Okay, ich komme sofort.« Sie stopfte ihr Handy in irgendeine Jackentasche.

»Verdammt. Astrid, kümmere dich bitte um die Teenies. Vielleicht haben sie die Karte noch. Oder sie waren so schlau, auf den Namen des Besitzers zu achten. Nimm sie in die Mangel, drohe ihnen mit was weiß ich oder ködere sie. Das überlasse ich deiner Fantasie. Ach, und finde heraus, wem überhaupt das Grundstück gehört, wo wir Ragna gefunden haben, und ob der Filmfuzzi Tom Bassing ein Alibi hat. Dann leg dich hin, schlafe ein paar Stunden. Ich rufe Matthias an, wir müssen sofort zum Sandorff-Sanatorium. Eine weitere Patientin, Alina Rombach, ist verschwunden. So wie ich Frau Dr. Rufius verstanden habe, hat sie einen Hilferuf auf dem Anrufbeantworter hinterlassen. Den höre ich mir jetzt an.«

30

Die Ärztin hatte inzwischen zusammen mit Tina Lemcke-Wieler dreimal die verzerrte Mädchenstimme auf dem Anrufbeantworter angehört. Es war eindeutig Alina Rombach, Tina hatte sich nicht geirrt. Auch wenn Silvia Rufius eine Antipathie gegenüber Alina hegte und sich eingestehen musste, viele ihrer Befindlichkeiten wenig ernst genommen zu haben, diese Stimme klang nicht nach einer Psychotikerin, die ihren gewohnten Geistern begegnete. Alinas Grauen hatte eine neue Stufe erreicht, aus ihrer Stimme schrie Todesangst.

Nachdem Silvia die Polizei verständigt hatte, rieb sie sich den schmerzenden Schädel. Was hatte das alles zu bedeuten? Erst wurde Ragna ermordet aufgefunden, jetzt war Alina verschwunden. Und Thomas. Bevor sie die Nummer von Kommissarin Kollinger wählte, hatte sie mehrfach versucht, Thomas zu erreichen, aber jedes Mal tönte ihr die emotionsfreie Meldung »The person you have called is temporarily not available« ins Ohr. Warum hatte er das Handy ausgestellt? Spielte er den Beleidigten, weil sie ihn rausgeschmissen hatte? Silvia fühlte eine Welle heißer Wut hochsteigen. Das sähe ihm ähnlich, dem eitlen Pfau. Er verzog sich wieder einmal in die Wohnung seiner Schwester im Falkenried und leckte voller Selbstmitleid und Selbstgerechtigkeit seine Wunden. Irgendwann leckten irgendwelche jungen Dinger mit daran. Hundert Mal hatten sie diese Spielchen gespielt. Er wusste ganz genau, dass er sie aushungern konnte.

Ja, leider, Frau Doktor. Nicht nur einmal hatte sie am Gesicht einer Krankenschwester frühmorgens ablesen können, dass jene offensichtlich in den Genuss einer Majestätströstung gekommen war. *Ihre* Angestellte, bezahlt von Silvia. Sie hatte Thomas zur Rede gestellt. Anfangs mit Verve in der Stimme. Zu Anbeginn der Beziehung hatte sie gewagt, Türen zu knallen. Nach seinen wiederkehrenden Beteuerungen, dass diese Affäre nichts, aber auch gar nichts mit ihr zu tun hätte und sowieso niemals mehr vorkäme, hatte sie die eigene Stimme immer kleinmädchenhafter werdend vernommen. Türen knallte sie schon lange nicht mehr.

Wieso kam sie aus der Opferrolle nicht heraus? Wenn sie professionell über ihre Kindheit reflektierte, da war kein dominanter Vater, der den Pfad für diese Hörigkeit bereitet hätte. Im Gegenteil. Helena, die Mutter, war tausendmal Respekt einflößender gewesen. Als Silvias erste Ehe in die Grütze ging, weil ihr Mann wie Thomas öfters die *Bienen auf die Blüte* hob, indessen zu Hause von endlosen Squashturnieren erzählte, da tönte Helena: »Ach Mädel, du willst getröstet werden? Das tut er doch! Kleine Mädchen tröstet man mit Märchen!« Gelacht hatte Helena. Jedenfalls der untere Teil ihres Gesichts. Nie konnte Silvia die Verachtung in den Augen der Mutter vergessen.

Sie brauchte keine Doktorin der Psychologie zu sein, mit bloßem Einsatz des gesunden Menschenverstandes schien klar, dass sie mit der unseligen Beziehung zu Thomas einen grotesken Gegenentwurf zu Helena lebte.

Toll, ich weiß wenigstens, warum es mir scheiße geht.

Immer wieder hatte sie Thomas verziehen. Bisher hatte er sich zumindest nicht an Patientinnen bedient.

Wie tief bin ich gesunken, dass ich dafür auch noch dankbar war?

Entnervt durchsuchte Silvia den Schreibtisch nach einer Kopfschmerztablette. Gleich zwei drückte sie aus dem Blister und spülte sie mit dem Rest Kaffee herunter, den Tina vor einer Weile gebracht hatte. Sie musste sich konzentrieren, gleich wäre die Polizei da. In ihrem Gehirn tobte ein einziges Chaos, fast wünschte sie sich auf die eigene Klinikstation. Ruhe. Schlaf. Versinken in watteweicher Distanz zum Leben. Aber natürlich konnte dies für die disziplinierte Tochter von Helena Rufius keine Lösung darstellen. Vor sich selber konnte niemand fliehen.

Das bekäme ich höchstens über eine astreine Persönlichkeitsspaltung hin. Silvia lachte böse und zog ihren Bernsteinring vom Finger, legte ihn auf ihr Notizbuch. War es wirklich erst wenige Tage her, dass sie beschlossen hatte, mehr Sport zu treiben, mehr auszugehen, mit Thomas ein neues Leben zu beginnen?

Aus heiterem Himmel war ihre Nervenklinik zum Spielfeld eines Psychopathen geworden und die Beziehung zu Thomas lag in Trümmern. Irgendwie hing das alles miteinander zusammen … Schon gestern hatte sie versucht, dieses Gefühl in Worte zu fassen, aber es war ihr nicht gelungen. Eine unbewusste Wahrnehmung spielte eine Rolle, nur welche? Silvia fröstelte.

Was, wenn Thomas in Gefahr schwebte? Mit beiden Opfern hatte er mehr als professionellen Kontakt gepflegt. Sie musste ihn finden, mit ihm reden. Vor allem musste sie die gemeinsame Existenz, das Sanatorium, retten, dabei durften ihre persönlichen Befindlichkeiten keine Rolle spielen. Vielleicht ergäbe sich dann doch noch eine Möglichkeit für ihre Liebe.

Entschlossen streifte sie den Ring wieder über und griff nach dem Telefon. Nicht seine Handynummer, sondern die

Festnetznummer seiner Schwester Susanne im Falkenried wählte sie. Einerseits hoffte sie, ihn endlich zu erreichen, andererseits: Wie sollte sie je zu ihrer Würde zurückfinden, nachdem sie das letzte Tabu brach und ihn in sein Liebesnest verfolgte, indem sie in der Wohnung seiner verreisten Schwester anrief? Während sie dem Pochen ihres Blutes in den Schläfen lauschte, nahm sie die Akte von Ragna Wellersleben zur Hand, blätterte lustlos darin. Plötzlich blieb ihr Blick an einem Satz hängen. Da war es wieder. Das unbestimmte Gefühl. Sie las den Satz noch einmal. Kurz bevor sie den Zipfel einer Idee fassen konnte, wurde das Gespräch angenommen. »Hallo?«, fragte eine verschlafene Stimme. Eine weibliche Stimme.

31

Ein Geräusch schreckte Matthias aus dem Schlaf. Als er sich auf die Seite drehte, um die Nachttischlampe anzuknipsen, griff er in weiches Haar. Sofort zog er die Hand zurück und versuchte sich zu orientieren. Fahles Vormittagslicht sickerte durch die Streben der Schlafzimmerjalousie. Sein Kopf schmerzte und der Mund war wie ausgedörrt. Neben ihm lag eine Frau. Und diese Frau schnarchte. Annalena?

Er vertrieb den Rest Schlaf aus seinem Hirn und beugte sich vorsichtig über das Gesicht seitlich von ihm. Er brauchte nur Sekunden, um in der Gegenwart anzukommen. Dicht an ihn gekuschelt lag seine Ex-Freundin Feodora.

Er ließ sich zurücksinken und suchte die prägnanten Stationen des gestrigen Abends zusammen: Er hatte Gregor im Tolle Knolle getroffen, und dieser hatte ihm eine unglaubliche Geschichte bezüglich seiner Ehekrise mit Carmen angedeutet.

Sie hatten eine Lüttje Lage nach der anderen bestellt. Matthias war es falsch vorgekommen, dass er in ein Geheimnis eingeweiht worden war, das eigentlich nur Carmen und Gregor etwas anging. Gregor war es gegen Mitternacht wohl ähnlich gegangen, denn er hatte Matthias angesehen und ein letztes

Herrengedeck geordert. »Matthias, diesen Abend vergessen wir sofort und total, okay?«

Erleichtert hatte Matthias zugestimmt.

Als er nun seinen Kopf anhob und grelle Blitze hinter seinen Augen hin und her schossen, wusste er, dass er sein Versprechen würde halten können. Kaum eine Erinnerung des gestrigen Abends würde den Transfer ins Langzeitgedächtnis schaffen.

Vorsichtig befreite er sich aus Feodoras Armen und erhob sich leise aus dem Bett. Er tappte der Spur achtlos hingeworfener Klamotten hinterher und landete in der Küche. Der Küchentisch, übersät von Weinflecken, stand quer im Raum. Eine halb volle Rotweinflasche schimmerte im Zwielicht. *Ach du Schande.*

Nebulöse Erinnerungssequenzen schoben sich vom Stirnlappen Richtung Hippocampus. Er musste dringend etwas trinken. Matthias öffnete den Kühlschrank und inspizierte geblendet von dem Innenlicht den spärlichen Inhalt. Hinter zwei angegammelten Salatköpfen fand er eine Cola light und trank sie fast in einem Schluck aus.

Feo. Als er nach Hause kam, hatte Feo vor seiner Tür gesessen. »Hallo Matts, gut, dass du kommst und keine Tussi dabeihast. Meine Mitbewohnerin hat einen neuen Freund und die stöhnen und schreien die ganze Nacht. Ich halt das nicht mehr aus. Gibst du mir ein paar Stunden Asyl?«

Er hatte sie reingewunken und dann …

Dann hatten sie es auf dem Küchentisch getrieben. Auch nicht gerade leise, wenn seine Erinnerung ihn nicht trog. Nicht mal richtig ausgezogen hatten sie sich. Erst später, auf dem Weg ins Schlafzimmer, wo es in die zweite Runde ging.

Matthias setzte sich ächzend auf den Tischrand und zog einen Plastikhamburger, das Werbegeschenk einer neuen Burgerkette, auf, der seinen Hackklops wie eine Zunge herausstreckend und wieder einziehend ratternd über den Tisch wanderte, dabei »Anne Eck steit en Junge mitten Tüdelband, inne andre Hand en Hamburger mit Kääs« intonierte.

Erst die Weinflasche als Hindernis akzeptierend stoppte er. Matthias schnippte ihn mit der Fingerspitze an und er setzte seine Reise fort, bis er über die Tischkante stürzte und auf dem Fußboden kreiselnd weitersang: »Un he rasselt mit'n Dassel op'n Kantsteen un he bitt sick ganz geheurig op de Tung …«

Verdammter Mist. Matthias strich sich mit allen zehn Fingern durchs Haar. Die Beziehung zu Feo war vorbei! Er hatte sich von ihr getrennt, weil sie ihn mit ihrem Kinderwunsch wahnsinnig gemacht und ohne es mit ihm abzusprechen, die Pille abgesetzt hatte. Zum Glück hatte er das rechtzeitig spitzbekommen, doch er hatte sich ziemlich angeschissen gefühlt. Wobei ihm einfiel …

Hektisch suchte er seine Jeans auf dem Fußboden und leerte die Taschen.

O nein! Kein einziges Kondom fehlte.

Auf dem Weg zurück ins Bett trat er auf den Plastikhamburger und jaulte auf. Feo hatte sich keinen Millimeter bewegt, sie schlief tief und fest.

Vorsichtig bettete er ihren Kopf auf seinen Arm und betrachtete im fahlen Licht gerührt die winzig kleinen Sommersprossen auf ihrer Nase, die selbst im Winter nicht verschwanden.

32

Während sie die Treppe des Präsidiums hinabsprang, wählte Carmen die Nummer von Matthias.

Nun geh schon ran, auch wenn du keine Bereitschaft hast, es ist bald elf Uhr. Nach endlosem Klingeln meldete sich seine verschlafene Stimme.

»Hallo? Carmen? Was ist?« Carmen hörte ein Rascheln oder Flüstern und ein Räuspern.

»Also, was ist los?«

Der ist nicht alleine! Sie fingerte ein Kaugummi aus der Jackentasche und steckte es in den Mund.

Na so was! War Annalena wieder aufgetaucht?

»Sorry für die Störung, aber ich dachte, bevor wir heute Abend vor der nächsten Leiche stehen, hole ich dich ab. Dr. Rufius hat angerufen, Alina Rombach ist verschwunden. Ich bin in einer Viertelstunde bei dir, okay?« Ehe er Luft holen konnte, um zu protestieren, hatte Carmen das Gespräch bereits beendet.

Sie bemühte sich, ihn nicht allzu forschend anzusehen, als er pünktlich fünfzehn Minuten später die Beifahrertür öffnete und beim Einsteigen den Gürtel durch die Schlaufen seiner Jeans zog.

»Falls du noch nicht gefrühstückt hast, im Handschuhfach müssten eine halbe Tüte Lakritz und paar Müsliriegel liegen.«

Sein Gesicht verfinsterte sich, als er die einzelnen Batzen zwischen Eiskratzern, Batterien und verformten Schokoriegeln jenseits aller Verfallsdaten hervorklaubte. Der Blick, den er ihr zuwarf, verriet ihr, dass es angezeigt war, etwaige Fragen oder Kommentare zurückzuhalten und so beschränkte sie sich auf die rein sachlichen Informationen zum Fall. Die Augen auf die schneeglatte Fahrbahn gerichtet, erzählte sie ihm vom Verschwinden der zweiten Patientin. Von deren Hilferuf auf dem Anrufbeantworter im Sanatorium, davon, was Astrid über die Familie von Ragna herausgefunden hatte und dass sie auf einem Zeitungsbild einen Ausweis des Sandorff-Sanatoriums am Fundort der Leiche identifiziert hatten. Matthias hörte aufmerksam zu, während er missvergnügt die vermatschten Batzen in die Katjes-Tüte stopfte.

»Also hat ein Angestellter aus der Klapsmühle etwas damit zu tun. Dr. Charmebolzen. Gallert. Hundert Prozent.«

»Gellert«, verbesserte Carmen automatisch und überlegte: »Möglich, aber wenn es Gellerts Ausweis sein sollte, was wir ja noch gar nicht wissen, der könnte ihm auch entwendet worden sein. Sogar von Ragna selber. Allerdings …«, Carmen lenkte den Wagen auf die Auffahrt der Klinik, »in dem Fall müsste er sie, entgegen seiner Aussage, in letzter Zeit getroffen haben, denn die Ausweise gibt es erst seit Kurzem.«

Matthias versank in dumpfem Brüten und steckte einen der weichen Batzen in den Mund. »Das hat Dr. Charming doch gar nicht gesagt. Sie, Dr. Rufius, behauptete, dass Ragna was weiß ich wann zuletzt in Behandlung war und man im Sanatorium daher nichts von ihrer Schwangerschaft wissen konnte.«

Wie am Tag zuvor parkten sie den BMW neben dem Altglascontainer. Zu den Kartons mit leeren Flaschen hatte

162

sich seit gestern ein großer Altkleidersack gesellt, in dem eine grau getigerte Katze Zuflucht vor der Kälte gesucht hatte, die grimmig ihre Pfoten leckte.

Tina Lemcke-Wieler begrüßte die Kommissare an der Rezeption, führte sie wie am Vortag durch verwinkelte Gänge, kleine Dielen und Treppchen zu dem neueren Teil der Klinik, in dem sich das Büro von Dr. Rufius befand. Wie am gestrigen Tag zog Tina ihre Identifikationskarte durch das Lesegerät an einer Glastür, die sie passierten.

»Entschuldigen Sie, Frau Lemcke-Wieler, darf ich die Karte einmal sehen?« Carmen streckte die Hand aus und Tina starrte sie durch die Gläser ihrer Riesenhornbrille an.

»Sie sagten gestern, Sie würden derzeit auf diese Klinikausweise umrüsten. Ist bereits jeder Mitarbeiter im Besitz seines persönlichen Exemplars?« Tina reichte Carmen ihren Identitätsausweis.

»Soweit ich weiß, bisher nur die Ärzte und ich.«

»Wissen Sie, ob ein Ausweis vermisst wird?«, fragte Matthias. Tina sog an der Oberlippe und blickte aus dem Fenster.

»Direkt vermisst nicht, aber es kommt vor, dass ein Arzt seine Karte im Ärztezimmer liegen lässt und mich bittet …« Abrupt verstummte sie.

»Bitte, Frau Lemcke-Wieler, denken Sie genau nach: Wer hat Sie in den letzten Tagen gebeten, mit Ihrer Karte auszuhelfen?«

Tinas Gesicht wechselte die Farbe.

»Muss ich das wirklich sagen?« Sie strich über ihre helmartige Frisur und erwiderte schließlich das Nicken der Kommissare.

»Also gut, Dr. Gellert bat mich manchmal um meine Karte, der ist etwas zerstreut, müssen Sie wissen.«

Zerstreut … auf alle Fälle nicht konzentriert genug, überdachte Carmen ihren Eindruck von ihm, während sie das Büro von Dr. Rufius betraten.

Diese klappte eine Akte zu und erhob sich sofort. Ein weiteres Mal war Carmen beeindruckt von den geschmeidigen Bewegungen der Psychologin. *Aber irgendwie …*

Sie setzten sich auf das hellblaue Sofa und Silvia Rufius bestellte bei Tina Lemcke-Wieler drei Kaffee. Carmen fühlte die Veränderung mehr, als dass sie diese in dem sorgfältig choreografierten Bild sah, in dem sie Platz genommen hatten. Es lag nicht an der Laufmasche an der teuren Strumpfhose der Klinikchefin, genauso wenig an den überpuderten Schatten unter den faszinierenden Augen. Irgendetwas hatte Dr. Rufius erschüttert. Carmen kam es vor, als ob ihr Gegenüber mit Mühe die auseinandergefallenen Teile ihres Selbst zusammenhielt. Wie jemand, der einen offenen Mantel zuhält, um den Blick auf das Darunter zu verhindern. Matthias unterbrach ihre Gedanken.

»Würden Sie uns bitte die Aufnahme auf dem Anrufbeantworter vorspielen?«

»Selbstverständlich.« Dr. Rufius schritt zu ihrem Schreibtisch und drückte eine Taste der Telefonanlage. Rauschen erfüllte den Raum, dann eine Stimme, die kreischte: »Hilfe, Hilfe!! Nein, das wollte ich nicht! Bitte, bitte …« Die Stimme erstarb. Jemand, Alina selber oder derjenige, der ihr diesen Horror bescherte, hatte ihr Telefon ausgeschaltet.

»Ist das Alina Rombach?«, fragte Matthias. Dr. Rufius räusperte sich und sah ihn an.

»Zweifelsfrei.« Offenbar war sie nicht willens, auch nur ein Wort zu viel zu äußern.

Na gut, dachte Carmen, *halte deinen Mantel zu. Dass du das tust, sagt mir eine ganze Menge.*

»Bitte erzählen Sie uns etwas über Alina, litt sie wie Ragna an einer multiplen Persönlichkeitsstörung?«, fragte sie.

»Nein. Ich kann nicht viel über die Krankheitsgeschichte sagen, Dr. Gellert ist ihr Arzt. Soweit ich weiß, wurde bei Alina eine Borderline-Störung diagnostiziert. Vereinfacht gesagt leidet sie unter diversen Fehlwahrnehmungen, und die Unfähigkeit, stabile Bindungen einzugehen, wird oft als Exzentrik fehlinterpretiert. Dr. Gellert hat große Fortschritte in der Therapie mit ihr erzielt. Wir konnten die Medikamente reduzieren. Alina ist hochintelligent, sie hat einen IQ von einhundertfünfzig. In guten Phasen kann sie über die eigene Krankheit reflektieren, zwischen Realität und Wahn trennen. Doch bitte reden Sie mit Dr. Gellert.«

»Das würden wir zu gern, nur geht er nicht an sein Telefon. Haben Sie eine Ahnung, wo wir ihn finden können? Wir möchten Ihnen nicht zu nahe treten, aber wir hatten den Eindruck, dass Sie einander sehr gut kennen ...«

Carmen ließ den Rest des Satzes im Raum verklingen. Ein Ruck ging durch die Ärztin.

»Ja, das stimmt. Wir leben zusammen, indes weiß ich nicht, wo er im Augenblick ist. Er hatte in der Nacht Rufbereitschaft. Als ich heute Morgen zur Arbeit aufbrach, schlief er bereits.« Sie reckte ihr Kinn und blickte Carmen direkt an.

Da war es: Der Mantel öffnete sich für einen kurzen Moment. Die kühle Frau Doktor schien stolz darauf zu sein, dass der junge, sexy Oberarzt ihr Bett wärmte. Interessant.

»Wenn er Rufbereitschaft hatte, wieso ist der Anruf von Alina auf dem Anrufbeantworter und nicht auf seinem Handy gelandet?«

»Tut mir leid, ich weiß es nicht. Normalerweise ist Thomas sehr zuverlässig. Er muss sein Telefon aus Versehen ausgeschaltet haben.« Sie zuckte mit den Achseln und stellte die Kaffeetasse ab. Carmen strich mit dem Ringfinger über ihre Augenbrauen.

Ja, was denn nun? War er sehr zuverlässig oder zerstreut, wie Tina Lemcke-Wieler gesagt hatte? Allmählich begann ihr das Gespräch Freude zu bereiten.

»Schön, wir werden Dr. Gellert eingehend zu Alina befragen. Wir würden uns ebenfalls gern mit einigen Ihrer

Patienten unterhalten. Zum Beispiel mit den beiden, die außer Alina Rombach auf Ihrer Liste standen und mit denen Ragna befreundet gewesen sein soll: Clara Warburg und Lucas Claasen. Außerdem möchten wir Niclas Pinnelka kennenlernen, da er sowohl hier Patient als auch der Schwager von Ragnas Ex-Freund ist. Wäre das möglich?«

Sofort rasselte eine Stahljalousie hinter den Augen der Psychologin herunter.

»Kaum. Wir nehmen die Fürsorgepflicht unseren Klienten gegenüber äußerst ernst. Sie haben Anspruch auf Therapie und benötigen absolute Ruhe. Auf keinen Fall lasse ich zu, dass sie verstört werden – was dies betrifft, gibt es keinen Spielraum.«

O doch, dachte Carmen, die auf dem Weg zum Auto das Gespräch Revue passieren ließ, *mir wird etwas einfallen, wenn die Gute nicht kooperieren will.*

Ihr Telefon klingelte. Linus. »Meine was? Du liebe Zeit. Ja, ich komme schnell vorbei.« Sie steckte das Telefon in die Jackentasche zurück. »Matthias, ich muss kurz nach Hause. Ich habe meine Notizen vergessen, die ich nachher in der Präsidiumssitzung gern dabeihätte.«

Sie traf Linus in der Küche, damit beschäftigt, mit Bleistift Frau Beimers Gehörknöchelchen abzuzeichnen: Hammer, Amboss, Steigbügel. »Was macht dein Fall?«, fragte er. Carmen blickte ihm über die Schulter. »Faszinierend, der Steigbügel sieht wirklich wie ein Steigbügel aus. Tja, die Rufius mauert. Ich fühle geradezu körperlich, dass sie etwas verbirgt. Nun ist Alina Rombach verschwunden, eine weitere Patientin aus dem Sandorff-Sanatorium. Präziser formuliert: Ihr Hilferuf auf dem Anrufbeantworter der Klinik hört sich nach einem brutalen Kidnapping an. Es ist zum Verzweifeln, ich müsste Kontakt zu jemandem im Sanatorium bekommen, Mitpatienten befragen können, ohne dass die Rufius das mitkriegt …«

»Vielleicht jemanden einschleusen?« Linus hob den Kopf und strahlte sie an. »Ich könnte zu später Stunde dort beim Bereitschaftsarzt aufkreuzen und so tun, als ob ich …«

»O nein, mein Sohn, denk nicht einmal dran.« Carmen ergriff die Unterlagen auf dem Tisch, rollte sie zusammen und steckte sie in die Innentasche ihrer Jacke. Linus hielt sie am Ärmel fest, als sie den Raum verlassen wollte.

»Aber wenn es einen Zusammenhang zwischen Ragnas Tod und dem Verschwinden von Alina gibt, dann steht Alinas Leben auf dem Spiel, oder?«

33

Silvia Rufius ließ die Glastür zufallen. Sie steckte eine Strähne in ihrem Haarknoten fest, die sich gelöst hatte, und warf einen Blick auf die glitzernde Schneelandschaft in dem Garten hinter der Klinik. Anstrengend war das Gespräch mit der Kriminalpolizei gewesen. Sie hatte sich schwer auf den Sachverhalt konzentrieren können, denn ständig hämmerte die Frage in ihrem Hirn: Wer war die Frau, die sich am Festnetzanschluss von Thomas' Schwester gemeldet hatte?

Vor Silvias innerem Auge wirbelten Bilder durcheinander und Stimmenfetzen hallten in ihrem Kopf. Sie sah Thomas mit Ragna in seinem Büro auf dem Ohrensessel am Fenster in wilder Leidenschaft verknäuelt. Dann sah sie ihn plötzlich, wie er eine Hand nach ihr, Silvia, ausstreckte. Er lächelte sie an. Aber mit der anderen Hand zog er Alina hinter sich her.

Verflucht noch mal, jetzt werde ich langsam selber verrückt.

Sie massierte die Schläfen, wandte sich vom Fenster ab und betrat ihr Büro. Wo steckte Thomas nur, sie musste ihn erreichen, bevor die Kollinger und ihr Kollege ihn befragten, damit sich ihre Aussagen deckten. Wie war sie nur auf den hirnverbrannten Gedanken verfallen zu behaupten, sie hätte Thomas heute Morgen schlafen sehen? Wo sie doch nicht den kleinsten Hauch einer Idee hatte, wo er sich seit ihrer Auseinandersetzung aufhielt?

Silvia war ehrlich genug mit sich selbst, um zuzugeben, dass es nicht allein darum gegangen war, den Streit zu verheimlichen. Nein, sie versuchte Thomas immer noch zu schützen. Sie wollte ihr altes Leben oder wenigstens das Gefühl der Macht über Thomas zurückerhalten. Seine Bewunderung, wie seinerzeit, als sie die Dissertation für seine Promotion schrieb. Helena hatte sie schon damals durchschaut. Sie hatte ihre eisblauen Augen auf die Tochter gerichtet und gesagt: »Du glaubst doch nicht wirklich, dass er seine Abhängigkeit von dir mit Liebe verwechseln wird?«

Wieder betrachtete Silvia den Bernsteinring. Welch erbärmlicher Mittel sie sich bediente. Ein Alibi im Tausch gegen Dankbarkeit und damit verbundener Aufmerksamkeit! Das Schlimmste aber war, anders als den meisten Menschen um sie herum, die ihr Verhalten *selbstlos* nennen würden, konnte sie sich selber nichts vormachen. Aufgrund ihrer Fachausbildung stand ihr die eigene Armseligkeit deutlich vor Augen.

Sie schlug die Akte, die vor ihr auf dem Schreibtisch lag, auf und blätterte durch Anamnese, Therapieprotokolle sowie Medikationstabellen. Plötzlich stutzte sie, sie blätterte zurück und las den letzten Satz auf der Seite ein zweites Mal:

… berichtete die Patientin von einer Puppe namens Lore, die bei einem Unfall verbrannte. Auf Nachfragen reagierte sie nicht mehr, sondern flüchtete in die Identität eines verwöhnten Kindes. Sie sprang auf, rannte umher und verlangte die Zeichnungen, die ihren Freund Walker zeigten …«

Hier endete die Seite. Silvia hatte sich nie eingehend mit Ragnas Krankengeschichte befasst. Natürlich kannte sie die Eckdaten, und gestern, als Thomas die verbrannte Puppe den Kommissaren gegenüber erwähnte, hatte sie den Vorsatz gefasst, die Akte genau zu studieren. Sie blätterte um. Doch da fehlte

169

etwas. Auf Seite zweiundsechzig folgte Seite neunundsechzig und die begann mit einem Verzeichnis der Medikamente.

Seltsam, vielleicht sind die Bögen falsch abgeheftet worden. Silvia kämmte die Unterlagen von vorn bis hinten durch. Wen meinte Ragna mit Walker? Wieso verlangte sie diese Zeichnungen von ihrem Therapeuten? Hatte Thomas sie ihr weggenommen?

Mit Sicherheit hatte die Patientin den Identitätswechsel vollführt, weil die Erinnerung an den Unfall an ein Trauma rührte. Gab es diese Skizzen überhaupt, oder existierten sie lediglich in der Fantasie des Kindes, in dessen Rolle Ragna geflohen war?

Silvia fühlte kalten Schweiß auf der Stirn. Wieder stieg ein Bild vor ihren Augen auf: Sie betrat das Büro von Thomas, ging auf seinen Schreibtisch zu, er strahlte sie an, klappte eine Mappe zu und schob sie mit dem Ellenbogen angelegentlich unter einen Stapel Psychologie heute. Ragnas Akte. Thomas hatte etwas zu verbergen. Die Seiten dreiundsechzig bis achtundsechzig? Die Zeichnungen? Was noch? Silvia erhob sich, griff ein Taschentuch aus der Handtasche und trocknete die Stirn. Sein Büro! Natürlich, sie musste es durchsuchen, jetzt sofort. Außerdem würde sie Alina Rombachs Krankengeschichte haargenau studieren, nach Gemeinsamkeiten zwischen den beiden Fällen fahnden. Da gab es mit Gewissheit mehr, als dass die Mädchen sich äußerlich ähnelten. Mitten in ihre Gedanken schrillte das Telefon. Sie zuckte zusammen und erst beim vierten Läuten griff sie danach.

»Rufius …« Zwei Minuten später legte sie wie in Zeitlupe das Gerät zurück auf die Ladestation und betrachtete ihre Finger, die sich wie verängstigte Tiere aneinander rieben.

Kommissarin Kollinger hatte ihr mitgeteilt, dass sie eine Fahndung nach Thomas Gellert eingeleitet habe, da man vor einer halben Stunde sein Auto mit offenen Türen im absoluten

Halteverbot vor einer Bar auf dem Kiez gefunden hatte. Außerdem sei seine Identifikationskarte zweifelsfrei am Fundort von Ragnas Leiche lokalisiert worden. Damit nicht genug, Kommissarin Kollinger kündigte an, dass Kollegen sogleich ein Foto sowie einen Kamm oder eine Haarbürste von Thomas für die Erstellung eines DNA-Abgleichs abholen würden, und das konnte nur eines bedeuten: Sie wollte beweisen, dass Thomas der Vater von Ragnas ungeborenem Kind wäre. Und ihr Mörder.

In Kürze würden die Polizisten hier sein. Silvia verfluchte sich. Sie hätte Zeit schinden können, indem sie behauptet hätte, erst Thomas' Bürste von zu Hause holen zu müssen. Stattdessen hatte sie vorgeschlagen, dass Kollinger ihre Kollegen ins Sanatorium schicken sollte, weil es in diesem *Etablissement* selbstverständlich für Nachtdienste ein Bad für die Klinikleitung gab.

Silvias Gedanken überschlugen sich, abermals sah sie die Aura der zurückgedrängten Migräne nahen. Verflucht, sie musste klar bleiben, nur so konnte sie Thomas helfen. Wussten die von der Polizei mehr, als sie ihr sagten? Silvia lockerte das Halstuch, denn es schnürte ihr den Atem ab. Während sie zwischen Schreibtisch, Fenster und Bücherregal gleichmäßige Dreiecke abschritt, nahm sie das Tuch ab und wickelte es um die klammen Finger. Logisch, die warfen ihr lediglich Brocken hin. Die wollten, dass sie sich fragte, welche Verbindung es zwischen ihrem Lebensgefährten und der Toten gab.

Ihr wisst nur nicht, dass ich es seit heute Nacht weiß! Die Frage nach der DNA sollte sie an ihm zweifeln lassen, sie sollte mürbe werden und Thomas ans Messer liefern. Wie kam seine Karte in die Nähe eines Gewaltverbrechens? Sie blickte auf ihre Hände, die das Halstuch wrangen, als würden sie einen Hals würgen. Später, später würde sie darüber nachdenken, vielleicht hatte der wahre Täter diese Fährte gelegt, um den Verdacht auf Thomas zu lenken, oder es war ein Bluff der Polizei. Abrupt unterbrach sie die ruhelose Wanderung zwischen Fenster und Schreibtisch, denn ein neuer Gedanke bemühte sich, in den Dunstschwaden ihres Kopfes Gestalt anzunehmen: Möglicherweise war Thomas dem Mörder auf die Spur gekommen, eventuell hatte Alina ihn doch noch irgendwie erreicht heute Nacht. Er war in Gefahr, Silvia spürte es. Das verlassene Auto! Sie ließ das Tuch fallen und schlug sich mit der flachen Hand an die Stirn.

Natürlich: Nie hätte Thomas den weißen Cayenne so einfach stehen lassen.

34

Die Ermittler befanden sich auf dem Weg zu Karen und Wolfgang Rombach, Alinas Eltern. Matthias steuerte über die Elbchaussee nach Blankenese, doch beide hatten keinen Blick für die Gründerzeitvillen links und rechts der Route. Carmen verstaute ihr Telefon in der Jacke und schnaubte: »Na bitte. Das kam wie bestellt, jetzt dürfte Frau Doktor unruhig werden. Das schicke Auto ist wieder da, nur ohne den schicken Arzt. Und blöööder Fehler aber auch, dass ihr Lover zu zerstreut ist, auf seine Identifikationskarte aufzupassen.«

Sie öffnete das Handschuhfach und sogleich rollten ihr einige weiche Batzen entgegen, die Matthias als Frühstück verschmäht hatte. Carmen steckte sich eine Handvoll in den Mund.

»Möchte ja nicht wissen, wie Astrid den Teenies die Karte abgeluchst hat. Das ist endlich etwas Handfestes! Gellerts Klinikausweis am Leichenfundort, ha! Wenn wir Glück haben, hat er seine Spermien genauso zerstreut verstreut.« Sie lachte über den Wortwitz.

»Auf den DNA-Abgleich bin ich gespannt. Ich schreibe Claudius eine SMS, dass er sofort einen Kamm, eine Zahn- oder Haarbürste für die rechtsmedizinische Untersuchung der

DNA und ein Foto von Gellert bei der Rufius abholt. Das Foto soll er in der Bar Monserrate, vor der Gellerts Luxuskarosse gefunden wurde, herumzeigen und fragen, ob man ihn letzte Nacht dort gesehen hat.«

Matthias schaute seine Beifahrerin über den Sonnenbrillenrand hinweg an.

»Carmen, was ist los? Warum regst du dich über die Rufius derartig auf? Wieder irgendwelche Spiegelungen?«

Das Navi verkündete, dass sie ihr Ziel erreicht hatten, und enthob Carmen einer Antwort. Sie stiegen aus dem Auto.

Wow, dachte Carmen. *Na, das ist ja mal ein Häuschen.* Aber Reichtum schützt vor Schicksal nicht. Zum zweiten Mal in wenigen Tagen waren sie auf dem Weg, den Eltern eines jungen Mädchens eine lebensverändernde Botschaft zu überbringen. Das Gebäude ähnelte einem kleinen Schlösschen, weiß reckte sich ein runder Turm mit Schieferschindeln in den Januarhimmel. Auf ihr Klingeln öffnete ein guter Geist, der aus der Fernsehserie Das Haus am *Eaton Place* entsprungen zu sein schien. Die Ermittler erklärten den Grund ihres Kommens und wurden in ein Empfangszimmer mit dunkel glänzenden Mahagonimöbeln geführt. Carmen zog die Schultern hoch und ließ ihren Blick durch den Raum schweifen.

»Matthias, ich komme mir vor wie in einem Nachmittagskrimi, nur dass sich die Kulissenschieber für uns ganz besonders ins Zeug legen. Schau dir nur an, was sie sich ausgedacht haben! Das glaubt doch kein Zuschauer des öffentlich-rechtlichen Fernsehens, dass sich jemand Anfang des einundzwanzigsten Jahrhunderts diese hässlichen Porzellanfiguren in eine Vitrine stellt! Albträume würde ich bekommen, wenn ich mit denen unter einem Dach leben müsste.« Sie betrachtete einen hellgrünen Wasser- oder Meeresdrachen und streckte ihm die Zunge heraus.

»Grausam«, bestätigte ihr Kollege und stieß versehentlich gegen den Schrank. Sofort schrillte eine Alarmanlage. »Unglaublich. Das lassen die auch noch bewachen«, flüsterte Matthias, während er sein Schienbein rieb. Wie schuldbewusste Kinder traten sie von der Sammlung an Scheußlichkeiten zurück und betrachteten die Frau, die eintrat.

Die Mutter von Alina Rombach betätigte einen Schalter neben dem Türrahmen, das Schrillen der Alarmanlage verstummte augenblicklich. Mit lässigen Schritten durchmaß sie das Zimmer und reichte den Ermittlern die Hand.

»Schade, ich hatte gehofft, Sie würden sie stehlen – scheußlich, nicht wahr?« Sie lächelte mit der einen Seite ihres Mundes und zog die Augenbraue der anderen Gesichtshälfte hoch. Schlohweißes Haar umrahmte das Gesicht, fiel fransig gestuft bis auf die Schultern. Sie mochte wie Frau Dr. Rufius Mitte vierzig sein und genau wie die Ärztin, nur auf eine vollkommen andere Art, wusste sie ihre Vorzüge zu unterstreichen. Sie trug hellgraue Reithosen, dazu einen taillierten Blazer in Anthrazit. Ihre Rubinkette nahm den Farbton der vollen Lippen auf, die eine Reihe makellos weißer Zähne entblößten. Carmen ertappte sich bei dem Gedanken, dass sie wieder Vertrauen in Hamburgs Zahnärzte fasste.

»Frau Rombach, es geht um Ihre Tochter Alina. Frau Dr. Rufius aus dem Sandorff-Sanatorium informierte uns, dass Alina gestern Nacht verschwunden ist. Können Sie uns sagen, wo sie ist?«

Karen Rombach lehnte mit im Rücken verschränkten Armen am Türrahmen, ihre Gesichtszüge offenbarten keinerlei Gefühlsregungen.

»Alina? Nein. Wir haben kaum Kontakt zu ihr. Hier ist sie nicht, vielleicht ist sie mal wieder mit Snooker unterwegs.«

Immer noch zeigte Frau Rombachs Miene keine Regung, nur bei der Nennung des Namens Snooker fühlte Carmen sich an das Klirren von Eiswürfeln erinnert.

»Snooker? Ungewöhnlicher Name. Ist das nicht eine Form des Billardspiels?«, fragte sie.

Matthias nickte. »Stimmt, es ist eine Variante mit einem größeren Tisch und mehr Kugeln. Es gibt außerdem die Redewendung, *einen Snooker zu brauchen.* Soweit ich weiß, ist das ein Spielzug, der den Gegner zwingt, ein Foul zu begehen, indem man die eigene Kugel so spielt, dass die Gegnerkugel dahinter verborgen ist. Wird oft versucht, wenn mit reinem Einlochen kein Gewinn mehr möglich ist.«

Alinas Mutter ließ sich in einen Ledersessel gleiten und forderte die Ermittler mit einer Handbewegung auf, auf dem gegenüberstehenden Sofa Platz zu nehmen. Sie musterte die Kommissare eine Weile, schließlich sprach sie weiter.

»Unsere Tochter ist seit langer Zeit in psychotherapeutischer Behandlung, meist stationär. Temporär sogar in geschlossenen Einrichtungen. Glauben Sie mir, das ist gut so. Snooker existiert ebenso wenig wie der Geist der Weihnacht, der den armen Ebenezer Scrooge jedes Jahr im Fernsehen heimsucht. Alina hat Snooker erfunden. Kurz nachdem ihre Schwester Olivia zur Welt kam. Aus Eifersucht. Ich möchte nur so viel sagen: Unsere jüngere Tochter Olivia ist tragisch in dem Badeteich hinter unserem Haus ums Leben gekommen und Alina hatte damit ursächlich zu tun. Seither wurde es noch schlimmer mit ihr, sie ...«

Frau Rombach drückte ihre Fingerspitzen an die Nasenwurzel und schüttelte den Kopf. Carmen und Matthias warteten, dass sie weiterreden würde, doch sie beendete den Satz nicht.

»Frau Rombach«, begann Carmen, »gut, es existiert also kein Snooker. Aber unzweifelhaft ist, dass Alina verschwunden ist und einen Hilferuf auf dem Anrufbeantworter des Sanatoriums hinterlassen hat. Sie ist in Gefahr! Bitte, wo könnte sie sein?«

Karen Rombach sah auf und Carmen nahm einen fernen Schmerz in ihrem Blick wahr, nach einer Sekunde jedoch verwandelte er sich in Härte.

»Glauben Sie mir, ich habe keine Ahnung. Alina ist Borderlinerin, demzufolge typischerweise eine absolute Exzentrikerin. Sie denkt und handelt vollkommen impulsgesteuert. Sie glaubt, ihre Gedanken sehen zu können! Was meinen Sie, was wir mit ihr bereits alles erlebt haben. Wie oft wir sie gesucht haben, weil sie irgendwelchen Hirngespinsten in obskure Parallelwelten gefolgt ist. Wir haben es längst aufgegeben, ihr Denken oder Handeln rational begreifen zu wollen.« Sie sah Carmen direkt in die Augen.

»Wenn Sie eine Tochter wie Alina hätten, dann würden Sie verstehen, dass eine Familie an so einem Menschen zerbrechen kann. Allein, das werde ich nicht zulassen.«

Irgendwo im Haus schlug eine Uhr.

Matthias räusperte sich. »Verzeihen Sie, dass ich Sie das fragen muss, aber hat Alina sich die Brüste vergrößern lassen, trägt sie Silikonimplantate?«

Frau Rombach richtete die asphaltfarbenen Augen auf den Ermittler.

»Komisch, dass Sie das ansprechen. Auch so eine Verrücktheit von Alina. Ja, sie hat sich die Brüste operieren lassen. Als wir ihr das Geld dafür nicht geben wollten, hat sie es anderweitig zusammengebracht. Ein Mädchen von seinerzeit achtzehn Jahren. Schrecklich, dass sie glaubte, die künstlichen Dinger könnten sie irgendwie attraktiver oder liebenswerter machen.«

Wieder brach sie ab, als ihr Mann den Raum betrat. Wenn Frau Rombach sich in Steinfarben kleidete, dann hatte ihr Ehemann dieses Prinzip auf sein Inneres erweitert. Ein einziges Wort charakterisierte ihn: Granit.

35

Wenn sie recht hatte mit der Einschätzung, dass Thomas gezwungen worden war, sein Auto im Stich zu lassen, resultierte daraus konsequenterweise die Schlussfolgerung, dass er nicht bei der Frau gewesen sein konnte, die sich unter der Telefonnummer seiner Schwester Susanne im Falkenried gemeldet hatte. Silvia schämte sich der Erleichterung, die sie bei diesem Gedanken empfand, und beruhigte ihr Gewissen mit einer sachlichen Bestandsaufnahme. Sie hatte analysiert, was sie aktiv unternehmen konnte, um Thomas zu helfen. Das erschien ernüchternd wenig, solange sie nicht wusste, wo er steckte, und sie ihn nicht sprechen konnte. Allerdings gab es da etwas: Eine vage Idee nahm schemenhaft Gestalt in ihrem Kopf an. Natürlich, sie könnte etwas tun. Nicht ganz legal zwar, aber hier ging es um ihre und Thomas' Zukunft. Sie verbannte den Einfall vorläufig in die Warteschleife. Ihre Gedanken eilten weiter. Niemand kannte sich so gut in diesem Haus aus wie sie. Und keiner hatte Zugang zu derartig vielen Informationen zu Ragna sowie der vermissten Alina. Vielleicht würde sie über irgendeine Gemeinsamkeit der Mädchen eine Spur zu Thomas entdecken. Als Erstes hatte sie das Büro von Thomas durchsucht, die fehlenden Seiten aus Ragnas

Patientenakte jedoch nicht gefunden. Der zweite Weg führte sie in das Ärztezimmer. Zumindest die Akte der verschwundenen Alina Rombach lag dort, wo sie hingehörte. Silvia nahm sie an sich, kehrte in ihr Büro zurück und klappte die Mappe auf. Immer wieder empfand sie es als ein Wagnis, wenn sie Patienten in deren Seelentiefen folgte.

Alina Rombach, nun denn. Sie überflog die ersten Bögen mit Angaben über bisher behandelnde Ärzte, Eltern, Krankengeschichte. Alina stammte aus einem wohlhabenden Elternhaus. Der Vater, Wolfgang Rombach, importierte Orientteppiche und begleitete als Honorarkonsul Wirtschaftsdelegationen nach Vorderasien. Die Mutter, Karen Rombach, stellte das dar, was man heute eine Society Lady nannte. Alina wurde bereits in der Schule auffällig: Man stufte sie als außergewöhnlich intelligent und fantasiebegabt ein. Sie übersprang die dritte Klasse, gewann als Zwölfjährige einen Jugend-Übersetzerpreis, denn sie hatte sich autodidaktisch Griechisch und Latein beigebracht. *Schön, gleichwohl banal*, dachte Silvia. Eltern, die zu viel mit sich selbst zu tun haben. Das für sein Alter überproportional entwickelte Kind, das Aufmerksamkeit nur infolge überdurchschnittlicher Schulleistungen erhielt. Eines Tages scheitert es an irgendeiner Hürde, findet bei den Menschen in seiner Umgebung keinen Halt und taucht in eigene Welten ab. Ein Fall wie aus dem Lehrbuch. Eine strauchelnde Seele unter Myriaden auf dem Weg in mentales Leid. Obszönerweise stellten all diese verwirrten Wesen Silvias Lebensgrundlage dar.

Sie betrachtete einen abgebrochenen Zeigefingernagel. Im Laufe des Tages hatte sie ihn immer tiefer eingerissen, und wenn sie so weitermachte, würde die Haut unter dem Nagel bald bluten. Mit Daumen und Mittelfinger hielt sie die Enden zusammen, als könnten sie durch mechanischen Druck wieder zueinanderfinden.

Inmitten der Anamnese in Alinas Akte entdeckte Silvia einige Bögen, auf die jemand säuberlich ausgeschnittene Zeitungsartikel geklebt hatte. Das kam in einer Krankenakte normalerweise nicht vor. Augenblicklich war Silvias Interesse geweckt.

Tragischer Unfall oder Mord an Olivia Rombach?, las sie. Der Verfasser des Artikels hatte zwar keine Antwort auf die Frage, aber darum ging es ihm auch nicht. Sein Schwerpunkt lag auf den verstörenden Details, die ihm die Aufmerksamkeit der Leser sicherte:

Alina Rombach hatte vor Jahren am Nachmittag eines trüben Januartages auf ihre jüngere Schwester Olivia aufpassen sollen, sich jedoch von dem Anwesen der Familie entfernt. Sie gab später an, mit einem Freund einen Unbekannten beobachtet und verfolgt zu haben, der ihre Katze angefahren hatte. Unterdessen hatte sich Olivia in den Garten an den kleinen Badeteich gestohlen, um die neuen Schlittschuhe auszuprobieren. Diese Version schien für einen Unglücksfall zu sprechen, denn die seinerzeit fünfjährige Olivia konnte unmöglich erkennen, dass die Eisdecke sie nicht tragen würde. Sie brach wenige Schritte vom Badesteg entfernt im Eis ein. Bereits hier war das Wasser über einen Meter zwanzig tief und das Mädchen geriet unter die Eisschicht.

Der Autor des Artikels hatte mit der Idee eines Unfalls kaum etwas im Sinn; er deutete Alina als die Schuldige an. Sie hätte den Unbekannten ebenso wie den Freund erfunden, denn nie wurden jene Personen identifiziert. Alina selber hätte Olivia auf den Teich geschickt, denn man fand sie später seelenruhig auf dem Badesteg sitzend, die tote Katze auf dem Schoß, wie sie die roten Wollhandschuhe ihrer kleinen Schwester mit Kieselsteinchen füllte und diese lächelnd der Schwester hinterher in das Loch im Eis warf.

Silvia schloss die Augen. Auch wenn der Artikel reißerisch geschrieben war und möglicherweise Kleinigkeiten sinnverzerrend aufbauschte, fühlte sie den grausamen Kern des Geschehens wie einen Eiszapfen, der im Zentrum ihres Hirns wuchs. Sie hatte die Akte erst zur Hälfte gelesen und die Kopfschmerzen nahmen wieder zu. Während sie Wasser aus der Karaffe nachschenkte, las sie weiter, denn Alinas Geschichte war hier längst nicht zu Ende.

36

Die Spieluhr war vor einer Weile verstummt, Alina fühlte den letzten Ton in dem Verlies schwingen. Es handelte sich um ein a, es hing in der Luft, herausgefallen aus den fünf Notenlinien. Es stieß an die Mauern links, rechts, links, rechts und drang in jede ihrer Poren. Gleich würde es in ihren Hirngängen laut schreien, die Quallenköpfe würden davon wach werden. Aus Erfahrung wusste Alina, dass sie es nicht verhindern konnte, es gab in diesem Labyrinth kaum Struktur, erst recht keine Notenlinien, die das verlorene a wieder einfangen könnten. Schon spürte sie die Vibration in jeder Zellmembran. Sie stellte sich tot. Mit geschlossenen Augen beobachtete sie den Ton, diesen dicken schwarzen Notenkopf, wie er sich zu den Quallenköpfen gesellte, schließlich mit ihnen verklumpte. Doch sie schrien nicht, sie wisperten und zogen sich zurück. Ruhe überkam Alina.

All ihre Therapeuten hatten viel Zeit damit verbracht, ihr Bewusstsein dafür zu schärfen, welche Wahrnehmungen von außen wirkten und welche ihr Gehirn erzeugte. Nie hatte sie verstanden, inwiefern diese Differenzierung helfen sollte, wenn die Wellen heranbrandeten. Ihr waren sämtliche biochemischen Vorgänge in ihrem Kopf scheißegal, die für die Horroridentitäten auf der inneren Leinwand verantwortlich waren. Einzig wichtig fand sie, dass sie verschwanden, sobald Alina sie nicht mehr ertragen konnte.

Es gelang ihr, sich noch weiter zu beruhigen. Womöglich erlebte sie dieses Verlies nicht in Wirklichkeit. Die Finsternis um sie herum war die in ihr. Träume, Fantasie und Erinnerungen entsprangen ebenfalls einem unbekannten Dunkel, bedeuteten kein reales Leben, sondern nichts weiter als Bilder, inszeniert von chemischen Prozessen in ihrem Gehirn. Vielleicht war sie sogar seit geraumer Zeit tot?

Alina dachte an das faszinierende Gedankenexperiment von Schrödingers Katze in der Kiste, die gleichzeitig tot und lebendig war. An die hieran anschließende Viele-Welten-Theorie, welche die Realität splittete und eine tote und eine lebende Katze nebeneinander existieren ließ.

Konnte sie sich selbst trauen? Lag sie tatsächlich in einem Himmelbett in einem Keller? Vollkommen absurd! Nein, es konnte nur das Kinderbett aus einer fernen Zeit sein, in dem sie lag. Arm in Arm mit der kleinen Olivia – und hatten sie nicht soeben das Gutenachtlied angehört? Wie jeden Abend würde Olivia gleich sagen: »Alina, der letzte Ton muss zu den Sternen schweben können, mach bitte das Fenster auf.« Doch hier gab es kein Fenster und Olivia war tot. Alina selber hatte ihr Gesichtchen unter der Eisschicht verschwinden sehen, umflort von schwarzen Algen. Später hatten sie die Schwester wie Schrödingers Katze in eine Holzkiste getan und in kalter, nasser Erde vergraben, auf die sie einen Stein stellten. Man hatte Alina tausendmal erklärt, dass sie Olivia nie wieder treffen könnte. Sie kicherte. Keiner dieser dämlichen Ärzte ahnte, wie dicht die Vergangenheit neben der Gegenwart lag. Niemand wusste, dass man den Arm hinüberstrecken konnte. Natürlich traf sie sich mit Olivia in dem Reich, das nur eine Armlänge entfernt und ihnen beiden zugänglich war. Niclas hatte es als Einziger verstanden. Er hatte das kleine Mädchen in ihrem Kopf an dem geheimen Treffpunkt, in dem Kristallzimmer, gesehen.

Ihre Gedanken verließen diesen Pfad. Was kam nach der Strophe mit den Mücken und den Fischen? Ging es weiter mit den Träumen, die zu den müden Kinderlein kommen?

Alina streckte die Finger aus und bemühte sich um flache Atmung. Sie legte alle Konzentration in die Härchen auf der Haut, um herauszufinden, in welcher ihrer Realitäten sie sich aufhielt. Sie hatte genau diese Melodie von den Sternlein vor nicht langer Zeit jemanden wiederholt summen hören. Nur wen?

Fast hätte sie die Erinnerung am Zipfel fassen können, aber in dem Moment wurde von unsichtbarer Hand ein Licht angeknipst, hinter dem Bettvorhang. Alina hob die Augenlider. Sie tastete nach dem Vorhang und spähte hindurch. Die Szenerie hatte sich nur unwesentlich geändert. Die Badewanne, der Nachtschrank, die Blumen. Ein Detail hatte das Bild ergänzt. Auf dem Nachttisch direkt neben ihr lag ein Stapel Polaroidfotos. Wer immer sie gefangen hielt, wollte ihr etwas mitteilen.

Alina setzte sich auf und nahm die Aufnahmen in die Hand. Schon bei der ersten bereute sie diesen Entschluss. Eine junge Frau schaute ihr entgegen. Das heißt, sie sah durch sie hindurch in die Unendlichkeit, denn die Augen waren gebrochen. Sie trug eine rot gelockte Perücke, wirr hing das Kunsthaar in ihr Gesicht. Entweder sie selbst oder jemand anderes hatte sie stark geschminkt, die Lippenkonturen übermalt wie bei einem Clown, die Augen mit dunklem Kajal dick umrandet. Ein Kreuz war mit einem schwarzen Edding auf die Fotografie gemalt worden.

Das nächste Foto zeigte die gleiche Frau: Sie lag in einer Badewanne, die genauso aussah wie diejenige neben Alinas Bett. Altertümlich und mit Rostpickeln. Arme und Beine der jungen

Frau in jener Wanne waren unnatürlich angewinkelt; wiederum starrte Alina der tote Blick an. Sie drehte ein weiteres Foto aus dem Bilderstapel um. Die junge Frau, diesmal ohne Perücke und ohne Schminke. Nein, um Gottes willen, das durfte nicht sein! Ihre Krankheit spielte ihr einen gemeinen Streich, Wahn und Wirklichkeit verrannen wie Tusche auf einem nassen Blatt Papier, vermischten sich. Sie kannte das Mädchen! Ragna, die Blindschleiche. Das war Ragna auf den Bildern!

Wenn sie geglaubt hatte, ihr Horror wäre nicht mehr zu vergrößern, sah sie sich getäuscht. Ihre Finger verhaspelten sich, als sie das nächste Foto hervorzogen. Wie ein Film, der rückwärts gespult wurde, sah Alina die Freundin nun vor der Badewanne liegen, ohne Bluse und – ohne Brustimplantate. Zwei klaffende Schnitte zogen sich jeweils links und rechts über ihre Rippenbögen. Die schwarz-roten Silikonkissen lagen neben der toten Ragna auf einem Nachtschrank mit weißer Marmorplatte vor einem Strauß Teerosen. Alina brauchte den Blick nicht zu wenden, um zu wissen, dass neben ihrem Himmelbett das Äquivalent stand, wenn nicht sogar dasselbe Nachtschränkchen. Selbst Anzahl und Farbe der Rosen stimmten überein. Das Licht erlosch, Eiseskälte rieselte durch ihre Knochen, versteifte nach und nach jedes Gelenk. Neben sich fühlte sie eine Hand. Vertraut, wie es nur eine gab.

»Snooker«, flüsterte sie. »Endlich, wo hast du dich so lange herumgetrieben?« Snooker nahm ihr die Fotos aus der Hand, legte den Arm um sie und zog sie an seine Brust.

37

Inzwischen war es früher Nachmittag. Carmen hatte ihrem Kollegen Matthias ein fürstliches spätes Frühstück versprochen und betete, dass Linus für einen gefüllten Kühlschrank gesorgt haben möge. Sie fanden einen Parkplatz direkt vor der Tür und stapften die Treppe zu Carmens Altbauwohnung empor. Bei dem Gedanken, dass Alina entweder bereits tot oder in diesem Moment von einem Irren gequält wurde, wäre Carmen am liebsten umgedreht und hätte jeden Einzelnen in diesem Fall noch einmal befragt. *Mit Daumenschrauben.* Vor allem das Wissen, dass auch Alina sich die Brüste hatte aufpolstern lassen, beunruhigte sie zutiefst. So viele Parallelen, so viele Verbindungen zwischen den Mädchen und in ihrem Umfeld. Alinas Mutter hatte die Tochter als exzentrisch beschrieben und Dr. Rufius hatte erklärt, dass Alina von ihrer Krankheit zu überspanntem Verhalten gezwungen wurde. Unter Ragnas verschiedenen Persönlichkeiten hatten sich ebenfalls extrovertierte Charaktere befunden.

In den Opfern lesen, um über den Täter zu lernen: Der Killer hasste Frauen mit falschen Brüsten und exaltiertem Benehmen.

Während Matthias im Bad verschwand, öffnete Carmen den Kühlschrank und atmete dankbar auf. Linus hatte eingekauft, zudem an der Butterglocke einen Zettel befestigt.

Carmen dachte an das Gespräch mit den Rombachs zurück. Wie konnten die derartig ruhig bleiben? Ihre Tochter war verschwunden, aber sie zuckten nur die Achseln. Meinten, Alina wäre mit ihrem Hirngespinst unterwegs. Warum hatte Alina Snooker erfunden? Sofern er denn wirklich eine Fantasiegestalt war. Nur weil Karen Rombach ihn nie gesehen hatte, bedeutete das keinesfalls, dass er nicht existierte. Was war der zweiten Tochter Olivia widerfahren, was hatte Alina mit dem Tod ihrer Schwester zu tun?

Wenn Sie eine Tochter wie Alina hätten, dann wüssten Sie, dass so ein Mensch eine ganze Familie zerstören kann.

Diese Worte Karen Rombachs hallten mit dreifachem Echo in Carmens Kopf nach. Aus Carmens eigener Sicht könnte andersherum genauso ein Schuh daraus werden: *Eine Familie konnte gleichermaßen ein einzelnes Mitglied zerstören.*

Carmen pflückte den Zettel von der Butterglocke.

Paps kommt achtzehn Uhr, bitte sei ausnahmsweise da, ich glaube, es ist wichtig!

Sie zerknüllte das Briefchen und steckte es in die Hosentasche. Anschließend platzierte sie Teller, Kaffeebecher und eine Käseplatte auf den Tisch, stellte Speck und Bratpfanne für Rührei bereit. Zum Schluss arrangierte sie einen Wurstteller mit Cocktailtomaten und Dill. Hochzufrieden betrachtete sie ihr Werk.

Als Matthias aus dem Bad kam, war sie gerade dabei, Frau Beimer auf ihrem Küchenstuhl Richtung Speisekammer zu schieben und ihr diese Maßnahme zu erklären.

»Keine Angst, ist nicht für immer, heute Abend, wenn Gregor kommt, darfst du wieder mit uns am Tisch sitzen. Der wird gucken, hoffentlich hält er dich nicht für meinen neuen Liebhaber. Unwahrscheinlich, dass er wie Linus in der Lage ist, dein Geschlecht mit einem Blick auf die Beckeneingangsform zu bestimmen.«

»Carmen, was tust du da? Wer ist das?« Matthias trocknete die Hände an seiner Jeans ab. Ohne die Augen von seiner Kollegin und ihrer merkwürdigen Gesellschaft abzuwenden, trank er mechanisch einen Schluck Kaffee.

»Hm? Ach so, das ist Frau Beimer. Gehört zu Linus.«

»Seit wann steht der auf klapperdürre Mädchen? Mannomann, an der ist ja wirklich gar nichts dran.«

Das Telefon klingelte. Carmen ließ Frau Beimer los, die rasselnd zu Boden sank.

»Kollinger«, meldete sie sich und hörte dem Anrufer konzentriert zu.

»Alles ist für uns interessant, wir kommen in einer halben bis Dreiviertelstunde vorbei. Sind Sie in Ihrer Praxis?« Sie legte das Handy zur Seite, griff nach zwei Scheiben Fenchelsalami und platzierte sie auf das Olivenbrot.

»Matthias, das war Dr. Pathen, der mit dem Haifischgebiss und der Toupetmütze. Ihm hat der Tod von Ragna keine Ruhe gelassen. Heute Morgen ist ihm anscheinend etwas Bedeutsames eingefallen, er ist jetzt in seiner Praxis und möchte uns das zeigen.«

»Super, so ein wundervolles Wochenende habe ich selten erlebt. Es kann nur noch besser werden.«

»Matthias, ich wollte dich eigentlich nicht fragen. Du musst mir nicht antworten, aber … wenn ich dich heute Morgen aus den Armen von Annalena geholt haben sollte, ich könnte auch alleine zu Dr. Knallmütze fahren.«

Ihr Kollege lachte und setzte Frau Beimer wieder auf den Stuhl neben der Speisekammer, wobei er ihren Schädel gegen einen Topf vertrockneten Basilikums auf der Fensterbank lehnte. »Kein Problem, Carmen. Annalena war es nicht, die kann ich mir abschminken. Drei Nummern zu groß für mich. Nein, ich habe die Nacht mit Feodora verbracht.«

»Feo? Echt? Seid ihr wieder zusammen? Entschuldigung, das geht mich nichts an.«

»Ich habe einen Bärenhunger. Lass uns zuerst frühstücken und klar fahren wir gemeinsam zu Dr. Pathen, ich bin schon sehr gespannt auf ihn.«

Eine Stunde später betraten sie im Hellkamp den Eingang zwischen dem griechischen Restaurant Pelagos und der *Budnikowsky*-Filiale. Der Kinderwagen im Treppenhaus war verschwunden, aber der Fahrstuhl stank wie zwei Tage zuvor nach kaltem Rauch.

Dr. Pathen öffnete die Tür seiner Praxis und schlurfte voraus in das Sprechzimmer. Als sie Platz nahmen, beobachtete Carmen ihren Kollegen Matthias, der gebannt den schmächtigen Psychiater betrachtete, welcher hinter den Stapeln von Angel- und Fachzeitschriften fast verschwand.

»Schön, dass Sie so schnell kommen konnten. Mir ist etwas eingefallen, beziehungsweise, na ja, es ist ein bisschen delikat. Als Ragna das vorletzte Mal in meiner Praxis war, nur wenige Tage bevor ich sie einweisen ließ, da hat sie ihre Handtasche auf dem Schreibtisch entleert, weil sie ihren Kalender suchte, um einen Termin zu notieren. Dabei vergaß sie, ein Kuvert wieder einzustecken. Na ja, ich muss gestehen, ich habe später hineingesehen.«

Er räusperte sich und fixierte die staubbedeckten Blätter seiner sterbenden Topfpflanzen auf der Fensterbank.

»Das ist natürlich unverzeihlich und mir sehr peinlich, aber vielleicht hilft Ihnen meine Indiskretion, dieses grausame Verbrechen aufzuklären.«

Matthias öffnete seine Jacke, denn die Heizung lief auf vollen Touren in dem vollgestellten Sprechzimmer. »Den Briefumschlag haben Sie ihr bei ihrem letzten Termin vergangene Woche zurückgegeben?«

»O nein, ehrlich gesagt hatte ich ihn verlegt, aber heute Morgen habe ich ihn gesucht und bitte schön: Hier ist er.« Er reichte mit einer Hand einen hellbraunen DIN-A5-Umschlag über den Tisch, während er mit der anderen sein Toupet ein Stück aus der Stirn schob.

Carmen und Matthias entnahmen dem Briefkuvert zwei offiziell aussehende Papiere. Das eine war die beglaubigte Fotokopie einer Geburtsurkunde, die Ragna als das Kind von Robert und Eleonore Wellersleben auswies. Bei dem zweiten Dokument handelte es sich um die ebenfalls beglaubigte Kopie von deren Sterbeurkunde.

Ragna wusste es also, schoss es Carmen durch den Kopf. Sie warf einen Blick auf das Beglaubigungsdatum.

Seit *mindestens sechs Wochen wusste Ragna, dass Sybille und Christian Wellersleben nicht ihre Eltern, sondern Tante und Onkel waren. Hatte sie auch herausgefunden, wie ihre Eltern umgekommen waren? Wie war sie an diese Dokumente gelangt?*

Als Dr. Pathen sich wiederholt räusperte, sah sie hoch.

»Nicht wahr, das hat mich gleichfalls sehr überrascht. Mit dem Wissen dieser grundlegenden Änderung ihrer Familienverhältnisse habe ich Ragnas Akte vorhin erneut sorgfältig analysiert und da erscheint einiges plötzlich in einem neuen Licht. Zum Beispiel die Feindseligkeit, die sie Sybille Wellersleben entgegenbrachte. Zwar gehören Aggressionen gegen nahe Angehörige bei vielen psychischen Störungen zum Krankheitsbild dazu, sie fungieren als eine Art Abgrenzung des Kranken. Hier könnten sie jedoch einen anderen Grund gehabt haben. Ragna war zweieinhalb Jahre alt, als ihre Eltern starben, und der Umstand, dass diese an einem Tag gestorben sind, deutet auf ein Unglück hin. Es ist möglich, dass sich Ragna unbewusst an etwas erinnerte, vielleicht an den Schicksalsschlag selbst oder an Konflikte, die zwischen ihren leiblichen Eltern und ihren Stiefeltern stattgefunden haben mögen.«

Carmen nickte. Klar, da schien irgendetwas oberfaul. Aber wie hatte Ragna ihre wahre Herkunft herausgefunden? Die Tatsache, dass sie nicht die Original-Urkunden besaß, ließ es äußerst unwahrscheinlich erscheinen, dass ihre Zieheltern sie eingeweiht hatten. Nein, sie musste anders dahintergekommen sein und dabei hatte ihr jemand geholfen. Nur wer?

»Hat Ragna jemals einen Brand oder eine Puppe namens Lore erwähnt?«

Der Angesprochene nahm einen Bleistift zur Hand und führte ihn unter den Saum seines Toupets. Carmen sah schnell weg.

»Ja, zu Beginn ihrer Behandlung, ich hatte es schon beinahe vergessen. Zwei- oder dreimal berichtete sie von Lore, aber die Szenarien wechselten. Mal erzählte sie, ihre Mutter habe Lore eine dreckige Lumpenpuppe genannt und in das Herbstfeuer geworfen. Einige Zeit später wiederum vertraute sie mir an, sie selbst habe Lore im Wald vergraben, weil sie kaputt gewesen wäre.«

Lore, die Metapher für die leibliche Mutter, das wussten wir ja schon. Darüber werde ich nachher weiter nachdenken, denn im Moment interessiert mich eines viel mehr, dachte Carmen.

»Herr Dr. Pathen, haben Sie irgendeine Ahnung, wie Ragna an diese Urkunden gekommen ist?«

»Pardon, habe ich das noch nicht erwähnt? Wie nachlässig. Ja, ich sehe die Szene vor mir: Ragna ist an dem Tag sehr euphorisch, sie sucht ihren Kalender, sie legt Lippenstift, Kaugummis, Medikamente und jenen Umschlag auf meinen Tisch. Als sie ihn hinlegt, bemerkt sie: ›Ein Teil von ihr wird wiedergeboren werden.‹ – ›So‹, sage ich, ›wer und wessen Teil denn?‹ Ragna geht nicht darauf ein, sie sagt nur noch: ›Dr. Gellert, er hat mir ein doppeltes Geschenk gemacht.‹«

»Okay. Denkst du, was ich denke?« Carmen pflückte einen Strafzettel von der Windschutzscheibe und warf ihn auf den Rücksitz.

»Ich glaube schon. Doppeltes Geschenk: Dr. Charmebolzen hat irgendwie mit Ragna zusammen die Familiengeschichte herausbekommen und ihr die Namen ihrer wirklichen Eltern geschenkt. Außerdem: Tausend Prozent ist er der Vater von Ragnas ungeborenem Kind, dem Präsent Nummer zwei, von dem sie dachte oder sogar wusste, dass Charmie-Gelli der Vater ist.«

Carmen lag eine ironische Bemerkung auf der Zunge, wieso Matthias derartig zickig auf den attraktiven Arzt reagierte, doch sie besann sich und sagte nur: »Ragna hoffte, in diesem Kind Spuren ihrer wahren Mutter Eleonore wiederzufinden. Schließlich hat sie gesagt: Ein Teil von *ihr* wird wiedergeboren werden. Sei es, wie es sei. Wir fahren ins Labor, vielleicht gibt es bereits ein Ergebnis.«

»Und wir lassen mit verstärktem Druck nach dem Gallert suchen.«

»Gellert«, verbesserte Carmen automatisch.

38

Die Karaffe mit dem Wasser war längst geleert und der Tee, den Tina Lemcke-Wieler frisch aufgebrüht hatte, konnte Silvia weder wärmen noch ihren inneren Durst stillen. Die Angst um Thomas ließ den Eiszapfen in ihrem Hirn stetig wachsen; er begann, sich in ihre Schädeldecke zu bohren. Wenn Thomas in Gefahr schwebte, dann sollte sie ihren kleinlichen Stolz vergessen. Vor einer Stunde hatte sie sich deshalb ein Herz gefasst und ein zweites Mal unter der Telefonnummer von Thomas' Schwester angerufen. Wie sich herausstellte, war Susanne gestern vorzeitig aus Neuseeland zurückgekehrt. Thomas? Nein, den hatte sie nicht in der Wohnung vorgefunden. Wie Silvia denn darauf käme? Silvia hatte sich schnell gefangen und von einer kleinen Meinungsverschiedenheit mit Thomas geschwafelt, die ihr inzwischen leidtäte. *O Scheiße.*

Sie warf einen Blick auf die Armbanduhr und legte ihre Hand auf die Seite von Alinas Patientenakte, die sie eben gelesen hatte. Welch ein Horror. War sie vor wenigen Stunden der Meinung gewesen, mit Alina Rombach einen banalen Lehrbuchfall vor sich zu haben, so dachte sie jetzt anders. Die Akte wurde immer bunter: Neben verschiedenen Krankenberichten, Protokollen und Zeitungsartikeln hatte Thomas auch Fotos und Briefe von

Alina abgeheftet. Routiniert setzte Silvia aus dem Extrakt aller Einzelinformationen ein komplettes Mosaikbild zusammen. Im Ergebnis zeigten diese Aufzeichnungen zwei konträre Seiten der Geschichte der Geschwister Rombach.

Einmal die Variante um den Zeitungsausschnitt herum, der Alina als Schuldige am Tod ihrer Schwester anprangerte. Allein die Szene mit den Kieselsteinchen in den roten Wollhandschuhen, die sie der toten Schwester hinterhergeworfen haben sollte, konstruierte im Bewusstsein des Lesers ein derart starkes Bild, dass kaum eine weitere Sachinformation daneben Bestand hatte. Gestützt, wenn nicht sogar bekräftigt wurde dieses Bild von der Aussage der Eltern, dass Alina, die sehr eifersüchtig auf ihre kleine Schwester gewesen sein soll, Olivia schon einmal fast getötet hatte. Eiskalt soll Alina zugesehen haben, wie Olivia im Schlafzimmer der Mutter Karen Rombach deren Schlaftabletten wie Bonbons lutschte.

Die Krankenberichte und Protokolle, die Thomas über die einzelnen Therapieabschnitte angefertigt hatte, zeichneten ein anderes Bild. Demzufolge war Alina ein hochintelligentes und übersensibles Kind gewesen, das entsprechend Aufmerksamkeit für sich beanspruchte, welche die viel beschäftigten Eltern nicht zu geben imstande gewesen waren. Als Olivia geboren wurde, musste Alina die karg bemessene Zuwendung ihrer Eltern mit der Schwester teilen, die weitaus weniger kompliziert zu sein schien. Alina begann, eine Fantasiewelt um sich herum zu schaffen. Das tun viele vernachlässigte Kinder und bis hierher war ihre Entwicklung, selbst die Erfindung ihres Vertrauten Snooker, noch nicht als pathologisch einzustufen.

Was wirklich geschah an jenem Januartag, als Olivia ins Eis einbrach und starb, wusste offensichtlich niemand genau. Alina beharrte auf ihrer Fassung, dass sie nicht in der Nähe des Teiches gewesen sei, sondern mit einem Freund den Unbekannten wegen der angefahrenen Katze verfolgt hätte. Der

Polizeibericht stellte fest, dass sich diese Aussage durch nichts belegen ließ, genauso wenig wie ein Fremdverschulden am Tod Olivias nachzuweisen sei. Bisher hatte Silvia die Zeilen grob überflogen, plötzlich stockte ihr der Atem.

Alina war eine Woche nach dem Tod ihrer Schwester in das Universitätskrankenhaus Eppendorf eingewiesen worden. Jedoch nicht in die psychiatrische Abteilung, sondern in die Augenklinik. Wie Feuer brannten die Worte des seinerzeit behandelnden Arztes in Silvias Augen, als sie den Bericht des Krankenhauses zu Ende las: Alina hatte sich absichtlich Autobatteriesäure in ihr rechtes Auge geträufelt und war seither auf diesem blind. Es war demnach kein grässliches Unglück gewesen, das Alina das Augenlicht gekostet hatte, wie Silvia bisher angenommen hatte. Sondern der Akt eines verzweifelten Kindes, das sich nach einem traumatischen Erlebnis mit jener Selbstverletzung eine Stimme gab.

39

Im Präsidium herrschte reges Treiben. Astrid und Claudius diskutierten miteinander, über verschiedene Akten gebeugt. Mailin telefonierte und kritzelte nebenbei einen Block Post-its voll. Carmen und Matthias winkten kurz, ernteten aber nur abwesendes Kopfnicken. Sie bogen in den Flur ein, der zum gerichtsmedizinischen Labor führte.

»Irgendwie toll, oder? Dass sämtliche Kollegen ihr Wochenende opfern, um Alina zu retten. Es ist schön, dass wir über Ragna so viel herausbekommen haben, aber sie ist tot. Über Alina müssten wir dringend mehr erfahren. Vor allem endlich den Gellert finden«, meinte Carmen.

Sie betraten die Schleuse zum Labor und trafen auf einen aufgeregten Dr. Lott, dessen Wangenfarbe mit den pinkfarbenen Punkten auf seiner Krawatte wetteiferte.

»Scheun, dat ju ook allwedder door sied. Ick bin ganz aussm Gehäuse, nu treckt ma eure Jacken ut. Hier …« Er wedelte mit drei Computerausdrucken vor den Nasen der Ermittler herum. »Nu guckt euch dat an.«

»Würden wir nur zu gern, wenn Sie die Zettel einmal still halten würden«, sagte Matthias.

»Könnt ju eh net verstein, aber ick will ju dat mal verklaaren. Also: Das ist die DNA von Ragnas ungeborenem Kind hier.«

Er klatschte den einen Ausdruck auf den Tisch. »Und hier ist die DNA von Steffen van Bargen. Der ist zu annähernd hundert Prozent nicht der Vater. Aber aus dem Schneider ist er trotzdem nicht.«

»Das Sperma! Er ist der Mann, mit dem Ragna ein paar Tage vor ihrem Tod Geschlechtsverkehr hatte?« Carmens Nerven zersprangen fast vor Anspannung.

»So ist es. Das Sperma stammt von Steffen van Bargen«, stellte der Mediziner fest und nickte nachdrücklich.

Wusste ich es doch, dass uns der Lackaffe angelogen hat!

»Haben Sie auch schon die DNA von Thomas Gellert untersucht?«

»Tscha, mien Deern, hexen könnt wi ook nich. Claudius hat mir erst vor gut einer Stunde dieses ungepflegte Werkzeug gebracht.«

Angewidert hielt Dr. Lott eine Haarbürste in die Höhe, die so voller Haare war, dass ein Meisenpaar hierin beruhigt seine Eier hätte ausbrüten können.

»Ook een lütschen Smeerlappen, de Herr Dokta Gallert.«

»Gellert«, sagten Carmen und Matthias wie aus einem Mund.

Als sie das Besprechungszimmer betraten, stürmte Carmen sofort auf Claudius zu.

»Hast du in der Bar Monserrate nachgefragt, ob Gellert dort war?«

Claudius grinste und nahm einen Schluck Kaffee. »Stell dir vor, er ist da bekannt wie ein bunter Hund und war letzte Nacht mit einem dunkelhaarigen, jungen Mädchen dort. Sie tauchten nach Mitternacht auf und verschwanden kurz darauf wieder. Auch sie soll nicht zum ersten Mal dort gewesen sein.«

»Alina?«

»Ich habe dem Barbesitzer das Bild aus Alinas Facebook-Account gezeigt, er meinte, sie könnte es sein. Daraufhin war er allerdings nicht mehr sehr gesprächig.«

Carmen ließ sich auf die Tischkante sinken und nahm den Kaffeebecher entgegen, den Matthias ihr reichte.

»Schiete. Wie läuft die Fahndung nach Gellert?«

Claudius zuckte die Achseln.

»Bisher haben wir nur seinen Wagen. Es sieht mitnichten so aus, als hätte er den Cayenne freiwillig verlassen.«

Er versuchte, mit dem Fingernagel einen Pril-Blumen-Aufkleber von dem Fensterrahmen zu kratzen, gab es jedoch nach kurzer Zeit auf. »Welcher Mann täte das auch? Der Mufflon und sein Team werten gerade alle am beziehungsweise im Auto sichergestellten Spuren aus.«

»Prima. Matthias, wir nehmen uns in der Zwischenzeit den van Bargen vor. Der muss uns diese klitzekleine Ungenauigkeit bezüglich seines letzten Dates mit Ragna erklären. Warum hat er uns angelogen? Der hätte doch wissen müssen, dass wir ihm per DNA-Test auf die Schliche kommen. Den nageln wir jetzt fest.«

»Van Bargen hat ein Alibi für die Tatzeit«, wandte Matthias ein.

»Ja, prima! Die Frage ist nur, was ist es wert? Ein Alibi, das ihm die Pinnelka, seine Schwiegermutter, gegeben hat? Die sich so sehr um das Fortbestehen von *Nordhisto* sorgt, dass sie uns schon vor Befragung des hochgeschätzten Herrn Schwiegersohnes mit einem Pamphlet ihrer Anwaltssozietät empfangen hat? Die Bande kann sich warm anziehen!«

Matthias hielt Carmen am Ärmel fest, als sie zur Tür herausstürmte, und sagte: »Aber auch van Bargens Frau Melanie und sein Schwager, Niels Pinnelka, bestätigten die Angaben. Sie haben zusammen Silvester gefeiert, das hat Claudius doch alles überprüft.«

»Na und? Das wäre schließlich nicht das erste abgesprochene Alibi in der Kriminalgeschichte!«

40

Zum zweiten Mal an diesem Tag starteten sie Richtung Blankenese. Beide hingen ihren Gedanken nach. Die Glocken vom Hamburger Michel und der St. Pauli Kirche am Pinnasberg läuteten, als sie parallel zum Elbufer fuhren und die beleuchteten Hafenanlagen betrachteten. Ein gigantisches Containerschiff, flankiert von zwei Schleppern, schob sich behäbig in den Hafen. Carmen schlug sich mit der Faust gegen die Stirn.

»Oh, verflucht, nein, Riesenscheißdreck! Matthias, du hast doch humanistische Bildung genossen und sogar ein bisschen rumstudiert. Wenn am Samstagabend die Kirchenglocken bimmeln, dann läuten sie den Sonntag ein. Richtig?« Ihr Kollege sah sie verwundert an.

»Richtig.«

»Dann ist es achtzehn Uhr, oder?«

Matthias sah auf seine Uhr und nickte.

»Auch richtig, aber was hat das mit unserem Fall zu tun?«

»Nichts«, antwortete Carmen dumpf. »Nur mit meiner Ehe, wohl besser bezeichnet als Ex-Ehe.« Mit der linken Hand lenkte sie den BMW auf eine Abbiegerspur, während sie mit rechts den Zettel von Linus aus ihrer Hosentasche hervorkramte und Matthias auf den Schoß warf.

»Genau in diesen Minuten hätte ich die einmalige Chance wahrnehmen können, mit meinem Ehemann zu reden. Obendrein auf seinen Wunsch hin. Die Gelegenheit hatte ich in letzter Zeit wahrhaftig nicht oft.«

Matthias glättete den Zettel auf seinem Oberschenkel und las ihn.

»Das kannst du noch retten, ruf Gregor an und sage ihm, dass du gleich da bist. Nimm ein Taxi, ich mache das allein mit van Bargen.«

»Zu spät, Matthias, zu spät. Ich hätte jetzt eh nicht den Nerv, mir eine Vorlesung in wohlgesetzten, professoralen Worten anzuhören, weshalb er keinen anderen Weg mehr sieht, als die Scheidung einzureichen. Warum er mit seinen halb so alten, abgespaltenen weiblichen Persönlichkeitsanteilen die Laken teilen muss. Glaube mir, es genügt, wenn ich in den nächsten Tagen die Scheidungsklage in der Post vorfinde. Im Übrigen geht es um ein Menschenleben; wir müssen Alina retten.«

»Aber …« Matthias hatte aus Linus' Zettel ein Himmel-und-Hölle-Spiel gefaltet, drei Finger der rechten Hand hineingesteckt und klappte es auf und zu.

»… vielleicht will er dich zurückerobern?«

Wieder klappte das Spiel auf.

»Wenn es einen gemeinsamen Weg für uns geben sollte, werden wir ihn finden. Unabhängig vom heutigen Termin, der übrigens nicht vereinbart, sondern von Gregor angeordnet wurde.«

Sie lenkte den Wagen auf die Zufahrtsstraße des Anwesens von Steffen van Bargen. Die uralten Pappeln an der Auffahrt, an denen Eiskristalle glitzerten, wurden von im Boden versenkten Strahlern beleuchtet. Im Schritttempo fuhren Carmen und Matthias auf das Haus zu.

Bevor sie klingeln konnten, öffnete sich die schwere Holztür, von einem unsichtbaren Mechanismus bewegt, wie von selbst.

Sie betraten die Eingangshalle und sahen sich um. Während die Geräusche der Außenwelt ausgesperrt blieben, drangen sie weiter in die totenstille Villa vor. Durch ein gläsernes Oberlicht sowie die bleiverglaste Wohnungstür der van Bargens im ersten Stock fiel ein wenig Licht auf die Posaunen blasenden Engel auf dem Treppengeländer, die übergroße schwarze Schatten an die Wand warfen.

»Heimelig«, murmelte Carmen und zog fröstelnd die Schultern hoch, während sie die Treppe hochstiegen.

»Steffen und Melanie sind nicht zu Hause, aber meine Mutter ist oben, sie passt auf den Kleinen auf.«

Ein junger Mann trat lautlos aus dem im Dämmerlicht verborgenen Eingang der Erdgeschosswohnung hervor. Carmen war bemüht, sich ihren Schreck nicht anmerken zu lassen.

»Guten Abend, ich nehme an, Sie sind Niels Pinnelka, der Bruder von Frau van Bargen?« Sie stieg zwei Stufen herab, um ihn in dem fahlen Licht besser sehen zu können.

»Halbbruder«, korrigierte er.

Richtig, der Halbbruder, der unten mit der Mutter in dem ehemaligen, zur Luxuswohnung umgebauten Hotelspeisesaal lebt. Das hat Melanie van Bargen seinerzeit erwähnt.

Verblüffend war die Ähnlichkeit der Halbgeschwister.

Wie bei seiner Schwester hatte der Zeichner auch bei Niels an Komplementärfarben gespart. Nur anders als bei ihr, die in Wasserfarben gemalt zu sein schien, wirkte Niels wie ein späterer, etwas mutigerer Entwurf in Acryltönen. Carmen wusste nicht, warum, sie konnte den Blick nicht von ihm wenden. Er betrachtete sie ebenso intensiv. Ohne sie aus den Augen zu lassen, betätigte er einen Schalter hinter sich und entzündete eine Reihe von Leuchtern, die dem Treppenverlauf folgend an der Wand angebracht waren.

»Herr Pinnelka, schön, dass wir uns kennenlernen. Wir möchten zu Steffen van Bargen, würden aber auch Ihnen gern ein paar Fragen zu Ragna Wellersleben stellen. Sicher haben Sie gehört, was ihr widerfahren ist. Wir wissen von Ragnas Arzt, Herrn Dr. Gellert, dass Sie mit ihr befreundet waren.«

Der junge Mann lächelte, erwiderte jedoch nichts.

»Wussten Sie, dass sie schwanger war?«

Die Kristallglaslampen schienen sich in Niels' quecksilberfarbenen Augen zu spiegeln. Mit einer Ruhe, die Carmen um ein Haar aus dem Konzept gebracht hätte, antwortete Niels: »Selbstverständlich, wir alle wussten das.«

»Wen meinen Sie mit: Wir alle ...«, Matthias war dicht hinter seine Kollegin getreten.

»Na, alle eben. Die Familie: Steffen, Melanie, meine Mutter, Niclas und ich.« Wieder lächelte er, wobei diesmal eine Reihe perfekter weißer Zähne aufblitzte. Nach einer kurzen Pause fuhr er fort.

»Ragna hatte vor einer Weile einen spektakulären Auftritt hier, genau da, wo Sie jetzt stehen ...«, er trat einen halben Schritt auf Carmen zu.

»Sie schrie herum, brüllte, dass Steffen der Vater ihres Kindes sei und dass sie sich schon holen werde, was ihr zustünde ...«

Carmen leckte über ihre spröden Lippen.

Aber Steffen ist NICHT der Vater, das haben die Tests eindeutig ergeben!

»Wann genau hat sie diese Vorwürfe gegen Steffen erhoben? Außerdem, wie erfuhr Ihr Bruder Niclas davon? Er wird schwerlich Ragnas Auftritt hier erlebt und sich gleichzeitig in der geschlossenen Abteilung des Sandorff-Sanatoriums befunden haben können?«

»Wann genau?« Niels Pinnelka legte die Stirn in Falten. »Keine Ahnung. Weiß ich nicht mehr, ich bin nicht gut in Vergangenheitskonservierung. Ja, und wie hat Niclas hiervon erfahren? Berechtigte Frage ... da fragen Sie ihn am besten selber. Allerdings, ich kann Ihnen jetzt schon sagen, was er antworten wird: Er besitzt die seltene Fähigkeit, in Köpfe sehen zu können, die sind nämlich aus Glas!« Sein Lächeln wurde noch breiter.

Das könnte ich ebenfalls gerne, es würde meine Arbeit wesentlich vereinfachen, dachte Carmen. Sie betrachtete Niels, der entschuldigend die Schultern hob, während er die Handflächen nach oben drehte.

Ich bin sicher, der weiß mehr, als er uns sagt. Seine Körpersprache, die wirkt so aufgesetzt.

Sie kam nicht dazu, diesen Gedanken weiterzuverfolgen, denn im ersten Stock wurde die Wohnungstür aufgerissen.

»Sie schon wieder! Was wollen Sie? Meine Tochter und mein Schwiegersohn sind auf dem Weg zu einer wichtigen Vernissage in der Hafencity. Ohne unsere Anwaltssozietät reden wir nicht mehr mit der Polizei! Niels, halt die Klappe! Die drehen uns das Wort im Munde herum!«

Mit ihrem Körper versperrte Uta Pinnelka den Eingang zu Steffen und Melanie van Bargens Wohnung. Im Hintergrund begann ein Säugling zu greinen.

»Fein«, sagte Carmen, während sie nun Uta Pinnelka musterte. »Wenn Sie Ihrem Schwiegersohn Peinlichkeiten ersparen wollen, rufen Sie ihn bitte jetzt in unserem Beisein an und bitten ihn, nach Hause zu kommen; andernfalls würden wir uns gezwungen sehen, ihn auf dieser wichtigen Vernissage zu stören.«

»Das verbiete ich Ihnen!« Uta Pinnelka versuchte mit dem Fuß, den winselnden Chihuahua daran zu hindern, ins Treppenhaus zu entwischen, aber dieser drückte sich an ihr vorbei, rannte die Treppe hinab zu Niels und kläffte ihn an.

Mit zwei Fingern spreizte sie ihren Blusenkragen.

»Sie wollen ihm die Schwangerschaft von diesem Flittchen Ragna anhängen! Das hat er mir erzählt und wie unverschämt

Sie ihn verhört haben! Doch daraus wird nichts, wir können nämlich *rechnen*!«

»Tatsächlich?« Carmen wandte die Augen wieder ab von Niels und dem Hund, der sich inzwischen beruhigt hatte, und richtete ihren Blick erneut auf Uta Pinnelka.

»Glückwunsch, über rudimentäre Fähigkeiten dieser Kunst verfügen wir ebenfalls. Darüber hinaus können Sie jedoch offensichtlich sogar *hellsehen*. So sicher wie Sie, dass Steffen als Vater nicht infrage kommt, ist unser Gerichtsmediziner mitnichten. Tja, Frau Pinnelka, aber genau das würden wir lieber mit Ihrem Schwiegersohn persönlich besprechen.«

»Ich werde jetzt unsere Anwälte anrufen!«

»Tun Sie das. Bis die hier eingetrudelt sind, haben wir Steffen selber gefunden!«

Matthias wandte sich zum Gehen und zog seine Kollegin am Ärmel mit. Im Erdgeschoss hatte Niels inzwischen die Haustür geöffnet, er stand rauchend vor dem Eingangsportal im Schnee. Als die Kommissare die Treppe herabstiegen, trat er die Zigarette aus und scheuchte den Hund in das Innere des Hauses zurück. Carmen spürte erneut die seltsame Ausstrahlung, die von Melanie van Bargens Halbbruder ausging.

Matthias nahm ihr den Autoschlüssel aus der Hand.

»Ich fahre wohl besser, wenn ich deinen Blutdruck richtig einschätze …«

Carmen hielt plötzlich inne.

»Jaja. Matthias, bitte geh zum Auto und starte schon einmal den Motor, damit die denken, dass wir wegfahren. Ich bin gleich wieder da.«

Sie zog eine Plastiktüte aus der Jackentasche, wandte sich um und ging zum Eingang zurück. Mit den Fingern im Plastikbeutel hob sie vorsichtig die Zigarettenkippe auf.

Zurück am Auto ließ sich Carmen seufzend auf den Beifahrersitz fallen. »Man kann ja nie wissen, das gebe ich dem Lottchen zur Untersuchung.«

Mit der einen Hand hielt sie die Tüte vor Matthias' Nase, mit der anderen kramte sie das platte Himmel-und-Hölle-Spiel unter ihrem Hintern hervor. Sie warf beides auf die Mittelkonsole. Wütend wischte sie mit den Handschuhen die von innen beschlagene Frontscheibe sauber.

»Es reicht! Jeder in diesem verfluchten Fall verbirgt etwas oder lügt uns frech ins Gesicht. Ich weiß nicht, wo ich anfangen soll: Gellert ist der Lebensgefährte von Frau Dr. Rufius, aber anscheinend macht er obendrein mit seinen Patientinnen herum, wenn wir nicht vollkommen falschliegen. Eventuell weiß die Rufius das sogar; schweigt trotz allem, um ihn zu schützen. Van Bargen hat Ragna angeblich das letzte Mal vor zwei Monaten gesehen, doch Hokuspokus Simsalabim: Irgendeine fremde Macht hat sein Sperma kurz vor ihrem Tod in ihren Unterleib gebeamt. Aber nur einmal ganz theoretisch angenommen, es steckt keine außerirdische Potenz dahinter, sondern er hat sehr irdisch mit ihr geschlafen. Was, wenn Ragna gar nicht freiwillig mitgemacht hat? Vielleicht hat er sie mit diesem Muskel-Lähm-Zeugs gefügig gemacht?« Carmen sah Matthias an.

»Und dann: Keiner von all denen, die wir bis heute befragt haben, hatte angeblich Kenntnis von Ragnas Schwangerschaft. Jetzt stellt sich heraus, dass eine ganze Menge Menschlein doch davon wussten. Niemand kann etwas mit Ragnas Tattoo anfangen, und keine Menschenseele weiß, wo Alina sein könnte. Ihre eigenen Eltern zucken mit den Achseln! Mit ihrem Hirngespinst unterwegs ... Pardon, wie konnten wir bloß fragen! Ach, und wo ich gerade dabei bin ...«

Sie holte kurz Luft, um sogleich weiterzuwüten.

»Ragnas Eltern sind plötzlich gar nicht mehr Ragnas Eltern, denn die sind vor Jahren bei einem Feuer umgekommen.

Derweil die anderen, Alinas Eltern, glauben, Alina hätte ihre eigene Schwester umgebracht. Tja, und nicht zu vergessen: Unser Hauptverdächtiger, der schöne Herr Dr. Gellert, ist spurlos verschwunden. Während Steffen van Bargen sich samt seinem Dreck am Stecken unterdessen seelenruhig auf einer Vernissage tummelt!«

»Also, was das angeht …«

»Ich bin noch nicht fertig. Wie pervers ist das! Da wird einem jungen Mädchen die Brust aufgeschnitten, ein weiteres Mädchen ist unauffindbar, wahrscheinlich blüht ihm das gleiche Schicksal, vielleicht genau in dieser Minute! Aber alle sagen nur: ›Hm, weiß nicht.‹ Oh, Matthias, ich könnte kotzen!«

Mittlerweile fuhren sie wieder auf der Hauptstraße und Matthias setzte von Neuem an.

»Die Kollegen habe ich angesimst, sie sind bereits unterwegs in die Hafencity zu der Galerie, in der sich Steffen vermutlich aufhält.«

Carmen reagierte nicht, sah starr geradeaus.

»Das Sanatorium ist das Scharnier, das alles zusammenhält, und in dessen Mitte sitzt die Rufius; eingesponnen in ihre Chanel-Runway-Nude-Strumpfhose. Die lässt uns doch am allermeisten abperlen. Linus. Ich werde Linus bei ihr einschleusen.«

»Jetzt bist du aber komplett verrückt geworden!« Matthias bremste scharf, lenkte den Wagen in eine Parkbucht und stellte den Motor ab.

»Bist du wahnsinnig? Das bedeutet das Ende deiner Karriere! Aber schlimmer noch, wie kannst du deinen eigenen Sohn in derartige Gefahr bringen? Wie willst du das überhaupt anstellen?«

Carmen griff nach dem Himmel-und-Hölle-Spiel, geistesabwesend klappte sie es auf und zu.

»Das lass meine Sorge sein. Er soll sich nur ein, zwei Tage dort umsehen und umhören. Linus wird begeistert sein! Im Grunde hat er mich sogar auf die Idee gebracht. Ich gefährde ihn nicht, er ist männlich und trägt keine Brustimplantate. Zumindest bis gestern noch nicht, als ich ihn zuletzt sah. Außerdem wird er jeden, der ihm etwas Böses will, einfach ins Koma quatschen.«

Sie fixierte eine Straßenlaterne, es begann, wieder stärker zu schneien. »Hast du eine bessere Idee?«

Matthias schwieg.

»Genau. Falls du nicht mitmachen willst, dann hast du das alles nicht gehört.« Sie sah ihren Kollegen an. »Ich werde Linus zu nichts zwingen. Aber wenn ich weiterhin gegen diese Lügenmauer anrenne, während jemand Alina die Brüste aufschlitzt, werde ich mir ewig Vorwürfe machen, nicht alles halbwegs Vertretbare versucht zu haben!«

41

Wieder musste sie eingeschlafen sein, denn als sie sich aus ihrer Nebelwelt hervorkämpfte, war Snooker verschwunden. War er überhaupt hier gewesen? Sie hatte ganz sicher seinen Arm gespürt, der sich um sie legte, seine Hand gesehen, die ihr diese grässlichen Fotos von Ragna aus den klammen Fingern zog, und sie hatte den Atem in ihrem Haar wahrgenommen. Als sie sich in dem verlöschenden Licht zu ihm umdrehte, hatte er allerdings vollkommen verändert ausgesehen und sie an irgendjemand anderes erinnert.

Ein Krachen unterbrach ihre Gedanken und das schemenhafte, spiegelverkehrte Gesicht in ihrer Erinnerung zerfloss in dem gewohnten Dunst, unter dem die Quallen lauerten. Vorsicht, wisperte das aus den Notenlinien gefallene a, das nach wie vor ziellos im Raum sirrte, nun kurz innehielt und Alina von der Decke herab anstarrte. Vorsicht, warnte sie sich selbst. Noch immer traute sie sich und ihren Wahrnehmungen nicht. Stellte dieser Keller die Realität, einen Traum oder Halluzinationen als Ausgeburt ihres kranken Geistes dar? Sie zog den Bettvorhang zur Seite.

Eine alte Nachttischlampe auf dem Wannenrand, deren Lampenschirm wie eine Blüte geformt war, spendete diffuses

Licht. Sonst hatte sich wenig verändert. Die Sammlung Polaroidfotos lag ordentlich gestapelt auf dem Nachttisch, die Badewanne gähnte wie ein offener Mund in der Halbdunkelheit.

Das Tablett mit Mineralwasser und Schokokeksen stand unberührt davor. Alina verspürte weder Hunger noch Durst. Doch sie zwang sich, etwas Wasser zu trinken.

Seltsam, sie hatte seit Stunden oder Tagen keine Medikamente mehr genommen, dennoch sah sie klarer denn je. Ihr Herz begann zu klopfen und sie fuhr sich mit der Hand an den Hals. Im gelblichen Licht der Lampe formierten sich einzelne Funken zu einer Erkenntnis: Ihre eigene Fantasie verstellte ihr den Blick auf die Realität und bot ihr stattdessen Fluchtwege an, wie die armbreite Zwischenwelt, in deren Kristallzimmer sie die seit Jahren nicht älter werdende, immer noch fünfjährige Olivia traf. Manche dieser Wege endeten schrecklicher, sie führten in Labyrinthe, aus denen Alina nicht mehr herausfand. Nur – sie wagte kaum weiterzudenken – vielleicht waren die Irrgärten erträglicher als die Wirklichkeit? Wenn Olivia tot war, was alle behaupteten, und Alina selber hatte ihren zu einem stummen Schrei geöffneten Mund unter dem Eis verschwinden sehen, warum geisterte sie quicklebendig in Alinas Kopf herum?

Als hätte sie endlich einen verloren geglaubten Schlüssel wiedergefunden, fühlte sie sogar in diesem Verlies den Triumph wie eine heiße Welle durch ihren Körper branden. Sie wusste, es bedeutete nur einen Anfang, doch sie hatte einen wichtigen Schritt zur Gesundung getan. Egal, wer sie hier gefangen hielt, sie würde kämpfen – gegen die Nebel in ihrem Kopf und gegen den unsichtbaren Feind in diesem Kerker.

Sie richtete den schmerzenden Leib auf und setzte die Füße auf den Boden, während sie auf die Armbanduhr sah. Immer noch 5. Januar, zehn oder zweiundzwanzig Uhr. Entweder war die Uhr stehen geblieben oder seit dem letzten Blick auf das Zifferblatt waren zwölf Stunden vergangen. An einem Pfosten des Bettes richtete sie sich mühsam auf. Die Beine zitterten, sie drohten unter ihr nachzugeben, das Herz hämmerte bei dieser Anstrengung. Kurz war sie versucht, sich wieder fallen zu lassen, auf das Bett und in eine ihrer Zwischenwelten. Aber wie ein Chor pulsierten Wörter hinter ihrer Stirn.

Nein, Alina, wenn du überleben willst, dann kämpfe. Finde heraus, wo du eingesperrt bist – vielleicht kannst du dich befreien! Ihre Lebensgeister erwachten, träge hoben sie die Köpfe für eine Bestandsaufnahme.

Wie sie bereits vom Bett aus durch den Vorhang gesehen hatte, befand sie sich in einem fensterlosen, niedrigen Kellerraum, der aus massiven Steinquadern zusammengesetzt schien, dabei höchstens fünfzehn Quadratmeter maß. Kein Fenster, keine Tür. Hatte man sie an diesem Ort eingemauert? Nein, irgendjemand hatte ihr die Fotos und die Lampe gebracht, hatte die Spieluhr einige Male aufgezogen. Außer dem Himmelbett, das mit steifer Damastbettwäsche bezogen war, der Badewanne und dem Nachttischchen stand noch ein Schrank gegenüber ihres Lagers, den sie bisher nicht wahrgenommen hatte.

Alina tastete sich am Bett entlang und griff nach der Leuchte auf dem Badewannenrand, um den Schrank näher zu betrachten. Er war reich an Schnitzereien, wie am Himmelbett zogen sich gedrechselte Säulen an den Seiten hoch und vom First schauten sie dämonisch grinsende Teufelsfratzen an, die im Schein der Lampe riesige, schwarze Schatten an die Decke warfen. Wieder war Alina versucht, den Rückzug anzutreten.

Wenn du jetzt kneifst, dann wirst du untergehen, skandierte der Chor in ihrem Kopf und er schaffte es, das meckernde Lachen der Schattengesichter zu übertönen. Sie streckte die Hand aus und drehte den Schlüssel, der im Schloss der Schranktür steckte. Knarrend schwangen die Flügeltüren auf. Alina schrak zurück.

Auf der linken Seite bemerkte sie fünf gleich große Fächer. Aus jedem sah ihr ein gesichtsloser Styroporkopf mit einer rothaarigen Perücke entgegen. Lediglich der mittlere Kopf war kahl. Hinter der rechten Tür hingen weiße Leinenhosen sowie Blusen mit Schleifen und Rüschen ordentlich auf Bügeln, die einer durchschnittlich großen Frau passten. Einer Eingebung folgend griff Alina nach einer Bluse, um einen Blick auf das Etikett im Kragen zu werfen. Nichts. Das Markenetikett war säuberlich mit einer Rasierklinge herausgetrennt worden. Alina fühlte eine Gänsehaut vom Hals bis auf ihre Beine herabrieseln. Schaudernd schloss sie die Türen und dachte an die Bilder von Ragna. Die fehlende Perücke auf dem kahlen Styroporkopf: War es dieselbe, unter deren roten Ponyfransen Ragnas Augen gebrochen waren?

Sie tastete sich weiter. Links neben dem Schrank, halb verdeckt durch ihn, entdeckte sie eine Öffnung in der Mauer, nur circa fünfzig Zentimeter breit. Alina schlüpfte hindurch, sie landete in einem klitzekleinen Vorraum und hier endlich fand sie eine Tür. Der Stahltür hatte man vor Urzeiten einen dunkelgrünen Anstrich verpasst, unter zahlreichen Farbnasen blätterte der Lack großflächig ab. Die schwarze Klinke quietschte, als Alina sie niederdrückte. Natürlich verschlossen. Alina legte ihr Ohr an das kühle Metall und lauschte, konnte jedoch nur das Rauschen des eigenen Blutes in den Ohren hören. Hier also bot sich ein Weg in die Freiheit.

Nachdenklich kehrte sie zum Bett zurück. Ihr Peiniger hatte ihr die Fotografien von Ragna nicht grundlos neben das Himmelbett gelegt. Mit den Bildern und mit diesem gesamten Ambiente, das alle Motive der Fotos wiederaufnahm, der Kinderspieluhr, die das Ganze akustisch untermalte, sowie der Finsternis und Einsamkeit wollte man ihr Angst einjagen. Ihr zeigen, was sie in naher Zukunft erwarten würde.

Nur, die Dramaturgie sagte ebenfalls einiges über ihren Kerkermeister aus und offenbarte dessen Schwächen. Oder handelte es sich um eine Kerkermeisterin? Die Perückenköpfe mit langem Haar, die weibliche Kleidung, das Lied von der Spieluhr. Überhaupt, die sorgfältig gewählten Details ...

Es würde nicht einfach werden, die wabernden Gedanken ihrem frisch erwachten Willen zu unterwerfen, aber sie würde nachdenken und einen Plan entwickeln.

Die Überlegung beflügelte sie. Lächelnd griff sie nach dem Glas Rotwein, das sie erst jetzt neben der Vase mit den Rosen auf der Marmorplatte des Nachtschränkchens entdeckte.

42

Ein recht bleiches Ehepaar van Bargen fanden die Ermittler bei ihrer Rückkehr im Präsidium vor. Astrid beschäftigte sich in ihrem Büro mit Melanie, die einen Kaffee nach dem anderen trank, aber kaum ein Wort sprach.

Claudius saß Steffen van Bargen in dem gegenüberliegenden Dienstraum vis-à-vis, hatte die Füße auf die Schreibtischplatte gelegt und spielte seelenruhig Solitär auf seinem Tablet.

»Wir warten auf die Herren Anwälte«, sagte er, als er und Astrid kurz zu Carmen und Matthias auf den Flur heraustraten.

»Von mir aus.« Carmen warf ihre Jacke auf eine Fensterbank. »Was gibt es sonst? Was hat das routinemäßige Abtelefonieren der Krankenhäuser ergeben, gibt es dort eine Spur von Alina? Wo wurde ihr Handy zuletzt geortet? Ist Gellert inzwischen tot oder lebendig aufgetaucht? Hat das Lottchen den DNA-Abgleich von Gellert fertig? Vielleicht weiß jemand irgendetwas Neues über diesen Walker oder das Tattoo? Wem gehört der verfallene Bauernhof, in dem wir Ragna gefunden haben? Was sagt der Mufflon zu den Spuren im Cayenne?«

Die Kollegen sahen sie mit großen Augen an.

»Ja, was ist? Soll ich weitermachen? Was ist mit dem Filmfritzen, Tom Bassing? Ist das Bewegungsprofil von Ragnas

Handy-Betreibergesellschaft da? Habt ihr eine Spur von Ragnas Ziehvater Christian Wellersleben? Weilt er mit wasserdichtem Alibi im Knast von *Santa Fu*? Oder schröpft er die Menschheit weiterhin mit den ihm gegebenen Möglichkeiten des Broterwerbs: mittels Erpressung und Körperverletzung?«

Claudius betrachtete die Knopfleiste seines Jeanshemdes und korrigierte die untersten Knöpfe, bei denen er ein Knopfloch übergangen hatte. Dann sah er hoch.

»Also, Frage eins bis sechs: bisher zero. Aber die Spusi hat die Handtasche von Alina Rombach in Gellerts Wagen gefunden. Ihr Handy fehlt allerdings. Außerdem hat Sören einige Blätter einer Akte aus dem Sandorff-Sanatorium im Auto sichergestellt. Sie lagen zerknüllt unter dem Fahrersitz. Die Seiten dreiundsechzig bis achtundsechzig und ein paar Zeichnungen. Leider sind sie in keinem verwertbaren Zustand. Bisher wissen wir nicht, zu welcher Patientenakte sie gehören. Der Mufflon hat versprochen, sie so gut es geht zu rekonstruieren, und wird uns noch heute Kopien zukommen lassen.«

Er wechselte einen Blick mit Astrid, die übernahm: »Tom Bassing, der Filmfritze, ist laut seiner Sekretärin auf Geschäftsreise in Stockholm, kommt erst übermorgen zurück. Wir versuchen ihn telefonisch zu erreichen, das ist aber bislang nicht gelungen. Er ist im Übrigen kein Unbekannter. Die Kollegen vom Drogendezernat haben ihn mehrfach wegen Rauschgiftbesitz und Dealerei hopsgenommen. Das Grundstück, auf dem wir die Leiche gefunden haben, gehört einer Erbengemeinschaft, so sagt der direkte Nachbar. Die Namen dieser Erben sind ihm angeblich nicht bekannt. Komischer Kauz. Kommt leicht unterbelichtet rüber. Er schneidet hin und wieder im Auftrag des Anwalts jener Gemeinschaft die Hecken. Im Grundbuchamt ist am Wochenende niemand zu erreichen, aber unsere Anfrage mit Dringlichkeitsvermerk liegt dort bereits vor.«

Mailin schoss durch die Tür auf den Flur, reichte Astrid einen Zettel und raste zurück in ihr Büro.

»Danke!«, rief Astrid ihr hinterher. Sie studierte kurz die Notiz.

»Das letzte Telefonat von Alinas Handy auf die Notrufnummer des Sandorff-Sanatoriums wurde von einem Funkmast auf St. Pauli unweit des Pinnasbergs um drei Uhr siebenundzwanzig vermittelt. Das ist in der Nähe der Bar Monserrate, wo sie zuletzt gesehen wurde. Danach lässt es sich nicht mehr orten, ist entweder ausgestellt oder kaputt.«

Claudius öffnete eine Datei auf seinem Smartphone.

»Kein wasserdichtes Alibi für Christian Wellersleben. Im *Santa Fu* ist er nicht eingecheckt. Wir suchen ihn noch.«

Carmen atmete tief durch.

»Sehr gut. Entschuldigung, ich wollte euch nicht anblaffen, ich bin euch unendlich dankbar, dass ihr Überstunde auf Überstunde türmt. Mir ist schon klar, was ihr alles leistet. Ich bin nur so nervös, weil ich befürchte, dass Alina nicht mehr viel Zeit bleibt.«

Die versammelte Mannschaft des Kommissariats schaute auf den Boden.

»Ach, da fällt mir ein: diesen Zigarettenstummel«, Carmen trat zur Fensterbank und zog die Plastiktüte aus ihrer Jackentasche, »den leitet bitte an Dr. Lott weiter, damit er ein DNA-Profil erstellt. Danke noch einmal.«

Schritte näherten sich, alle vier sahen auf und Matthias fasste sich als Erster.

»Na schau, da kommt endlich die Anwaltskavallerie und mittenmang, wie könnte es anders sein: die Pinnelka mit ihrem Köter.«

43

Der Rotwein schmeckte bitter, doch Alina war dies egal. Gierig trank sie das Glas halb leer und hoffte auf die lockernde Wirkung des Alkohols. Konzentriert wie lange nicht mehr überdachte sie ihre Situation. Sie konnte sich in keiner Weise daran erinnern, wie sie hierhergekommen war. Das Letzte, dessen sie sich entsann, war laute Musik und die Beleuchtung in einer Bar. Danach Schwärze. Die Erinnerung setzte erst wieder bei der ersten Sequenz ihrer Gefangenschaft ein. Sie war mit nassen Haaren erwacht, gefesselt, und fror gotterbärmlich. Beim nächsten Aufwachen waren die Fesseln fort gewesen und sie lag in diesem Bett. Wie viel Zeit war seit dem Besuch der Bar bis jetzt vergangen? Ein Kribbeln kroch durch Alinas Körper, die Beine schienen eingeschlafen zu sein, ihre Zunge lag dick und pelzig in ihrem Mund. Komisch, normalerweise vertrug sie Alkohol ohne Probleme. Sie konzentrierte sich auf ihr Verlies. Alina ließ das gesunde Auge durch den Raum wandern und listete in Gedanken die Gegenstände um sie herum auf.

Himmelbett, Vorhänge, Bettwäsche, Nachtschränkchen, Rosenstrauß, Rotweinglas, der Stapel Fotos von Ragnas schrecklich zugerichteter Leiche. Die Badewanne mit der kleinen Blütenlampe. Die Spieluhr hatte sie nicht entdeckt, nur die Töne der letzten Strophe schwangen noch immer in dem Raum. Alina ließ den Blick weiter umherschweifen. Der Schrank, der die Ausgangstür halb versperrte. Fünf Styroporköpfe, vier Perücken, diverse weiße Leinenhosen und Blusen auf Bügeln. Konnte sie einen der Gegenstände als Waffe benutzen? Das Glas auf jeden Fall, vielleicht die Kleiderbügel oder die Lampe. Viel besser als eine Bewaffnung mit Alltagsgegenständen wäre es jedoch, wenn sie sich eine Strategie ausdenken würde. Eine Taktik, mit der die gestörte Seele, die sie an diesem Ort eingesperrt hatte, nicht rechnete. Sie musste sich in sein wahnsinniges Gehirn hineinversetzen, dann könnte sie ihren Peiniger mit der eigenen Gestörtheit schlagen!

Das Böse war hier im Raum gewesen, hatte die Spieluhr aufgezogen, den Wein gebracht. Wahrscheinlich hatte nicht Snooker neben ihr gesessen und ihr die Fotos aus den Fingern gezogen, sondern das Kranke. Es würde wiederkommen und es wollte an ihren Fake-Busen, genau wie bei Ragna. Sie schauderte, als sie die Hände schützend über die Brüste legte. Aus dem dunklen Nebel in Alinas Schädel entwickelte sich eine vage Idee. Sie beabsichtigte, nach dem Weinglas zu greifen, aber inzwischen waren auch die Arme eingeschlafen. Nicht nur das, sie konnte weder den Kopf, Arme oder Beine anheben, sie war wie gelähmt.

Verdammt, der Rotwein!, schoss es ihr durch den Kopf. Zwar hatte sie momentan die Hoheit über ihre Gedanken zurückgewonnen, doch was half ihr das mit einem betäubten Körper? Am Ende schien es egal. Es sah so aus, als würde sie wieder verlieren.

44

Sonntag, 6. Januar

Die Sonne ging an diesem ersten Sonntag des neuen Jahres an einem wolkenlosen Himmel auf. Der Frost hatte Sträucher und Bäume mit einem gläsernen Eispanzer überzogen; das Thermometer zeigte fünf Grad unter null. Ein paar Meisen pickten Sonnenblumenkerne aus den Körnerringen vor dem Fenster. Silvia Rufius hatte keinen Blick für die Schönheit der Natur.

Teile der vergangenen Nacht hatte sie zusammengekrümmt auf dem Sofa ihres Sprechzimmers verbracht, zugedeckt mit zwei Arztkitteln. Gegen halb drei Uhr morgens war sie erwacht. Sie hatte sich gedehnt, einen starken Kaffee aufgebrüht und war über menschenleere Straßen nach Hause in die Eppendorfer Landstraße gefahren.

Wie eine Fremde hatte sie sich in der eigenen Wohnung umgeschaut, aber nichts, nicht das kleinste Detail wies darauf hin, dass Thomas inzwischen hier gewesen wäre. Sie hatte ein paar Kokoskekse aus dem Vorratsschrank gegessen. Dann hatte sie sich mit schlechtem Gewissen an Thomas' Sekretär gesetzt, eine verschlossene Schublade aufgehebelt und einige seiner Unterlagen zusammengerafft, die sie durchsehen wollte. Schließlich war sie in das Sanatorium zurückgekehrt. Den zweiten Teil dieser schrecklichen Nacht hatte sie an ihrem Schreibtisch mit der Fortsetzung der Geschichte Alina Rombachs verbracht.

Alinas Auge heilte, wenn man die Sehkraft auch nicht retten konnte. Die Eltern schickten sie zu diversen Spezialisten, sogar nach Miami, aber die Tochter war nicht mehr zu reparieren. Genauso hatte es ein behandelnder Arzt ausgedrückt, der in seinem Bericht weiterhin andeutete, dass die Rombachs wenig Interesse gezeigt hätten, ihr schwieriges Kind wieder aufzunehmen. Für Alinas Eltern war sie schuld am Tod der kleinen Schwester: Mit der absichtlich herbeigeführten Augenverletzung hätte Alina lediglich Aufmerksamkeit erregen und von ihrem egoistisch motivierten Mord an Olivia ablenken wollen. So war Alina die letzten Jahre in Krankenhäusern und Nervenheilanstalten untergebracht gewesen. Viele Therapien wurden an der jungen Patientin ausprobiert, aber dennoch war sie immer tiefer in ihrer Parallelwelt versunken.

Silvia las Auszüge aus Alinas Tagebuch, das von den Rombachs als Beleg für den Wahnsinn der Tochter einem Therapeuten übergeben worden war. Hierin beschrieb Alina, dass sie sich oft gewünscht hatte, Olivia wäre nie geboren oder tot. Und wie sehr sie erschrak, als ihre Gedanken quallenähnliche Formen annahmen und sich von ihr nicht mehr zügeln ließen. In Alinas Logik hatte sich ihr böser Wunsch materialisiert: Er hatte Olivia auf den gefrorenen Teich geführt, ein Loch in das Eis gehackt und die jüngere Schwester hineingeschubst.

Die Morgensonne erinnerte Silvia daran, dass sie außer den wenigen Kokoskeksen seit über vierundzwanzig Stunden kaum etwas gegessen hatte. Sie erhob sich, um in der Personalküche nach irgendwas Essbarem zu suchen. Auf dem Gang warf sie einen Blick aus dem Fenster. Dr. Thal verließ soeben nach seinem Nachtdienst das Haus und begegnete Tina Lemcke-Wieler auf dem Parkplatz. Sie diskutierten eine Weile, schließlich stieg Dr. Thal in seinen Mercedes und fuhr davon. Silvia setzte ihren Weg fort. In der Küche bereitete sie sich ein Müsli aus Milch, Frühstücksflocken sowie einem verschrumpelten Apfel zu.

»Sie sind ja doch da!« Tina betrat den Raum und starrte ihre Chefin durch riesige Brillengläser an.

»Wie Sie sehen«, sagte Silvia, während sie den Rest verklumpter Haferflocken aus der Schale kratzte.

»Dr. Thal hat Sie heute Nacht sprechen wollen, wegen eines seltsamen neuen Patienten, aber obwohl Licht in Ihrem Büro brannte, konnte er Sie nirgends finden.«

»Ich bin nur kurz nach Hause gefahren, mir frische Sachen holen.«

Schon als Silvia dies erklärte, wallte Ärger in ihr auf, dass sie sich vor einer Angestellten rechtfertigte. Deshalb sprach sie gleich weiter.

»Was für ein seltsamer Patient?«

»Ich weiß nicht genau. Dr. Thal sagte, heute Nacht wäre ein junger Mann eingetroffen, der hyperventilierte und unter Angstzuständen litt.«

»Wieso hat Dr. Thal nicht die Polizei gerufen? Wenn wir jeden drogenabhängigen Jüngling Hamburgs bei uns aufnehmen wollten, dann ...«

»Nein, es ist kein Drogensüchtiger. Dr. Thal hat einige Tests mit ihm durchgeführt. Beziehungsweise ...«

»Was?« Silvia verspürte null Komma null Lust, sich mit diesem Problem auseinanderzusetzen, spülte ihre Schüssel und wandte sich zum Gehen.

»Was? Tina?«

»Nun ja, Dr. Thal sagte, der Junge hätte kaum geredet, aber er hat die Schachpartie irgendwelcher Weltmeister, die Dr. Thal seit Wochen nachspielt, mit wenigen Zügen erfolgreich beendet. Also, um es kurz zu machen: Dr. Thal hat es nicht fertiggebracht, ihn mitten in der Nacht bei der Kälte vor die Tür zu setzen. Nun ist er auf Station D; doch heute müssen wir eine Lösung finden. Vielleicht können Sie mit ihm reden und herausfinden, wer er ist?«

»Natürlich, ich kümmere mich darum. Aber später, Tina, das hat Zeit. Ich habe wirklich dringendere Sorgen!«

Zurück in ihrem Büro griff sie nach der Aktentasche, in die sie letzte Nacht eilig die Unterlagen aus Thomas' Sekretär gestopft hatte.

Die Schnüffelei wird er mir nicht verzeihen. Sie holte tief Luft und breitete die Papiere auf dem Schreibtisch aus. Es handelte sich um Fotokopien aus den Krankengeschichten von Alina und Ragna. Zuerst blätterte sie die Seiten über Alina durch; die meisten hatte sie erst vor wenigen Stunden gelesen. Diese Kopien waren jedoch am Rand mit Anmerkungen bekritzelt, die Silvia mit wachsendem Interesse las. Thomas hatte das Prinzip hinter Alinas Geschichte verstanden.

Aus ihrem ehemaligen Doktoranden, dem sie einst die Hauptteile seiner Dissertation geschrieben hatte, war unbemerkt von ihr ein Arzt geworden, der akribisch Puzzleteile sammelte, aneinanderfügte und daraus eigene Schlüsse zog. Allerdings ein Arzt, der einen nicht hinnehmbaren Tabubruch beging, indem er sich das Vertrauen seiner Patientinnen mit Beischlaf erschlich.

45

Das Erste, was Carmen an diesem Sonntag ins Bewusstsein drang, waren die Sonntagskirchenglocken. Hell schien die Wintersonne in ihr Schlafzimmer. Der Blick auf den Wecker verriet ihr, dass sie mehr als sieben Stunden geschlafen hatte. Sie drehte sich auf die andere Seite und versuchte vergeblich, den Tag noch einmal zurückzudrängen. Die Kirchenglocken erinnerten sie an Gregor und an die gestern versäumte Gelegenheit, mit ihm zu reden. Natürlich war er längst, und garantiert stinksauer, abgezogen, als Carmen gegen einundzwanzig Uhr die Stufen zu ihrer Wohnung emporgestiegen war.

Sie formte ihr Kopfkissen zu einem Helm um den Kopf und warf sich auf den Bauch. Er hatte einen Brief hinterlassen, aber gestern Abend war sie zu feige gewesen, ihn zu lesen. Ächzend wälzte sie sich wieder auf den Rücken und starrte an die Zimmerdecke.

Aus Steffen van Bargen hatten sie am Vorabend nur das Nötigste herausbekommen, was sie eh bereits wussten. Nach mehreren zermürbenden Stunden mit ihm und seinen Anwälten hatte er letzten Endes den Geschlechtsverkehr mit Ragna vor ein paar Tagen zugegeben. Über das genaue Datum hatte er allerdings die Aussage verweigert. *Dieser Lackaffe!* Für eine unbequeme Nacht im Präsidium hatte der Anfangsverdacht wenigstens gereicht. Dennoch würde kein Haftrichter weit und breit eine Untersuchungshaft anordnen. Außer dem DNA-Test, verbunden mit der Falschaussage, hatten sie bisher nichts gegen van Bargen in der Hand.

Sie warf einen Blick auf ihr Handy. Linus hatte ihr eine SMS mit einem Foto von sich geschickt. Das vereinbarte Zeichen, dass der am Vorabend gemeinsam ausgeheckte Plan gelungen war. Er befand sich nun also auf irgendeiner Station des Sandorff-Sanatoriums.

Ihr Sohn sah ihr mit einer Riesennase entgegen, was natürlich daran lag, dass das Bild aus Armeslänge von ihm selbst aufgenommen worden war. Carmen lächelte, sie streichelte mit dem Daumen über den Bildschirm, wodurch die Aufnahme näher herangeholt wurde und die Nase weiter wuchs. Blass sah Linus aus. Die alte Sorge um seine Gesundheit schnürte ihr die Kehle zu.

Wenn dieser Fall gelöst ist, schwor sie sich, *fahre ich mit ihm nach Sylt. Er kann Nathalie oder Frau Beimer mitnehmen, ganz wie er will, und ich werde ihnen jeden Abend Vanillepudding mit Orangensoße kochen. Außerdem gelobe ich feierlich, ihm dort nicht mit mütterlicher Besorgnis auf die Eier zu gehen.*

Im Badezimmer sahen ihr aus dem Spiegel des dreiteiligen Allibert-Schrankes die eigene ausgeprägte Nase und ihre geschwollenen Augen entgegen. Spontan beschloss sie, das Jil-Sander-Duschgel vom vorletzten Weihnachten kein weiteres Jahr für besondere Gelegenheiten oder für ein nächstes Leben aufzusparen, und befreite es aus der verstaubten Cellophanhülle. In der Dusche drehte sie die Regenbrause an, ließ heißes Wasser auf Kopf und Schultern prasseln. Gerade hatte sie sich von oben bis unten eingeschäumt, als ihr Telefon klingelte.

Nein, nicht jetzt. Aber es könnte Linus sein.

Sie öffnete die Kabine, glitschte zu ihrem Handy, nahm das Gespräch an und lauschte, während das Duschwasser von ihren Ellenbogen tropfte und die edlen Schaumblasen im Haar und auf dem Körper zerplatzten.

»Nein, Dr. Lott. Sie stören kein bisschen, ich bin beim Frühstück mit Linus, wir schwelgen in Franzbrötchen und Croissants mit Muttis Himbeermarmelade. Statt Latte Dingsbums trinken wir guten alten, handgefilterten Bohnenkaffee mit Kondensmilch.«

Dr. Joachim Lott schien an diesem Sonntagmorgen ausgeschlafen und in Sprechlaune zu sein, denn gegen seine sonstige Gewohnheit erging er sich ausführlich in den chemisch-biologischen Details der Untersuchung. Carmen hörte erst bei dem letzten Satz wieder richtig hin.

»Summa summarum, sowohl bei der Deern als auch bei dem Arztheini gibt es Übereinstimmungen der signifikanten Merkmale bei dem ganzen Nukleinsäure-Gedöns.«

Langsam zog eine Gänsehaut über Carmens Körper. Sie hangelte nach dem Badelaken, das Linus vor gut einer Woche nach einem Eishockeytraining zum Trocknen über die Badewanne gehängt hatte, und wickelte sich darin ein. Jil Sander verzog sich augenblicklich und wich dem Mief mehrerer verlorener Auswärtseishockeyspiele.

»Okay. Ich weiß, ich brauche Sie das nicht extra zu fragen. Aber gibt es wirklich keinen Zweifel? Dr. Thomas Gellert ist der Vater von Ragnas ungeborenem Kind?«

Sie ließ sich auf den Klodeckel sinken und verband mit dem großen Zeh zwei Schaumberge auf dem Boden zu einem Gebirge.

»Ja, verstehe.« Das Schaumgebirge sah aus wie ein Kamel, das sich selbst in einen seiner Höcker biss. Sie beendete das Gespräch und blieb eine Weile auf dem Klodeckel sitzen.

Ob Gellert von der Vaterschaft gewusst hatte? Wahrscheinlich, denn bei Dr. Pathen hatte Ragna mit dieser mysteriösen Bemerkung über das doppelte Geschenk den Eindruck erweckt, dass Gellert der Vater ihres Kindes sei. Ob wiederum die Rufius das wusste? Wusste sie darüber hinaus, dass ihr Thomas vorgestern Nacht mit Alina in der Bar Monserrate gefeiert hatte, kurz bevor beide verschwanden?

Dr. Rufius hatte ausgesagt, dass sie Gellert gestern Morgen nach seiner Rufbereitschaft zuletzt gesehen hatte. Angeblich schlief er, als sie das Haus verließ.

Carmen zertrat das Kamel, das mittlerweile seinen zweiten Höcker gefressen hatte und jetzt einer schwangeren Schildkröte glich, die glitschige Eier legend unter Carmens auf dem Boden verteilter Unterwäsche verschwand.

Klar, man traf sich mit seiner Patientin mitten in der Nacht in einer Bar auf dem Kiez, riss die Türen seines Luxusautos auf, ließ es im absoluten Halteverbot stehen, um dann mit dem Taxi oder sonst wie nach Hause in die Eppendorfer Landstraße zu fahren und zu schlafen!

Wenn das stimmt, fresse ich einen Besen. Quer.

Carmen stopfte das stinkende Handtuch mitsamt ihrer Unterwäsche in die Waschmaschine und stellte sich unter die Dusche, um den angetrockneten Schaum abzuspülen.

46

Eine Viertelstunde später entnahm sie dem Tiefkühlfach ein Croissant und taute es in der Mikrowelle auf. Nebenbei blätterte sie in der Werbebeilage der Zeitung von gestern. Junge Menschen mit Riesenpudelmützen auf dem gestylten Haar seiften sich vor der Kulisse eines Hochgebirges gegenseitig launig mit Schnee ein. Die modischen Fleecejacken endeten kurz über den braun gebrannten Bäuchen.

So hätte mich meine Mutter nie vor die Tür gelassen, dachte Carmen. *Kind, was kannst du dir da anne Nieren wechholen! Denk an Omas Blasengeschichte!* Zwar hatte Carmens Mutter eine Wiederholung der unappetitlichen Erkrankung bei ihrer Tochter verhindern können. Jedoch mit Grausen erinnerte Carmen sich an eine Mittelohrentzündung, die sie ihrer Eitelkeit verdankte, bei Minusgraden keine Mütze aufsetzen zu wollen, da diese den haarsprayfixierten Vollpony zu sehr angeklatscht hätte.

Die äußere Schicht des Croissants hatte Carmen abgeknabbert, den noch recht kühlen Kern tunkte sie in ihre Kaffeetasse. Der Kaffee war bereits eiskalt, als sie bemerkte, dass sie die ganze Zeit Alinas und Ragnas Gesichter in die Aufnahmen der Werbeanzeige projizierte. Sonntag hin oder her – ihr Gehirn schaltete nicht eine Minute ab. Ausgeschlossen, dass sie sich mit einem Buch aufs Sofa legen oder sich vom Trash-Fernsehen in den Mittagsschlaf langweilen lassen könnte.

Mit einem Ruck stand sie auf, stellte ihr Geschirr in den Spüler und warf einen letzten Blick auf die lachenden Jugendlichen, denen die Freude bald vergehen würde, wenn sie halbe Nächte statt in der Disco mit Blasenentzündung auf dem Klosett verbringen würden.

Carmen griff nach Jacke, Schal und Mütze. Die Werbung hatte sie auf eine Idee gebracht. Sie selbst hatte mit Ragnas bester Freundin, Jennifer Lahmann, bisher nicht gesprochen. Jennifer, die zwar von einem neuen Freund der Freundin wusste, aber angeblich dessen Namen nicht kannte und keine Ahnung von Ragnas Schwangerschaft hatte. Wenn Jugendliche heutzutage auch ebenso wenig auf ihre Nieren achteten wie zu Carmens Jugendzeiten, so war Carmen sich bei einer Sache sicher: In Zeiten von Facebook und Internetblogs hatte sich das Mitteilungsbedürfnis exponentiell entwickelt. Sofern Ragna im Hause van Bargen die Schwangerschaft lautstark kundgetan hatte, musste sie ihre beste Freundin erst recht eingeweiht haben.

Jennifer weiß etwas, sonst fresse ich den zweiten Besen. Den zur Abwechslung gern hochkant.

Bei einem kurzen Stopp im Präsidium suchte Carmen die Adresse von Jennifer Lahmann in Wandsbek heraus sowie das Protokoll der ersten Befragung durch Astrid und Claudius. *Wahrlich nicht sehr ergiebig!, dachte* sie, als sie es zurück in den Ordner heftete. Anschließend blätterte sie die wenigen kopierten Seiten der Patientenakte durch, die der Mufflon im Auto von Gellert sichergestellt und ihr gestern Abend noch auf den Schreibtisch gelegt hatte. Sie rollte die Bögen zusammen und steckte sie in die Innentasche ihrer Jacke.

Die Straßen waren frei, Carmen fand ohne Schwierigkeiten den Sonnenredder. Nachdem sie den Wagen in eine enge Parklücke gezwängt hatte, näherte sie sich dem Eingang eines vierstöckigen Gelbklinkerhauses mit Flachdach. Ein älterer Mann mit Hut und blaugrauem Hausmeisterkittel fegte die Einfahrt zur Tiefgarage. Er hielt mit seiner Tätigkeit inne, als Carmen ihre Lesebrille hervorkramte und die Namen neben den Klingelschildern studierte.

»Suchen Sie wen Bestimmtes?«

Am liebsten hätte Carmen geantwortet: »Wonach sieht es aus? Wenn ich jemand Unbestimmtes suchen würde, könnte ich bei allen klingeln und mir dann einen aussuchen, oder?«

Sie besann sich rechtzeitig, denn so lästig derart neugierige Zeitgenossen fielen, für ihre Arbeit waren sie und ihre Beobachtungen oft recht nützlich.

»Ja, Frau Lahmann suche ich.«

Der Mann schob seinen Hut ein wenig zurück, um in dem schütteren Haar über der Stirn zu kratzen. Weißgraue Schuppen rieselten auf den Kittelkragen.

»Um diese Zeit schläft die noch, ist erst in den frühen Morgenstunden von ihrer Discotour nach Hause gekommen, mit ihrem neuen Freund. Ein Getöse, sag ich Ihnen, die hatten ganz schön die Lampen an.«

Carmen schwieg in der Hoffnung, er würde weitersprechen, doch er nahm seinen Besen und wandte sich dem Gehweg zu.

»Der neue Freund! Lustiges Haus, oder?«, probierte Carmen, das Gespräch fortzusetzen, aber der Mann widmete sich kopfschüttelnd dem Schnee an der Bordsteinkante.

Na gut, denn eben nicht. Carmen klingelte und während sie wartete, überlegte sie, wie Ragnas Freundin wohl aussehen mochte. Viel hatte sie der Akte nicht entnehmen können, nur dass Jennifer zweiundzwanzig Jahre alt war und als Rechtsanwaltsgehilfin in einer Kanzlei in Barmbek arbeitete.

Ragna und sie kannten einander aus Grundschulzeiten. Der Türsummer wurde betätigt, Carmen betrat den Hausflur. Im Hochparterre öffnete sich eine Wohnungstür und eine junge Frau mit langem, dunklem Haar in einem zitronengelben Jogginganzug zwinkerte in die Helligkeit des Treppenhauses. Carmen stellte sich vor und Jennifer trat einen Schritt zurück, sodass die Kommissarin die Wohnung betreten konnte. Mit dem Ellenbogen zog Jennifer eine Zimmertür direkt neben dem Eingang zu und wies mit der Hand den Weg an der Küche vorbei.

Aus dem dunklen Flur gelangten sie in ein Wohnzimmer, dessen Stirnwand mit einer Retrotapete aus den Siebzigerjahren beklebt war. Das Muster erinnerte Carmen an die *Schlimme Augenwurst*, die es früher in den Sommerferien immer bei Oma Doro in Grömitz an der Ostsee zum Frühstück gegeben hatte. Die Oma, die bei ihrem Zitronenkuchen sicherheitshalber die Zitrone wegließ, damit er nicht zu sauer schmeckte. Carmen räusperte sich und zwang die Gedanken zurück in diese Zweizimmerwohnung in Hamburg-Wandsbek.

»Frau Lahmann, Sie gaben bei der ersten Befragung durch meine Kollegen an, nichts von Ragnas Schwangerschaft gewusst zu haben, auch den Namen ihres neuen Freundes nicht zu kennen. Ehrlich gesagt fällt es mir schwer, das zu glauben, und ich möchte jede Möglichkeit zur Aufklärung dieses Falles nutzen. Inzwischen ist nämlich ein zweites Mädchen aus dem Sanatorium verschwunden, das Ragna in vielen Punkten ähnelt. Vielleicht können wir das Mädel noch retten.«

Jennifer Lahmann wurde aschfahl, sagte aber kein Wort. Ohne dazu aufgefordert zu werden, setzte sich Carmen auf einen Stuhl.

»Gut, ich erzähle Ihnen ein paar Einzelheiten, die wir herausgefunden haben. Sie können mich jederzeit unterbrechen, wenn Ihnen zu den Details etwas einfällt.«

Jennifer nickte, ließ sich auf einen Sessel sinken und tippte mit dem Zeigefinger unsichtbare Staubkörner vom Couchtisch.

»Wir wissen, dass Ragna wenige Tage oder Stunden vor dem Tod Geschlechtsverkehr mit ihrer früheren Affäre Steffen van Bargen hatte. Dieser kommt jedoch als Vater ihres Kindes nicht in Betracht. Erstaunlich, finde ich. Stellen Sie sich die Situation vor: Da ist sie schwanger von dem neuen Freund und schläft dennoch kurz vor ihrem Tod mit dem abgelegten Lover?«

Sie ließ die Frage im Raum verklingen.

»Inzwischen wissen wir sogar, wer Ragnas neue Liebe war, oder zurückhaltender formuliert: Wir konnten feststellen, wer der Vater ihres Kindes ist.«

Wieder machte sie eine Pause, um Jennifer die Möglichkeit zum Einhaken zu geben. Als diese sich weiterhin der klinisch reinen Glasplatte des Couchtisches widmete, lenkte Carmen zum nächsten Thema über.

»Wir fanden obendrein etwas höchst Seltsames heraus. Aus irgendeinem Grund stellte Ragna Nachforschungen über ihre Familie an. Wir kennen weder den Auslöser dafür noch denjenigen, der ihr dabei geholfen haben muss. Auf jeden Fall hat sie recherchiert und erfahren, dass sie bei Tante und Onkel aufwuchs. Ragnas leibliche Eltern kamen bei einem Brand ums Leben, als sie zweieinhalb Jahre alt war.«

Jetzt sah Jennifer hoch, ihr Gesicht gewann eine Spur Farbe zurück.

»Ach, also stimmt das. Ragna war wie besessen von der Idee, dass sie in ein anderes Leben hineingehören würde. Sie sprach ständig davon, wie viel besser ihr Dasein verlaufen wäre, hätte ihr Onkel ihre Eltern nicht umgebracht.«

»Moment, Moment. Sie glaubte, dass Christian Wellersleben das Feuer gelegt hat, bei dem Ragnas Eltern starben?«

»Sie glaubte es nicht nur, sie meinte plötzlich, sich daran erinnern zu können. So ein Schwachsinn. Erinnern Sie etwas aus

230

der Zeit, als Sie zweieinhalb Jahre alt waren?« Jennifer machte eine Pause und sah Carmen an, die ihre Augenbrauen hochzog und die Backen aufblies.

»Sehen Sie. Ich auch nicht. Aber so war Ragna. Wenn sie sich in eine Idee verrannt hatte, konnte sie nichts und niemand mehr davon abbringen. Sie sagte, sie hätte ihm eine Riesenszene gemacht, sie wollte alles ans Licht bringen.«

»Moment, Moment. Ich komme nicht ganz mit. Wem hat sie eine Riesenszene gemacht? Was beabsichtigte sie, ans Licht zu bringen?«

Jennifer zog mit der rechten Hand den Reißverschlusszipper an ihrer Joggingjacke auf und ab, mit links warf sie einige Haarsträhnen ungeduldig über die Schulter.

»Na, ihrem Vater natürlich, also dem, den sie bisher für ihren Vater hielt. Christian oder wie der heißt.«

Das ratschende Geräusch des Reißverschlusses zerrte an Carmens Nerven, aber sie zwang sich zur Ruhe und wartete ab, bis Jennifer weitersprach.

»Es ging um jede Menge Kohle. Ragna hatte angeblich herausgefunden, dass ihre wahren Eltern vermögend waren, bloß er wollte ihr das Geld nicht geben, er hat sie ausgelacht. Sie wäre ja verrückter als gedacht, hat er gesagt. Er würde dafür sorgen, dass sie in die Geschlossene käme und nie wieder raus.«

»Wann war das und haben Sie eine Ahnung, wo wir Christian Wellersleben finden können? Zu Hause scheint er sich selten aufzuhalten.«

Jennifer zuckte mit den Achseln.

»Keinen blassen Schimmer. Ich weiß nicht einmal, ob das Ganze überhaupt stimmt. Wissen Sie, je nachdem, welcher Ragna ich begegnete, hörte ich verschiedene Lebensläufe von ihr. Früher, da war alles geordnet. In der Grundschule und auch später. Da spielte sie noch nicht verrückt, aber jetzt ...«, sie holte Luft und ließ endlich den Reißverschlusszipper los. »Vielleicht hat sie irgendwann etwas erwähnt von der Schwangerschaft, ich weiß es nicht. Wenn Sie mit einem Menschen befreundet sind, der ungefähr sechs unterschiedliche Persönlichkeiten hat, wovon jede wiederum über verschiedene Freundeskreise verfügt«, sie warf die Hände in die Luft und zog die Augenbrauen hoch, »ach, dann merken Sie sich nicht alle Einzelheiten.«

Allmählich verstand Carmen, dass Jennifer bei der ersten Befragung durch Astrid und Claudius die Wahrheit gesprochen hatte, als sie angab, weder den Namen des neuen Freundes zu kennen noch von Ragnas Kind zu wissen.

»Frau Lahmann, Sie haben mir Ragnas Verhalten besser erklärt als diverse Psychologen, mit denen wir im Zuge der Ermittlungen geredet haben. Sie kennen Ihre Freundin schon lange und ich spüre heraus, dass Sie gut einschätzen konnten, ob Sie Ragna selber oder einen ihrer fünf Ableger vor sich hatten.«

Zum ersten Mal lächelte Jennifer.

Besonders oft wird das Mädel nicht gelobt. Carmen fühlte sich schäbig, weil sie diesen Hunger nach Anerkennung auszunutzen gedachte. Sie drängte ihr Gewissen zurück und fragte: »Ich darf Ihnen das eigentlich nicht sagen, bitte vergessen Sie es sofort wieder. Ragna war schwanger von ihrem Arzt. Könnte der ihr neuer Freund gewesen sein?«

»Arschloch Gellert? Denkbar ist alles. Ja, das ist sogar sehr gut möglich.«

Carmens Strategie schien zu funktionieren, denn Jennifer lehnte sich im Sessel zurück und schlug die Beine übereinander.

»Glauben Sie mir bitte, ich habe komplett den Überblick verloren in Ragnas Freundeskreis. Sie sprach immer nur von einem er, wenn es um ihren neuen Freund ging. Wie von einer Majestät, das passt doch zu einem Gott in Weiß!«

»Wieso sagten Sie eben ›Arschloch Gellert‹?«

Mit Beunruhigung nahm Carmen zur Kenntnis, dass ihr Gegenüber erneut nach dem Reißverschlusszipper griff. Bevor

Jennifer antwortete, ratschte sie ihn unaufhaltsam rauf und runter.

»Na ja, Gellert ist liiert mit dieser Oberpsycho-Tusnelda.«

»Sie meinen Frau Dr. Rufius?«

»Ja, genau. Ragna fand Gellert eine Weile toll, ist schon länger her. Er hatte nie einen Blick für sie, seinerzeit suhlte er sich noch im Abglanz der Frau Doktor Oberpsycho. Tja, aber wenn Sie sagen, dass er Ragna geschwängert hat, muss doch irgendwann etwas gelaufen sein zwischen den beiden. Dann war Gellert höchstwahrscheinlich die Majestät und alles musste schweinsgeheim bleiben.«

»Könnte Gellert auch dieser mysteriöse Walker sein, von dem sie E-Mails erhielt?«

Dieses Rätsel aus Ragnas E-Mails hatten die Ermittler ebenfalls bisher nicht klären können.

»Walker? Krasser Typ. Voll der Sexmaniac. Ich kenn ihn nur aus dem Internetchat, beziehungsweise, was Ragna mir davon erzählt hat. Ich weiß nicht einmal, ob Ragna ihn persönlich getroffen hat.« Jennifer überlegte. »Ich kenn mich mit Psychologie echt kein Stück aus. Also Zwischentöne und so. Da verdrehen immer alle die Augen, weil ich so ein Nimmercheck bin. Wissen Sie, ich bin diejenige, über die schon alle lachen, während ich nicht einmal weiß, um welches Thema es eigentlich geht. Aber bei einem bin ich mir sicher. Auch wenn Ragnas Persönlichkeiten … trotz des ganzen Durcheinanders bei ihr … nein, die Majestät und Walker müssen zwei verschiedene Menschen sein.«

»Wenn wir gegenwärtig davon ausgehen, dass Gellert die Majestät und er ist, könnte dann Steffen van Bargen der geheimnisvolle Walker sein?«

Den spontanen Heiterkeitsausbruch von Jennifer Lahmann beobachtete Carmen mit ehrlicher Freude, denn er bestätigte ihr, dass die eigene Einschätzung von halb so alten Frauen geteilt wurde. Van Bargen mochte erfolgreich, sogar angesehen sein, aber jeder Laternenpfahl hatte mehr Charisma und Sexappeal.

»Steffen? Der hat ihr die Brüste bezahlt, hat ihr eingeredet, dass sie beim Film anfangen könnte. Eine der vielen Ragnas muss sich genau das gewünscht haben und Steffen hat ihr Selbstbewusstsein entsprechend gebauchpinselt. Sie sagten, sie hätte kurz vor ihrem Tod mit ihm geschlafen? Ich weiß beim besten Willen nicht, warum. Vielleicht die angehende Schauspielerin in ihr? Ragna war so. Heute dies, morgen das.« Jennifer hob die Hände.

»Steffen hat Geld, viel Geld. Trotzdem nimmt ihn niemand für voll. Selbst in seiner eigenen Firma *Nordhisto* hat die Schwiegermutter die Hosen an. Geheimnisvoll ist an dem absolut nichts.«

»Hm, uns scheint es, als ob er eine ganze Menge zu verbergen hätte. Jedenfalls hat er uns belogen, als wir ihn fragten, wann er zuletzt Kontakt mit Ragna hatte. Seltsam, finden Sie nicht? Seine Frau Melanie wusste von dem Verhältnis mit Ragna, vor ihr brauchte er es also schwerlich geheim zu halten, dennoch lügt er. Angeblich will er von der Schwangerschaft keine Ahnung gehabt haben, aber sein Schwager Niels Pinnelka hat dieser Darstellung widersprochen. Ragna hat sich einen großen Auftritt im Treppenhaus der van Bargens gegönnt und Steffen bezichtigt, der Vater ihres Kindes zu sein. Warum hat sie das getan, wenn doch Thomas Gellert der Vater ist?«

Jennifer griff nach einem Kugelschreiber, der neben der Fernsehfernbedienung auf dem Glastisch lag, und drehte ihn in der Mitte auseinander. Sie zog die Sprungfeder von der Mine und dröselte sie auf.

Der ist jetzt im Eimer, dachte Carmen, als Jennifer sagte: »Vielleicht hat sie nicht gewusst, wer der Vater ist? Sie erwähnten doch, kurz vor ihrem Tod hätte sie sich Steffen wieder reingepfiffen. Oder sie hat es einfach nur behauptet, um

Steffen zu ärgern. Da fällt mir ein, Ragna hat mal angedeutet, dass sich Steffens Frau scheiden lassen wollte, wenn er das Verhältnis fortsetzt. Und die Pissnelke hat Ragna sogar irgendwann aufgesucht und bedroht.«

»Die Pissnelke?« Irgendetwas läutete in Carmens Kopf, dieses Wort hatte sie vor Kurzem schon mehrfach gehört. »Meinen Sie Melanie van Bargen, Steffens Frau?«

Jennifer hatte die Sprungfeder zu einem nutzlosen, fünfzehn Zentimeter langen Draht auseinandergedreht und lachte.

»Nein. Ach, das können Sie nicht wissen, das war ein Joke zwischen Ragna und mir. Wenn Sie drei Buchstaben im Namen Pinnelka ändern, die beiden n und das a, dann …«

»… wird Pissnelke daraus.« Gegen ihren Willen musste Carmen schmunzeln. *Irgendwie treffend. Im Übrigen – hatte Steffen bei seiner Vernehmung nicht ebenfalls erwähnt, dass die Pinnelka Ragna bedroht hatte? Die werde ich mir noch einmal vornehmen!*

»Wie hat denn diese Nelke Ragna bedroht?«, fragte Carmen.

Jennifer überlegte, bog derweil den Draht zu einem großen P.

»Wenn ich es richtig erinnere, ist sie bei Ragna aufgetaucht und hat einen Heidenrabatz gemacht. Nach dem Motto: Wenn du nicht aus Steffens Leben verschwindest, dann sorge ich dafür, dass du verschwindest. Ragna hat sich totgelacht. Ja, aber nun ist sie wirklich tot.«

»Mhm, das stimmt. Dr. Gellert hat erwähnt, dass Ragna mit Steffens Schwager, also dem Sohn Niels der Pissn…«, sie biss sich auf die Lippen, »der Frau Pinnelka befreundet war«, verbesserte sie sich. »Kennen Sie den auch?«

Jennifer stand auf und trat ans Fenster.

»Erst seit Kurzem, seit circa einem halben Jahr. Er kam eines Tages hierher, weil er Ragna nicht erreichen konnte, er suchte sie und war furchtbar traurig. Niels wohnt noch bei seiner Mutter, er hat es zu Hause nicht gerade einfach. Bei der Pissnelke dreht sich alles erst mal um sie selbst und um Niels' wahnsinnigen Bruder, diesen Niclas. Der ist nämlich Mamas absoluter Liebling. Na ja, auf jeden Fall hing Niels sehr an Ragna. Wir haben uns gegenseitig getröstet und viel über sie gesprochen in den letzten Tagen.«

»Einen Namen haben wir noch: Tom Bassing. Hat Ragna ihn einmal erwähnt?«

Jennifer antwortete nicht, sondern betrachtete ihre strassbeklebten Fingernägel. Schließlich schüttelte sie den Kopf.

Carmen stand auf und wandte sich zum Gehen.

»Danke, Frau Lahmann. Übrigens, ich stelle es mir nicht einfach vor, mit einer Frau wie Ragna befreundet zu sein, wieso hat Ihre Freundschaft so lange gehalten?«

»Wissen Sie«, sagte Jennifer und griff reflexartig nach dem Reißverschlusszipper, in den sie den Kugelschreiberdraht einhakte, um den Zipper in atemberaubender Geschwindigkeit rauf- und runterzuratschen. »Ich bin eine treue Seele, in der Schule früher hat Ragna mich immer verteidigt, wenn andere Kinder mich geärgert haben oder meine Klamotten abziehen wollten. Außerdem habe ich nur sie. Gehabt, meine ich.«

»Verstehe. Eine letzte Frage noch. Das Tattoo, das Ragna sich wenige Wochen vor dem Tod stechen ließ, kennen Sie dessen Bedeutung?« Carmen hielt ihr das Foto hin, Jennifer schüttelte den Kopf.

»Sie tat sehr geheimnisvoll, wenn es darum ging. Sie sprach von einem doppelten Geschenk. Vielleicht sind die Buchstaben jeweils die Symbole hierfür?«

»Und das Datum, der 12. Juli?«

»Ehrlich, ich habe keinen blassen Schimmer. Frau Kollinger, Sie werden das andere Mädchen rechtzeitig finden, oder?«

»Das hoffe ich und ich kann Ihnen versichern, dass ich alles dafür tun werde.«

Ein Ruck ging durch Jennifer Lahmann und sie sagte: »Mir ist gerade etwas eingefallen. Ragna war bei diesem Bassing, den Sie erwähnten, zu einem Filmcasting, es ging um eine Sitcom und um ...« Sie brach ab.

»Sie brauchen keine Angst zu haben, Frau Lahmann. Herr Bassing ist bei uns im Präsidium ein alter Bekannter.«

»Dann wissen Sie es also. Ragna mochte ihn nicht besonders, er war ihr sogar unheimlich. Ich hätte es Ihnen gleich sagen sollen, dass er sie mit allen möglichen Drogen und Medikamenten versorgte.«

Vielleicht auch seinen Freund oder Bekannten Steffen van Bargen? Schließlich hatte dieser Ragna zu Bassing geschickt, überlegte Carmen.

47

Warum kam er oder sie nicht und beendete endlich all ihr Leiden? Das Böse, es hatte es zu guter Letzt geschafft. Sie war vollkommen ausgeliefert. Es wollte, dass sie vor Angst verging, deshalb die Fotos von Ragna, darum die absurde Inszenierung mit all den symbolträchtigen Gegenständen in dieser Gruft. Darüber hinaus, notierte Alinas Gehirn emotionslos, hatte jene kranke Seele ihr irgendein muskellähmendes Zeugs in den Rotwein gemischt, damit sie sich nicht gegen die nächste Aktion würde wehren können. Die Waffen waren wieder einmal ungleich verteilt. Alina versuchte tief einzuatmen, doch es gelang nicht, ein riesiger Stein rollte zwischen ihren Brüsten hin und her. Möglich, dass ein Muskelrelaxans auch die Atemmuskulatur erfasste. Egal, im Moment kam es ihr wenig schmerzlich vor, diese Welt zu verlassen.

Seit ihre Gedanken Olivia in das Eisloch im Badeteich gestoßen hatten, war sie nur rumgeschubst worden. Mit kalter Distanz sah Alina sich, als sie zehnjährig mit Zöpfen und Zahnspange die Schuppentür hinter dem Teich im Garten öffnete. Dort stand die ausrangierte Autobatterie, an der sie sich schon einmal den Finger verätzt hatte.

Mama hatte, seit Olivia aus dem Wasser geborgen und unten im Wohnzimmer aufgebahrt worden war, kein Wort mehr mit der älteren Tochter gesprochen. Alina hörte das Wehklagen der Mutter zwei Tage und Nächte bis in ihr Zimmer hinauf. Den einzigen Trost stellte Snooker dar, der stundenlang auf ihrer Bettkante saß und mit ihr Scrabble spielte.

Am dritten Abend war Papa heraufgekommen. Alina weinte, wollte sich in seine Arme werfen. Kaum war sie nahe genug auf ihn zugelaufen, holte er aus und verpasste ihr eine Ohrfeige, die sie Kreise vor den Augen sehen ließ. Noch heute konnte sie dieses Gefühl hervorholen: Wie eine Detonation, die vom Zentrum der Explosion aus Ringe in die Peripherie schickte, genauso hatte der heiße Schmerz Alinas Seele überschwemmt.

In der folgenden Nacht hingen ihre Gedanken in Gestalt einer Feuerfratze flackernd vor ihren Augen und wiederholten: »Du hast es dir gewünscht, freu dich, jetzt ist die kleine Prinzessin krepiert.«

Alina hatte Taubheit gefühlt. Keinen Triumph, dass die Schwester tot war, erst recht keine Trauer. Aber die Fratze vor den Augen verschwand nicht mehr, weder am nächsten noch am übernächsten Tag.

Es gab keine andere Lösung als den Schuppen mit der Autobatterie, um dieses Bild loszuwerden. So doll wie damals an dem Finger hatte es nicht einmal wehgetan. Bevor sie ihr Werk am linken Auge fortsetzen konnte, hatte Snooker angefangen zu schreien, zu kreischen, so hatte Alina ihn noch nie erlebt.

In der Augenklinik des Universitätskrankenhauses Eppendorf hatte sie zugehört, wie die Ärzte ihren Eltern erklärten, dass sie auf dem rechten Auge wohl nie wieder würde sehen können.

Alina lag unter diesem grünen Krankenhaustuch, das nur ihr totes Auge frei ließ, und hätte fast gelacht. Denn alles, was die Erwachsenen über ihren Kopf hinweg redeten, stimmte nicht. Da waren jedem Menschen zwei Augen gegeben und beide blickten nach draußen. Dämlich, wozu sollte das gut sein? Sie war ab jetzt etwas Besonderes: Ein Auge für die Außenwelt fand sie absolut ausreichend, daher sah das rechte Auge von nun an in die Innenwelt.

Ein Geräusch schreckte sie auf. War es endlich so weit? Oder hörte sie nur wieder das Krachen in ihrem Kopf, das sie hindern wollte, den Blick tiefer nach innen zu versenken? Sie verlagerte jede Konzentration in die Gehörnerven. Als alles ruhig blieb, entspannte sie sich etwas.

Die Freude über das Innenauge hatte nur kurz gewährt. Hätte sie gewusst, wie wenig schön ihr Inneres anzusehen war, wie überproportional die quallenhässlichen Gedanken in den Hirngängen vertreten waren, und hätte sie geahnt, dass keiner, weder Mama noch Papa, sich jemals wieder für sie interessieren würde, dann hätte sie die Säure lieber getrunken, um ihr Innenleben auszuätzen.

Das Krachen in ihrem Schädel hatte die giftige Luft gereinigt und die Vergangenheit entfernte sich leise wispernd.

Sie wandte den Kopf zur Seite und stutzte. Vorsichtig, aus Angst vor einer Enttäuschung, legte sie Gefühl in die Fingerspitzen. Unmöglich, aber wie wunderbar! Sie spürte Leben in ihnen. In den Händen, den Füßen. Sie stellte ein Knie auf. Sie warf einen Blick auf die Uhr, die nicht stehen geblieben war, denn sie zeigte inzwischen den 6. Januar an, allerdings wieder zehn Uhr. Ob nur noch die Datumsanzeige funktionierte? Egal, die Überlegung würde sie kaum weiterbringen. Viel bedeutsamer war die Entdeckung, dass sie sich wieder bewegen konnte. Sie würde sich wehren können, wenn ihr Gegner in welcher Gestalt auch immer zu ihr käme. Alina setzte sich vorsichtig auf, knetete Hände und Füße, um die letzte Taubheit zu vertreiben.

Alina hatte die Socken ausgezogen, sie massierte jeden einzelnen Zeh, in den das Gefühl zurückkehrte. Ja, irgendjemand wollte ihr zeigen, dass er Herr über Leben und Tod war. Die grotesken Veränderungen, die an Ragna vorgenommen worden waren, verdeutlichten diese Intention. Bemalt, verkleidet, verstümmelt und getötet. Das Ganze inszeniert wie auf einer Theaterbühne. Was nur sollte das alles über das reine Grauen hinaus aussagen, es war doch eine Botschaft? Aber welche und an wen gerichtet?

Plötzlich hielt sie in der Bewegung inne. Es gab außerdem eine andere Möglichkeit. Eiskalt sickerte die Erkenntnis in ihr Hirn. Mit größter Sicherheit zielte die Absicht hinter ihrer Entführung und Gefangenschaft darauf ab, sie genauso zu quälen wie Ragna. Bisher schien alles nach Plan verlaufen zu sein; man wähnte sie eingeschüchtert und durfte davon ausgehen, dass sie dank der Bilder von Ragna wusste, was sie erwartete. Sie hatte von dem Rotwein mit dem Muskelrelaxans getrunken, das wäre der perfekte Zeitpunkt gewesen, die Bluttat an ihr zu wiederholen. Doch er oder sie war nicht gekommen. Irgendetwas hinderte den gestörten Geist, das Projekt zu Ende zu führen. Es mochte einen banalen Grund geben, er könnte einen Autounfall gehabt haben und auf der Intensivstation irgendeines Krankenhauses liegen. Oder ein Herzinfarkt hatte ihn zu Hause auf dem Sofa seines unauffälligen Reihenhauses oder in der Etagenwohnung ereilt, schließlich musste dieses Subjekt sich ebenfalls in einer extremen Stresssituation befinden.

Alina krempelte die Hosenbeine hoch, um auch die Waden massieren zu können. Hoffentlich war ihr Kerkermeister kein Opfer eines Unfalls oder Hirnschlags geworden. Irre, dass sie sich für ihren Peiniger eine robuste Gesundheit wünschen *musste*! Ihre Gedanken jagten weiter.

Wenn die Polizei, die im Sandorff-Sanatorium aufgetaucht war, diese Hauptkommissarin Kollinger mit ihrem sexy

Assistenten, die sie vor dem Büro von der Dr. Rufius gesehen hatte, inzwischen den Mörder von Ragna gefasst hatte? Dann saß der jetzt in Haft. Zwar konnte er sie, Alina, in dem Fall schwerlich töten. Nicht mit den Händen, aber sofern er schwieg, würde sie hier in diesem Verlies verschimmeln. So wie Alina nach den letzten Stunden die Psyche jener Person einschätzte, brauchte sie sich keine Hoffnungen auf deren Kooperation mit der Polizei zu machen. Am besten wünschte sie ihrem Peiniger neben Gesundheit auch Freiheit. Nur wenn es die Möglichkeit gab, dieser wahnsinnigen Kreatur zu begegnen, hatte sie die Chance zu überleben. Langsam zog Alina die Socken wieder an. Vor die Wahl zwischen Pest und Cholera hatte sie sich in ihrem Leben oftmals gestellt gefühlt, gefallen hatte ihr das noch nie. Wobei, in der aktuellen Situation hatte sie nicht einmal die Auswahl zwischen zwei schlechten Alternativen. Sie konnte nur abwarten und darüber nachdenken, wie sie das wenige, was sie bisher über jene abgrundtief böse Seele wusste, gegen sie einsetzen könnte.

48

Sonntag, 6. Januar, in irgendeiner Minute

Irgendwie fühle ich, dass ich in ihren Fokus geraten bin. Leider etwas zu früh, aber die Zeichen mehren sich. Die Polizei ist mir auf den Fersen.

Ich bin unruhig und wieder nehme ich die Lupe in die Hand, halte sie vor die Augen, denn normalerweise beruhigt es mich, wenn ich nicht all die verwirrenden Dinge um mich herum sehen muss, sondern mich mit mir selber spiegele.

Seit zwei Wochen ist das anders, seit sich die Erinnerungen irgendwo hinter meinen Augen inszenieren.

Zwinge ich den Blick so wie jetzt durch das Lupenglas, bricht an einer Stelle unterwegs der Lichtstrahl und schreckliche Bilder werden mir entgegengeschleudert! Ich kann sie nicht richtig fassen, nur das Geräusch, das sie hinterlassen. Tonlose, graue Leere, Wut und Ekel vor mir selbst.

Natürlich! Sie haben aufgepasst und Sie glauben, dass tonlose, graue Leere kein Geräusch verursachen kann? Oh, doch. Zudem ist es das allerschlimmste Getöse, halten Sie sich die Ohren zu vor dem Lärm, zu dem Erinnerungen imstande sind, wenn sie nur wollen!

Ich besinne mich, schließlich laufen die Pupillen im Lupenglas ineinander, an den Rändern verwischen sie und werden undeutlich. Ebenso wischen sie das friedvolle Bild von Ragna fort.

Dieses Arrangement in der Badewanne, das so brillant zwischen meiner Iris und der Lupe in der Zeit hing, wo ich es immer wieder betrachten konnte. Doch wie mit verdünnter Farbe auf die konkave Linse gemalt, zerläuft der Frieden allmählich und mit ihm schwindet die Ordnung.

Ich zerspringe vor Ungeduld. Ich muss endlich hinab in den Keller! Sie wartet auf mich. Diese ist anders als die Erste, anders auch als die Fürstin mit den verhedderten Fäden in der Marionettenkiste. Zwar sehen sie sich alle ähnlich, aber Alina ist viel schlauer. Sie hat sogar ein Auge, das nach innen blicken kann. Nützt ihr nur nichts, denn sie ist trotzdem eine Schlampe, die das ewig wiederkehrende, kokette Puppenspiel spielt.

Inzwischen wird sie wissen, wie ich sie erlösen und in die höhere Ordnung überführen werde, zweifellos hat sie die Polaroidfotos von Ragna angeschaut. Oh, sterbenskaltes Grauen wird wie ein Wurm mit Widerhaken in sie hineingekrochen sein. Ich muss lachen. So sehr, bis ein Schluckauf mich schüttelt. Es dauert eine Weile, bis ich mich wieder beruhige.

Sie hat das widerliche Gutenachtlied gehört, auch dafür habe ich gesorgt. Da wird sie doch die Rolle erkennen, die ihr zugedacht ist? Ich bin sicher, und wenn sie nur halb so schlau ist, wie ich sie einschätze, wird sie den Sinn des Rotweins auf dem Nachttischchen herausgefunden haben und ihn sich gut einteilen.

O ja, Alina, das solltest du! Es wird leichter für dich werden, wenn du das Gefühl hast, dich nicht wehren zu können. Dann kannst du die Verantwortung an das Schicksal delegieren!

Ich vibriere, denn der köstliche Moment ist nah. Der, in dem ich zum ersten Mal nicht meine eigene Angst in deinem Auge sehen werde, sondern deine nackte Panik.

Vielleicht schenke ich dir sogar einen Atemzug der Hoffnung. Ich könnte dir einen kleinen Deal anbieten. Ein Spiel, das kaum wirklich fair ist, das du natürlich niemals gewinnen kannst. Wir könnten Scrabble spielen. Das spielst du doch so gern mit Snooker, diesem letzten Trümmerhaufen deines armseligen Ichs?

Wir könnten um deine Plastiktitten zocken und ich könnte dem Match ein Motto geben. O ja, der Gedanke drängt sich bei Scrabble geradezu auf, das gefällt mir! Wieder schüttelt mich ein Lachen, der Schluckauf verstärkt sich. Kurz halte ich inne, um mich zu beruhigen. Es misslingt, denn die Einfälle zu dieser unterhaltsamen Vorstellung überrollen mich.

Es könnte so funktionieren: Wir dürfen nur Worte legen, die im Zusammenhang mit Himmel oder Hölle stehen. Wer mehr Buchstaben bei Himmel legt, verliert. Oder andersherum. Die Spielregeln bestimme ich. Anders als früher habe ich die Freiheit, die Regeln jederzeit zu ändern!

Trotz dieser köstlichen Vision bemerke ich, dass mein Lächeln statisch in meiner Gesichtshaut hängt, und versuche die Kiefermuskeln zu lockern. Ich muss aufpassen: Mein Intellekt hat vor einigen Jahren eine Fernsehsendung gesehen, die nachweisen wollte, dass mimikarme Gesichter Gefühlskälte offenbaren.

Was die alles untersuchen, als ob es nichts Wichtigeres gäbe! Obwohl ich weiß, dass das Quatsch ist, achte ich seither ebenso sorgfältig auf meine Mimik und Gestik wie auf saubere Fingernägel.

Obwohl mich die Aussicht auf eine neue Ordnung beruhigen sollte, scheine ich durcheinander zu sein, denn ich sehe, dass meine Hände zittern. Die Lupe fällt mir aus den Fingern und zerschellt auf den Fliesen.

Die Bilder verschwinden wie das Fernsehbild eines alten Röhrenfernsehers, wo die Schwärze die letzte Farbe, das finale Lachen strudelnd in ihre Mitte saugt, wenn das Gerät ausgeschaltet wird.

Auf dem Boden bleiben tausend Splitter zurück wie funkelnde Sternlein an dem blauen Himmelszelt.

49

Bevor Carmen ihren Wagen startete, kramte sie die Tüte weiche Batzen aus dem Handschuhfach und steckte eine Handvoll Lakritz in den Mund. Die ehrliche Angst, die sie in Jennifer Lahmanns Augen um das zweite verschollene Mädchen bemerkt hatte, berührte sie. Jennifer hatte sich im Verlauf des Gesprächs als *Nimmercheck* bezeichnet, als jemand, über den stets alle lachten, und sie hatte gesagt, Ragna sei ihre einzige Freundin gewesen. Carmen dachte an einen Aufkleber an Jennifers Kühlschrank, den sie im Vorbeigehen gesehen hatte: ein kleines gezeichnetes Männchen mit viel zu großen Hosen, tropfender Nase und hängendem Kopf. Darunter in grauer Schrift: *Born to lose.*

Überall traf man diese geborenen Opfer, oft erkannte man sie von Weitem bereits am Gang.

Ragna und Alina allerdings waren keine klassischen Opfertypen, dachte Carmen. Zwar hatten beide Mädchen in ihren schwierigen, familiären Umgebungen vermutlich schwere Traumata erlitten, die ihre Krankheiten ausgelöst oder verstärkt haben mochten. Aber die eine wie die andere wurde von den bisher Befragten als selbstbewusst und extrovertiert beschrieben, Alina sogar als überdurchschnittlich intelligent.

Carmen grub in dem Handschuhfach einen Schokoriegel aus und entfernte die Cellophanhülle.

Ragna hatte Steffen van Bargen weisgemacht, er wäre der Vater ihres Kindes, obwohl sie wissen musste, dass es Thomas war. Oder hatte Jennifer recht? War Ragna derartig sprunghaft gewesen, dass sie den Vater nicht eindeutig bestimmen konnte? Ob sie beiden Männern erzählt hatte, sie wären die Väter? Der eine war verheiratet und seine Frau hatte vor Kurzem ein Kind bekommen. Der andere war ihr Arzt und mit seiner Chefin liiert. Möglich, dass Ragnas Botschaft beide Herren sehr nervös gemacht hatte. Aber wie passte Alina da hinein? Zwischen ihr und van Bargen gab es keinerlei Verbindung. Jedenfalls keine, die Carmen erkennen konnte. Außer der Tatsache, dass Alina ebenfalls Patientin in dem Sanatorium war und Steffen dort kennengelernt haben könnte, wenn dieser seinen Schwager Niclas auf der Geschlossenen besuchte. Gemäß Aussage der Pinnelka war er auch Ragna auf diesem Wege begegnet.

Carmen kratzte an der schorfigen Stelle unter der Armbanduhr und nahm sich vor, endlich die Heilsalbe zu benutzen, die Linus ihr vor einiger Zeit mitgebracht hatte. Wer hatte eigentlich Alinas Brustvergrößerung bezahlt? Wenn die Erinnerung Carmen nicht trog, hatte Alinas Mutter angemerkt, die Tochter hätte das Geld irgendwie anderweitig zusammengebracht, als Rombachs ihr die Operation nicht zahlen wollten.

Wenn Steffen van Bargen auch hier seine Finger im Spiel hat oder Alina sogar gefangen hält, täten wir gut daran, ihn bald freizulassen, denn sonst verhungert und verdurstet Alina.

Sehr interessant fand sie, was sie soeben von Jennifer Lahmann erfahren hatte. Ragna hatte ihren Ziehvater mit der Wahrheit um ihre wirklichen Eltern konfrontiert und ihm gedroht, die ganze Geschichte ans Tageslicht zu bringen. Das konnte dem unmöglich gefallen haben, denn es musste einen Grund geben, warum die Wellerslebens ihre Nichte über die wahren Verwandtschaftsverhältnisse getäuscht hatten. Wahrscheinlich ging es um den profansten aller Gründe, aus dem Menschen logen, betrogen oder Verbrechen begingen: Geld. Die Vermögensverhältnisse von Eleonore und Robert Wellersleben zur Zeit ihres Ablebens ließen sich gewiss rekonstruieren. Gerne hätte sie Christian Wellersleben dazu in die Mangel genommen, aber der war verschwunden. Genau wie Gellert. Ob die Kollegen inzwischen Tom Bassing auf seiner Geschäftsreise erreicht hatten? *Verflucht.* Carmen schlug mit der Faust auf das Lenkrad. Sie wühlten in der Vergangenheit herum, Ragna war tot und Alinas Überlebenschancen wurden von Minute zu Minute geringer, falls sie überhaupt noch atmete.

Der Hausmeister vor Jennifers Tür klopfte den Besen ab und sah zu Carmen herüber.

Wahrscheinlich wundert er sich, warum ich hier im kalten Auto herumsitze. Aber er brachte sie auf eine Idee. Sie würde in die Holzmühlenstraße fahren und sich vor dem Mietshaus der Wellerslebens umsehen. Vielleicht gab es dort neugierige oder mitteilungsbereite Nachbarn, mit denen sie unauffällig ins Gespräch kommen könnte, um etwas über Christian Wellersleben herauszubekommen. Oder sie klingelte und befragte die Anwohner hochoffiziell. Gerade wollte sie das Auto starten, als sich die Haustür öffnete und ein Mann mit einer Wollstrickmütze ins Freie trat. Fast hätte Carmen ihn nicht beachtet, aber Haltung und Gestik, als er dem Hausmeister die Tür aufhielt, kamen ihr bekannt vor. Jennifers neuer Freund? Sie reckte den Hals und sah die Atemwölkchen vor seinem Mund, als er einige Worte mit dem Hausmeister wechselte. Schlagartig wusste sie, woher sie ihn kannte.

Ihr Telefon klingelte in diese Erkenntnis hinein und bereits in der ersten Jackentasche, die sie durchwühlte, wurde Carmen fündig. Als sie auf das Display sah, lächelte sie. Linus.

»Wo bist du, wieso rufst du mich jetzt schon an?« Sie hörte sein Lachen und ein warmes Gefühl durchzog ihre Brust trotz der Kälte im Auto.

»Mam, das ist der Hammer hier! Ich habe mich in einem Badezimmer verkrochen, damit ich in Ruhe telefonieren kann. Super ist die Sandorff-Villa. Solch eine illustre Gesellschaft wie an diesem Ort habe ich nie zuvor kennengelernt. Vielleicht sattle ich doch noch auf Psychologie um. Es ist megaspannend, ich habe kaum eine Stunde geschlafen. Heute Nacht hat mir Madame de Pompadour ihr Leid geklagt: Dr. Rufius verweigert ihr ihre Milchkuren und deshalb werde sie nächstes Jahr am Palmsonntag sterben. Also die Pompadour. Sie ist schon jetzt untröstlich über den nahenden Tod. Wenn sich die echte Pompadour mit halb so viel Grandezza bewegte, muss sie eine Wahnsinnsbraut gewesen sein. Kein Wunder, dass Ludwig-der-ich-weiß-nicht-wievielte hingerissen von ihr war. Außerdem, es gibt hier jemanden, der kann in Köpfe sehen, weil die aus Glas sind!«

»Stopp. Das ist Niclas Pinnelka, richtig? Demzufolge hast du es sogar auf die geschlossene Abteilung geschafft?« Carmen hielt den Atem an.

»Woher weißt du das? Ja, richtig, Niclas ist der Patient, den du zusätzlich auf die Liste von der Rufius notiert hast, die mit den Freunden oder Mitpatienten von Ragna. Moment, ich habe sie vor mir. Alina, Clara und Lucas. Die zweite, Clara Warburg, habe ich heute Morgen beim Frühstück kennengelernt. Bezaubernd, sage ich dir. Zum Verlieben, eine echte Schönheit! Und so geheimnisvoll. Sie teilt sich nur über selbst gewählte Kommunikationswege mit – wie zum Beispiel durch Musik. Denn leider hat sie aufgrund schwerer Kindheitstraumata die Fähigkeit zu normaler sozialer Interaktion über Sprache verloren.«

»Das würdest du ja perfekt ausgleichen ...«

»Ja, ja. Das stimmt.« Sie hörte sein fröhliches Lachen und überlegte, welche Freude sie ihm über ein paar Tage Sylt und Vanillepudding mit oranger Soße hinaus bereiten könnte.

»Bisher hat alles super geklappt. Als ich ankam, hatte ein Dr. Thal Dienst. Ganz nett, der Typ. Er spielte gerade eine Schachpartie nach. Wie du vorgeschlagen hattest, habe ich mich panisch gegeben, aber kein einziges Wort gesprochen.«

»Wirklich kein einziges? Unglaublich.«

»Ja. War nicht einfach. Dafür habe ich in zehn Minuten seine Schachpartie erfolgreich zu Ende gebracht, denn irgendwie musste ich meine Energien umkanalisieren. Tja, dann hat er mich auf Station D, die Geschlossene, geschickt. Normalerweise hätte er mir das Handy abnehmen, mich durchsuchen müssen. Aber der Thal, der schlief praktisch schon im Stehen. Wenn du mich fragst: Der war sterbensmüde. Wahrscheinlich wollte er auf Nummer sicher gehen, weil er mich so schnell nicht einschätzen konnte, oder er hatte sonst nirgendwo ein Bett frei.« Linus kicherte.

»Hoffentlich ist Dr. Thal ein besserer Arzt als Schachspieler, denn so eine Partie löse ich deutlich müheloser als er. Na, egal.«

»Wie kannst du dich in ein Badezimmer verdrücken? Da gibt es doch Sicherheitstüren mit diesen Karten oder Zahlencodes.«

»Jo, stimmt. Aber innerhalb der Station D kannst du dich im gesamten Gebäudekern frei bewegen. Über drei Stockwerke, es ist ein älterer Anbau des Gebäudes und Gittertüren gibt es nur in angejahrten Hollywood-Filmen.«

Carmen dachte nach. Tina Lemcke-Wieler hatte irgendetwas zu der Architektur der Klinik gesagt, Carmen konnte sich jedoch nicht erinnern.

»Linus, von der Clara Warburg wirst du sicher nicht viel über Ragna und Alina erfahren. Hast du etwas aus dem Glaskopfgucker herausbekommen?«

»Unheimlich, er hat mich als Erstes gefragt, ob ich ein Spion wäre. Dann hat er mir erzählt, dass er im Kopf der Chefin, der Dr. Rufius, einen riesigen Krater wie bei einem erloschenen Vulkan sieht, an dessen Rand sie sich entlangtastet. Krass, oder? Alina hat er auch erwähnt, denn sogar auf Station D hat mittlerweile jeder mitbekommen, dass sie verschwunden ist. Irgendetwas von einem Badeteich hat er gemurmelt und von Snooker. Das ist doch ein Billardspiel? Klang jedenfalls alles äußerst kryptisch.«

Snooker und der Teich hinter Alinas Elternhaus, den ihre Mutter Karen Rombach angesprochen hatte.

»Versuche mehr aus ihm herauszukriegen und aus diesem, ich weiß jetzt den Namen nicht mehr«, Carmen hörte ein Rascheln, als Linus die Liste erneut zur Hand nahm.

»Lucas Claasen.«

»Richtig. Und, Linus, allerspätestens heute Abend verschwindest du dort. Ich warte zu Hause auf dich. By the way, wie kommst du da eigentlich wieder raus, aus der Station D?«

»Heute Abend schon? Schade. Gerade heute Abend wird eine heimliche Party steigen, der Namenstag von Clara soll gefeiert werden. Was ich vergaß, dir zu erzählen: Niclas hat mich außerdem in die klinikinternen Überlebenstechniken eingeweiht. Es existiert unter den Patienten eine eigene Währung, außerdem gibt es Kuriere und eine Art Bank. Das ist eine chinesische Vase im Foyer. Dort werden Tabletten oder Nachrichten hinterlegt. Das System dahinter habe ich zwar nicht richtig gecheckt, aber das finde ich noch heraus. Jedenfalls, es gibt *See-* und *Waldbewohner.* Kaulquappen, Blindschleichen und Eichhörnchen. In diesem Haus wurde eine spezifische Hierarchie erfunden, deren Regeln von Mund zu Mund weitergegeben werden. Soweit ich das gerafft habe, sind die *Seebewohner* die ganz armen Schweine, sprich wir von der Station D. Wir treiben im trüben Wasser dahin.« Er hielt inne und sprach nach kurzer Unterbrechung weiter. »Musste nur eben lauschen, hörte sich an, als ob jemand ins Bad hineinwollte. Also, wo war ich stehen geblieben? Ach ja, dagegen die *Waldbewohner*. Die sind in der Lage, sich an Land zu bewegen, können schlängeln oder haben mindestens Füßchen. In der Kliniksprache bedeutet dies, dass sie in die Welt hinausgehen können. Zur Bank im Foyer oder sogar nach draußen. Ist das nicht irre, wie sich diese zusammengezwungene Gesellschaft selbst organisiert? Mam, ich habe selten so viele interessante Menschen kennengelernt. Wirklich, ich meine das ernst. Die haben keinerlei Schranken in ihrem Geist, keine Horizonte begrenzen ihr Denken, die jammern nicht über die Eurokrise oder reden über Bausparverträge. Die verpacken ihre Botschaften in Bilder.«

»Genau das tat auch der Mörder von Ragna, wie du selbst festgestellt hast, mit der absurden Inszenierung ihrer Leiche. Linus, dir als Medizinstudenten muss ich das doch nicht erzählen. Die Patienten im Sanatorium sind krank, es gibt gute Gründe, dass sie behandelt werden! Ich möchte wissen, ob du meinen Geist ebenfalls als *interessant* oder sagen wir mal *facettenreich* einstufen würdest, wenn ich dir verklickern wollte, dass ich die Mätresse von Ludwig dem Fünfzehnten bin.«

»Aha, der Fünfzehnte war also der mit der Pompadour. Mam, natürlich hast du recht! Du passt nicht die Bohne zu Ludwig dem Fünfzehnten. Der war wahrscheinlich nur eins fuffzich groß und wer weiß, welche Einstellung er zu weiblichen Kriminalhauptkommissaren hatte. Außerdem, ob er dein Paradegericht Spaghetti aglio e olio vertragen hätte? Trotzdem, die Leutchen hier leben in Parallelwelten, sie sind zum Teil ganz schön verrückt. Ich meine das im ursächlichen Sinne des Wortes, also verschoben und neben dem, was die Gesellschaft als geistig gesund normiert hat. Nur, wer definiert psychische Gesundheit, wo verläuft die Grenze zur Geisteskrankheit?«

Carmen seufzte.

»Linus, das sind unendlich spannende Fragen und nicht nur im Zuge dieses Falles habe ich darüber oft nachgedacht. Aber bitte, können wir das Gespräch heute Abend fortsetzen? Gemütlich, bei Flasch' Sekt und Tüt' Chips?«

»Klaro, ich gehe wieder an die Arbeit. Mach dir keine Sorgen. Ich komme hier schon irgendwie heraus. Sonst rufe ich dich an und du schickst Matthias, der verhaftet mich wegen irgendeines schlimmen Vergehens.« Abermals lachte er.

»Hoffentlich treffe ich Clara Warburg noch einmal, die ist wirklich umwerfend! Sie ist auf der Station die Einzige, die keinen MP3-Player mit Riesenkopfhörern trägt. Sie bevorzugt einen altmodischen Plattenspieler in ihrem Zimmer, der spielt ununterbrochen, seit ich hier bin. Überhaupt könnte sie in einem französischen Schwarz-Weiß-Film der Siebzigerjahre mitspielen.« Er machte eine schwärmerische Pause.

»Allerdings hat sie letzte Nacht keine Chansons gespielt, sondern immerfort *Hotel California* von den Eagles, aber sehr leise. Ach, da fällt mir ein: Hast du inzwischen den Brief von Paps gelesen, den er dir gestern hingelegt hat?«

Siedend heiß fiel Carmen der Brief ein, der in der Küche auf der Fensterbank neben dem Topf mit dem vertrockneten Basilikum und Frau Beimers Schädel lag.

Wieso brenne ich nicht darauf, ihn zu lesen?

»Linus, lass uns heute Abend ausführlich reden, okay? Ich koche Spaghetti aglio e olio.« Dies war eines der wenigen Gerichte, die sie genauso gut hinbekam wie ihr Sohn, da es weniger Zutaten bedurfte und es auf die jeweiligen Mengen nicht allzu sehr ankam.

Wieder strömte ein warmes Gefühl durch ihren Körper, als sie Linus lachen hörte. »Da freue ich mich drauf! Mama, bis dann. Pass auf dich auf!«

Mach ich. Carmen dehnte die Schulterblätter und verstaute ihr Telefon in der Jackentasche.

50

Nach einer Minute zog sie ihr Handy wieder heraus und wählte die Nummer von Astrid Bern, die sich heute Morgen zur Bereitschaft im Präsidium gemeldet hatte. Sie nahm nach zweimaligem Klingeln ab.

»Astrid? Ich habe gerade Jennifer Lahmann besucht und fahre gleich zu den Wellerslebens, in der Hoffnung, diesen Christian dort anzutreffen. Mich interessiert, warum sie so getan haben, als wären sie Ragnas Eltern. Bitte check im Computer diese alte Geschichte über die Rombachs und ...«

»Schon geschehen, Matthias war heute Morgen kurz hier und hat mich mit Aufträgen eingedeckt.« Sie lachte.

»Also, Alinas jüngere Schwester Olivia ist in dem Teich auf dem Grundstück ihrer Eltern im Eis eingebrochen und ertrunken. Ein schreckliches Unglück.«

»Das ist alles?«

»Das ist absolut alles. Es gab null Komma null Hinweise darauf, dass irgendjemand daran beteiligt war. Schon gar nicht Alina, wie es sogar von ihren Eltern angedeutet wurde. Die Polizeipsychologin, die Alina damals befragte, berichtete von einem Kind, das glaubte, ihre Gedanken hätten das Unglück angerichtet, weil sie die Schwester nicht immer gemocht hatte. Eine Woche später hat Alina sich deshalb ein Auge mit Batteriesäure verätzt.«

»Meine Güte, wie grauenhaft.« Carmen fror nicht nur physisch in dem kalten Auto. Sie startete den Motor und stellte das Gebläse an. Während Carmen an den Regulierungsknöpfen drehte, dachte sie an die versteinerten Rombachs und das Mausoleum, in dem sie lebten. Sie sah die Vitrine vor sich, gegen die Matthias versehentlich gestoßen war, und sann über die Bemerkung von Karen Rombach nach: *Schade, ich hatte gehofft, Sie würden sie stehlen – scheußlich, nicht wahr?*

Warum umgab sich jemand mit Gegenständen, die er hasste? Und aus welchem Grund gaben die Eltern Alina die Schuld am Tod der kleinen Schwester? Seltsame Familie.

Carmen beobachtete, wie das Gebläse die beschlagene Frontscheibe frei pustete.

»Werden wir van Bargen laufen lassen müssen? Wenn ja, lasst ihn observieren, vielleicht führt er uns zu Alina, falls er mit ihrem Verschwinden zu tun hat.«

»Okay, wird erledigt. Übrigens haben wir beim routinemäßigen Abtelefonieren der Krankenhäuser zwar keine Alina gefunden, aber es sind zwei Männer mittleren Alters ohne Papiere in den Notaufnahmen vom Uniklinikum Eppendorf und ... Moment«, Carmen hörte Unterlagen rascheln, »von der Endo-Klinik aufgenommen worden. Beide Herren sind leider bisher nicht bei Bewusstsein, aber ich habe Claudius hingeschickt, damit wir ausschließen können, dass es sich bei einem von ihnen um Gellert oder Christian Wellersleben handelt.«

»Prima, ich komme heute Nachmittag ins Präsidium. Mich macht der Fall ganz krank.« Carmen regulierte das Gebläse auf eine niedrigere Temperatur, denn inzwischen war es warm genug im Auto und sie öffnete ihre Jacke.

»Ja, ein grässlicher Fall. Matthias kommt nachher auch noch, er ist unterwegs zu dem Grundstück, wo Ragna gefunden wurde. Er meinte, er wolle sich bei den Nachbarn umhören.«

Witzig, er hatte die gleiche Idee wie ich. Nachbarn sind eine unschätzbar wichtige Quelle für unsere Arbeit. Sie beobachten, lauschen, erfahren vieles, was sonst keiner mitbekommt. Selbst oder gerade, wenn sie einander von Herzen hassten, kannten Nachbarn sich in- und auswendig, sodass sie Abweichungen vom Alltäglichen sofort zuverlässig registrierten.

»Astrid, bitte finde heraus, wie vermögend die wirklichen Eltern von Ragna zur Zeit ihres Ablebens waren. Jennifer Lahmann hat ausgesagt, dass es einen Streit zwischen Ragna und Christian Wellersleben um Geld gab. Wahrscheinlich fahre ich nach dem Besuch bei Wellerslebens noch einmal zu dem Anwesen der van Bargens. Mich interessiert Steffen van Bargens Schwiegermutter, sie soll Ragna lautstark bedroht haben. Ach ja, und bitte besorge über Staatsanwalt Öttingers Kanäle eine Verfügung, dass wir die Patienten im Sanatorium befragen dürfen. Dr. Rufius hat uns das bisher mit Hinweis auf ihre Fürsorgepflicht und Blabla verwehrt. Habt ihr was Neues über Bassing?«

»Nichts?«, fragte sie einen Moment später. »Okay, versucht es weiter. Oder befragt die Kollegen in Stockholm. Gibt's doch nicht, dass der Heini ebenfalls unauffindbar ist.«

Carmen beendete das Gespräch. Als sie sich umwandte, um aus der engen Parklücke herauszurangieren, bemerkte sie das Knistern in ihrer Jackeninnentasche.

Die Kopien der Seiten aus der Patientenakte, die der Mufflon in Gellerts Auto sichergestellt hat.

51

Bei Tag wirkte der verfallene Bauernhof, auf dem die Teenies vor vier Tagen Ragnas Leiche gefunden hatten, nicht halb so gespenstisch wie bei Nacht in dem flackernden Blaulicht der Einsatzfahrzeuge. Matthias stellte den Wagen an einer Schlehenhecke ab, an der noch einzelne blauschwarze, mit Raureif überzogene Beeren hingen, und ging die letzten Meter zu Fuß. Der Schnee knirschte unter seinen Stiefeln, er sah das rot-weiße Absperrband der Polizei vor dem Holztor, das sicher keinen Neugierigen davon abhalten würde, die Ruine zu betreten. Die Schneedecke vor dem Eingang schien jedoch unberührt. Er stieg über das flatternde Absperrband und drückte die Tür auf. Die Badewanne stand noch da. Das Nachtschränkchen und die Blumenvase hatte die Spurensicherung zur weiteren Untersuchung mitgenommen. Außer, dass es sich um Artikel handelte, die in größerer Stückzahl hergestellt worden waren und mindestens siebzig Jahre zählten, hatte Sören Lambeck bisher nichts über deren Herkunft herausfinden können. Die verblühten Teerosen, die in der Vase steckten, als man Ragna fand, waren durch die Kälte hervorragend konserviert, aber keine Woche alt gewesen.

Die Melodie, die eine SMS ankündigte, lenkte seine Gedanken ab. Er sah auf das Display, las den Text und traute seinen Augen nicht. Annalena. Ob er heute Abend Zeit hätte? *Wow!* Das Blut schoss ihm nicht nur ins Gesicht.

»Wer sind Sie, was machen Sie hier?«

Matthias schreckte herum. Durch das stete Summen der nahen A1 hatte er den Mann, der ihm mit einem erhobenen Schneeschieber in der Hand gegenüberstand, nicht kommen hören. Blitzschnell durchdachte er sämtliche Reaktionsmöglichkeiten. Er steckte das Smartphone in die Hosentasche, während er den Mann musterte. Sein Gegenüber war schmächtig, im Rentenalter und trug einen Blaumann, gesprenkelt mit weißen Farbklecksen. Die erhobene Schneeschaufel ließ vermuten, dass er weiter nicht bewaffnet war.

»Sie haben mich aber erschreckt!«, erwiderte Matthias schließlich. »Ich dachte schon, die Polizei hätte mich hier ertappt.«

Er ging dem Mann mit erhobenen Händen entgegen und fuhr fort: »Wissen Sie, meine Freundin arbeitet beim *Hamburger Kurier*, der über diesen Fall mit dem verstümmelten Mädchen berichtet hat. Sie hat mir unerlaubterweise einige Interna erzählt, die bisher nicht gedruckt werden durften. Ehrlich gesagt hat mich das so neugierig gemacht, dass ich mir den Leichenfundort aus der Nähe ansehen wollte. Es ist aber auch zu barbarisch, wie das Opfer zugerichtet wurde, oder?«

Matthias ließ langsam die Hände sinken, als er sah, dass der Mann angebissen hatte. Ein Funken Neugier stahl sich in dessen misstrauischen Blick.

»So? Was hat sie Ihnen denn erzählt, Ihre Freundin von der Zeitung?«

Bevor er antwortete, holte Matthias tief Luft und kickte einen Stein zur Seite. Er verspürte das brennende Verlangen, die SMS von Annalena noch einmal zu lesen und vor allem, sie zu beantworten. Schnell vertagte er den Gedanken. Er beschloss, dem Mann einen Brocken hinzuwerfen, um sich dann in bewährter Manier unwichtige Details mühsam aus der Nase ziehen zu lassen. Erfahrungsgemäß siegte bei dieser Strategie irgendwann die Melange aus Neugier und Mitteilungsdrang, schließlich begannen die Leute von allein zu reden.

»Na ja, sie sagte …«, Matthias hielt inne und tat, als ob er nach unverfänglichen Worten suchte, »… dass dieses Haus einer Erbengemeinschaft gehöre, dass die Polizei derzeit prüfe, ob einer der Nachkommen etwas mit dem Fall zu tun haben könnte. Irgendein aufmerksamer Nachbar, der hier auf dem Grundstück ein wenig für Ordnung sorgt, wusste zwar angeblich die Namen der Hinterbliebenen nicht, aber meine Freundin meinte, die Polizei hätte diese inzwischen ermittelt. Außerdem habe sie erfahren, dass die Erben untereinander heillos zerstritten wären als Folge eines alten Familienskandals. Darüber darf ich jedoch wirklich nicht sprechen. Wegen meiner Herzdame, Sie verstehen …« Er hob entschuldigend die Schultern und kickte einen weiteren Stein zur Seite, Richtung Türbogen.

So, das mit dem Skandal war mal schön ins Blaue geschossen, aber sollte wohl reichen. An dem jetzt durchgedrückten Rücken des Mannes konnte Matthias ablesen, dass ihm der zitierte aufmerksame Nachbar höchstselbst gegenüberstand.

»Tja, ein Skandal war es nicht direkt. Meint Ihre Freundin diese Geschichte von vor über zwanzig Jahren?« Der Mann stützte sich auf den Schneeschieber und fuhr mit der linken Hand am Stiel herauf und herunter.

»Ach, Sie kennen die Story?«, fragte Matthias ohne die blasseste Ahnung, auf was sein Gesprächspartner anspielte. Der Mann ließ ein Lachen hören, das an einen abgewürgten Mähdreschermotor erinnerte, und spuckte aus.

»Tja, Sie sind lustig. Bestimmt Stadtteilmensch aus Eppendorf oder Winterhude? Merkt man gleich, dass Sie sich auf dem Land wenig auskennen. Wir Alten, die hier übrig geblieben sind, wir kennen uns alle gegenseitig. Aber wir erzählen nicht jedem alles, was wir wissen. Schon gar nicht den Zeitungsfritzen oder der Polizei.«

Seine Hand an dem Schaufelstiel ging immer noch auf und nieder und sein Blick bekam etwas Verschlagenes.

Matthias nickte, während er sich auf den Badewannenrand sinken ließ. Irgendwie musste er das Vertrauen des Mannes gewinnen, denn er spürte, dass dieser seiner Ansage zum Trotz nur zu gern über die alte Geschichte reden wollte.

»Ja, ja, die totgeschwiegenen Familiengeschichten«, begann er deshalb. »Meine Oma hat immer gesagt: ›Unter jedem Dach ein Ach.‹ Ihr eignes Ach, das trat ihr erst kurz nach Opas Tod unter die Augen. Stand eine Woche nach Opas Beerdigung vor der Tür, war inzwischen knapp fünfzig Jahre alt und hat dann ordentlich vom Erbe abgesahnt. Oma ist nie drüber hinweggekommen. Aber so ist das mit den Familiengeheimnissen – und welche Familie lässt sich schon gern in die Karten gucken.«

Matthias machte eine Pause und leistete seinem Großvater in Gedanken Abbitte, dass er ihm soeben ein uneheliches Kind angehängt hatte. Sein Gegenüber nickte, schwieg jedoch beharrlich.

»Der Hof hier mit all dem Land drum herum muss vor zwanzig Jahren doch ein Vermögen wert gewesen sein.«

Matthias ließ den Blick durch das rückwärtige Tor gleiten, dessen Holztür nur noch von einem Scharnier gehalten und mit einem Stapel roter Backsteine abgestützt wurde.

»Sie sagen es«, erwiderte der Nachbar und lachte keckernd. »Fünfundfünfzig Hektar feinstes Ackerland, der Hof hat drei Familien ernährt. Tja, heute würde das nicht mehr funktionieren, aber damals, das war ein wirklich anständiger Hof, der Alte hielt ihn gut in Schuss. Bis die nichtsnutzigen Kinder ans Ruder kamen, Jung und Deern. Schon in der Grundschule doof wie Schiffszwieback. Wollten ganz hoch hinaus, noch höher, als sie ihre Nasen sowieso längst trugen. Nahmen Kredite auf den Hof auf. Investierten in Warentermingeschäfte, so nennt man das heutzutage doch? Wenn man die Schweine zu Hause auf dem Hof nicht mehr selber füttert, sondern auf steigende Preise von virtuellen Schweinehälften aus Kanada spekuliert?«

Der Mann schüttelte den Kopf und kratzte unter seiner Wollmütze den Nacken.

»Verrückte Zeiten. Tja, was soll's. Eine Zeit lang ging das gut, aber die konnten den Rand nicht vollkriegen. Jedenfalls schlitterte am Ende alles den Bach runter. Das Land musste größtenteils verkauft werden, um die Schulden zu decken. Sie sehen es ja, das hier ist der Rest, der noch davon übrig ist, und darum zanken sie seit Jahren. Der eine kann den anderen nicht auszahlen, die gönnen einander nicht das Schwarze unter den Fingernägeln. Lieber lassen sie alles verkommen. Den Jung treffe ich manchmal, der muss derweil fünfzig sein, hat aber nichts mehr auf die Reihe gekriegt, ist irgendwie krank inzwischen. Seine saubere Schwester soll sich irgendwo ins gemachte Nest gesetzt haben.« Er stützte das Kinn auf den Schaufelstiel und nahm die Mütze ab, um die Ränder hochzurollen.

»Traurige Geschichte«, sagte Matthias. »Immer geht's ums liebe Geld. Nur, der Skandal, den meine Freundin erwähnte ...«

»Ach das. Als es am Anfang noch gut lief mit den eingefrorenen Schweinehälften, da hat sie geheiratet. Schwanger war sie, schon das zweite Mal übrigens, jedoch nicht von dem Herrn Bräutigam. Jeder hier wusste, dass sie was mit ihrem Cousin hatte. Ersten Grades, man muss sich das einmal vorstellen! Tja, und ab da ging irgendwie alles bergab.«

»Schlimme Sache!« Matthias stöhnte, während der Mann die Mütze wieder auf den kahlen Schädel setzte und die Ränder über seine Ohren herabrollte.

»Tja, nun haben wir uns ja ganz schön verklönt, ich will dann mal weiter.«

»Sagen Sie, mein Bruder ist Anwalt für Erbrecht und so 'n Kram. Vielleicht kann der diese zerstrittenen Geschwister mal ansprechen? Ich meine, damit hier mal etwas passiert, ist ja eine Schande mit dem Hof.«

»Sie wollen die Namen wissen? Tja, welchen Nachnamen Madame aktuell trägt, weiß ich nicht. Immer wenn der das Wasser Oberkante-Unterlippe stand, hat sie schnell geheiratet. Er heißt jedenfalls Klaus-Peter Finnern.«

»Danke. Na dann, schönen Tag noch!« Matthias zwinkerte dem Mann zu, der die Schneeschippe unter den Arm klemmte und auf das Ausgangstor zuschlurfte. Gerade als Matthias nach seinem Telefon griff, um die SMS von Annalena endlich zu beantworten, drehte sich der alte Mann noch einmal zu ihm um.

»Tja, mien Jung, du denkst wohl auch, dass ich mir den Hut mit der Kneifzange aufsetze, was? Und nicht merke, wenn ich ausgefragt werde. Einen Polizisten erkenne ich mit geschlossenen Augen auf hundert Meter. Nichts für ungut, war eine nette Unterhaltung. Hoffentlich finden Sie den Mörder von dem jungen Ding. Tja, und grüßen Sie mir Ihre arme Frau Omama. So, unn nu klapp ma dat Muhl allwedder tau.«

52

Silvia wusste nicht, wie lange sie geistesabwesend abwechselnd auf die Akten und aus dem Fenster auf die eisgepanzerten Zweige gestarrt hatte. Alina und Ragna. Ragna und Alina. In ihrem Kopf vermischten sich die Geschichten der beiden, ihre Gesichter verschwammen zu einem. Die Migräne schien den Kampf gegen die Medikamente zu gewinnen. In Thomas' privaten Kopien der Patientenakten hatte sie die fehlenden Seiten dreiundsechzig bis achtundsechzig gefunden. Sie hatte sie durchgeblättert, ohne deren Essenz erfassen zu können. Jeder einzelne Buchstabe auf den Papieren strahlte an den Rändern in gleißenden Regenbogenfarben, die ineinander verliefen. Unmöglich, ein Schriftzeichen vom anderen getrennt wahrzunehmen. Geschweige denn, sie sinnvoll aneinanderzureihen. Silvia schlug die Akte, die vor ihr lag, zu. Hatte sie zuletzt in Alinas oder Ragnas Krankengeschichte gelesen? Selbst wenn ihr Leben von der Beantwortung dieser Frage abgehangen hätte, sie hätte nur raten können. Wieder betrachtete sie zwei Meisen an dem Meisenring vor dem Fenster und drückte die Akupressurpunkte an den Schläfen. Sie durfte jetzt auf keinen Fall schlappmachen, zu weit war sie schon gegangen. Mehrfach hatte sie die Polizei getäuscht, aber selbst in der Rückschau bewertete sie ihr Vorgehen als alternativlos. Nie hätte sie anders handeln können, denn die Gefahr, in der Thomas sich in diesem Moment befand, fühlte sie körperlich.

Als Erstes musste sie diese wahnsinnigen Kopfschmerzen loswerden. Mühsam erhob sie sich und trat an ihr Sideboard. Jeder Gegenstand, den sie betrachtete, schillerte wie verdorbene Sardellenwurst und hatte einen wellenförmigen Hof. Der Schlüssel für den *Giftschrank*, in dem das Sandorff-Sanatorium die verschreibungs- und meldepflichtigen Medikamente verwahrte, befand sich im Bücherregal oben links, hinter E.T.A. Hoffmanns *Nachtstücken*.

Wie passend, dachte Silvia. Die Frau, die das Versteck gewählt hatte, musste eine schwarzhumorige Variante ihres Selbst gewesen sein. Sie nahm einen Schluck eiskalten Tee aus dem Becher und erhob sich. Hoffentlich würde sie niemanden auf dem Flur treffen, bevor sie wieder klar im Kopf war. Ein Fachgespräch zu führen, war momentan so ziemlich das Allerletzte, zu dem sie sich in der Lage fühlte. Sie wäre schon froh, wenn sie »Hallo« einwandfrei artikulieren könnte, ohne dass man sie für betrunken hielte.

Scheiße, Frau Doktor.

Das Glück war auf ihrer Seite. Es ging gut, sogar der richtigen Zahlencodes für die Türen entsann sie sich. Sie öffnete den Schrank und suchte nach einem hochdosierten Triptan, einem starken Migränemittel. Silvia riss die Augen auf, in der Hoffnung, die wackelnden Buchstaben auf den Packungen zu dem gesuchten Namen zusammensetzen zu können. Ihre Finger zitterten und einige Pappschachteln fielen zu Boden.

Liegen lassen. Nur nicht bücken, dachte sie. *Dann rollt die Eisenkugel in meinem Schädel nach vorne in die Stirn und ich werde mich nie wieder aufrichten können.*

Silvia seufzte. Natürlich musste sie hier aufräumen, was würden die Angestellten denken, wenn verschreibungs- und meldepflichtige Pharmazeutika einfach auf dem Fußboden herumlagen? Sie kniete sich auf den Boden und sortierte die Packungen. *Mist.*

Normalerweise befanden sich von sämtlichen Medikamenten zwei Schachteln mit verschiedenen Verfallsdaten in dem Schrank. Dies zur doppelten Absicherung, damit nie das Risiko entstand, dass ein Arzneimittel verbraucht oder abgelaufen war, wenn es benötigt wurde. Sie rappelte sich mühsam auf und nahm die Liste zur Hand, die in einer Plastikhülle an der Schrankinnentür befestigt war. Dort wurden die Präparate mit Einlagerungs- und Verfallsdatum vermerkt. Kleine grüne Häkchen bezeugten, dass vorschriftsmäßig zwei Packungen jedes Medikamentes in den Regalen lagerten. Ohne im Vollbesitz ihrer geistigen Kräfte zu sein, erkannte Silvia mit einem Blick auf die Schachteln in den Schrankfächern und auf dem Fußboden: Hier fehlte ein Viertel der registrierten Pharmazeutika. Die Prüfung allerdings, dass der Inhalt des Schrankes und die Liste übereinstimmten, hatte die letzten Male Thomas vorgenommen. Dessen schwungvolle Unterschrift mit grüner Tinte bestätigte den Betrug. Silvia schloss die Augen und fuhr sich mit der Hand an den Hals.

Thomas, was hast du getan? Was hat das alles zu bedeuten? Vor allem: Wo bist du?

53

Die Straßen erschienen wiederum wie leer gefegt und Carmen benötigte keine zwanzig Minuten zur Holzmühlenstraße. Vereinzelt sah sie junge Eltern auf den Bürgersteigen durch den Schnee stapfen, die Kinder auf Schlitten hinter sich herzogen, während sie dampfenden Kaffee aus Pappbechern schlürften.

Direkt vor dem Mehrfamilienhaus, in dem die Wellerslebens wohnten, fand sie einen Parkplatz und sah an der schäbigen Fassade hoch. Der Putz blätterte an einigen Stellen ab und dunkle Flecken wiesen auf die Durchfeuchtung des Mauerwerkes hin.

Erneut erinnerte sie das Rascheln des Papiers in ihrer Jackentasche an die Papierbögen, die in Gellerts Auto unter dem Fahrersitz gefunden worden waren. Sie zog sie heraus und faltete sie auseinander. Schnell war ihr klar, dass es sich um Auszüge aus Ragna Wellerslebens Patientenakte handelte, die Seiten dreiundsechzig bis achtundsechzig sowie diverse Zeichnungen. Die Einträge waren zwar verklausuliert vorgenommen worden, aber auch ohne medizinisches Fachwissen verstand Carmen, dass Dr. Thomas Gellert legale Grenzen bei der Behandlung Ragnas überschritten hatte. Nicht allein deshalb, weil ein Liebesverhältnis zwischen Arzt und Patientin ein

Tabu bedeutete. Gellert hatte Ragna mit einer Mischung aus unprofessioneller Zuwendung und experimenteller Therapie an ihr Kindheitstrauma herangeführt. Er hatte dem Mädchen geholfen, die Geschichte ihrer Herkunft herauszufinden, hatte sie sogar bei der Beschaffung der Geburtsurkunde bei den Ämtern unterstützt. Akribisch hatte er seine Experimente festgehalten. Carmen ließ die Seiten sinken.

Er musste sich wie ein Gott gefühlt haben, dass er das Rätsel um Lore, den Brand und den Tod der leiblichen Eltern gelöst hatte. Carmen zwang sich, weiterzulesen, und fühlte ein kaltes Grauen von ihren Füßen höher steigen. Die Mittel, derer Thomas Gellert sich bedient hatte, waren eines seriösen Arztes absolut unwürdig. Kein Wunder, dass er diese Seiten aus der offiziellen Akte entfernt und in seinem Auto versteckt hatte. Carmen las von hypnotischen Benzodiazepinen und Barbituraten, die gemeinhin als Wahrheitsdrogen dienten.

Meine Güte, was für ein Abgrund klaffte hier auf!

Kein Wunder, dass Ragnas Organe massiv geschädigt waren, und ebenfalls keine Überraschung, dass Gellert bei der Befragung durch die Polizei Ragnas vermeintlichen Drogenkonsum bagatellisiert hatte. Carmen legte die Aktenblätter auf den Beifahrersitz. Nun betrachtete sie die drei Zeichnungen, die mit einer Büroklammer angeheftet gewesen waren und die Sören so authentisch wie möglich restauriert hatte. Sie waren ursprünglich mit Bleistift angefertigt worden, aber trotz Sörens Bemühungen leider in desaströsem Zustand. Sie konnten ebenso gut Gesichter wie Geburtstagstorten mit Kerzen und Streuselgarnitur darstellen. Sie ließ die Kritzeleien sinken und ballte ihre Hände zu Fäusten. Wenn sie Gellert nur endlich finden würden! Zuerst entdeckten sie seinen Klinikausweis am Fundort der Leiche, dann kam sein Verhältnis mit Ragna ans Licht. Mit Gellert zusammen war die verschwundene Alina zuletzt gesehen und in seinem Auto war Alinas Handtasche gefunden worden. Jetzt das hier: versteckte Seiten aus der Patientenakte, deren Extrakt allein schon ein Verbrechen an Ragna belegten.

Carmen schwang sich aus dem Wagen und ging auf den Eingang des mittleren Hauses zu. Sie stieg die knarrenden Stufen in den dritten Stock hinauf, klingelte an der Tür mit dem zerbrochenen Salzteigschild, von dem sich das leben verabschiedet hatte und nur noch Wellers zu lesen war. Frau Wellersleben öffnete und führte Carmen wortlos in das Wohnzimmer mit der klobigen Eichenschrankwand und der entengrützefarbenen Couchgarnitur. Mit zwei Griffen raffte sie einen Stapel Bügelwäsche zusammen, sodass sie Platz nehmen konnten.

»Frau Wellersleben, ich suche Ihren Mann, wir müssen ihm dringend ein paar Fragen stellen, ist er hier?« Die Frau stieß ein Schnauben aus und strich ihr grau meliertes Haar zurück.

»Seit Tagen mal wieder. Schläft seinen Rausch aus. Den kriegen die vier apokalyptischen Reiter jetzt nicht wach, wollen Sie ihn sehen?« Frau Wellersleben erhob sich.

»Nein danke. Ich glaube Ihnen. Würden Sie ihm bitte ausrichten, dass wir ihn morgen um neun Uhr in unserem Kommissariat zu befragen wünschen?« Carmen holte eine Visitenkarte hervor, notierte darauf die Uhrzeit und schob sie ihrem Gegenüber hin.

»Ich kann's ja mal versuchen. Was wollen Sie denn von ihm?«

»Seien Sie so freundlich. Sollte Ihr Mann keine Notwendigkeit sehen, dieser verbindlichen Einladung zu folgen, werden wir ihn abholen. So richtig mit Tamtam.« Carmen lächelte.

»Ich möchte ihm lediglich ein paar Fragen stellen. An Sie hätte ich auch noch eine Frage. Wir haben herausgefunden, dass Sie und Ihr Mann sich als Ragnas Eltern ausgegeben haben. Ihr

Schwager und Ihre Schwägerin sind bei einem Hausbrand in Volksdorf ums Leben gekommen. Warum gaukelten Sie aller Welt vor, dass Sie Ragnas Eltern wären?«

Frau Wellerleben sank in sich zusammen, sie faltete die Ecke des Tischtuchs wie eine Ziehharmonika.

»Ragna war noch so klein und wir dachten, es wäre besser für sie. Sie erinnerte sich doch gar nicht an den Brand. Wir wollten ihr ersparen, dass sie in der Schule und überall erklären muss, was mit ihren Eltern passiert ist. Es geschah nur zu ihrem Besten.«

Diesen Satz hatte Carmen mehrmals in ihrer Laufbahn gehört und genauso oft überlegt, wieso manche Menschen sich erdreisteten zu beurteilen, was für einen anderen das Beste wäre. Meist spielten dabei eigennützige Motive eine Rolle.

»Sie haben daraufhin Ragnas nicht unbeträchtliches Erbe, selbstverständlich treuhänderisch und nur zu ihrem Besten, verwaltet? Wann wollten Sie es ihr eigentlich aushändigen? Sie war längst volljährig und schließlich nicht entmündigt.«

Das Gesicht von Frau Wellersleben nahm die Farbe einer toten Garnele an.

»Nun ja. Mein Mann ... er hat ...« Endlich ließ sie den Tischdeckenzipfel los.

»Es ist nichts mehr da«, flüsterte sie. »Kein einziger Cent.«

54

Unglaublich, dachte Carmen. Was hatte man Ragna in ihrem kurzen Leben alles angetan. Genauso Alina. Beide Elternhäuser zeichneten sich nicht durch liebevolle Wärme und Geborgenheit aus. Ragna war um ihre Wurzeln und materielle Sicherheit betrogen worden, während Alina von ihren Eltern für einen schrecklichen, aber nicht von ihr verschuldeten Unfall verantwortlich gemacht wurde. Beide Mädchen hatten Großteile ihrer Jugend in Kliniken verbracht und irrlichterten seit Jahren durch ihre früh aus den Fugen geratenen Welten. Zu allem Unglück waren sie obendrein alle zwei an einen Arzt geraten, der die Gesundheit seiner Patientinnen der eigenen Eitelkeit unterordnete.

Nach der Eröffnung Sibylle Wellerslebens, dass ihr Mann die Erbschaft von Ragna veruntreut und in teuren Hotels sowie mit Glücksspiel durchgebracht hatte, hatte sie noch leise hinzugefügt: »Irgendwie hat Ragna vor Kurzem alles herausbekommen. Also, dass wir nicht ihre Eltern sind und dass ihr das Erbe von Robert und Eleonore zustehen würde. Sie forderte Geld, aber wir konnten nicht einmal mehr das Sandorff-Sanatorium bezahlen. Die Häuser, die Wertpapiere, es war alles futsch. Was sollten wir machen, wir haben doch selber nichts. Sie hat uns sehr zugesetzt in den letzten Wochen, ich konnte es kaum noch aushalten.« Ihre flatternden Hände hatten sich wieder mit dem Tischdeckenzipfel beschäftigt, während sie in Schweigen verfallen war.

Seit einer Stunde saß Carmen in dem kleinen Bretterpavillon, der einst als Provisorium an einer zugigen Ecke an der Max-Brauer-Allee aufgestellt worden war. Zwischenzeitlich war der Imbiss zu einer In-Location aufgestiegen, wo sich Nachtschwärmer am Sonntagvormittag mit einer Currywurst und Astra-Urtyp den Rest gaben und bettreif schossen. Carmen hatte die Currywurst weggelassen, denn das Selbstmitleid der Wellersleben stieß ihr sauer genug auf. Kurz entschlossen bestellte sie eine zweite Astra-Knolle; hier saß sie warm und trocken, beobachtete die Leute und konnte dabei in Ruhe nachdenken. Vor einer Viertelstunde hatte sie versucht, die Pinnelka zu erreichen, aber es hatte niemand abgenommen. Den Besuch bei ihr konnte sie getrost auf später verschieben; am besten delegierte sie das an Matthias oder Claudius, die brachten mehr Gelassenheit auf im Umgang mit derartigen Zicken. Uta Pinnelka würde sowieso niemals zugeben, dass sie Ragna lautstark bedroht hatte, und stattdessen kariert von ihrer Anwaltssozietät daherquatschen. Carmen nahm einen großen Schluck. Neben ihr am Tisch stritt ein Pärchen über den vergangenen Abend. Eine Weile hörte sie zu, aber die jammernde Stimme der Frau lullte sie ebenso ein wie den Adressaten dieses Monologs, dem immer wieder der Kopf auf die Brust sank.

Im Hauseingang gegenüber betrachtete Carmen einen Obdachlosen, der einen himmelblauen Schlafsack säuberlich zusammenrollte, sich wie auf einem Sofa darauf niederließ und einen Zauberwürfel aus seiner Aldi-Tüte zog. Fasziniert sah Carmen zu, wie er aus dem bunten Kuddelmuddel innerhalb weniger Minuten alle sechs Seiten zu jeweils einfarbigen

Flächen hingedreht hatte. *Stunden könnte ich hier sitzen, dachte sie, eine Knolle nach der anderen leeren, dabei die Gesprächsfetzen auffangen und über die Geschichten der Menschen sinnieren, die heute Vormittag aus den unterschiedlichsten Gründen auf dieser hölzernen Insel gestrandet waren.* Der Obdachlose mit dem Zauberwürfel hatte eine silberne Mundharmonika hervorgeholt und begann zu spielen. Carmen konnte hinter dem Glas des Imbisses keinen Ton hören, aber in dem Gesicht des Mannes erkannte sie die Versunkenheit eines Menschen, der durch die Musik eine hellere Welt betreten hatte.

Das Pärchen neben ihr hatte sich mittlerweile der Sprachlosigkeit ergeben und war Arm in Arm auf der roten Plastikbank eingeschlafen. In diesen friedvollen Moment hinein klingelte Carmens Telefon. Astrid.

»Was?!?« Plötzlich hellwach hörte Carmen zu. »Ehrlich? Ich komme sofort. Jaja, das habe ich kapiert, aber das werden wir schon sehen. Warte, warte. Uniklinik ist klar, welche Zufahrt, welches Haus?« Sie klopfte ihre Jackentaschen ab und notierte schließlich mit einem stumpfen Augenbrauenstift die Wegbeschreibung auf einem Bierdeckel. In Gedanken überschlug sie, wie lange sie bei diesen Straßenverhältnissen nach Eppendorf brauchen würde.

»Okay, okay – ich habe alles. Astrid, bitte tu mir einen Gefallen und sag Matthias Bescheid, dass wir uns dort gleich treffen.«

Endlich. Sie hatten ihn.

55

Beinahe zeitgleich stoppten Carmen und Matthias ihre Autos auf dem Parkplatz der Uniklinik Eppendorf.

»Moinsen«, grüßte Matthias und schnupperte, als er Carmen die Autotür aufhielt.

»Oh, sieh an. Die Nacht durchgemacht?«

»Sehr witzig. Ich habe heute Morgen schon mit Dr. Lott und Linus telefoniert. Außerdem Jennifer Lahmann und Frau Wellersleben noch einmal befragt.«

»Ach so … und Letztere hatten nur Bier da zum Frühstück?« Carmen schälte sich aus dem Autositz und ließ sich von ihrem Kollegen mit einem Ächzen aus dem Wagen ziehen.

»Matthias, halt doch einfach den Rand. Ich wollte eigentlich gerade nach Hause fahren, da darf man wohl ein Feierabendbier trinken, auch wenn der Feierabend am Sonntagvormittag stattfindet. Übrigens, was hast du über das Grundstück in Rahlstedt herausbekommen? Astrid hat erwähnt, dass du dort warst. Ach, das kannst du mir später erzählen.«

Sie holte eine Handvoll zermatschter Lakritzschnecken aus ihrer Jackentasche und pflückte Reste eines nicht mehr taufrischen Tempos davon ab. Bevor sie ihm eine Schnecke anbieten konnte, wandte Matthias sich zum Gehen.

»Ja, erzähle ich dir nachher, aber beeilen müssen wir uns nicht. Hat Astrid dir nicht gesagt, dass Gellert auf der Intensivstation liegt?«

Carmen blieb ruckartig stehen.

»Wie jetzt, auf der Intensivstation? Ne, das hat sie unter den Tisch fallen lassen. Das heißt, er ist schwer verletzt?«

»Exakt. Sogar so schwer verletzt, dass die Ärzte ihn in ein künstliches Koma versetzen mussten.«

»Na großartig! Wir können ihn nicht befragen? Was ist denn mit ihm passiert? Nun stell dir vor, der hat Alina irgendwo versteckt und ist der Einzige, der weiß, wo sie ist. Die müssen ihn natürlich ganz pronto wieder aufwecken! Gibt's doch nicht, der kann später weiterpennen! Also komm!«

Carmen stapfte in Richtung der Aufnahme und Matthias eilte hinter ihr her.

»Carmen, nun warte. Wir sollen uns an einen Professor Hennsen wenden, Astrid hat uns angemeldet. Hier geht's lang.« Er dirigierte seine Kollegin in ein Nebengebäude und drückte sie auf einen dottergelben Plastikstuhl in einem dunklen Gang, während er die Namensschilder an den einzelnen Bürotüren studierte. Schließlich klopfte er an einer Tür.

Professor Hennsen saß mit dem Rücken zu einem Rundbogenfenster mit weißen Sprossen, sodass Carmen im Gegenlicht zunächst nur seinen grauen Haarkranz um ein braun gebranntes Gesicht erkennen konnte. Während Matthias sie vorstellte, ließ Carmen ihre Blicke schweifen. Sachlichkeit, wohin sie sah. Eine Wand des Sprechzimmers wurde von Regalen mit Fachliteratur und einer schwarzen Ledercouch bestimmt, davor stand ein Glastisch, in dem man sich spiegeln konnte. Lediglich zwei afrikanische Holzschnitzereien – eine grazile Frau, die einen Krug auf dem Kopf balancierte, und gegenüber auf der anderen Seite des Zimmers das Gegenstück, ein Krieger mit aufgepflanztem Speer – ließen Rückschlüsse auf Vorlieben des Bewohners des Raumes zu. Die weiche Stimme von Professor Hennsen, die so wenig zu diesem kühlen Ambiente passen wollte, holte Carmen in das Gespräch zurück, dem sie bisher nur mit halbem Ohr zugehört hatte.

»Vollkommen ausgeschlossen«, sagte der Arzt gerade, »Dr. Gellert hat ein Schädel-Hirn-Trauma erlitten mit intrakranieller Drucksteigerung durch Einblutungen ins Gehirn.« Auf das Fragezeichen in Matthias' Gesicht fügte er hinzu: »Eine Gehirnquetschung sozusagen. Bevor die Schwellung nicht abgeklungen ist, wird kein seriöser Arzt das künstliche Koma aufheben.«

»Scheiße«, entfuhr es Carmen. »Vielleicht hat mein Kollege es schon erwähnt, Dr. Gellert steht unter dem dringenden Tatverdacht, ein Mädchen in seine Gewalt gebracht zu haben. Wir müssen mit ihm sprechen, sonst stirbt sie. Es kann doch nicht sein, dass ...«

»Sie meinen, dass der Schutz der Gesundheit eines mutmaßlichen Täters über den eines mutmaßlichen Opfers gestellt wird?«, unterbrach sie Professor Hennsen und sah Carmen intensiv aus hellblauen Augen an.

»So hätte ich es vielleicht nicht ausgedrückt, außerdem haben Sie für meinen Geschmack etwas viele ›mutmaßlich‹ in Ihren Satz gepackt. Professor Hennsen, um es kurz zu machen: Wir könnten sehr wahrscheinlich ein Leben retten, sofern Sie uns mit Gellert sprechen ließen!«

»Es tut mir leid, Frau Kollinger. Auch wenn ich Ihr Anliegen intellektuell verstehe, ich darf und werde keinen kranken Menschen einer unkalkulierbaren Gefahr aussetzen. Ich bin Arzt und kein Richter. Für mich ist Dr. Gellert ein Patient wie jeder andere, der Anspruch auf bestmögliche Versorgung hat.«

»Wann, denken Sie, können wir mit ihm reden?« Matthias legte seiner Kollegin eine Hand auf den Arm.

»Schwer zu sagen, aber ich darf Ihnen versichern, dass ich mich sofort bei Ihnen melde, wenn sich Änderungen im Zustand von Herrn Dr. Gellert ergeben.«

Carmen betrachtete die dunkle Holzschnitzerei der Frau mit dem Krug auf dem Kopf.

»Wie ist Dr. Gellert eigentlich zu dieser Verletzung gekommen? Sieht es nach einem Unfall, einem Sturz oder einer Gewalttat aus? Könnte er sich die Verletzung selbst beigebracht haben?«

Professor Hennsen zog an seinen knochigen Fingern, beginnend an der linken Hand am Zeigefinger, während er nachzudenken schien. Beim Knacken der Fingerglieder stellten sich Carmen die Nackenhaare auf.

»Einmal abgesehen davon, dass sich kaum ein Mensch freiwillig ein Schädel-Hirn-Trauma zufügen würde, kennen Sie die sogenannte Hutkrempenlinie?« Er beendete endlich die Knackerei, indem er seine Hände faltete und Carmen und Matthias abwechselnd fixierte.

Die Ermittler sahen sich an, zuckten abschließend mit den Achseln.

»Vermutlich die Linie rundherum um den Kopf, wo ein Hut aufläge. Dort ungefähr.« Matthias deutete mit den Fingern an, wo er die eigene imaginäre Hutkrempe ansiedeln würde.

»Genau. Jede Verletzung, die oberhalb dieser Richtmarke positioniert ist, kann normalerweise nicht durch einen Sturz verursacht worden sein und ist damit ein Indiz für eine Gewalttat. Bei Herrn Dr. Gellert liegt die äußere Wunde in etwa hier.« Er berührte einen Punkt zwölf Zentimeter schräg über seinem linken Ohr.

»Soweit wir die Ausprägung seiner Hände beurteilen, ist Dr. Gellert Rechtshänder. Er wäre kaum in der Lage gewesen, sich mit derartiger Wucht über den eigenen Kopf herüber beziehungsweise um ihn herum greifend diese schwere

Verletzung zuzufügen. Nein, Dr. Gellert wurde von links hinten mit einem stumpfen Gegenstand angegriffen. Einem Kerzenleuchter oder einem Hammer etwa. Der Abdruck dieses Werkzeugs auf der Kopf- und sogar auf der Knochenhaut des Schädels zeigt den stärksten Druck am oberen Rand der Läsion. Nach meiner Auffassung kann er sich das nicht selbst beigebracht haben, dann nämlich wäre die ausgeprägteste Pression auf der unteren oder seitlichen Kante erkennbar. Aber ich bin kein Rechtsmediziner. Ich stelle Ihnen auf jeden Fall sowohl die Fotos als auch die Röntgenbilder zur Verfügung.«

»Wie und wann ist Dr. Gellert eingeliefert worden?«, fragte Carmen. Ihre Gedanken überschlugen sich. Professor Hennsen hatte über die normale Patientenversorgung hinaus bereits Überlegungen hinsichtlich des Zustandekommens der Verletzung angestellt. Wenn Hennsens Theorie stimmte und Gellert überfallen worden war, als er mit Alina aus der Bar Monserrate kam, dann mussten sie vollkommen umdenken. Wer hatte Gellert außer Gefecht gesetzt? War dieser jemand anschließend mit Alina verschwunden?

Professor Hennsen zog eine Lesebrille aus der Tasche seines Arztkittels und studierte die Akte vor ihm.

»Nur damit ich Ihnen nichts Verkehrtes erzähle«, murmelte er, während er suchend die Seiten umblätterte.

»Ach hier. Hier steht es. Einlieferung des Patienten am 5. Januar in den frühen Morgenstunden. Ein Obdachloser hat ihn gefunden in einem Hinterhof am Pepermölenbek ohne Papiere. Dr. Gellert war halb erfroren, aber das hat ihm wahrscheinlich das Leben gerettet. Wäre es wärmer gewesen, wäre das Hirn schneller angeschwollen und, na ja, lassen wir das Spekulieren.«

»Warum erfahren wir erst jetzt auf Nachfrage, dass Sie einen unbekannten Mann aufgenommen haben, der zudem Opfer einer Straftat zu sein scheint? Wieso haben Sie die Polizei nicht sofort verständigt, als Gellert eingeliefert wurde?«

Carmen musste sich zügeln, sie registrierte selbst den disharmonischen Thrill in ihrer Stimme.

Der Professor wandte sich ihr zu und antwortete gelassen: »Selbstverständlich haben wir gestern früh Ihre Kollegen benachrichtigt, die kamen unverzüglich hierher und haben den Fall aufgenommen. Aber erst seit heute Morgen wissen wir überhaupt, wer unser Unbekannter ist. Eine Chirurgin, die in Herrn Dr. Gellerts Doktorandenzeit mit ihm zusammenarbeitete, hat ihn wiedererkannt. Vielleicht forschen Sie besser polizeiintern nach, zu welchen Schlüssen Ihre Kollegen gekommen sind? Wenn Sie mich dann entschuldigen würden …« Er erhob sich.

»Ihre Kollegen haben übrigens die Kleidung von Dr. Gellert für die Gerichtsmedizin mitgenommen. Ich darf das eigentlich nicht, aber wie ich schon sagte, werde ich veranlassen, dass das Sekretariat Ihnen die Fotos, Röntgenbilder und den Einlieferungsbericht kopiert.«

56

»Weißt du, worauf ich jetzt tierische Lust hätte?« Carmen rollte die Unterlagen zusammen, die ihnen eine schmallippige Sekretärin mit birnenförmiger Figur im Nebenzimmer von Professor Hennsen überreicht hatte, und klopfte Matthias damit auf eine Stelle über seiner Hutkrempenlinie.

»Eine Pizza Tonno mit doppelt Zwiebeln? Ein drittes Feierabendbier? Gallert wach küssen? Bis auf Letzteres mache ich alles mit.«

»Gellert, mit e. Wann lernst du es endlich? Nein. Wir besuchen die Rufius. Erstens müssen wir ihr mitteilen, dass ihr Galan wiederaufgetaucht ist. Zweitens weiß sie noch nicht, jedenfalls nicht von uns offiziell, dass er der Vater von Ragnas Kind ist. Das hat mir das Lottchen nämlich heute Morgen erst erzählt, als ich gewandet in Jil Sander ...« Sie unterbrach sich, als sie Matthias' Miene sah. »Mensch, nun guck nicht so, nix Dessous, ich stand eingeschäumt unter der Dusche!«

Carmen merkte, dass sie unter den Blicken des jüngeren Kollegen rot anlief, und polterte weiter.

»Gellert hat Ragna geschwängert und Ragnas Stiefvater hat ihr Vermögen durchgebracht. Kein einziger Cent ist mehr übrig.

Was ist mit dem Grundstück, auf dem wir Ragna gefunden haben?« Sie blieb stehen.

Matthias berichtete ihr von dem Nachbarn, den er so unterschätzt und der ihn ohne Mühe durchschaut hatte.

»Ich habe vorhin mit Mailin gesprochen. Den einen Besitzer des Grundstücks, diesen Finnern, hatte sie längst herausgefunden, doch der liegt derzeit schwer erkrankt in einem speziellen Lungenkrankenhaus in Großhansdorf. Seine Schwester, der die Ruine zur anderen Hälfte gehört, hat zwei- oder dreimal geheiratet, die könnte also bis zu vier verschiedene Nachnamen geführt haben. Mailin ist dran, aber der Anwalt, der die Geschwister nach außen gegen ihre Gläubiger vertritt, ist im Weihnachtsurlaub.«

»Gut, wir fahren ins Sandorff-Sanatorium. Ich freue mich auf Frau Dr. Rufius. Vielleicht können wir sogar mit einigen Patienten sprechen, Astrid wollte die entsprechende Verfügung besorgen. Bis gleich.«

In Gedanken versunken ging Carmen zu ihrem Auto und winkte Matthias zu. Sie öffnete die Tür, setzte sich auf den Fahrersitz, alles wie in Trance. Sie fühlte, wie in ihrem Kopf Zahnräder ineinandergriffen. Zwei Details oder Informationen hatten soeben zueinandergefunden. Etwas, das Linus heute Morgen gesagt hatte über Clara Warburg und etwas Nebulöses, unwichtig Erscheinendes. Sie ließ Matthias vorfahren und stoppte ihren Wagen noch vor der Krankenhausausfahrt unter einer schneebeladenen Kastanie, denn plötzlich wusste sie es.

»Astrid? Welcher Tag ist heute?« Carmen lächelte, als sie sich das ratlose Gesicht der jüngeren Kollegin am Telefon vorstellte. »Du, ich muss deine Abteilung nutzfreies Wissen anzapfen.«

Carmen hörte Astrid einen Moment zu und lachte. »Nein, ich strebe nicht an, einen Mondkalender in Kisuaheli zu entwerfen. Die Namenstage, die du auswendig kennst, interessieren mich. Linus will heute Abend mit einer Art Bekannten«, Carmen räusperte sich, »ihren Namenstag feiern. Nun frage ich mich, rein aus mütterlichem Interesse, welche seiner Bekanntschaften das sein könnte.«

Sie hielt ihr Telefon eine Ellenbogenlänge vom Ohr weg, als Astrid wie aus der Pistole geschossen antwortete: »6. Januar. Es gibt die streng katholischen, es gibt Listen, die es etwas weiter spannen – ich habe natürlich alle drauf. Da du nur die weiblichen Namen brauchst: Clara, Clarissa, Chiara, Pia …«

»Danke, danke. Ich weiß schon, wen er meint.«

Im gleichen Moment hörte sie, wie bei Astrid der Groschen fiel.

»Das Datum von Ragnas Tattoo! 12. Juli? Diesmal benötigen wir vorsichtshalber beides, nicht wahr? Männlich und weiblich, okay, kein Problem für mich. Also hör zu.« Bereits beim zweiten Namen schwiegen die Ermittlerinnen.

»Danke, Astrid, das ist doch hochinteressant, dass uns dieser Vorname erneut begegnet. Nur vollkommen ausgeschlossen, dass es sich um die Person handelt, die wir suchen. Das hängt irgendwie anders zusammen.«

Als Carmen kurz darauf den Wagen aus der Krankenhausausfahrt lenkte, fühlte sie sich, als ob man ihr ein Kilo Watte in den Kopf gepackt hätte.

57

Sie fror. Vor zwei oder drei Stunden hatte sie an der Stahltür gerüttelt und geschrien. Niemand hatte geantwortet. Alina hatte sich auf dem Himmelbett zusammengerollt und geweint. Zum ersten Mal seit Jahren flossen die Tränen unaufhaltsam aus ihr heraus. Schließlich hatte sie durch den Tränenschleier ein Heizungs- oder Warmwasserrohr entdeckt, das über der Badewanne an der Decke den Raum durchquerte. Alina stieg auf den Rand der Wanne und streckte die Arme aus. Das Rohr verströmte trotz der Isolierung Wärme. Sie tastete an der Leitung entlang, bis sie eine lose Stelle an der Rohrumhüllung fand. Mit dem Zeigefingernagel kratzte sie so lange, bis sie letztlich unter dem Dreck und Ruß ein Isolierband erkannte. Sie begann, es abzuwickeln. Schwarze, bröcklige Schaumgummikrümel regneten auf sie nieder. Es war ein hartes Stück Arbeit, auf den Zehenspitzen auf dem Badewannenrand balancierend, die Hände in die Höhe gereckt, nur mit den Fingernägeln tätig zu sein. Immer wieder riss das Band, weshalb sie es an manchen Stellen zentimeterweise abkratzen musste. Zweimal rutschte sie mit einem Bein ab und stürzte in die Badewanne. Die linke Hüfte spürte sie kaum noch, ihre strassbesetzten Nails waren längst zersplittert. Aber Stück für Stück legte sie unter der

Isolierschicht zwei Rohre frei, die jeweils circa fünf Zentimeter im Durchschnitt maßen. Befreit von der jahrzehntealten Dämmung verströmten sie Wärme. Knapp zwei Meter hatte Alina geschafft, als ihr schwindelig wurde. Sie setzte sich auf die Bettkante, um neue Kräfte zu sammeln und um alle Erkenntnisse, die sie bisher über ihre Situation gewonnen hatte, auszuwerten. Das Kinderlied. Sie hatte es erst vor Kurzem jemanden summen gehört. Aber wenn sie das Gesicht zu der Melodie suchte, schlug die Tür in ihrem Inneren zu. Dann die Fotos von Ragna, die Ausstattung des Raumes, der Inhalt des Kleiderschranks, der Rotwein mit dem Betäubungsmittel, die Heizungsrohre.

Die Intention und Botschaft hinter dem Ganzen.

Gerade wollte ihr Gehirn der Versuchung nachgeben, alle Details in gewohnter Manier zu grauem Quallenbrei zu verrühren, als Alina einschritt. Sie wurde belohnt, von weither kam ein Impuls, der ihr in gleißenden Großbuchstaben an die Decke schrieb, dass diese Heizung nicht für sie alleine lief. Er oder sie musste ganz nah sein. Alina sah sich um, ihre Gedanken begannen zu tanzen. Ja, da oben in der Ecke neben dem Schrank schillerte eine brauchbare Idee und dort an der Wand nahm eine zweite Vision Gestalt an. Wie auf zwei Fernsehmonitoren verfolgte sie die Bilder, die ihre Fantasie auf die Steinquader projizierte. Wenn sie nur aus beiden Versionen eine Strategie für ihr Freikommen schmieden könnte.

Die Sequenzen schwammen ineinander und plötzlich wusste sie genau, was sie zu tun hatte. Das Gegenteil von dem, was dieser kranke Geist von ihr erwartete. In ungewohnter Klarsicht erkannte Alina den Ausweg. Es würde Überwindung kosten, aber vielleicht funktionierte es. Was hatte sie zu verlieren? Sie ließ den Blick wandern und fasste den Gedankenblitz am Schweif. Alles, was sie für ihr Vorhaben benötigte, befand sich in unmittelbarer Reichweite. Fast alles. Alina sprang auf.

58

Im Rückspiegel hatte Matthias beobachtet, wie Carmen ihr Auto kurz nach dem Anlassen unter einer Kastanie auf dem UKE-Gelände gleich wieder stoppte. Am liebsten hätte er gewendet und die Kollegin geschüttelt. Der Nebensatz vorhin, sie hätte heute Morgen schon mit Linus telefoniert, bestätigte ihm, dass Carmen den wahnwitzigen Plan tatsächlich umgesetzt und ihren Sohn ins Sandorff-Sanatorium eingeschleust hatte.

Matthias fuhr langsamer, in der Hoffnung, bald Carmens Wagen aufschließen zu sehen. Endlich lenkte er in eine Parkbucht, um zu warten. Ihm war nicht wohl bei dem Gedanken, dass Linus sich ausgerechnet dort befand, wo alle Fäden dieses Falles zusammenliefen. In den letzten Jahren war Linus für ihn zu einem kleinen Bruder geworden, der unvermittelt wie ein Joker im Kartenspiel mit klingelnden Schellen auftauchte und Frohsinn verbreitete. Matthias hätte, ohne eine Sekunde zu zögern, jedem vors Schienbein oder eine Etage höher getreten, der Linus bedrohte. Trotz aller Seminare in Deeskalationstechnik, die er im Laufe seiner Polizeitätigkeit besucht hatte.

Er ließ die Seitenscheibe heruntergleiten und überlegte, ob er Linus anrufen sollte. Um ihn nicht unnötig zu gefährden, entschied er sich dagegen, schrieb ihm stattdessen eine SMS.

Hallo Kleiner, big brother is watching you. MZ.

Nicht sehr originell, aber es sollte reichen. So würde Linus wissen, dass Matthias ihn auf dem Schirm hatte, ihm Tag und Nacht zur Seite spränge, wenn es erforderlich werden würde.

Matthias tippte die SMS von Annalena an und las sie zum hundertsten Mal. Heute Abend um zwanzig Uhr hatte er im Ocean Tides an den Landungsbrücken einen Tisch reserviert. Er sah auf die Uhr. Noch sieben Stunden. Allmählich wurde es kalt im Wageninneren und er ließ die Seitenscheibe wieder nach oben sirren. Erleichtert erkannte er Carmens dunkle Limousine im Rückspiegel, die sich gewohnt forsch in den Verkehr einreihte. Ohne ihn zu bemerken, brauste sie an ihm vorbei.

59

Endlich wirkte das Triptan, gegen alle medizinischen Erkenntnisse, denn eigentlich hatte sie es viel zu spät eingenommen.

Egal. Scheißegal. Silvia konnte die Gegenstände um sich herum wieder ohne schillernde Ränder erkennen. Sie fand sich unter einem Arztkittel auf dem Sofa zusammengerollt und bar einer Idee, ob es Tag oder Nacht war. Langsam dehnte sie ihren Rücken, die Arme und den Nacken, während sie sich zu erinnern versuchte.

Auf der Suche nach dem Migränemittel hatte sie vor dem *Giftschrank* gestanden. Buchstaben, geschrieben in grüner Tinte, flackerten auf ihrer inneren Leinwand auf, verbunden mit der Erkenntnis, dass Benzodiazepine sowie Barbiturate aus den Regalen gestohlen worden waren. Thomas. Hektisch hatte sie Medikamentenpackungen vom Boden zusammengerafft und in den Schrank geworfen, weil sie ein Geräusch auf dem Flur vernommen hatte.

Silvia setzte sich aufrecht auf dem Sofa hin und strich ihr Haar zurück. Wer war ihr auf dem Gang begegnet? Dunkel erinnerte sie sich, dass sie mit jemandem gesprochen hatte. Wie in einem Film hörte sie die eigene Stimme mit hölzernem

Nachhall etwas von einem wichtigen Termin faseln. Hätte ihr Leben davon abgehangen, jene Situation zu vergegenwärtigen, sie hätte es verloren. Silvia stand auf und trat zum Fenster.

Wenn sie vor einer Minute noch gedacht hatte, ihre katastrophale Laune ließe sich unmöglich noch weiter verschlechtern, sah sie sich in diesem Augenblick eines Besseren belehrt. Während sie im Fensterglas ihr wirres Haar und die aufgebissene Unterlippe gespiegelt sah, fuhren zwei dunkle Limousinen auf die Auffahrt des Sandorff-Sanatoriums.

60

Irgendwie sieht sie derangiert aus, dachte Carmen, als ihr Dr. Rufius in deren Büro auf dem hellblauen Sofa gegenübersaß. Absichtlich dehnte Carmen das Schweigen aus, während sie ihr Gegenüber eingehend betrachtete.

»Frau Dr. Rufius, hier haben wir eine richterliche Verfügung, dass wir in Begleitung eines Psychologen einige der Patienten befragen dürfen.«

Carmen fingerte die zusammengefaltete Seite ihres letzten TÜV-Berichtes aus einer Jackentasche. Sie hoffte, dass Dr. Rufius keinen intensiveren Blick darauf werfen wollte. Aus schmalen Augen betrachtete sie die Ärztin. Als keine Reaktion außer dem Hochziehen einer perfekt gezupften Augenbraue erfolgte, ballte Carmen die Fäuste. Gegen ihre Wut und Müdigkeit ankämpfend, legte sie Schmelz in die Stimme, als sie Dr. Rufius ansah und sagte: »Wir glauben, es wäre vorteilhaft, wenn Sie jene Psychologin wären, schließlich kennen Sie die Patienten und diese haben Vertrauen zu Ihnen.«

Die Miene von Silvia Rufius blieb unbeweglich. Sie nickte nur, während sie das Blatt Papier in Carmens Hand fixierte.

Steht Frau Doktor unter Drogen? Wie konnte sich diese kühle und beherrschte Frau innerhalb weniger Stunden derartig verändern? Carmen atmete tief ein.

»Da wäre noch etwas. Wir haben Herrn Dr. Gellert ausfindig gemacht, leider ist er nicht ansprechbar.«

Wie erhofft, löste Dr. Rufius den Blick von Carmens TÜV-Bericht, die diesen unauffällig in der Jackentasche verschwinden ließ. Die Ärztin starrte die Ermittler an.

»Er ist doch nicht … Sie wollen mir schonend beibringen, dass er tot ist?«

Ihr Gesicht nahm die Farbe der Wand an. Ihre Augen verdunkelten sich, in dem bleichen Gesicht wirkten sie wie zwei tiefe Löcher.

»Nein, nein. Er ist nicht tot. Er liegt im Uniklinikum auf der Intensivstation. Anscheinend ist er überfallen worden in der Nacht von Freitag auf gestern.«

»Überfallen? O mein Gott, was ist passiert? Kann ich zu ihm?«

»Natürlich. Ich meine nein, ausgeschlossen. Er liegt im künstlichen Koma. Sie können ihm im Augenblick nicht helfen. Aber bitte helfen Sie uns! Erzählen Sie uns alles, was Sie wissen. Es steht fest, dass Thomas Gellert kurz vor seinem Verschwinden in jener Nacht mit Alina Rombach die Bar Monserrate besuchte. Alina haben wir immer noch nicht gefunden. Frau Dr. Rufius, was wir Ihnen jetzt sagen müssen, wird schmerzhaft für Sie sein.« Carmen wechselte einen Blick mit Matthias und fuhr nach seinem Nicken fort.

»Die Gerichtsmedizin hat anhand des genetischen Materials aus der uns von Ihnen überlassenen Haarbürste herausgefunden, dass Dr. Thomas Gellert der Vater von Ragnas ungeborenem Kind ist.«

Wieder wechselten die beiden Ermittler einen Blick, bevor sie die Ärztin fixierten. Mit allem hatten Carmen und Matthias gerechnet. Dass Silvia Rufius ohnmächtig vom Sofa rutschen würde, dass sie mit Gegenständen werfen könnte oder einen Heulkrampf bekäme. Aber nicht mit dieser Reaktion.

Dr. Rufius sah die Ermittler aus hohlen Augen an, setzte sich kerzengerade auf, schlug ein Bein über das andere, beugte sich vor und sagte: »Wie bitte? Niemals. Sagen Sie das bitte noch einmal.« Und dann begann sie zu lachen.

61

Das war ihr lange nicht mehr passiert.

Dr. Rufius, contenance, s'il vous plaît. Es war ihr unmöglich gewesen, diesen Anfall zurückzudrängen. Bei der Erinnerung musste Silvia von Neuem lachen. Die Ermittler hatten sie angesehen, als ob sie den Verstand verloren hätte. Sicher, die hatten damit gerechnet, dass sie heulen würde oder, mühsam die äußere Form und Fassung wahrend, die Befragung beenden würde. Schließlich hatte man sie soeben mit der Tatsache konfrontiert, dass ihr Lebensgefährte sie mit Patientinnen betrog und eine davon sogar geschwängert hatte. Die beiden Komiker wussten nur nicht, dass die Gerichtsmedizin hochoffiziell genau das Gegenteil bewiesen hatte. Thomas war eben nicht der Vater! Silvia fühlte eine weitere Lachsalve anbranden, gleichzeitig neue Kräfte in sich wachsen. Alles wendete sich zum Guten. Thomas war zwar verletzt, aber er lebte. Überfallen, jedoch damit aus dem Fokus der Ermittlungen heraus. Sie hatte es gewusst. Thomas mochte ein Filou sein, überehrgeizig den einen oder anderen Behandlungsfehler im Sanatorium begangen haben, aber er hatte weder Ragna noch Alina etwas angetan. Und die wirklich allerbeste Botschaft des Tages: Er konnte nicht der Vater von Ragnas Kind sein!

Silvia dachte daran zurück, wie sie die Kommissare aus dem Büro gedrängt und um eine kurze Befragungspause gebeten hatte. Mit Bauchschmerzen vor Lachen hatte sie sich an ihren Schreibtisch geschleppt und zwei oder drei Tabletten aus dem Blister gedrückt. Ihre Notreserve; die halfen gegen alles. Gegen Kopfschmerzen, Schlafmangel, sogar gegen heftige Emotionen.

Sie legte sich auf das Sofa und sah auf die Uhr. In einer halben Stunde sollte sie wohl wieder fit sein. Hoffentlich hielten Tina oder Dr. Thal die Kommissare bis dahin in Schach.

Ihre Gedanken umhüllten sich mit flüssiger Sonne. Thomas. Wie dankbar er ihr sein würde, wenn er erführe, was sie für ihn getan hatte. Sobald er wieder gesund war, könnten sie beide von vorn anfangen. Jetzt, wo er im Koma lag, würde sie in Ruhe Pläne schmieden und die Weichen stellen. Ohne die vertraute und sie stets begleitende Angst, er könne sie verlassen. In seinem jetzigen Zustand konnte er weder abhauen noch irgendwelche Blüten bestäuben. Silvia dehnte die Beine bis zu den Fußspitzen und malte sich in allen Farben ihr neues Leben aus, als sich urplötzlich das widerliche, kleine Teufelchen in ihrem Inneren meldete. Vollkommen unabsichtlich hatte sie selbst die Polizei auf den richtigen Pfad gebracht. Das Dumme war nur, sie konnte es nicht mehr korrigieren, ohne sich unmöglich zu machen und Thomas zu gefährden. Aber das war noch nicht das Schlimmste an der Sache. Das Allerschlimmste war, sie wusste beim besten Willen nicht, wem diese scheiß Haarbürste, die sie den Ermittlern für den DNA-Abgleich überreicht hatte, tatsächlich gehörte.

62

»Und jetzt?« Carmen und Matthias saßen einander auf dem Flur in einer kleinen Besucherecke gegenüber und versuchten das gerade Erlebte einzuordnen.

»Gibt's doch nicht. Lacht die sich tot darüber, dass ihr Dr. Charming Patientinnen vernascht und schwängert.« Carmen sah Matthias an.

»Bizarr. Verstehst du das? Na ja, vielleicht kann man sich gar nicht dagegen wehren, in diesem Umfeld irgendwann selber seltsam zu werden.« Sie stand auf und trat auf ihren Kollegen zu.

»So, was spielen wir jetzt?«

Matthias schob Carmen Richtung Ausgang.

»O nein, mein Bester, vergiss es. Ich gebe hier noch lange nicht auf. Sobald sich Madame Rufius wieder eingekriegt hat, befragen wir die Patienten. Ich habe schon eine großartige Idee …«

»Wenn die sich wieder einkriegt und deinen TÜV-Bericht liest, dann kannst du nicht nur sofort nach Hause fahren, sondern kriegst obendrein ein Disziplinarverfahren an den Hals wegen Amtsanmaßung. Komm, wir gehen einen Augenblick vor die Tür, frische Luft schnappen.«

Auf der Treppe an den Säulen des ehemals beeindruckenden Eingangsportals fanden sie ein Plätzchen im Windschatten und schauten in den sonnigen Januarhimmel.

»Na gut. Du hast recht. Außerdem, ich weiß selber nicht, was ich mir davon verspreche, die Patienten zu verhören. Ich dachte, die verstehen Ragna und Alina womöglich besser als all die anderen, die nur behaupten, sich um sie zu sorgen.«

Mit der Hacke ihres Stiefels scharrte sie ein Ausrufezeichen in den Schnee auf der Treppe.

»Ha! Matthias, da fällt mir überhaupt ein, weißt du, wer heute Morgen aus der Wohnung von Jennifer Lahmann kam?« Carmen reckte sich auf die Zehenspitzen, um dem Kollegen direkt in die Augen zu sehen.

»Kannst du natürlich nicht wissen. Niels Pinnelka! Der Hausmeister meinte, er wäre Jennifers neuer Freund. Das glaube ich zwar nicht, die trösten sich eher gegenseitig wegen Ragna. Aber nun kommt's. Vielleicht weißt du ja, wer am 12. Juli Namenstag feiert?«

Matthias bedachte die Kollegin mit einem Blick, als würde er gerade zum zweiten Mal innerhalb einer Stunde dem Ereignis beiwohnen, wie jemand durchknallte, den er bislang für relativ normal gehalten hatte.

»Schau mich nicht so dösig an! Ragna, das Tattoo-Datum und die Buchstaben! In den südlichen Gefilden unserer Republik ist der Namenstag sogar wichtiger als der Geburtstag. Also: Am 12. Juli feiert *Eleonore* ihren Namenstag. Komischer Zufall, oder? Was sagst du dazu?«

»Dann sind die Buchstaben in diesen verschlungenen Bäumen des Tattoos kein B und P, wie das Lottchen zunächst vermutete, sondern ein E und R? Nicht Philemon und Baucis, stattdessen Eleonore und Robert? Die wahren Eltern … na logisch.«

»Ja. Oder Eleonore und Ragna. Möglich wäre es zumindest. Das Tattoo war frisch, darüber hinaus stark vernarbt, die Buchstaben nur ungefähr zu erkennen. Außerdem muss Ragna an der Mutter sehr gehangen haben. Um deren Verlust ertragen zu können, verwandelte ihre Psyche die Mutter in einen greifbaren Gegenstand, in die Puppe Lore, die bei einem Brand verschwand. Und nicht zu vergessen: das mysteriöse doppelte Geschenk, das sowohl Dr. Toupetmütze Pathen als auch Jennifer Lahmann erwähnte. Innerhalb kürzester Zeit findet Ragna die Wahrheit über ihre Herkunft heraus und wird selber schwanger. Für Ragnas irrlichternde Seele muss das gleichzeitig Anker in die Vergangenheit und Strahl in die Zukunft bedeutet haben. Für uns heißt das wohl: Die Tattoo-Spur ist kalt. Aber möglicherweise hat Ragna mit dem neuen Wissen über die Familienverhältnisse den lieben Onkel Christian Wellersleben unter Druck gesetzt. Eventuell gefiel ihm das nicht, weshalb er sie ratzfatz ermordete.«

»Scheiße. Mir hätte die romantische Geschichte von Philemon und seiner Grazie aus den Megamimosen besser gefallen«, stöhnte Matthias.

»Metamorphosen.«

»Habe ich doch gesagt.«

63

Allmählich ging es ihr besser. Ihr Körper fühlte sich warm und geschmeidig an. Zwar hatte sie die letzten Gedanken, bevor sie kurz eingenickt war, vergessen. Jetzt aber fühlte sie sich frisch und stark. Die halbe Stunde hatte genügt, genau, wie der Pharmareferent seinerzeit versprochen hatte. Silvia erhob sich, streckte jeden Muskel und schritt lächelnd in das Badezimmer hinter dem Büro. Üblicherweise brauchte sie nur eine Cremedusche, eine getönte Tagescreme sowie etwas Wimperntusche, um sich wieder vorzeigbar zu fühlen. Was wohl die Kommissare von ihr und ihrem Auftritt vorhin dachten? Beklommen durchforstete sie ihr Gedächtnis nach Erinnerungen. Das Einzige, an das sie sich entsinnen konnte, war, dass irgendetwas wahnsinnig zum Lachen gewesen war. Silvia schälte sich aus dem Kleid und der Strumpfhose, die eine hässliche Laufmasche am Schienbein aufwies. Sie überlegte, wie lange sie diese Klamotten schon trug. Irgendwie hatte sie ihr Zeitgefühl verloren. Datum, Tages- oder Nachtzeit? *Keine Ahnung.* Was war vorhin eigentlich so witzig gewesen? Ach ja: die zwei Kriminalisten, die sich so wichtig vorkamen, wobei sie nicht im Mindesten geschnallt hatten, welche Freudenbotschaft sie ihr überbracht hatten. Silvia drehte die Dusche an, ließ das gut vierzig Grad heiße Wasser über den Körper rauschen. Anschließend wechselte sie zu eiskalt. Sie genoss es, wie sich die Haut unter dem Schock zusammenzog, und hielt das Gesicht dem kalten Strahl entgegen.

Das bringt optisch bestimmt fünf Jahre: die Pillen, der kurze Schlaf, jetzt die Wechseldusche. Während sie ihr Haar vorsichtig mit dem Frottierhandtuch ausdrückte, betrachtete sie sich zufrieden im Spiegel. Voll neu erwachter Zuversicht griff sie nach der Bürste auf der Konsole über dem Waschbecken, warf sie aber sofort zurück, als ob sie glühende Kohle berührt hätte.

Scheiße, die Bürste – das war der letzte Gedanke gewesen, bevor sie vorhin eingedöst war. Wie beim Tetris-Spiel fielen plötzlich die passenden Steine von oben an ihre Plätze. Als die Mitarbeiter von Hauptkommissarin Kollinger nach einer Zahn- oder Haarbürste von Thomas gefragt hatten, war Silvia zu dem Asservatenschrank in Tinas Büro hinter dem Foyer gegangen. Dort verwahrten sie alle Dinge, die Patienten oder deren Besuchern abgenommen wurden. Es geschah regelmäßig, dass Patienten sich in Kosmetikartikeln Drogen und Medikamente einschmuggeln ließen. In einer Zahnbürste konnte naturgemäß nicht viel verborgen werden, obwohl Dr. Pérez gerade vor Kurzem ein mit Kokain eingepudertes Modell sichergestellt hatte. In dem Hohlraum einer Haarbürste dagegen ließ sich allerhand verstecken.

Silvia erinnerte sich schlagartig, wie sie vor dem Schrank stehend ihre Wahl zwischen zwei Bürsten getroffen hatte. Dass sie die rechte gegriffen hatte, lag nur daran, dass der Farbton der in ihr verfangenen Haare besser passte, um als Thomas' Bürste durchzugehen.

Sie kämmte das eigene Haar mit einem grobzackigen Kamm durch und arbeitete einen Klecks Schnellkur ein, der *schimmernde Reflexe für Blondinen* versprach. Als sie die Hände abspülte und ihr Gesicht wiederum im Spiegel betrachtete, sah sie die angespannte Falte zwischen den Augen, die sich nicht wegmassieren ließ.

Zwar ist Thomas vermutlich aus dem Schneider, dachte Silvia. *Aber derjenige, dem diese Bürste tatsächlich gehörte, war entweder selbst Patient im Sanatorium oder hatte Zugang zu ihnen.* Kein beruhigender Gedanke, wie sie fand.

64

Carmen schleppte sich die Treppe zu ihrer Wohnung hinauf. Nachdem sie fast eine halbe Stunde alle Straßen und Nebenstraßen auf der Suche nach einem Parkplatz abgefahren war, hatte sie den Wagen auf einen semilegalen Platz zwischen hoch aufgetürmten Astra-Bierkästen eines Getränkehandels und einem hölzernen Klapperstorch vor einer Hebammenpraxis gequetscht.

Im Treppenhaus nickte sie mechanisch einem graugesichtigen Nachbarn in Bademantel und blauen Plastikbadelatschen zu, der seinen Briefkastenschlüssel verloren zu haben schien. Seit Wochen behalf er sich mit einer Knackwurstzange, um die karge Post aus den Tiefen seines Briefkastens heraufzubefördern.

Bei diesem Anblick überlegte Carmen, wann sie sich zuletzt derartig ausgelaugt und mutlos gefühlt hatte. Obwohl das komplette Ermittlerteam das Wochenende geopfert hatte, konnte man die Fortschritte nur als minimal bezeichnen.

Na gut, sie hatten endlich Gellert gefunden, doch der war schwer verletzt und schlief den Schlaf der Gerechten. Auch wenn er Ragna geschwängert hatte, als Verdächtiger schied er mehr und mehr aus. Wer hatte ihn überfallen, vor allem warum?

Ging es um Alina? Lebte sie überhaupt noch? Und falls ja: Was mochte in dem Mädchen vorgehen?

Wie immer musste Carmen beim Aufschließen ihrer Wohnungstür kräftig gegen das Türblatt treten. An der rechten unteren Ecke der Tür war deshalb bereits die Farbe abgesprungen.

Gegen einen Psychopathen hat kaum jemand eine Chance. Die sind charismatisch, Meister im Manipulieren, eiskalt im Handeln. Auf einer Gefühlsskala von eins bis zehn kennen sie genau zwei Werte: die Zehn und die Eins. Grenzenlose Wut oder gar nichts.

In der Küche ließ Carmen den Schlüssel auf den Holztisch gleiten. Sie betrachtete mit zusammengekniffenen Augen die bauchfrei gekleideten Teenies mit ihren Riesenpudelmützen in dem Prospekt für Skimode, die sich weiterhin unbeeindruckt vom Lauf der Welt gegenseitig mit Schnee einseiften. Sie hob Frau Beimers Kopf an, der an dem Topf mit dem vertrockneten Basilikum auf der Küchenfensterbank lehnte, und schob sie mitsamt dem Stuhl an den Tisch.

»Sollst es ja auch wieder gut haben, aber den Katalog pack ich lieber beiseite, sonst kaufst du dir noch so eine zu kurze Jacke, kriegst es an den Nieren und ich muss dir Tag und Nacht Brennnesseltee kochen.«

Carmen legte den Prospekt auf den Altpapierstapel in der Speisekammer und ließ sich Frau Beimer gegenüber auf einem Stuhl nieder.

Na gut, es ist so weit. Jetzt gab es keinen Grund mehr, die Lektüre von Gregors Brief aufzuschieben.

Es sei denn, ich fange die Steuererklärung an oder putze die Badezimmerfugen mit Q-tips.

Vor morgen früh gab es nichts Weiteres zu ermitteln. Die Pinnelka war auch bei einem zweiten Versuch telefonisch nicht zu erreichen gewesen. Matthias hatte vorhin nach einem schnellen Blick auf Carmens gewittrige Miene angekündigt, sich heute Nachmittag um die Dame zu kümmern.

Astrid hatte vor einer Stunde vermeldet, dass sie Steffen van Bargen nicht länger hatten festhalten können. Sogar über Staatsanwalt Öttingers verschlungene, aber kurze Dienstwege war keine offizielle Observierung zu erwirken gewesen.

Wie Astrid weiter berichtet hatte, hatte sich daraufhin Claudius in seiner gemütlichen Art bereit erklärt, dieses Problem außergerichtlich zu lösen. Ganz selbstverständlich hatte er sich seither an Steffens Fersen geheftet. Ausgerüstet mit zwei XXL-Tafeln Nougatschokolade wachte er vor der Villa in der Elbchaussee, denn bisher hielt sich Steffen mit Frau und Kind noch in seinem Haus auf.

Nach dem Besuch bei der Pinnelka würde Matthias sich heute Abend mit Annalena im Ocean Tides treffen. Mit kaum verhohlenem Stolz hatte er es Carmen erzählt, als sie sich beim Sandorff-Sanatorium getrennt hatten. Carmen hatte sich dreifach auf die Zunge gebissen, um seine Vorfreude nicht zu trüben.

Das konnte nicht gut gehen. Vielleicht fand er diese kapriziöse Art von Annalena momentan thrillig, sicher kurbelte es die Testosteronausschüttung bei ihm an, aber eine tragfähige Beziehung begann anders. Feo passte viel besser zu ihm. Nur, was ging es sie an?

Carmen hatte Gregors Brief von der Fensterbank geangelt, hielt ihn seit einer Viertelstunde unschlüssig in der Hand. Also schön, sie wusste Matthias gute Ratschläge zu erteilen, warum kümmerte sie sich nicht endlich um die eigene desastrôse Beziehung? Mit einem Ruck riss sie den Briefumschlag auf und entfaltete ein Blatt Papier.

Typisch, dachte sie, als sie die steilen Buchstaben betrachtete. *Eckig. Klare Linien, ohne Firlefanz.* Aber dann staunte sie doch.

Okay, heute Abend um zwanzig Uhr habe ich einen Termin mit meinem Mann im Tolle Knolle.

Mit diesem Ort verbanden sie gemeinsame Erinnerungen und es gab figurschädigende Bratkartoffeln.

Klingt für Gregors Verhältnisse direkt romantisch. Unter PS hatte er vermerkt, dass er ihr etwas Wichtiges mitteilen wollte.

Ebenfalls typisch. Das Wichtige als Nebensächliches getarnt.

Sie faltete das Blatt zusammen.

Mist, Linus. Aber die ihm für heute Abend versprochenen Spaghetti aglio e olio könnte sie ihm ebenso morgen kochen.

Es erschien ihr plötzlich unmöglich, in der Wohnung zu sitzen, um darauf zu warten, dass die Zeit bis zwanzig Uhr verging. Sie kannte sich gut genug, um zu wissen, dass ihre Grübelattacken über Gregor in den letzten Jahren oft darin gipfelten, dass sie stundenlang einen Kübel mit uraltem Mist befüllte und diesen ihrem verdutzten Gesprächspartner direkt nach der Begrüßung über den Kopf stülpte.

Nein, heute mache ich das einmal anders.

Seufzend erhob sie sich, drückte Frau Beimer den Brief in die ausgezehrte Hand und beschloss, die Zeit bis zu dem Rendezvous mit Gregor im Präsidium zu verbringen und sich durch Aktenstudium oder Fallrecherche abzulenken.

Nicht schon wieder! Carmen griff nach dem Strafzettel, der unter dem Scheibenwischer klemmte, zerknüllte ihn und warf ihn in die Babywindel, die der mannshohe Holzstorch vor der Hebammenpraxis in seinem Schnabel hielt.

Die Straßen waren frei, sie kam schnell durch. Während sie mit einer Hand im Handschuhfach nach ihrer alten Dire-Straits-CD tastete, überlegte sie, wie viele Dienstvorschriften sie wohl in den letzten Tagen gebrochen hatte und noch brechen würde, um diesen Fall zu lösen. Sie fühlte das harte Plastik einer CD-Hülle und war kaum erstaunt, als sie auf das Cover sah.

Eine CD von Icehouse, einer Band aus den Achtzigerjahren, hatte sie zwischen Bonbonpapier und alten Batterien hervorgekramt. Eigenartiger Zufall. Bedeutete Icehouse doch im australischen Slang angeblich *Irrenhaus.* Sie schob die CD in den Player, dachte dabei an die Eiszapfenlampen in dem schneeweißen Wohnzimmer von Melanie und Steffen van Bargen. Physik war nie ihr bevorzugtes Gebiet gewesen, aber dass in der Farbe Weiß alle Spektralfarben steckten, das hatte sogar die mittelmäßige Schülerin Carmen Kollinger gelernt. Sie beschloss, später darüber nachzudenken, und versuchte sich auf den Text des Liedes zu konzentrieren.

65

Wieder war Carmen vollkommen überrascht von der Betriebsamkeit im Präsidium. Wärme und Kaffeeduft empfingen sie, als sie die Räume betrat. Astrid zeigte auf einen nagelneuen Kaffeeautomaten mit integriertem Milchaufschäumer, während sie die Füße vom Schreibtisch nahm und mit den Lippen lautlos *Öttinger* formte.

Stimmt, der hatte sich in all den Jahren nie an die fad schmeckende braune Brühe im Kommissariat 38 gewöhnen können. Carmen lächelte. Schön, wenn Menschen nicht nur meckerten, sondern aktiv wurden. Sie ließ sich eine große Tasse Cappuccino heraus und leckte den Milchschaum von der Oberlippe.

Das doppelte Lottchen diskutierte mit roten Köpfen am runden Tisch, hatte diverse Tabellen sowie Fotos vor sich ausgebreitet und bemerkte Carmen zunächst nicht.

»Jo, dat mach wohl weesen, bloß de hätt den doch mittn Moors nich ma angeguckt, die war doch dat, wat man ne höhere Tochter nennen deit. Dat is allns Tüdelkram.«

Angelegentlich glätteten sie ihre Haare und sahen Carmen an.

»Na, nu kommma her, miene Lütte. Siehst ja lütt beeten greesich ut. Wi hebbt da wat funden, dat is echt snorksch.« Die beiden rückten einen Stuhl zwischen sich an den Tisch, sodass Carmen Platz nehmen konnte.

Allmählich ins Hochdeutsche wechselnd, sagte Dr. Joachim Lott: »Do leibe Tied, wo fang ich nu bloß mal am besten an. Muss mich mal kurz sortieren.« Dies schien die Zerstörung seiner soeben in Ordnung gebrachten Frisur vorauszusetzen, denn er fuhr sich mit allen zehn Fingern durchs schüttere Haar.

»Wir haben an der Kleidung von Ragna eine weitere DNA-Spur sichergestellt. Hautschuppen und Haare. Wir vergleichen diese gerade mit all jenen Spuren, die wir bisher dokumentiert haben. Einen Treffer können wir bereits verzeichnen: Die gleiche DNA befindet sich an der Handtasche von Alina, die ihr in Gellerts Auto gefunden habt und die wir vorhin untersucht haben.«

»Okay«, resümierte Carmen. »Wir haben drei DNA-Profile: Gellert, van Bargen, Unbekannt. Und Unbekannt hat Ragnas Kleidung und Alinas Handtasche angefasst. Richtig?«

Die beiden Lotts wiegten die Häupter, holten Atem, um zu antworten, aber Carmen redete bereits weiter.

»Und da Ragna vermutlich nicht ihre eigenen Kleidungsstücke trug, sondern diese Perücke und Leinenklamotten mit herausgeschnittenen Etiketten, liegt es nahe, dass Unbekannt ziemlich gegen Ende ihres Lebens mit ihr in Kontakt getreten ist. Richtig?«

Die Lotts sahen sich an und nickten schließlich.

»Was aber für sich allein gesehen weder van Bargen noch Gellert wirklich entlastet«, überlegte Carmen weiter.

»Ne, dat nu nich, aber nu pass mal auf, mien Deern. Vorhin habe ich mich mal, rein interessehalber, über Dr. Gellert informiert. Dem Internet sei Dank habe ich das hier gefunden.«

Dr. Joachim Lott drehte mit zwei Fingern einen Farbcomputerausdruck, der einen Zeitungsausschnitt zeigte, in Carmens Richtung. Ein Foto von Gellert, der lachend mit wehendem Haar vor dem Sandorff-Sanatorium neben Frau Dr. Rufius posierte.

»Kannst dich noch an seine Bürste erinnern?«

Erwartungsvoll sah Dr. Lott die Ermittlerin an, während er eine Plastiktüte mit einer Haarbürste auf den Tisch legte.

»Klar, die sah wüst aus, Sie haben gesagt, ›ook een lütschen Smeerlappen‹ oder so ähnlich. Ich dachte noch: Passt eigentlich gar nicht zu Gellerts durchgelüftetem Auftreten.«

»Jo. Aber nu schau doch mal genau hin!«

Carmen starrte erst auf das Foto, dann auf die Bürste. Mühsam versuchte sie, die absolute Leere in ihrem Kopf zu bekämpfen. Schließlich konnten die Lotts nicht mehr an sich halten.

»Die Haarfarbe! Deutlich dunkler als die Haare in der Bürste!«

»Sie meinen ...« Carmen lächelte lahm.

»Ne, wir meinen nicht nur, wir wissen es inzwischen. Wenn Gellert nicht zwei Köpfe hat, und so sieht es zumindest auf diesem Foto nicht aus, dann ...«

»... dann hat uns die Rufius getäuscht. Die Haare aus der Bürste gehören sonst wem, aber keinesfalls Gellert. Was folglich bedeutet, Gellert ist nicht der Vater von Ragnas Kind, denn das ist ja der Haarbürstenbesitzer. Richtig?«

Kein Wunder, dass die Rufius sich vor Heiterkeit nicht mehr einbekommen hat, als wir Kasperpuppen sie in die Mangel nehmen wollten wegen Gellerts Vaterschaft.

»Jo, miene Lütte, un nu kümmt no beder: Die Haare vom Bürstenmann sind wiederum identisch mit Unbekannt, also dem Menschen, der sowohl Spuren an Ragnas Kleidung als auch Alinas Handtasche hinterlassen hat.«

Carmen starrte die beiden an. Sie war einen Augenblick nicht sicher, ob ihr Körper wie gewohnt die Sauerstoffversorgung automatisch erledigen würde und ob sie tatsächlich gerade zwei doppelte Lottchen sah. Daher fokussierte sie den Blick sogleich wieder auf die Bürste. Ihre Gedanken wirbelten durcheinander.

»Ja, aber – wenn Gellert seine Haare gefärbt hätte, wäre es doch trotzdem möglich, dass es seine Bürste war.«

»Ne, ne. Ausgeschlossen. Wir haben die DNA der Bürstenhaare mit der DNA vom Fahrersitz der Gellert'schen Luxuskutsche und mit der an seiner Kleidung verglichen, die uns die Klinik überlassen hat, wo er derzeit slöppen deit. Ne, ne. Wie gesagt. Es gibt drei Spuren.« Joachim Lott bog mit dem rechten Zeigefinger den linken Daumen zurück.

»Erstens: das Sperma, das wir absolut sicher Steffen van Bargen zuordnen konnten. Zweitens: die ominösen Bürstenhaare, deren DNA identisch ist mit der von Ragnas Embryo, den Spuren an ihrer Leichenbekleidung und denen an Alinas Handtasche. Schließlich drittens: die DNA von Gellert aus seinen Klamotten. Alle voneinander so verschieden wie die drei Weisen aus dem Morgenland.«

Carmen sah die beiden an und fühlte sich unendlich müde, als sie sagte: »Wahrscheinlich eine blöde Frage und garantiert ebenfalls bereits abgeklärt: die Zigarettenkippe von Niels Pinnelka, die ich Ihnen bringen ließ …«

Die Lotts schüttelten unisono den Kopf.

»Definitiv nicht identisch mit dem unbekannten Bürstenmann und auch mit keiner anderen Spur.«

66

Alle Vorbereitungen hatte sie abgeschlossen. Sie strich über das künstliche Haar der Perücke. Rot hatte ihr eigentlich nie gestanden. Als Fünfzehnjährige hatte sie die Haare einmal korallenrot gefärbt. Das war nicht gut angekommen bei Mama und Papa, hatte sie aber vor dem sedierenden Urlaub mit den beiden in Marbella bewahrt. Viel zu peinlich, diese Tochter: Auge geschrottet und dann noch diese Haare! Ab ins Sanatorium. Wir holen dich zu gegebener Zeit wieder ab.

Alinas Lächeln verunglückte, als sie bei dieser Erinnerung die Scherbe des Blütenlampenschirms hochhielt, den sie vorhin zerschlagen hatte. Sie betrachtete ihr krankes Auge. *Spieglein, Spieglein im Gesicht ... Wer brauchte schon ein Spieglein an der Wand?*

Wie viele Stunden waren vergangen, seit sie hier umgeräumt hatte, um ihre Idee zu inszenieren? Sie wusste es nicht. Es gab nicht nur die Zwischenwelt, in der sie sich mit Snooker und Olivia traf. Es schien auch eine Zwischenzeit zu geben. Vielleicht wäre die rückwirkend veränderbar? Als Erstes würde sie Olivia unter dem Eis in dem Teich hervorholen. Dem starren, kleinen Körper wieder Leben einhauchen, die Kieselsteinchen aus den roten Wollhandschuhen herausholen, der Schwester die Fäustlinge überstreifen und schließlich zum Anfang zurückspulen, als der Fremde ihre Katze überfahren hatte. Das könnte reichen, denn ab diesem Augenblick würde Alina besser auf ihre Gedanken aufpassen, damit sie keinerlei Unheil anrichteten.

Alina verließ diesen dunklen Pfad in ihrem Kopf, setzte sich auf und betrachtete ihre Vorbereitungen. Es sah gut aus. Fast wie auf den Fotos. Mit der Schokolade aus den Keksen und dem Rest Rotwein hatte sie das dramatische Augen-Make-up von Ragna nachgemalt. Zeigefinger angeleckt, die Schokolade geschmolzen, mit dem Rot des Weines vermischt und die Masse auf die Lider und Lippen gestrichen, sodass ihr Gesicht nun einer grotesken Clownsmaske glich.

Gelungen. Den Blütenlampenschirm hätte sie gar nicht zerschlagen müssen, aber anfangs hatte sie geglaubt, echtes Blut für diese Aufführung zu benötigen. Mit der Scherbe hätte sie eine Ader an der Hand öffnen können. Leicht fiel ihr das ganze Theater nicht, denn zwischen den Erinnerungen an Olivia und Papa waren immer wieder Quallen an ihre innere Küste getrieben. Da lagen sie im Sand. Wie durchsichtiger Pudding. Bewegungslos, dennoch wahrscheinlich höchst lebendig. Wenn eine Woge sie vom Strand spülte, und das konnte jede Sekunde geschehen, könnten sie in der Meerestiefe abermals ihr grausames Eigenleben entwickeln und die Tentakel mit den giftigen Nesselzellen ausstrecken.

Alina schloss ihr Innenauge und versuchte das gesunde Auge wieder auf den Raum um sich herum zu konzentrieren. *Überleben,* darum ging es hier. Sie tastete sich zu der Badewanne vor und betrachtete diese lange, bevor sie sich hineinlegte. Sie sah an sich herunter. Die Leinenbluse aus dem Schrank passte, als hätte sie ihr ein Schneider auf den Leib geschnitten. Unter anderen Umständen hätte sie sich schick gefunden. Sie hatte die Bluse in Höhe der Brüste ebenfalls mit der Schokoladen-Rotwein-Pampe verunziert.

Es war sehr gefährlich, was sie da trieb, denn sie hatte es geschafft! Sie war zu einer täuschend echten Kopie der toten Ragna geworden. Alina legte den Kopf auf den Wannenrand, versuchte langsamer zu atmen, denn immer wieder verrutschte ihre Wahrnehmung. Die Person auf den Polaroidfotos und sie selber, beide Identitäten verschwammen ineinander. Alina fühlte Schmerz in ihren Brüsten, als wären sie wie bei Ragna aufgeschnitten worden. Sie wischte die Empfindung zur Seite, sie war bereit, es mochte nun kommen.

Die Heizungsrohre über ihr gluckerten, in diesem Haus war sie keinesfalls allein, sie witterte eine bösartige Anwesenheit, konnte sie bereits auf der Zunge schmecken.

Wenn sie nie einer Sache in ihrem Leben sicher gewesen war, wusste sie seit der Gefangenschaft in diesem symbolhaften Gefängnis: Auf weitaus schrägeren Pfaden als sie selbst wandelte der Geist, der danach trachtete, sie hier hinzurichten.

Alina lächelte, drapierte das falsche Haar über den Badewannenrand und versuchte eine halbwegs bequeme Position einzunehmen. Einmal musste sie wirklich gut sein. Einmal. Heute. Hier. Jetzt. Vieles hätte sie dafür gegeben, wenn Snooker sich zu ihr gesellt hätte, um die Wartezeit zu verkürzen, aber Snooker blieb verschwunden.

Sie war allein und alles hing davon ab, wie ihr Gegner oder ihre Gegnerin auf diese Nachstellung des Mordes an Ragna reagieren würde. Sie faltete die Hände, scannte nochmals von außen die eigene Erscheinung.

Wirklich perfekt. Sobald jener kranke Geist sie so sah, musste er sich zwischen Erinnerung und Gegenwart irgendwo verheddern. Ein Frösteln überfiel Alina, als sie über diese einzige und minimale Chance nachdachte. Nur wenn es ihr gelänge, den Überraschungsmoment auszunutzen, würde sie sich retten können.

67

Definitiv nicht identisch mit dem unbekannten Bürstenmann … Das Resümee des doppelten Lottchens hallte in Carmens Ohren nach.

Wem gehörten die Haare in der Bürste, die Frau Dr. Rufius ihnen ausgehändigt hatte? Sie zog ihr Telefon hervor und wählte die Nummer der Ärztin. Es klingelte zehn, fünfzehn Mal, bis Carmen aufgab.

Die würde sowieso auf unschuldig machen und behaupten, dass sie keine Ahnung hätte, wem die Haarbürste wirklich gehörte. Carmen schlenderte in ihr Büro und fuhr den Computer hoch. Konzentriert las sie die neuen E-Mails und die Notizen, die auf ihrem Schreibtisch verteilt lagen.

Die Kollegen aus Stockholm meldeten, dass Tom Bassing, der Filmemacher, am Silvesterabend in einen Unfall in der Götgatan auf Södermalm verwickelt gewesen war. Nur ein Blechschaden, aber Bassing hatte seinen Führerschein eingebüßt, da er zum Unfallzeitpunkt knapp zwei Promille Alkohol intus hatte. Bei dem Thema verstanden die skandinavischen Ordnungshüter ausnahmslos wenig Spaß. Doch wie praktisch für Bassing, diese Malaise bescherte ihm ein fast tausendprozentiges Alibi.

Es sei denn, er wäre mit einer Cessna kurz nach dem Unfall sturzbetrunken und unbemerkt von allen Flugzeugradaren nach Hamburg geflogen. Dort hätte er ruckzuck Ragna umgebracht, wäre nach der kunstvollen Aufbahrung ihres Leichnams flugs zurück Richtung Stockholm gejettet, denn Zeugen hatten ihn mittags zum Neujahrsempfang eines Fernsehsenders im Clarion Hotel gesehen. Quatschkram. Mit Alina hatte er nach jetzigen Erkenntnissen überhaupt nichts zu tun gehabt und ein Motiv? Selbst mit viel Fantasie schwer zu konstruieren. Tote Spur, so schien es. Genau wie Gellert. Alles Sackgassen.

Carmen sah auf die Armbanduhr. Noch drei Stunden bis zu ihrem Date mit Gregor.

Ein Luftzug im Rücken signalisierte ihr, dass die Bürotür geöffnet wurde, und der Duft nach frisch gewaschener Wäsche verriet, dass Astrid ihr Büro betreten hatte.

»Hey Astrid. Auch so unruhig?«, fragte Carmen, ohne sich umzudrehen.

»Ja, ich weiß nicht, warum, aber ich habe das ungute Gefühl, dass heute Nacht etwas passieren wird.«

»Komisch, das denke ich auch.« Wobei Carmen dies nicht nur rein beruflich meinte. Sie klickte ihr E-Mail-Programm weg und wandte sich um.

»Carmen ...«, begann Astrid, »du weißt ja, mein schreckliches Gedächtnis ...«

»Hm? Die nutzenneutrale Zone, die weiß, dass Yoda mit japanischer Syntax spricht und der Hahn auf der Kellogg's-Verpackung Cornelius heißt? Wobei, dein Wissen über die Namenstage war sehr nützlich!«

»Ja. Vielleicht tun wir dieser Abteilung unrecht. Ich habe mich an etwas erinnert und könnte daher eventuell eine Spur finden. Aber ich sage dir gleich: Es ist nicht legal!«

Sofort schaute Carmen interessiert auf.

»Setz dich und lass hören.« Sie wies auf den Platz neben sich und zauberte aus einer Schublade zwei Cola-Flaschen, die Astrid souverän mit ihrem Feuerzeug aufhebelte.

»Also. Wir suchen doch noch immer die Schwester von Klaus-Peter Finnern, der zusammen mit ihrem Bruder das Grundstück mit dem verfallenen Bauernhaus gehört, wo Ragnas Leiche gefunden wurde. Das Einwohnermeldeamt recherchiert, wir würden demnach auch legal an die Infos kommen, aber allerfrühestens morgen oder übermorgen.«

Astrid nahm einen Schluck Cola und wischte mit dem Ärmel ihrer Jeansjacke über die Oberlippe.

»Was würdest du sagen, wenn ich in den Computer des Einwohnermeldeamtes hineinkäme und wir das Familienstammbuch der Finnerns einsehen könnten?«

»Du willst den Behördenserver hacken? Cool! Was brauchst du? Außer einer richterlichen Verfügung kann ich dir alles besorgen.«

»Okidoki. Ich benötige lediglich deinen Bildschirm, die Tastatur und mein Gedächtnis.«

Carmen überließ Astrid ihren Stuhl am Schreibtisch und trat hinter die junge Kollegin. In dem schwindenden Tageslicht sah sie fasziniert zu, wie Astrid einen Stick an Carmens Computer einstöpselte und ein Programm herunterlud.

»Woher ich diese Software habe, willst du nicht wirklich wissen.«

»Ganz sicher nicht«, antwortete Carmen, während sie gespannt verfolgte, wie Astrid geschwind durch verschiedene Seiten navigierte.

Schließlich atmete Astrid tief auf. »Sehr gut, genau das wollte ich sehen.«

Sie tippte eine Kette Buchstaben ein, die auf dem Bildschirm als schwarze Punkte dargestellt wurden. »Error«, meldete ein Feld, das die Eingabemaske in gleicher Sekunde ablöste.

»Okay. Wäre auch zu einfach gewesen«, bemerkte Astrid. »Aber nun!« Ihre Finger flogen über die Tastatur. »Damit du nicht denkst, dass ich zaubern kann. Ich habe in der Ausbildung einmal danebengestanden, als der stellvertretende Chef des Einwohnermeldeamtes einen Sekundenbruchteil zu lange auf einen Fußballwimpel auf seinem Schreibtisch sah, bevor er sein Passwort in die Bildschirmmaske einhämmerte. Ein viel zu ausgefallener Club für einen Hamburger.«

»Da fällt mir nur einer ein. Fängt an mit Werder …«

Der Bildschirm zeigte die Sanduhr.

»Genau. Und wann waren die Deutscher Meister? – Das letzte Mal 2004«, beantwortete Astrid ihre Frage selbst. »Mein Opa hat mir als Kind, statt mir Gutenachtlieder vorzusingen, die Bundesligatabellen vorgelesen. Ungewöhnlich, aber mindestens ebenso einschläfernd wie Heidschi Bumbeidschi, und alle Tabellen sind hier«, Astrid tippte gegen ihre Stirn, »bis zu meinem letzten Atemzug gespeichert. So einfach ist es manchmal. Männer und Fußball und sie ändern ihre Passwörter so gut wie nie. Na los, jetzt ich bin drin«, sagte Astrid einen Moment später, lehnte sich entspannt in Carmens Ledersessel zurück, um kurz darauf nach vorne zu schnellen.

»Voilà! Wollen wir eintreten?«

Carmen hatte den zweiten Stuhl herangezogen. Vor dem Hintergrund des abendlichen Zwielichts bewegten sich die Ermittlerinnen über bläulich schimmernde Bildschirmseiten. Das virtuelle Familienstammbuch der Finnerns war rasch gefunden. Schon bei den Vornamen der Geschwister sahen sich die beiden an.

»Klaus-Peter war klar, aber das Schwesterlein! Da laust mich doch der Affe …«

»Mal sehen, ob es nur Zufall ist.« Astrid klickte in rasender Geschwindigkeit durch Untermenüs und weitere Seiten.

»Das Schwesterherz; hier haben wir sie etwas ausführlicher. Mädchenname: Finnern. Insgesamt: zwei-, nein, sogar dreimal verheiratet. Moment, der zuletzt geführte Familienname lautet …«

Abermals erschien die Eieruhr auf dem Bildschirm. Carmen und Astrid sahen sich an.

»Glaubst du, was ich glaube?« Im fahlen Licht des Computerbildschirms nickten sie, nahmen die Cola-Flaschen zur Hand und prosteten sich zu.

Das Bild wechselte und präsentierte einen Nachnamen. Elektrisiert sprangen sie auf.

»Da ist er endlich – der Zusammenhang!«

68

Silvias Pumps klackerten über das Parkett. Sie hatte einen Plan gefasst. In wenigen Minuten würde sie wissen, wem die Haarbürste gehörte, und damit wäre das Geheimnis um Ragnas Schwangerschaft gelüftet. Sehr wahrscheinlich auch das um ihren Mörder. Wieso hatte sie nicht gleich daran gedacht? Es gab eine Liste im Asservatenschrank in Tinas Büro hinter dem Foyer. Jeder Gegenstand, der einem Patienten abgenommen worden war, wurde dort registriert. Außerdem jedes Utensil, das einem Besucher abgeknöpft oder aus einem Paket sichergestellt wurde, wegen des Verdachts auf Drogen- beziehungsweise Medikamentenschmuggel.

Der Schlüssel hakte zunächst, als sie ihn in dem silbernen Schloss drehte, aber dann öffnete sich die Schranktür. Silvia griff nach der Liste, hektisch überflog sie die Einträge, die Tina in klitzekleinen, akkuraten Druckbuchstaben notiert hatte.

Doch auch hier herrschte wie im Giftschrank das reinste Chaos. Es musste sich um einen Fehler handeln, denn was Silvia sah, das konnte niemals stimmen. Die Bürste war angeblich vor vier Wochen in einem Paket ins Sanatorium gelangt. Noch einmal las sie die zwei Namen von Absender und Empfänger.

Welch ein Blödsinn!

Sie griff nach dem Telefon auf dem Tresen, um ihre Assistentin Tina Lemcke-Wieler wegen dieser Schlampigkeit zur Rechenschaft zu ziehen. Merkwürdig, sie lauschte in den Hörer, aber hörte nur ihr eigenes Blut pulsieren. Sie versuchte es ein zweites Mal, doch die Leitung war tot. Silvia schüttelte den Hörer, als gelte es, nur einen Wackelkontakt zu beheben. Irgendeine Erinnerungssequenz meldete ihr, dass sie Tina nach der letzten Nachtschicht hatte wegfahren sehen. Insofern war der Versuch, sie über das Haustelefon zu erreichen, reinster Quatsch. Wann hatte sie Tina und Dr. Thal in der Auffahrt im Gespräch stehen sehen? Ihr Zeitgefühl war vollkommen aus dem Takt geraten. Sie starrte auf das nutzlose Telefon in ihrer Hand und legte es sorgsam zurück in die Ladestation. Silvia blickte durchs Fenster auf die Klinikauffahrt und versuchte, sich zu orientieren: Es dämmerte bereits, zudem begann es von Neuem zu schneien. Erst nach einer Weile des Grübeln setzte sie sich wieder in Bewegung.

Silvia eilte die Steintreppen im Haupthaus hinauf und durchquerte einen Aufenthaltsraum im Atrium, der hin und wieder als Ausweichmöglichkeit genutzt wurde, wenn Patienten Besuch bekamen. Außerdem hielt die Klinik in diesem Trakt externe Vorträge und Seminare ab. Jemand hatte zwei Aktenmappen auf einem Stahltischchen vergessen; sie sah auf die Titel und klemmte sich beide Unterlagen unter den Arm.

Überall solch ein Durcheinander. Wer ließ hier ausgerechnet diese Akten liegen?

Ein Geräusch schreckte sie auf. Es klang wie eine Tür, die in Zeitlupentempo zugezogen wurde, um etwaiges Quietschen der Angeln zu vermeiden. Sie hielt inne. Mit äußerster Selbstbeherrschung versuchte sie die Gänsehaut zu ignorieren, die über ihren Rücken kroch.

Stickig! Die Luft ist zum Würgen. Wieso lüftet in diesem Haus eigentlich niemand? Musste sie sich um alles selbst kümmern?

Sie öffnete den Sicherheitsgriff des Fensters und wollte sich abwenden. Als sie den linken Fuß zurücksetzte, knirschte es unter der Sohle ihres Pumps.

Scherben oder Glassplitter. Ein Blick bestätigte die Vermutung. Glitzernd und dick wie von einem Lupenglas.

Wer zum Teufel hatte diese Sauerei hier verstreut und einfach liegen lassen?

Sie kickte ein Bruchstück gegen die hell getünchte Wand, dabei sah sie sich um. Wo steckte ihr hoch bezahltes Personal?

Sollte sie, die Chefin, vielleicht nicht nur die Listen von Gift- und Asservatenschrank führen, sondern darüber hinaus höchstselbst den Boden fegen?

Mit der Kante des Pumps schleuderte sie weiteres Glas zur Seite, als sie auf etwas Hartes trat. Silvia sah genauer hin und machte einen Metallrand mit Stiel aus. Tatsächlich, eine Lupe war zu Bruch gegangen. Wen hatte sie vor längerer Zeit mit einer Lupe hantieren sehen? Sie durchkramte ihr Gedächtnis, aber kurz bevor sie die Erinnerung greifen konnte, erloschen auf einen Schlag alle Strahler an der Wand. Sofort sprang die Notbeleuchtung im Gang an und tauchte die Szenerie in einen phosphorfarbenen Lichtschein. Silvia sah sich um. Lautlos und wie in Zeitlupe landeten dicke Schneeflocken über ihr auf dem gläsernen Dach des Atriums und schmolzen zu Schlieren ziehenden Tropfen, die das unheimliche Licht millionenfach reflektierten.

»Ist denn heute alles gegen mich?«, keuchte sie und kickte die übrigen Lupenscherben in die Dunkelheit.

»O nein, nicht alles«, schmeichelte eine sanfte Stimme direkt hinter ihr. Erleichtert wollte Silvia sich umdrehen, als sie die Stimme zu erkennen glaubte, aber dazu kam sie nicht. Denn im gleichen Moment fühlte sie, wie eine Hand ihr Halstuch von hinten zuzog, ein Arm ihren Oberkörper umschlang und den Rest Luft aus ihren brennenden Lungen quetschte.

Doch kein Irrtum, Tina Lemcke-Wieler hatte den richtigen Namen zur Bürste notiert.

Die Akten rutschen ihr unter dem Ellenbogen heraus und klatschten zu Boden. Sie fühlte einen drahtigen Körper, der sie an sich presste. Silvia trat nach hinten aus. Ihr Absatz war ebenso spitz wie ein Dolch, aber das Wesen in ihrem Rücken ahnte Silvias Absicht Sekunden vorher und wich tänzelnd aus. Die Daumen hatte Silvia unter das Halstuch zwingen können, sie bemühte sich, es vom Hals wegzuziehen, um der Luftröhre Platz zum Atmen zu schaffen. Die sehnige Hand an ihrer Kehle ließ es nicht zu, ein Ruck am Tuch und sie taumelte mit dem Rückgrat gegen den Körper hinter ihr. Es blitzte vor ihren Augen, sie würgte und rang verzweifelt nach Luft. Kurz ließ jene fremde Hand das Halstuch los, um Silvias rechten Fuß einzufangen, mit dem sie versuchte, das Knie hinter ihr aufzuspießen.

Sie hörte ein gutturales Lachen und trotz der Angst, trotz der Verzweiflung bemerkte sie den mechanischen Klang der Sprechweise. Hatte sie soeben noch geglaubt, die Stimme erkannt zu haben, hätte sie jetzt geschworen, sie nie im Leben gehört zu haben. Sie hätte nicht mal sagen können, ob sie einem Mann oder einer Frau zuzuordnen wäre.

Silvias Schuh fiel polternd zu Boden; ihre Hacke wurde daraufhin schmerzhaft gegen ihren Po gedrückt. Der kurze Moment jedoch hatte genügt, um die Lungen einmal komplett mit Luft zu füllen. Sie versuchte, den Kopf zu befreien und zu drehen, um einen Blick auf das Gesicht schräg neben ihr werfen zu können. Das Adrenalin verlieh Silvia ungeahnte Kräfte, sie schlug ihre Fingernägel in den Arm, der ihr den Atem abdrückte. Doch das unsichtbare Gegenüber schien über keinerlei Schmerzempfinden zu verfügen, der Arm lockerte sich nicht eine Sekunde.

Sie allerdings hatte alle Standfestigkeit eingebüßt, ihre Ferse wurde immer stärker gegen ihren Hintern gedrückt. Das

Knie brannte wie Feuer und instinktiv versuchte sie mit dem Standbein einen Sprung zur Seite. Keine Chance. Mit einem lockeren Tritt von hinten in ihre Kniekehle hatte der Gegner sie außer Gefecht gesetzt. Sie sank zusammen, sich wie ein Kreisel um die eigene Achse drehend. Eine Hand griff lässig nach ihrem edlen Halstuch, das sich sofort über ihrem Kehlkopf zuzog. Silvia hatte es immer für eine Gruselfilm-Erfindung gehalten, dass Augen aus dem Kopf zu platzen drohten. Der Schmerz in Knie und Brust war vergessen. Konzentriert nahm sie den Druck in und die Sterne vor den Augen wahr. Dann wurde alles schwarz um Frau Dr. Silvia Rufius.

69

In dem schummrigen Licht von Carmens Büro lösten die Ermittlerinnen endlich den Blick vom Computerbildschirm. Carmen gähnte herzhaft und hörte ihre Kieferknochen knacken.

»Astrid, darüber muss ich nachdenken. Uta Pinnelka, geborene Finnern, gehört die Hälfte des Grundstücks mit der Bauernhofruine. Sieh an. Mein Gott, wie hat die Arschmade gleich drei Männer dazu gebracht, sie zu heiraten? Ob die armen Schweine alle noch leben? Aber es ist wichtig, dass wir eine Strategie entwickeln, sonst lässt die uns von ihrer Anwaltskavallerie auseinandernehmen, sodass wir am Ende total dämlich aussehen. Schließlich kann jeder in ihrem engeren oder weiteren Bekanntenkreis gewusst haben, dass ihr das Grundstück in Hamburg-Rahlstedt zur Hälfte gehört. Und wie ich die Sache einschätze, hat sie sich von jeher mit ihrer unliebenswürdigen Art mehr Feinde als Freunde geschaffen.«

»Genau. Vielleicht hat es dem Mörder sogar besonderes Pläsier bereitet, die Leiche auf Pinnelkas Grundstück abzulegen, um den Verdacht auf sie zu lenken und ihr einen Riesenärger zu bescheren. Steffen van Bargen zum Beispiel gab recht deutlich zu erkennen, dass er seine Schwiegermutter nicht sonderlich gut leiden kann.«

Carmen hatte sich erhoben. Sie stand vor dem Fenster, fingerte an der Schnur der Innenjalousie und ließ diese auf und nieder sausen.

»Zumindest wird Uta Pinnelka Ragna nicht geschwängert haben. Wir suchen einen Mann. Denjenigen, der Vater des Embryos war und der gleichfalls seine DNA auf der weißen Leinenbekleidung von Ragnas Leiche hinterließ.«

»Die Pinnelka kann Ragna natürlich nicht geschwängert haben, Steffen war es auch nicht, wie wir wissen, aber ihr Sohn vielleicht.«

»Niels? Nein, der ist ebenfalls außen vor. Das Lottchen hat die DNA von dem Zigarettenstummel, den ich im Schnee vor dem Anwesen von van Bargen für die Analyse rettete, untersucht. Niels ist weder der Vater noch Sperma- oder sonstiger Hautpartikel- oder Haarlieferant.«

»Was ist mit Niclas? Der Bruder im Sanatorium? Aber da fällt mir ein, soweit ich weiß, sind die beiden eineiige Zwillinge.«

»Der ist in der geschlossenen Abteilung! Wieso erfahre ich erst jetzt, dass das nicht einfach Brüder, sondern Zwillinge sind?«

Gelassen nahm Astrid die Beine vom Tisch.

»Sorry, ich dachte, du wüsstest es. Mailin hat massenweise Material über jeden Namen zusammengetragen, der in den Ermittlungsprotokollen auftauchte. Du kennst sie ja. In der Akte gibt es irgendeinen Nebensatz, ich habe ihn selbst nur halb registriert.«

Sie klappte einen Ordner auf, blätterte kurz darin, riss schließlich einen Post-it-Zettel ab, der innen an den hinteren Einband gepappt worden war.

»Ach, da ist es: Ich zitiere: N. und N. Pinnelka nahmen teil an einer Zwillingsstudie, die eineiige Zwillinge bezüglich unterschiedlicher sozialer Disposition bei psychischen Auffälligkeiten im Bereich Blabla untersuchte.«

Astrid warf die Unterlagen auf den Tisch zurück und legte ihre Beine wieder oben drauf.

Carmens Finger hatte sich in der Jalousieschnur verfangen. Bei dem Versuch, ihn zu befreien, brach eine Strebe. Die Kommissarin schmiss das zerbrochene Plastikteil auf den Schreibtisch.

»Fein. Aber selbst wenn Niclas durch Wände schreiten könnte, scheidet er aus, aufgrund der zwillingsidentischen DNA mit Niels! Astrid, wir lassen uns auf viel zu viele Nebenpfade führen. Fangen wir noch einmal ganz von vorne an.«

Carmen sah auf die Uhr, griff nach ihrer Jacke und wandte sich zum Gehen.

»Ich bin in spätestens zwei Stunden wieder hier, jetzt habe ich ein Date mit Gregor. Wir sind im Tolle Knolle. Wenn was ist, ruf mich an.«

70

Jemand gab ihr einen leichten Klaps ins Gesicht, löste mit flinken Fingern ihr Halstuch. »Hallo! Sind Sie Frau Dr. Rufius? Hallo! Nicht wieder wegrutschen. Huhu! Sehen Sie mich? Bitte bleiben Sie bei mir!«

Jaja. Gleich, nur ein klitzekleines Viertelstündchen ausruhen.

Sie wollte sich wiederum in die graue Watte fallen lassen, in der es weder Schmerz noch Erinnerung gab. Die Stimme aber ließ nicht locker und sie fühlte, wie ihr Körper an eine Wand gelehnt wurde. Silvia blinzelte.

Ein junger, blonder Mann kniete neben ihr, der mit einem Aktendeckel Scherben zur Seite kehrte. Dabei redete er ununterbrochen auf sie ein.

»Hallo, bitte Frau Dr. Rufius, können Sie mich hören? Sie sind in Sicherheit. Sprechen Sie mit mir, was ist passiert? Haben Sie keine Angst, außer mir ist hier niemand.«

Mit einer Hand lagerte er ihre Beine mithilfe eines Sofakissens hoch, mit der anderen fegte er weiterhin Glasscherben weg.

»Sie sehen schon viel besser aus als eben. Ehrlich. Als ich Sie fand, wiesen Sie gewisse Ähnlichkeit mit einer Fischlarve auf. Kennen Sie Osteoglossiformes? Nun ja, kaum einer kennt sie, eigentlich nur meine Mutter. Na endlich! Da sind Sie ja!« Er griff nach ihrem Handgelenk und fühlte den Puls.

Silvia, deren sechster Sinn seit Jahrzehnten auf Merkwürdigkeiten mit einem strengen Automatismus reagierte, schlug die Augen auf.

»Wer sind Sie?« Sie schob die Hand des jungen Mannes weg, stemmte den Oberkörper hoch, während sie sich um eine gewisse Autorität in Blick und Haltung bemühte.

Der namenlose neue Patient, den Dr. Thal letzte Nacht aufgenommen hatte.

»Das ist eine längere Geschichte, aber wir haben nicht viel Zeit. Ich heiße Linus. Sie können mir vertrauen. Meine Mutter ist Hauptkommissarin Kollinger. Hier, sehen Sie!«

Er zog ein Handy aus der Tasche, um seinen Worten Beweise folgen zu lassen.

»Ich rufe sie jetzt an und erzähle ihr, was passiert ist und dass wir gleich losfahren ins Kommissariat. Sie haben doch ein Auto? Unterwegs können Sie mir genau berichten, was Ihnen widerfahren ist.«

Den Rest an Sätzen, die Linus in atemberaubender Geschwindigkeit in sein Handy ratterte, hörte Silvia nicht mehr, denn sie glitt wieder weg.

71

Carmen schob den schweren Vorhang, der als Kältebarriere in der Tür diente, zur Seite und betrat die ausgetretenen Dielen des Tolle Knolle. Speck- und Bratkartoffelduft hüllte sie ein, ließ ihr das Wasser im Mund zusammenlaufen. Gregor saß an einem der hinteren Tische, er stand auf, als Carmen an den Tisch trat.

»Schön, dass du es einrichten konntest.« Er trug eine alte Cordhose, die Carmen schon zu Zeiten ihres Zusammenlebens mehrfach in den Altkleidersack geworfen hatte, die aber auf wundersame Weise immer wieder aufgetaucht war. Diese Erinnerung an die gemeinsame Vergangenheit und der Lichtkreis der rustikalen Lampe über dem Tisch, der eine Atmosphäre wie in einem Kokon schuf, ließ ein wohliges Gefühl von Vertrautheit in Carmen aufsteigen.

Schweigend blätterten sie eine Weile durch die Speisekarten, um am Ende beide ihr Standardgericht Roastbeef mit Remoulade und Bratkartoffeln zu bestellen.

»Carmen. Ich weiß nicht, wie ich anfangen soll, ich mache es kurz. Also, vor knapp einem Jahr erfuhr ich, dass ich eine Tochter habe. Sie heißt Luna.«

Carmen entglitt die Serviette, mit der sie gewohnheitsmäßig das Besteck polierte. Sie ließ das Messer sinken, in dessen spiegelnder Schneidefläche sie soeben ihre Zahnzwischenräume kontrolliert hatte. Alle Vertrautheit schwand. Gregor beugte sich vor und hob die Hände.

»Bitte lass mich ausreden, bevor du mir zu Recht deinen Kübel Mist über den Kopf schüttest. Ich musste erst einmal selber damit fertig werden, darum bin ich ausgezogen. So, endlich ist es heraus. Sie ist siebzehn und lebt bei ihrer Mutter in Barcelona.« Er fiel zurück in seinen Sitz und schwieg.

»Natürlich. Wie blind ich war! Ich habe dich vor einigen Tagen mit ihr an einer Ampel gesehen. Ihr saht aus wie ein Liebespaar. Kriminalhauptkommissarin Kollinger, aber ohne Sehkraft. Ein Maulwurf sieht mehr. Siebzehn ist sie? Lass mich kurz rechnen. Richtig, die unaufschiebbare Auslandsprofessur seinerzeit! Als Linus mit Leukämie im Krankenhaus lag.«

Carmen tastete nach der Gabel, bohrte die Zacken gegen die Innenseite ihres Daumens, um nicht laut loszuschreien. Gregor versuchte, ihre Hände in seine zu nehmen. Doch sie stieß ihn weg.

»Du konntest es nicht ertragen, den immer durchsichtiger werdenden Linus, das hast du mir damals gesagt! Ich erinnere mich. Glaubst du eigentlich, ich konnte das gut aushalten? Du faseltest etwas von einmaliger Chance in Spanien, die uns letztendlich allen zugutekäme. Du ließt mich seelenruhig im Stich mit unserem kranken Sohn. Und jetzt verkündest du mir, dass du im sonnigen Barcelona ein neues Kind gezeugt hast? Eine Tochter? Hoffentlich ist sie nicht so durchsichtig geraten wie Linus!«

Carmen fühlte Tränen hochsteigen und kämpfte sie nieder.

»Warum erzählst du mir das eigentlich plötzlich alles? Seit wann weißt du, dass es unter erwachsenen Menschen helfen kann, wenn man, nun, ich sage mal vorsichtig, auch in Anbetracht möglicher Konflikte Standpunkte austauscht?«

»Ich weiß, dass ich viele Fehler gemacht habe. Ich möchte sie wiedergutmachen.«

»Etwas spät, findest du nicht? Ungefähr achtzehn Jahre zu spät, um präzise zu sein.«

Sie griff nach dem Bierglas und trank es zur Hälfte aus, Gregor nutzte den Moment.

»Ich kenne eine Psychologin, habe bereits mit ihr gesprochen. Wir könnten eine Paartherapie beginnen.«

Carmen knallte ihr Glas auf den Tisch.

»Da triffst du aber gerade genau meinen Nerv! Hör mir mit diesem Psychogedöns auf! Ich brauche wahrhaftig niemanden, der mir erklärt, dass ich diese Sauerei, die du angerichtet hast, aus der Sicht meines Über-, Unter- und all meiner Neben-Ichs betrachten sollte, um mit der gesamten illustren Gesellschaft und deiner verschissenen Egoversammlung noch dazu Frieden schließen zu können. Weißt du was! Ich bin wütend! Ich bin sogar wahnsinnig wütend!«

Die Kellnerin stellte zwei Portionen Roastbeef neben eine dampfende Schüssel Bratkartoffeln auf den Tisch.

»Guten Appetit«, wünschte sie. Nach einem Seitenblick auf die Gesichter ihrer einstigen Stammgäste entfernte sie sich rasch, ein jedes weitere Wort unterdrückend.

Ohne einen Blick auf die Kellnerin oder Gregor zu werfen, häufte Carmen einen Berg Bratkartoffeln auf ihren Teller und klatschte einige Löffel Remoulade auf das edle Fleisch. Gregor tat es ihr nach und sah sie an.

»Du hast alles Recht der Welt, wütend zu sein. Nur, ich kann nichts rückgängig machen. Weder Linus' Erkrankung noch die Auslandsprofessur. Und Luna habe ich inzwischen kennengelernt, ich möchte sie niemals mehr rückgängig machen.«

Carmen schaufelte drei Gabeln Bratkartoffeln mit Roastbeef und Remoulade in den Mund, bevor sie antwortete.

»Mir kommen die Tränen! Du kannst für nichts! Nichts für Linus' Krankheit, nichts für dein Karrieredenken, erst recht nichts für deine Libido. Du hast mir all die Jahre kein Wort von deiner Untreue erzählt. Selbst jetzt, wo du seit vielen Monaten von deiner Tochter weißt, ist der gnädige Herr lieber wortlos ausgezogen. Hat mich mit all meinen Fragen abprallen lassen, weil er erst einmal selber mit der überraschenden Situation fertigwerden musste! Ein ganzes Jahr lang? Gregor, es reicht! Mir vergeht wahrhaftig nicht so schnell der Appetit, wie du weißt. Aber allmählich wird mir übel, kotzübel von deiner Selbstgerechtigkeit!«

Sie stopfte eine letzte Gabel Bratkartoffeln in den Mund, warf Besteck und Stoffserviette anschließend achtlos auf den Teller.

»Wenn du dich schon mir gegenüber nicht schämst, wieso versinkst du nicht wenigstens beim Gedanken an Linus vor Schamesröte im Erdboden?«

Carmen stand auf, riss dabei das Tischtuch mit, als sie nach ihrer Jacke griff. Geschirr, Messer und Gabeln klirrten auf den Boden.

»Einen Scheißabend wünsche ich dir noch!«

Angekommen an ihrem Auto konnte sie die Tränen nicht mehr zurückhalten.

»Scheiße, Scheiße …«, wimmerte sie, als sie sich setzte und die Scheibenwischer anstellte, um den Film vor den Augen wegzuwischen.

Die Autoscheinwerfer beleuchteten einen schneebedeckten Innenhof. Ein Kind hatte dort einen Schneemann gebaut, ihm einen roten Eimer als Hut auf den Kopf gesetzt.

Carmen sah Linus mit knapp vier Jahren, als er blass und hustend in der Badewanne saß. Sie sah das zerbrechliche

Rückgrat, Wirbelchen an Wirbelchen, als er mit Wasser aus einem dunkelroten Plastikeimer Badeschaum vom Kopf spülte. Sie hörte die Kinderstimme, die, verschiedene Stimmen annehmend, mit den eigenen Haaren diskutierte und ihnen verklickerte, dass sie gleich elfenrein wären.

Minuten später dann der Schock. Sie hatte sich nichts anmerken lassen, als sie beim Abtrocknen die Flecken auf seiner Haut entdeckte und damit der Albtraum begann.

Genau genommen war es dieser einzige Augenblick gewesen, der die Gegenwart von der Zukunft getrennt hatte. Der berühmte separierende Moment. In ihm veränderte sich die gesamte Evolution durch eine Mutation, aber in ihrem persönlichen Fall war aus dem gesunden ein todkrankes Kind geworden. Sie wischte Tränen aus den Augenwinkeln und stellte die Lüftung an. In der Sekunde wurde die Beifahrertür aufgerissen, Gregor ließ sich auf den Sitz fallen.

»Carmen, nein, jetzt hörst du mir einmal zu! Du siehst immer nur, wie du dich für Linus aufgeopfert hast. Ja, das hast du ohne Frage getan und ich danke dir dafür. Aber erinnerst du dich daran, dass es bei uns jahrelang kein Familienleben gab? War Linus zu Hause, mussten wir auf Zehenspitzen gehen, wurde Diät gekocht. Bloß keine laute Musik. Gedünstetes Gemüse, monatelang. Kann ich bis heute nicht mehr essen. Weißt du, dass ich oft heimlich mit Linus zu Burger King gefahren bin? Oder zum Spielplatz, obwohl er sich bei anderen Kindern mit Schnupfen hätte anstecken können? Ich tat das nicht, um ihn umzubringen. Ich dachte, er sollte mal etwas Belebenderes als Krankenhäuser und besorgte Gesichter sehen. Damit er mal ein bisschen *Spaß* hatte!«

Gregor ließ das Fenster heruntergleiten. Er füllte eine Hand mit dem Schnee vom Autodach, den er zu einer Kugel formte und sich an die Stirn hielt.

»In den Zeiten, wo Linus im Klinikum war und du ausnahmsweise nicht an seinem Bett ausharrtest, da hast du dich Tag und Nacht mit deiner Verbrecherjagd betäubt. Haben wir gemeinsam die Therapie für unseren Sohn besprochen? Nein. Wie oft habe ich mit dir abends einmal höchst verwegen ein Glas Rotwein zusammen getrunken? Nie. Gab es Momente oder Ruhe für Zärtlichkeiten? Carmen!«

Er griff nach ihrer Hand. »Wir waren damals um die dreißig! Wenn meine Frau überhaupt zu Hause war, dann hat sie geschlafen, weil sie drei Nachtschichten hintereinander geschoben hatte. Oder sie hat mir erklärt, wie ich mit Linus umzugehen habe, was er darf, aber vor allem, was ihm alles verboten ist!«

Er warf den Schneeball aus dem Fenster und ließ es wieder nach oben sirren.

»Meine Frau hatte eine einsame Entscheidung gefällt. Solange Linus zwischen Leben und Tod schwebt, sind wir solidarisch. Wir atmen im Kollektiv flach. Wieso glaubtest du, dass ihm das helfen könnte, wenn wir uns jedes Schöne verbieten?«

Die Stelle an der Stirn, die Gregor mit dem Schneeball gekühlt hatte, färbte sich knallrot.

»Du bist echt mit ihm zu Burger King gefahren?«

»Ja.«

Sie schwiegen, zwar meilenweit entfernt voneinander, aber versunken in gemeinsame Erinnerungen.

Das Vibrieren von Carmens Handy beendete ihre wehmütigen Gedanken. Ohne auf das Display zu sehen, nahm sie das Gespräch entgegen. Zuerst verstand sie kein Wort.

»Hallo, wer ist da?« Sie lauschte einem atemlosen Vortrag. Zweimal unterbrach sie den Redestrom.

»Ich verstehe dich kaum, es rauscht so.« Und einen Augenblick später: »Das kapiere ich so schnell nicht, aber eines steht fest: Wir suchen einen Mann. Wir fanden eine DNA-Spur auf der Kleidung der toten Ragna, dieselbe auf Alinas Handtasche und an einer Haarbürste. Diese DNA ist identisch mit der DNA des Mannes, der Ragnas Kind gezeugt hat. Nur leider scheiden alle Männer, die näheren Kontakt mit Ragna hatten und deren DNA wir überprüft haben, wie Steffen van Bargen, Thomas Gellert und Niels Pinnelka, aus. Die zumindest können das Kind nicht gezeugt haben … Linus? Hallo?« Das Gespräch war unterbrochen. Carmen starrte auf das Display.

»Das war Linus. Er hat sich im Sandorff-Sanatorium umgeschaut und irgendetwas entdeckt, aber ich konnte ihn mehr schlecht als recht verstehen. Verdammt, ich könnte mir in den Hintern beißen. Der Lautsprecher in seinem Telefon rauscht schon länger und der Akku ist ebenfalls defekt. Hätte ich ihm doch bloß seinen Wunsch erfüllt und ihm zu Weihnachten ein neues Handy gekauft!«

Gregor, der während des Gesprächs aus dem Fenster geschaut hatte, wandte sich Carmen zu und sein Gesicht färbte sich passend zur Stirn feuerrot ein.

»Ich glaube, ich spinne! Dieses Sandorff-Sanatorium, es steht in jeder Zeitung. Du also ermittelst in diesem Fall, wo ein Wahnsinniger einem Mädchen die Brüste aufgeschnitten hat? Carmen! Willst du etwa auf deine – sonst nicht so dezente – Art andeuten, dass du unseren Sohn in die Psychiatrie eingeschleust hast, damit er für dich den Hilfssheriff spielt?«

Er packte sie an den Schultern und schüttelte sie. »Wir holen ihn da raus. Sofort!«

»Nicht nötig. Er sagte, er werde sich augenblicklich auf die Socken machen.« Wie betäubt tippte sie Linus' Nummer in ihr Handy, aber er hatte das Telefon ausgestellt oder es hatte endgültig sein Leben ausgehaucht.

»Wohin, verdammt noch mal, will er sich aufmachen?«

Gregor schrie jetzt, Spucketröpfchen trafen Carmens Gesicht.

»Gregor, beim besten Willen. Hör auf, mich zu schütteln. Davon werde ich ganz brägenklöterich. Ich habe keine Ahnung. Er sagte irgendetwas vom Kommissariat. Außerdem etwas völlig Unverständliches. Es hörte sich an wie Hotel California.«

72

»Im Kommissariat ist Linus nicht aufgetaucht und in ganz Hamburg gibt es kein Hotel California. Bist du sicher, dass er nicht etwas absolut anderes gesagt hat? Was hat er noch erwähnt? Denk nach!«

Gregor verpasste Frau Beimer eine Kopfnuss im Vorbeigehen, die dies stoisch lächelnd ignorierte. Unermüdlich schritt Gregor zwischen Fenster und Tisch hin und her. Sie hatten das Auto auf dem Parkplatz vom Tolle Knolle stehen gelassen und waren die wenigen Schritte zu Carmens Wohnung gelaufen, in der Hoffnung, eine Nachricht von Linus, bestenfalls ihn selber dort wohlbehalten vorzufinden.

Carmen hatte ihre Finger um einen Pott Kaffee gelegt und schüttelte den Kopf.

»Ich habe keinen Schimmer. Irgendetwas mit Champagner auf Eis, mit Schecks oder so ähnlich und Rasselrasselrassel. Du kennst ihn doch, wie viel und wahnsinnig schnell er redet. Selbst ohne akustische Übertragungsstörungen hat man oft Schwierigkeiten, ihm zu folgen. Mensch, wenn ich wüsste, wo er ist, glaubst du, ich würde hier so ruhig stehen?«

»Weiß Matthias mehr als wir? Ruf ihn an! Linus und er, die beiden sind wie Brüder!«

Carmen wählte die Nummer ihres Kollegen und schloss die Augen, während sie dem ausgehenden Klingelton lauschte. Einen Moment später legte sie ihr Telefon auf den Tisch.

»Vergiss es, Matthias hat wie wir alle seit Tagen durchgearbeitet. Er trifft sich in diesen Minuten mit einer neuen Liebe im Ocean Tides. Mist, da fällt mir ein: Ich habe Astrid vergessen. Ich habe ihr vorhin versprochen, dass wir heute Nacht den Fall noch einmal von Anfang an durchdenken.«

Carmen griff erneut nach dem Telefon, wollte die Kollegin anrufen, doch Gregor schlug es ihr aus der Hand. Es fiel zu Boden und zersprang in alle Einzelteile. Er bewegte sein Gesicht dicht vor Carmens Nase.

»Das ist nicht dein Ernst! Du willst jetzt mit Astrid diesen fucking Fall analysieren? Es geht um unseren Sohn, wir müssen ihn suchen, geht das in deine Ermittlerbirne hinein?«

»In meine Birne geht eine Menge rein. Gregor, du bist hier momentan derjenige, der nichts checkt. Wie so oft hast du nur den Monokanal im Hirn offen! Danke auch, dass du Linus soeben die Möglichkeit genommen hast, mich anzurufen!«

Carmen funkelte ihren Mann an und blickte auf die Telefonruine hinab. Sie bückte sich, um den Chip aufzuklauben.

»Hast du heute ausnahmsweise dein Handy dabei? Dann könnten wir den Chip …«

»Nein.« Gregor schüttelte den Kopf.

Carmen knallte ihren Kaffeepott auf den Holztisch, sodass Frau Beimer durch die Erschütterung rasselnd von ihrem Platz rutschte.

»Da ist noch etwas. Linus hat sich bei mir zuletzt von der geschlossenen Abteilung im Sandorff-Sanatorium gemeldet. Wie ist er da wieder herausgekommen? Rausgekommen sein muss er, sonst hätte er nicht ankündigen können, sich auf den Weg wohin auch immer zu machen. Hat jemand dort gecheckt, wer er wirklich ist? Wir müssen den Fall neu durchdenken, mit Astrid und allen Profis, die uns zur Verfügung stehen, denn unser Sohn Linus steckt momentan irgendwie mittendrin!«

73

Matthias sah auf seine Armbanduhr. Inzwischen war jeder Tisch im Oberdeck des Ocean Tides besetzt. Um halb neun hatte er sich schließlich einen halben Liter Rioja bestellt. Annalena hatte ihn mal wieder sitzen gelassen. Er lockerte die Krawatte. Nach weiteren zehn Minuten streifte er sie ab, knüllte sie zusammen und steckte sie in die Jacketttasche. Im Minutentakt checkte er sein Smartphone. Nichts. Er winkte dem Kellner und versuchte dessen mitleidigen Blick zu ignorieren, als er zahlte.

Auf den Landungsbrücken quietschten und ächzten die Verbindungsstücke zwischen den Schwimmpontons wie gemarterte Seelen. Dadurch überhörte er beinahe das lang ersehnte Klingeln des Telefons. Ein Blick auf das Display verriet ihm, dass er sich zu früh gefreut hatte. Nicht Annalena wünschte ihn zu sprechen, sondern Astrid.

»Na, noch wach?« Er lachte über seinen schlappen Witz und verpasste daher die ersten Worte der Kollegin. Der zweite Satz jedoch ließ ihn sogleich wieder ernst werden.

»Noch mal, bitte. Wer hat dich besucht im Präsidium? Ich habe gerade verstanden, Christian Wellersleben hätte dir eine irrwitzig komische Geschichte erzählt.«

Ein majestätisch vorbeigleitender Autotransporter verursachte heftige Wellenbewegungen auf der Elbe; sofort kreischten die metallenen Pontonverbindungen mit lautem Gezeter auf. Matthias presste Zeige- und Mittelfinger auf das rechte Ohr, um Astrid besser verstehen zu können.

»Wie bitte? Na, das wäre ja ein Ding. Ich bin in zehn Minuten da.«

74

Matthias schüttete zwei Tüten Zucker in den Kaffee, den Astrid ihm aus dem nagelneuen Automaten herausgelassen und schweigend vor ihn hingestellt hatte. Er seufzte und raufte sein Haar.

»Du bist zwar vierzig Jahre jünger und vierzig Kilogramm leichter als meine Mutter, aber du hast den gleichen Gluckenblick.«

Seine Kollegin verlagerte ihr Gewicht vom linken auf das rechte Bein und musterte Matthias aus den Augenwinkeln.

»Liebeskummer?«, fragte sie schließlich und reichte ihm eine dritte Zuckertüte.

»Quatsch. Sie ist nur nicht gekommen.«

»Wie bitte?«

»Annalena heißt sie. Wir waren verabredet, heute im Ocean Tides. Habe dagesessen wie ein Vollpfosten. Aber vielleicht ist ihr etwas Wichtiges dazwischengekommen.«

»Ja, ganz sicher«, sagte Astrid nickend. »Eine beginnende, schon im ersten Ansatz lebensbedrohliche Lungenentzündung. Oder ein Einsatz zur Terroristenbekämpfung in Afghanistan, so spontan und geheim, dass ihr keine Zeit für einen Anruf blieb.«

Astrid stützte sich auf den Tisch und brachte ihr Gesicht dicht an das des Kollegen.

»Schluss mit Katastrophenszenarien! She didn't die and she didn't lose your number! Sie hatte wahrscheinlich einfach keine Lust.«

Einige Minuten blieb es still zwischen ihnen, während Astrid sich abwandte. Beide betrachteten aus den verschiedenen Zimmerecken die Staubpartikelchen, die im Licht der Schreibtischlampe tanzten.

»Danke«, sagte Matthias. »Deine zukünftigen Kinder tun mir schon jetzt leid bei deinem Durchblick, aber du hast recht. Sie scheint uninteressiert an mir. Muss man unter Einbeziehung aller Aspekte zugeben. Meinem Vorgänger ging es wohl ähnlich. Sie hat ihm im Funny Crow ein Bier in den Schritt gegossen. Immerhin verdanke ich ihrer Gelangweiltheit die kurze Bekanntschaft mit ihr. Doch was hilft es? Vielleicht sollte es mich lieber freuen, dass sie mir kein Getränk auf die Hose geschüttet hat. Scheiße. Sie hat keinen Bock auf mich. Komisch, oder?«

Er wickelte die Krawatte um sein Handgelenk und das Grinsen verrutschte, als er Astrid anschaute. Sie klopfte ihm auf die Schulter.

»Eine dumme Frau. Eine sehr, sehr dumme Frau.«

»Finde ich auch. Ich werde ihre Telefonnummer löschen. Jetzt. In diesem Moment. Thema durch. Sieh her.«

Matthias tippte und wischte auf dem Display seines Smartphones, legte es endlich auf den Tisch. Er entspannte sich und grinste.

»Zurück zu unserem Fall: Der Wellersleben ist hier also einfach reingeschneit. Sagte: ›Tach auch, eigentlich schlafe ich um diese Zeit meinen Samstagnacht-Sonntagvormittagsrausch aus, aber Ihre Vorladung für morgen früh passt mir noch weniger in den Kram. Außerdem muss ich dringend ein paar

Dinge geraderücken, bevor Sie mir irgendetwas anhängen.‹ Und dann hat er dir seine Version erzählt?«

»So in etwa, ja. Dass er das Rauschausschlafen nur kurzfristig unterbrochen hatte, konnte man übrigens sowohl an seinem knitterigen Gesichtsausdruck sehen als vor allem auch riechen.« Astrid warf ihr langes Haar über Kopf und band sich einen Zopf, der sie wie ein siebzehnjähriges Mädchen wirken ließ.

»Lecker. Dann erzählt er dir in aller Ruhe, dass Ragna ihn erpresst hat? Womit eigentlich? Außerdem behauptet er, dass er ihr aufgrund dieser Drohungen die letzten vierunddreißigtausend Euro aus ihrem Erbe vor zwei Wochen bar in die Hand gedrückt hat. Was soll Ragna seiner Ansicht nach damit gemacht haben?«

Matthias trat an das Fenster und ließ wie Carmen keine zwei Stunden zuvor die Jalousie rauf- und runterrattern.

»Also«, begann Astrid, »angeblich hat sie ihn erpresst, weil sie mit Dr. Gellert zusammen die tatsächlichen Familienverhältnisse herausgefunden hatte. Letzteres deckt sich mit dem, was ihr bei Dr. Pathen mit Ragnas Geburts- und der Sterbeurkunde ihrer wahren Eltern herausbekommen habt. Ob Ragna ihren Stiefvater damit wirklich unter Druck gesetzt hat oder ob er die Kohle selbst verprasst hat, wissen wir nicht. Laut Christian Wellersleben jedenfalls wollte sie zunächst, dass er das Geld an Steffen van Bargen überweist.«

»Van Bargen. Warum?«

»Angeblich steckte der in finanziellen Schwierigkeiten, sein Institut drohte pleitezugehen. Ragna hatte wohl romantische Vorstellungen, falls sie ihm seine Firma retten könnte.«

»Romantische Vorstellungen. Ach du Schande. Und weiter?«

»Nix weiter. Wie gesagt, Wellersleben gab ihr das Geld vorgeblich in bar. So wird es dann, wenn die ganze Story überhaupt stimmt, auch an van Bargen geflossen sein. Wir werden ihm null Komma nichts nachweisen können und Ragna kann sich dazu nicht mehr äußern.«

Zwei Lamellen der Jalousie hatten der Dauerbeanspruchung nicht standgehalten, verklemmten sich. Matthias hielt in seiner Tätigkeit inne und drehte sich um.

»Okay. Er kommt vor der offiziellen Einbestellung auf das Präsidium, das allein ist oberfaul bei derartigen Gesellen. Er belastet van Bargen, vielleicht um von sich selber abzulenken? Wo hat sich Wellersleben eigentlich selbst im fraglichen Zeitraum rumgetrieben?«

»Wir prüfen das bereits. Wellersleben behauptet, in einer Bar und einem Privatclub in Winterhude gewesen zu sein.«

»Was für ein Witzbold! Also in einem Edelpuff. Dann können die vierunddreißigtausend Euro für Ragna kaum der letzte Notgroschen gewesen sein. Wo ist er jetzt?«

Astrid zuckte die Schultern.

»Was weiß ich. In einer Kneipe? Es gab keinen Grund, ihn hier festzuhalten.«

»Wellersleben hat womöglich finanzielle Probleme, aber das alles ist kein Motiv, seine Nichte zu töten und zu verstümmeln. Allerdings, da ist noch der unaufgeklärte Brand, bei dem Ragnas wirkliche Eltern umkamen. Wer weiß, was damals tatsächlich geschehen ist und warum? In diesem trüben Wasser schwimmt vermutlich der unsichtbare, größere Teil des Eisbergs. Ähnlich dem Teich der Rombachs. ›Familienhass. Ätzend wie Säure. Säure ist ein Mordinstrument‹, würde unsere Chefin Carmen jetzt sagen. Ist Claudius eigentlich noch auf Beobachtungsposten vor der Van-Bargen'schen-Villa?«

»No, er hat sich vor einer halben Stunde abgemeldet, van Bargen ist mit seiner Frau Melanie Richtung A1 unterwegs.«

»Weißt du, was ich gerade überlege? Wir suchen die ganze Zeit nach einem Mann, weil nur ein Mensch mit

Y-Chromosom ein Kind zeugen kann. Wir glauben zu wissen, dass dieser Mann Ragna getötet hat und Alina gefangen hält. Aber was wäre, wenn sich eine Frau diesen Typ zum Werkzeug gemacht hätte?«

Astrid rieb sich die Nase und verfolgte den Gedanken weiter. »Also, dass eine Frau einen Mann so weit bringen kann, für sie einen Mord zu begehen, halte ich nicht für vollkommen ausgeschlossen. Aber auf eine solch abartige Art und Weise?« Als Matthias schwieg, wiegte sie ihren Kopf und ergänzte nach einer Weile: »Du meinst wohl eher: wenn eine Frau, die zum Beispiel wusste, wer der Vater von Ragnas Kind ist, wenn jene Frau dessen DNA-Spuren absichtlich auf Ragnas Kleidung und Alinas Handtasche verteilt hat? Um den Tatverdacht auf ihn zu lenken?«

»Ja, und sie könnte den Verdacht aus zwei Gründen auf den Vater von Ragnas Kind leiten wollen«, hakte Matthias ein. »Erstens aus Rache, sie will ihm schaden, er soll als Täter verhaftet und verurteilt werden. Oder zweitens: Sie will ihm nicht schaden, sie versucht sich mit dieser Aktion zu schützen. Sie weiß, dass wir jenen Mann nicht verdächtigen, da er aus irgendeinem vernünftigen Grund als Täter für uns ausscheidet. Vielleicht weil er ein bombensicheres Alibi hat, oder so.« Astrid nickte.

»Möglich wäre es. Ich habe auf der Polizeischule einen Fall gehabt, bei dem eine Frau ihrem Partner den Mord an seiner Geliebten anhängen wollte, indem sie seine Haarschuppen an dem Tatort aus einer Bürste über der Leiche verteilte. Sie trug einen Ganzkörperoverall und Latexhandschuhe, hat null Komma null eigene DNA am Tatort hinterlassen. Die Kollegen kamen ihr nur deshalb auf die Schliche, weil sie zu gründlich gewesen war. Kein Mann auf der Welt, selbst einer mit Neurodermitis oder Schuppenflechte, hätte so viele Schuppen auf einmal konzentriert auf derartig wenigen Quadratzentimetern verlieren können. Es sei denn, er hätte mehrere Wochen über der Leiche gekniet.«

»Okay, auf Ragnas Leinenkleidung hätte diese Unbekannte fremde DNA-Spuren legen können, denn mit Ragna war sie allein. Aber was ist mit Alinas Handtasche? Sie hätte mit einem Ganzkörperoverall Gellert und Alina in der Öffentlichkeit auf dem Kiez überfallen, Gellert eins über die Rübe gehauen, Alina gekapert und noch ruckizucki fremde DNA auf Alinas Tasche verteilt? Unwahrscheinlich.«

Matthias zog die Augenbrauen hoch und schüttelte den Kopf. Seine Kollegin packte ihn am Arm.

»Matthias, schau noch einmal in die Unterlagen. Wurden die Spuren *an* oder *in* Alinas Handtasche gefunden?«

Gemeinsam wühlten sie sich durch die Seiten.

»Hier ist es.« Astrid hielt als Erste inne.

»Die Spuren der DNA mit Merkmalen Blabla wurden am Innenfutter einer kopierten Designertasche von Dolce & Gabbana sichergestellt.«

»Da hätte sie mit purer Absicht auch schon vorher platziert werden können.«

»Eben. Wir sind alle einfach davon ausgegangen, dass der Täter oder die Täterin die Tasche außen angefasst hat.«

»Aber warum wurden sonst keine Spuren in Gellerts Auto hinterlassen?«

»Weil er oder sie die beiden direkt vor dem Auto überfiel. Ich stelle mir das so vor: Thomas Gellert und Alina Rombach waren gerade beim Einsteigen, Alina hatte ihre Handtasche bereits in den Wagen geworfen. Sie werden angesprochen, wollen sich umdrehen, Gellert kriegt eins über die Rübe und Alina wird gekidnappt. Zurück blieben der Cayenne mit offenen Türen und Alinas Tasche auf dem Beifahrersitz.«

»Aber Gellert wurde einige Meter vom Auto entfernt in einem Hinterhof am Pepermölenbek gefunden. Wurde er dorthin geschleppt?«

»Die Spuren waren durch den Schneematsch verwischt, aber vielleicht kam er wieder zu sich und hat sich selber dahin geschleppt, bevor er ohnmächtig wurde.«

»Hm. Nur welche Frau wäre überhaupt kräftig genug, um so einen Überfall auszuführen? Geschweige denn die Aktion mit Ragna. Sie zu der Bauernhofruine zu befördern, sie dort in der Badewanne abzulegen; unter Umständen musste sogar die Wanne erst herangeschafft werden?«

»Jede Frau wäre kräftig genug«, sagte Astrid. »Jede, die gebührend Hass in sich verspürt und dieses Gefühl dramatisch inszenieren will.«

»Nein, nein. Ich glaube nicht, dass wir es mit einer Täterin zu tun haben«, widersprach Matthias und schüttelte den Kopf.

»Frauen morden vollkommen anders als Männer. Unblutiger. Bei den Damen fließt höchstens Blut während einer Affekttat. Genau diese haben wir aber hier nicht vor uns. Der Täter ist äußerst planvoll vorgegangen. Das Leiden des Opfers war Teil seiner absurden Inszenierung. Jedes Detail: die Perücke, die Kleidung, das Verabreichen des Muskelrelaxans, vor allem jedoch das Herausschneiden der Brustimplantate sprechen für die Tat eines schwer gestörten Mannes. Ich bin kein Psychologe und besser kann ich es nicht begründen, aber ich lege meine Hand dafür ins Feuer, dass diese Dramaturgie der Fantasie eines sehr kranken Mannes entsprungen ist.«

»Vielleicht. Oder eine sehr schlaue Frau hat die Tat eines sehr kranken Mannes nachgeahmt, damit wir uns das Szenario genau so vorstellen, wie du es soeben durchgespielt hast. Nein, ich glaube es eigentlich ebenfalls nicht. Aber egal, ob Mann oder Frau. Wir sollten nicht aus den Augen verlieren, dass der Täter seine Tat eventuell jemand anderem in die Schuhe schieben wollte.«

75

»Irgendetwas muss das bedeuten.« Carmen schlug sich mit der Faust gegen die Stirn.

»Gregor, Linus hat das Hotel California heute Morgen schon einmal erwähnt! Warte, lass mich kurz nachdenken. Das ist ein Lied von den Eagles. Clara Warburg, eine Patientin im Sanatorium, hat es die ganze Nacht gehört. Genau, das hat er heute Morgen erzählt. Und eben hat er diesen Titel wieder genannt, nur dass ich diesmal den Zusammenhang nicht verstehen konnte.«

Gregor betrachtete ihren konzentrierten Gesichtsausdruck und sagte kein Wort, wofür Carmen ihm dankbar war. Aus langjähriger Erfahrung wusste er, wann er ihr die Chance geben musste, alle losen Verbindungsstücke in ihrem Kopf zusammenzufügen.

»Der Text! Verflucht, dass ich mir aber auch nichts merken kann. Wie war das noch: Jemand fährt durch die Gegend und landet in einem eigenartigen Haus. Da feiert eine eingeschworene Gemeinschaft eine Party, sie leben in Saus und Braus mit Spiegeln an der Decke …«

»… The pink Champagne on ice. And she said: ›We are all just prisoners here of our own device‹«, ergänzte Gregor.

»Richtig. Sie sind Gefangene auf eigenen Wunsch; sie gehen mit Messern auf ein Biest los und können es dennoch nicht töten. Linus hat am Telefon irgendetwas von Champagner auf Eis gesagt und von Schecks ...«

»... You can check out any time you like. But you can never leave! – *Jederzeit kannst du auschecken, aber niemals das Hotel verlassen.*«

Fast im gleichen Augenblick griffen sie über den Tisch und verschränkten ihre Hände ineinander.

Carmen zog die Hand als Erste weg. Gregor erhob sich und nahm seine Wanderung wieder auf.

»Für das Lied gibt es viele Interpretationen. Es ist eine Metapher für Drogensucht. Oder die Beschreibung eines Ortes, der eine geschlossene psychiatrische Anstalt beherbergt. Warum reden wir nicht mit dieser Clara, die du erwähntest und die den Song abspielte? Offensichtlich ist Linus hier auf eine Spur gestoßen.«

»Weil ich nur einen TÜV-Bericht habe und der nicht reicht, um Patienten des Sanatoriums zu befragen. Außerdem spricht Clara nicht, soweit ich weiß.«

»Geht es dir gut, Carmen? Was hat das mit deinem TÜV-Bericht zu tun? Das muss ich nicht verstehen, oder?«

Carmen fixierte seit einer Weile die Milchglasscheibe der Küchentür und reagierte nicht. Wie ein Automat wandte sie sich schließlich um, stand auf und legte eine Hand auf die Schulter ihres Mannes.

»Nein, natürlich musst du das nicht verstehen. Scheiße. Gregor. Wir müssen sofort los. Es ist nur so eine Idee, ein Gefühl, aber ich glaube, ich weiß, wo Linus ist.«

76

Silvia Rufius fühlte einen Lachreiz in ihrem wunden Hals. Aber die Kräfte kehrten allmählich zurück. Sie dehnte unauffällig die Muskeln, dabei warf sie einen Blick auf die Armbanduhr. Sie sah den jungen Mann an, der seit gut einer halben Stunde neben ihr kniete und in unregelmäßigen Abständen ihren Puls maß. Tatsächlich hatte er irgendjemanden von seinem Handy angerufen und ihrer beider Erscheinen in einem Kommissariat angekündigt. Auch von einem Hotel hatte er gesprochen, doch Silvia war zu müde gewesen, um zuzuhören. Letztendlich war die Verbindung unterbrochen worden. Sie räusperte sich und beschloss, die Führung in dieser Situation zu übernehmen.

»Sie sind also Linus Kollinger? Natürlich. Dann erzähl ich erst mal, was mir passiert ist. Schließlich vertraue ich in diesem Haus jedem, der behauptet, mit Frau Kollinger oder der Pompadour verwandt zu sein, das verstehen Sie gewiss?«

Silvia hätte gern laut losgelacht, dennoch bemühte sie sich, den Sarkasmus in ihrer Stimme in lockere Souveränität umzuwandeln, während sie sich erhob. Sie musste sehen, dass sie weg von diesem seltsamen jungen Mann kam, und sie musste in Ruhe die nächsten Schritte überdenken. Linus wiegte den Kopf und kräuselte die Stirn.

»Sie haben recht. Ich könnte ja sonst wer sein.« Kurz sah er zur Decke des Atriums empor, bevor er ergänzte: »Oder wer anderes.«

Der junge Mann reichte Silvia einen ihrer Pumps, zugleich säuberte er den anderen sorgfältig von Scherben und Splittern.

»Wie kann ich Sie bloß überzeugen? Also, vielleicht so: Ich kenne den Fall von Ragna und Alina sowie den herausgeschnittenen Brustimplantaten bis in alle Einzelheiten. Ich glaube, durch Clara Warburg und ihre endlose Musikschleife letzte Nacht habe ich etwas Wichtiges herausgefunden. Nein, Entschuldigung. Präziser formuliert, eigentlich nicht direkt durch Clara, sondern durch Niclas. Sie wissen schon: der, der in Köpfe sehen kann. Er hat mir eine unglaublich bedeutungsvolle Detailinformation aus diesem seinem Fachgebiet mitgeteilt. Allerdings nur in übertragenem Sinne. Erst in Summe mit all dem, was ich von meiner Mutter über den Fall weiß, entwickelte sich meine Idee. Und ich gebe zu, ich habe eine etwas ausgefallene, aber sehr interessante Theorie. Zwar bin ich noch kein fertiger Arzt, auch kein Psychologe, ich studiere noch. Aber passen Sie mal auf, Sie sind doch fertig ausgebildet, auf Ihre Meinung bin ich ausgesprochen gespannt. Wenn wir unser Wissen zusammentun und wenn es wahr ist, dass es diese Mensch-wie-heißen-die-noch-Körperchen gibt, von denen ich vor Kurzem gelesen habe … wissen Sie, über dieses Phänomen bin ich nämlich auf meine Idee gekommen …«

Silvia hatte sich mittlerweile komplett aufgerichtet und Kleidung sowie Haare geglättet, während der junge Mann ihr seine eigenwillige Theorie auseinandersetzte.

Mein Gott, der redet ja völlig wirr und spricht obendrein von Ragna und Alina, als ob er sie gekannt hätte.

»Frau Dr. Rufius, sehen Sie mich doch nicht so an, ich weiß, wie das klingen muss. Aber ich bin nicht verrückt! Ich bin Linus Kollinger und habe mich hier reingeschmuggelt, um unauffällig recherchieren zu können. Das mag aus Ihrer Sicht in keiner Weise fair gewesen sein, aber ich bin der Lösung dieses Falles ganz nah! Bitte vertrauen Sie mir!« Er stand vor ihr, hob die Schultern und streckte ihr seine Handflächen entgegen.

Silvia nickte langsam, trat einen Schritt seitwärts. Von ihm unbemerkt ließ sie sein Handy in ihre Jackentasche gleiten, das er auf der Fensterbank abgelegt hatte. Sie warf einen Blick zum Flur und der Notbeleuchtung. Jetzt oder nie. Sie sprintete los, schmetterte die Glastür hinter sich zu, anschließend tippte sie mit fliegenden Fingern einen Code in die Türöffnungs- und Verriegelungsapparatur. Nur kurz warf sie einen Blick zurück: Wie in einem Aquarium stand der junge Mann da, Wasserschlieren zogen über das gläserne Atriumsdach und die Fenster. Sie sah, wie er die Hände rang, ansonsten nur seine Mundbewegungen: auf und zu, wie bei einem Fisch.

77

Aus weiter Ferne drangen die Klänge der Spieluhr an ihr Ohr: f g, a a b g d c c, a c c b b c b a! Jeden ihrer Sinne konzentrierte Alina und lenkte die Töne in ihr Innenohr. Die zarten Haarzellen dort ließen das a im Halbton nachschwingen. Anders als letztes Mal stieß sich der Ton nicht an den Wänden des Verlieses, sondern deckte sie wie mit einer samtenen Decke zu. Sie strich über die falschen Haare, weiterhin versuchte sie, sich zu entspannen. Der Klang der Spieluhr kam näher und mit ihr die allerletzte Strophe.

Weißt du, wie viel Kinder frühe stehn aus ihren Bettlein auf, dass sie ohne Sorg und Mühe fröhlich sind im Tageslauf? Gott im Himmel hat an allen seine Lust, sein Wohlgefallen. Kennt auch dich und hat dich lieb, kennt auch dich und hat dich lieb ...

Mich? Mich hat keiner lieb. Sie spannte alle Muskeln, bereit, sofort aufzuspringen, sobald die Überraschung ihn unaufmerksam werden lassen würde. Alina hätte gern geweint, denn Erkenntnis gepaart mit grenzenloser Enttäuschung ließen ihren Herzschlag stolpern. Mit seltener, aber überirdisch anmutender Klarsicht erkannte sie schlagartig, wer ihr gleich gegenübertreten würde.

Jäh verstummte die Melodie, Alina vernahm ein Krachen, kurz danach einen letzten Ton, der zu Boden stürzte. Sie hielt die Augen geschlossen, doch auch so wusste sie, dass er die Spieluhr mit dem Holzgehäuse gegen die Wand geschleudert hatte. Einen Moment herrschte Stille. Dann hörte sie ein metallisches Kratzen. Es war ein Schlüssel, der langsam im Schloss der grünen Stahltür hinter dem Schrank mit den Perückenköpfen gedreht wurde. Einmal, zweimal, Stille. Minutenlang geschah nichts. Alina bemühte sich um flache Atmung; sie legte alle Konzentration in die Sensoren ihrer Hautoberfläche. Unter den künstlichen Haaren, die ihr ins Gesicht hingen, konnte Alina nur schemenhaft erkennen, was um sie herum vorging, und sie begann zu schwitzen. Da! Wie in Zeitlupe schob sich eine Gestalt um den Schrank herum in den Raum. Sehr langsam bewegte diese sich auf das Himmelbett zu. Ein Schritt, noch einer. Katzengleich, vollkommen geräuschlos schlich der Mann an der Wand entlang. Nur ein schwarzer Schatten an der Decke, der größer und größer wurde, zeigte Alina an, dass die Sekunde nahe war, in der er hinter den Vorhängen lediglich das leere Bett entdecken würde. Dann würde er sich umdrehen und die Badewanne sehen. Nur noch zwei Schritte. Sie hörte, wie eine Hand die Himmelbettvorhänge berührte. Es folgte ein Rascheln, als er die Bettdecke wegzog. Sie zwang sich, ruhig liegen zu bleiben, als sie ein Keuchen vernahm. Jetzt war es so weit! Alles hing von diesem nächsten kurzen Moment ab, in dem er auf die Badewanne blicken und sie für die tote Ragna halten würde. Der Augenblick, in dem sich sein kranker Geist in der Vergangenheit verfangen und ihn orientierungslos machen würde. Sie blinzelte unter dem Kunsthaar, sah ihn auf sich zuschreiten, hörte ein Schluchzen. Das war ihre Chance.

Mit geschlossenen Augen, die höhere Stimme Ragnas imitierend und ohne Mimik in ihr Gesicht zu legen, presste sie zwischen den Zähnen hervor: »Du hast es versucht, aber du kannst mich nicht töten, denn das, was du eigentlich abschlachten willst, ist das Biest tief in dir selbst! Auch wenn du noch so viele Brüste aufschneidest, du wirst keine Ruhe finden. Ich zeige dir, dass ich stärker bin als du, ich werde dich besiegen. Sieh genau hin: Ich werde jetzt aufstehen und dir beweisen, dass ich dich überlebe.«

Ganz langsam bewegte Alina zunächst nur die linke Hand. Spreizte jeden einzelnen Finger.

»Du hast es nicht geglaubt?« Sie drückte den Rücken durch, stemmte langsam und steif ihren Oberkörper hoch. Das Schluchzen verstärkte sich, zugleich vernahm sie ein Würgen. Ihre Rechnung schien aufzugehen. Nun musste sie rasch handeln, bevor ihr Gegenüber zurück in die Gegenwart fand und die Täuschung bemerkte.

Wie eine Sprungfeder schnellte sie empor, stieß den Schatten, der sich über sie beugte, zur Seite. Dabei rutschte die kleine Lampe vom Nachttischchen und fiel zu Boden. Ein Knall, und die Glühbirne zerbarst. Der Lichtblitz, den der Draht beim Durchglühen produzierte, blendete für einen Moment ihr Auge, bevor völlige Dunkelheit den Raum erfüllte. Alina versuchte sich zu orientieren und stolperte Richtung Schrank. Wenn sie Glück hatte, war die Stahltür dahinter unverschlossen.

Direkt hinter sich hörte sie plötzlich eine mechanische Stimme im Stakkato Worte sprechen: »Du musst es büßen und Alina auch, ekelhafte Eitelkeit! Außen habt ihr Plastikbrüste und innen eine abwaschbare Plastikpsyche! Aber in der höheren Ordnung dieses Universums wird euch der entsprechende Platz zugewiesen werden. Du wirst sehen, es wird dir sogar gefallen. Es wird dir besser gehen, denn endlich wirst du gereinigt von all deinem Dreck, brauchst in dem ekligen Puppenstück nicht mehr mitzuspielen. Und ich muss es mir nicht mehr anschauen.«

Alina erstarrte und fühlte, wie der kranke Geist hinter dieser Stimme nach ihr griff. Zwar schien er sie noch für

Ragna zu halten, aber mit der Nennung des eigenen Namens spürte sie, wie er sich in ihre Seele drängte. Schon sah sie den giftigen Dunst in sich aufwallen, der die Gänge in ihrem Hirn vernebelte. Das musste sie verhindern.

Sie schüttelte den Kopf, als ob sie allein durch die Bewegung jene Stimme aus den Ohren herausschütteln könnte, als sich eine Hand wie eine Eisenkralle um ihren rechten Knöchel schloss. Ihre Reflexe funktionierten: Mit dem anderen Bein trat sie in die Richtung, in der sie den Widersacher vermutete. Ein Aufheulen sagte ihr, dass sie ihn irgendwo getroffen hatte. Den rechten Fuß jedoch hatte sie nicht freibekommen und sie stieß abermals mit dem linken Bein zu. Ins Leere. Der Griff um den Fußknöchel verstärkte sich und zog sie mit einem Ruck zurück, sodass sie lang hinschlug. Benommen versuchte Alina ihre Gedanken zu sortieren. Sie musste kämpfen, treten, beißen, durfte nicht aufgeben.

Weiter, Alina, weiter. Vor allem musste sie dieser fremden, kranken Macht den Eintritt in den eigenen Kopf verwehren, sonst wäre alles verloren. Körperlich schien er stärker zu sein als sie. Das mochte ihr Ende bedeuten, aber ihren Geist würde sie ihm keinesfalls überlassen! Sie biss die Zähne zusammen und sammelte alle restliche Kraft.

Die Automatenstimme hinter ihr verfiel in einen Singsang.

»Weißt du, wie viel Sternlein stehen … Gott der Herr hat sie natürlich nicht gezählet, dem ist scheißegal, ob eines fehlet … ob Ragna, ob Alina fehelet …«

Obwohl eine Gänsehaut Alinas ganzen Körper überzog bei diesen Tönen und obgleich ihre Zähne wie bei Schüttelfrost aufeinanderschlugen, rief sie in die Dunkelheit: »Du irrst! Vielleicht war es unserer Umwelt immer egal, ob wir da sind oder nicht, aber wenn wir uns freimachen von der Vergangenheit und alten Verletzungen, dann haben wir eine Chance.« Der Griff um ihren Fuß lockerte sich etwas und Alina kroch vorwärts

Richtung Stahltür. Vorsichtig versuchte sie, den Knöchel aus der Umklammerung zu drehen.

Ein schepperndes Lachen erfüllte den Raum, die monotone Stimme sprach weiter.

»Das Brennglas. Jahrelang habe ich die Menschen durch ein Vergrößerungsglas betrachtet. Das war nützlich, denn ich habe viel mehr gesehen als ihr alle. Wie auf dem Seziertisch: Dreck, Obszönitäten, Demütigungen und vor allem Selbstgerechtigkeit! All die Weisen aus dem Morgenland! Gewickelt in ihre Mäntel aus Allwissenheit. Sie ziehen schön geschmückt quer durch unsere Leben. Und es sind nicht nur drei, es sind drei Trilliarden! Denn in ihren Königskostümen verbergen sich noch all ihre wispernden Ahnen. Wie eine Schleppe schleifen sie die hinter sich her. Ich habe mich zwar festgehalten am Lupenrand, aber das Kunstlachen, das Kunstfleisch, immer wieder hat es mich mit fortgerissen. Tief hinein in die Strudel der haltlosen Seelen. Eine Spirale, die dich verschlingt wie der Plastikmund der ersten Instanz …«

Es war Alina gelungen, ihren Fuß zu befreien. Millimeterweise hatte sie ihn zurückgezogen. Sie musste die Stimme hinter sich ermutigen, weiterzureden, aber gleichzeitig wollte sie ihn nicht an ihre Anwesenheit erinnern, also schwieg sie. Da! Die Freiheit war nicht mehr fern. Mit den Fingerkuppen konnte sie bereits den kalten Stahl der grünen Tür ertasten.

78

»Gregor, zum hundertsten Mal, ich habe keine Idee, was Linus alles gesagt hat. Als wir telefonierten, war die Verbindung hundsmiserabel. Irgendetwas hat er heruntergerasselt von Identitätstausch, irgendwelchen Hmhmhm-Körperchen und einem Hotel. Hotel California oder was weiß ich.«

Carmen starrte durch die Windschutzscheibe und gab ihrem Mann Anweisungen, wie er fahren sollte.

»Das Einzige, was mir zu Hotel einfällt, ist das Haus von Steffen van Bargen. Das ist nämlich ein umgebauter Hotelbetrieb. Außerdem: Diese Familiengemeinschaft, die da lebt, hat tatsächlich etwas von den verlorenen Seelen, die der Eagles-Song beschreibt. Genau wie in dem Lied wurde eine Party, und zwar Silvester, gewiss mit reichlich *pink champagne on ice* gefeiert. Nebenbei gibt es einen weiteren Zusammenhang. Das Grundstück, auf dem Ragnas Leiche gefunden wurde, gehört zur Hälfte Uta Pinnelka. Also der Mutter von Melanie und der Schwiegermutter von Steffen van Bargen. Frau Pinnelka lebt bei den van Bargens im Erdgeschoss in dem umgebauten Hotelspeisesaal mit ihrem Sohn Niels. Das kann doch alles kein Zufall sein.«

Gregor schwieg zu Carmens Monolog.

»Es ist ja auch nur eine Idee, aber besser, als zu Hause Frau Beimer anzuglotzen!«

Carmen machte ein Zeichen mit dem Daumen nach links, woraufhin Gregor auf die Elbchaussee abbog. Schweigend fuhren sie weiter. Schließlich erreichten sie die Auffahrt des Anwesens der van Bargens und glitten durch den Tunnel aus schneebeladenen Bäumen. Keinerlei Beleuchtung wies den Weg zum Haus. In tiefer Dunkelheit lag der schlossartige Bau vor ihnen. Wie leere Augenhöhlen hoben sich die geschlossenen Fensterläden des Turms von der hellen Hauswand ab.

»Hier bin ich goldrichtig«, murmelte Carmen, zog sich an der geöffneten Beifahrertür aus dem Wagen und rannte auf den Eingang der Villa zu.

79

Matthias verabschiedete sich von Astrid und hastete ins Treppenhaus des Präsidiums. Dort blieb er kurz stehen und versuchte, Carmen zu erreichen. Als das Telefon die Verbindung aufbaute, stellte er sich vor, wie sie beim ersten Klingeln sämtliche Jackentaschen durchwühlte. Mailbox. Zwei Minuten später probierte er es noch einmal. Vielleicht feierte sie Versöhnung mit Gregor und hatte das Gerät ausgeschaltet? Dennoch, in der heißen Phase eines Falles war dies ungewöhnlich. Während er zum Auto ging, versuchte er es ohne Unterbrechung weiter. Was sollte er jetzt tun? Gemächlich ließ er den Wagen auf die Hauptstraße rollen. Linus! Den hatte er fast vergessen, obwohl er ihm versprochen hatte, ihn auf dem Schirm zu behalten. Hektisch tippte er eine SMS. Na, Kleiner? Muss dich sprechen, ruf mich an, wenn es geht. Die Minuten dehnten sich endlos, aber auch Linus schwieg.

Kurz entschlossen wendete Matthias mitten auf der Kreuzung mit einem U-Turn und schlug den Weg zum Sandorff-Sanatorium ein. Irgendetwas lief da aus dem Ruder, das sagte ihm sein Instinkt. Was für eine Schwachsinnsidee, Linus in dieses Irrenhaus einzuschleusen! Matthias hieb mit der flachen Hand auf das Lenkrad. Er hätte Carmen stoppen müssen. Aber jetzt reichte es! Notfalls würde er Linus gegen dessen Willen und mit Waffengewalt aus der geschlossenen Abteilung befreien.

Wenige Minuten später stürmte er das Portal der Klinik. Die Eingangshalle war verwaist, mit der Faust haute er auf die Klingel am Rezeptionstresen. Der Klang verhallte und schrillte dissonant in seinen Ohren nach. Endlich öffnete sich die Tür hinter der Mahagoniverkleidung in der Wand und ein sportlich aussehender Mann in weißer Krankenhauskleidung sah Matthias fragend an.

»So stürmisch? Haben Sie einen Termin oder ein Problem? Mein Name ist Ramón Pérez, ich bin Arzt. Doktor der Psychiatrie und Neurologie, um genau zu sein.«

Matthias knallte seinen Polizeiausweis auf den Tresen. Mühsam bemühte er sich um einen ruhigen Tonfall.

»Ja, ich habe ein Problem. Ich suche Linus Kollinger. Dünn, blond, redet wie ein Wasserfall. Sieht so aus, als hätte er sich bei Ihnen als Patient eingeschmuggelt. Keine Ahnung, wie er sich hier nennt. Fragen Sie jetzt bitte nicht weiter, bringen Sie mich zu ihm, es ist dringend!«

Der Arzt zeigte keinerlei Reaktion, blätterte in einem Kalender und markierte seelenruhig ein Datum mit seinem Leuchtstift.

»Dr. Pénez, Sie müssen mir sofort Zutritt in die geschlossene Abteilung verschaffen, ich muss Linus Kollinger finden!«

»Dr. Pérez, nicht Pénez.« Der Psychiater schüttelte den Kopf, als hätte er mit Matthias einen besonders hoffnungslosen Fall geistiger Degeneration zu beurteilen. Er kennzeichnete einen weiteren Termin mit dem grünen Textmarker, bevor er hochsah.

Matthias holte tief Luft. »Okay, verehrter Herr Dr. Pérez, würden Sie mich jetzt bitte zu Linus Kollinger führen?«

»Ich habe keine Ahnung, wovon Sie reden. Wir haben hier keinen Linus Kollinger und unsere Patienten kennen wir alle persönlich. Aber wenn Sie es wünschen, kann ich Frau Dr. Rufius informieren, sie ist die Leiterin des Sandorff-Sanatoriums. Kleinen Augenblick, bitte.« Er verschwand hinter der Tür in der Mahagoniwand.

Matthias ballte die Faust und sprang die Treppen hoch. Irgendwo würde er hier schon jemanden finden, der ihn zu Linus bringen könnte. Er rannte durch die dunklen Gänge, klopfte an Türen. Es ging treppauf, treppab und schließlich befand er sich vor einem Atrium. Fast wäre er weitergestürmt, doch in dem unwirklichen Licht nahm er eine Bewegung wahr. Linus! Matthias suchte die Tür, rüttelte daran, aber sie war verschlossen. Er sah sich um, griff nach dem Feuerlöscher an der Wand und warf ihn gegen die Glastür des Atriums.

Verdammt, Panzerglas! Linus in seinem gläsernen Gefängnis schien ihm etwas mitteilen zu wollen, denn er führte eine Art Pantomime auf. Mit den Händen formte er einen Umriss wie eine Tonne. Dann hob er die Hände, spreizte sie wie Blütenblätter neben seinem Kopf und lächelte Richtung Deckenbeleuchtung. Schließlich zeigte er mit den Daumen nach unten. Dabei sprach er ununterbrochen, aber durch das Panzerglas konnte Matthias kein Wort hören, geschweige denn verstehen.

»Okay, mein Kleiner.« Matthias formte jedes Wort langsam, damit Linus es ihm von den Lippen ablesen könnte.

»Ich soll runtergehen?« Heftiges Nicken hinter Glas.

»Ich soll einen korpulenten Menschen suchen?« Augendrehen und Kopfschütteln war die Antwort und wieder stellte Linus ein bauchiges Etwas mit den Händen dar.

»Okay. Unten gibt es ein großes Gefäß, eine Blumenvase vielleicht?« Linus klatschte in die Hände und nickte so sehr, dass Matthias Angst um dessen jugendliche Halswirbelsäule befiel. Er richtete beide Zeigefinger wie Pistolen auf seinen Freund.

»Okay, ich gehe runter und schaue, was ich finde. Du wartest hier.«

Linus zog eine Fratze und nickte ergeben.

Kurze Zeit später tippte Matthias von dem Zettel, den er in einer dem Stil der Ming-Dynastie nachempfundenen Bodenvase im Foyer gefunden hatte, einen Zahlencode in den Türöffnungsmechanismus.

»Big Brother, endlich! Eigentlich hätte ich dir die Zahlen und Zeichen auch mit den Fingern darstellen können, aber als mir das einfiel, hatte ich dich bereits nach unten geschickt. Wenn ich aufgeregt bin, denke ich manchmal zu kompliziert. Egal, so hast du schon mal die Börse kennengelernt. Stell dir vor, die Rufius hat mich für verrückt gehalten und hier eingesperrt. Dabei habe ich ihr geholfen; sie ist überfallen worden, war sogar ohnmächtig, als ich sie fand. Und glaube mir, die sah echt scheiße aus; ich dachte erst, die lebt nicht mehr. Doch dann kam sie wieder zu sich – ich war gerade dabei, ihr meine Theorie auseinanderzusetzen. Ich habe nämlich eine Idee, etwas abgefahren zugegebenermaßen, aber …«

Matthias unterbrach ihn.

»Linus, darüber können wir später reden. Woher wusstest du von dem Zahlencode in der Bodenvase? Ist das die Börse? Ach egal, besprechen wir in Ruhe nachher. Denn wenn die Rufius hier von unserem Täter überfallen wurde, müssen wir sofort handeln. Weil das heißt doch automatisch, er befindet sich noch im Haus, oder?«

»Nicht unbedingt. Ich weiß nicht, wie lange ich eingesperrt war und wie lange die Rufius vorher schon hier lag, als ich sie fand. Natürlich, er kann noch in unmittelbarer Nähe sein, aber genauso gut bereits über alle Berge.«

80

Ihre Fingernägel tasteten sich Stück für Stück voran. Die Kante. Vorsichtig schob sie ihren Zeigefinger in die Lücke zwischen Stahl und Betonboden. Langsam zog sie die Tür auf. Ein Lufthauch erfasste sie und gierig sog sie ihn ein. Die Stimme hinter ihr führte den automatenhaften Monolog fort, jedes Wort zerhackend.

»Spiel-Uhr. Uhr-Glas. Glas-Schmerz. Schmerz-Spiel. Spiel-Kopf. Kopf-Uhr. Uhr-Schmerz. Schmerz-Kopf. Kopf-Spiel. Spiel-Glas. Glas-Uhr. Uhr-Kopf. Kopf-Glas. Glas-Schmerz. Schmerz-Brenn. Brenn-Spiel ...«

Alina kroch weiter, Zentimeter für Zentimeter.

Lautlos. Nur kein Geräusch verursachen. Die Stimme schien sie vergessen zu haben. Fast schon war der Türspalt breit genug, dass sie hindurchschlüpfen könnte. Das fahle Licht von außen flackerte, es leckte in den Vorraum. Sie hoffte, dass der Schrank es ausreichend verdecken würde und dass ihr Gegner sich jetzt endgültig in den Wirren seines gestörten Ichs verloren hätte.

Sie zwängte sich durch den Spalt und atmete auf. Eine Treppe. Alina robbte weiter, zog die Beine aus dem Kellerverlies und setzte sich auf den Boden. Von dieser Stelle aus konnte sie ungefähr zehn Stufen erkennen. Wie in einem Schneckenhaus drehten sie sich rechts herum um eine zentrale Spindel, sodass Alina nicht entdecken konnte, was sie oben erwarten würde. Der Betonboden endete an der Stahltür hinter ihrem Rücken. Treppenaufgang sowie Wände waren aus alten dunkelroten Backsteinziegeln gemauert. Ein matter Lichtstrahl fiel in dieses Treppenhaus, die Lichtquelle konnte Alina nicht identifizieren, sie lag hinter der Biegung.

Mit zitternden Knien richtete sie sich auf, krallte ihre blutigen Finger in die Mauer rechts von ihr. Die roten Haare hingen wirr in ihr Gesicht und versperrten ihr die Sicht. Mit einem Ruck riss sie die Perücke vom Kopf. Wie ein toter Paradiesvogel segelte das Kunsthaar zu Boden. Alinas Knie drohten nachzugeben, als sie sich weiter vorwärts tastete. Immer noch zitterten ihre Beine, besonders das rechte, wie damals, als sie nach dem Skiunfall im Stubaital die ersten Tage ohne Gipsverband umherhumpelte. Die Stimme hinter ihr war verstummt.

Das ist nicht gut, dachte sie flüchtig, *kommt er wieder zu sich und erinnert sich an seine schreckliche Mission?* Langsam, um sich durch keinerlei Geräusch zu verraten, schob sie ihren Körper vorwärts. Schritt für Schritt. Ihr Rücken schabte an der Wand entlang, aber sie bekam das zitternde rechte Bein nicht unter Kontrolle und stieß gegen einen Korb auf der Treppe, der sich mit Gepolter entleerte, als er die Stufen herabstürzte. Alina verharrte, dicht an die Steinwand gepresst, automatisch hielt sie die Luft an. In ihren Ohren klang es, als ob sich das Tor zur Hölle geöffnet hatte und eine Steinlawine schickte, um ihrem Mörder den Weg zu ihr zu weisen.

Sie presste ihre kalkweiße Faust gegen den Mund, um nicht laut loszuschreien. Aus dem Kellerverlies hörte sie ein Rascheln, jemand rappelte sich auf, stolperte umher. Sie musste weg von hier! Als sie sich umsah, konnte sie einen Schatten hinter sich ausmachen.

O nein! Nicht so kurz vor dem Ziel. Mit aller Kraft zwang sie ihre Beine zum Gehorsam und hastete weiter. Zehn Stufen hatte sie bewältigt, sie kam um die Kurve der Treppe. Dort konnte sie nun endlich die Quelle des Lichts erkennen. In schmiedeeisernen Laternen flackerten in versetzten Maueraussparungen rote Grablichter. Am Ende des Treppenaufganges erkannte sie eine weitere Stahltür.

Ein schrecklicher Gedanke durchzuckte Alinas Gehirn: *Jedes Detail dieses Albtraumes war alles andere als zufällig gewählt.* Eine grausam verirrte Seele wiederholte an Ragna und ihr ein Schema. Jetzt ließ er sie absichtlich in das Treppenhaus entkommen. Einer grotesken Dramaturgie folgend, ließ er sie kurz Zuversicht schöpfen. Damit er das darauffolgende Sterben jeglicher Hoffnung in ihr umso intensiver genießen konnte. Da oben würde es keine Freiheit für sie geben. Sie warf einen Blick zurück über die Schulter, vernahm ein Keuchen und erkannte im selben Moment, dass es aus ihrer eigenen Kehle kam.

Im Licht der Grabkerzen sah sie seine Gestalt auf sich zukommen. Das flackernde Kerzenlicht ließ die Augen silbrig glitzern. Bedächtig, geradezu pastoral in Mimik und Gestik näherte er sich ihr. Seine Füße schlurften gemächlich über den Steinboden. Er lächelte, breitete die Arme aus, als ob es Trost wäre, den er zu überbringen hätte. *NEIN!*

Alina tastete sich seitwärts weiter, da war die Tür. Sie brauchte beide Hände, um die Klinke herabzudrücken, weil sie so zitterten. Verschlossen. Mit letzter Kraft schlug sie die Fäuste gegen die Tür, krallte ihre Finger in das Mauerwerk links und rechts davon. Sie versuchte zu schreien, aber wie in einem schlechten Traum, in dem sie um Hilfe rufen wollte, versagte ihr die Stimme, kein Ton kam über ihre Lippen. Wimmernd sank sie an der Tür zusammen. Er trat zu ihr. Strich ihr durch das Haar, schlang Strähnen um sein Handgelenk.

»Alina, netter Versuch mit deiner Kostümierung, jedoch stark ausbaufähig. Wenn schon, möchte ich auf meinem Niveau beschissen werden.«

Noch dichter rückte er, zog sie an den Haaren mit einem heftigen Ruck auf Augenhöhe hinauf und knallte ihren Kopf gegen die Steinmauer. Sie fühlte einen brennenden Schmerz am Hinterkopf und an der Stirn. In seiner Hand hing ein Büschel ihres Haares. Sie sah ihm in die Augen, roch den ekelhaften süßlichen Atem, er drängte sie an die Mauer.

Natürlich! Wie dumm ich war, wie unendlich dumm! Warum habe ich diesen gewaltigen Irrsinn nicht früher erkannt?

Lächelnd zog er eine Injektionsspritze aus der Hosentasche seiner Jeans. Mit dem Unterleib presste er sie lässig an die Wand, während er die Spritze über ihre Köpfe ins Licht hielt, gegen den Kolben klopfte und einen kurzen Strahl aus der Nadel drückte. Alina spannte jeden Muskel in ihrem Körper an und zog ihr Knie hoch. Ein gellender Schrei durchschnitt die Nacht, von dem sie nicht sicher hätte sagen können, ob es ihrer oder seiner gewesen war.

81

»Ich werfe jetzt die Scheibe ein!« Nachdem Carmen minutenlang bei van Bargens und Uta Pinnelka Sturm geklingelt und gegen die Holztür geklopft hatte, drehte sie sich zu Gregor um. Fieberhaft scannte sie die Umgebung nach einem Gegenstand ab, mit dem sie ihren Vorsatz in die Tat umsetzen könnte. Gregor ging zum Auto zurück, öffnete den Kofferraum und reichte seiner Frau wortlos einen Kuhfuß.

»Danke, bitte geh einen Schritt zur Seite.« Sie hatte ein Fenster neben der Eingangshalle ausgewählt und schlug mit aller Kraft zu. Es war ihr egal, ob eine Alarmanlage losgehen würde oder welche Konsequenzen der Einbruch für ihre Karriere haben könnte. Sie dachte nur noch daran, Linus aus der Gefahrenzone zu schaffen und Alina vor einem bestialischen Tod zu schützen.

Wenn ich richtigliege mit meiner Vermutung, sind wir kurz vor dem Ziel. Bitte, lass alles gut ausgehen, betete sie stumm. Nie, niemals wieder würde sie ihren Sohn einem solchen Risiko aussetzen. Gregor hatte recht, sie neigte manchmal zu unverhältnismäßigem Denken und Handeln. Vielleicht bereits bei Linus' Krankheit damals, aber auf jeden Fall jetzt: Bei der

Klärung dieses Kriminalfalls war sie mit dem Einschleusen von Linus in die Psychiatrie weit übers Ziel hinausgeschossen.

Das Glas splitterte. Carmen griff nach dem Fensterrahmen. »Los, Gregor, Räuberleiter. Hiev mich hoch. Na, mach schon! So schwer bin ich nun auch wieder nicht.« Sie parierte das Hochschnellen seiner Augenbraue mit einem Tritt gegen seine Brust und kletterte durch das Fenster.

Dunkelheit umgab sie, als sie auf einen Hochflor-Teppich plumpste. Sie hatte keine Taschenlampe außer einer kleinen solarbetriebenen Lampe an ihrem Schlüsselbund. Sie leuchtete mit dem spärlichen Strahl über die Wände. Hatte sie ursprünglich gedacht, sich in einem Nebenraum des Eingangsfoyers zu befinden, sah sie sich getäuscht. Dies musste die Wohnung von Uta und Niels Pinnelka sein. Sie entschied sich, kein Deckenlicht anzuschalten, um ihre Anwesenheit nicht zu verraten. Carmen richtete den Lichtstrahl auf eine Anrichte. Wie Soldaten war dort eine Garnison von Schwarz-Weiß-Fotografien in silbernen Rahmen aufgestellt. Aus einem DIN-A4-großen Porträt lächelte sie der junge Niels Pinnelka ohne Beteiligung seiner Augen an. Der Lichtschein wanderte über das nächste Foto. Ein Kinderbild mit Melanie van Bargen als circa Fünfzehnjährige mit ihren kleinen Zwillingsbrüdern. Das Bild war vor einem Schuppen aufgenommen worden, alle drei Kinder blickten ernst in die Kamera und warfen seitlich einen Blick auf eine unsichtbare Person. Niels oder Niclas zog einen aus dem Foto fliehenden Hund am Schwanz, mit der anderen Hand griff er ihn brutal am Schlappohr.

Ein Tierquäler? Die Wissenschaft wusste, dass viele Psychopathen, die als Tierquäler anfingen, später zur Effektsteigerung auch Menschen traktierten.

Niels. Steckte er doch hinter diesem Horror? Carmens Gedanken schlugen Saltos und sie schalt sich eine Närrin. Das doppelte Lottchen hatte die Pinnelka-Zwillinge, Steffen und Gellert ausgeschlossen. Niemand von ihnen konnte aufgrund der DNA-Spuren der Vater von Ragnas Kind sein, keiner von ihnen hatte Alinas Handtasche oder Ragnas letzte Bekleidung angefasst.

Halb verdeckt von dieser Fotografie entdeckte sie dahinter ein Bild von Steffen van Bargen mit seiner Frau Melanie auf einem Gartenfest. Zwar lachten die Gesichter, aber die Personen wandten sich voneinander ab, hatten die Beine übereinandergeschlagen und die Arme verschränkt. *Geschlossene Körperhaltung.* Eine in Weiß gekleidete, stark geschminkte Uta Pinnelka stand hinter ihrer Tochter und hielt dieser grinsend zwei Finger als Hasenohren an den Kopf.

Unwitzig, entschied Carmen. *Übergriffig und bösartig.* Es passte hundertprozentig zum Eindruck vom Umgang der Mutter mit Melanie van Bargen, den sie während der ersten Befragung gehabt hatte.

Bei dem nächsten Bild, auf das der Schein der Lampe fiel, stockte ihr Atem. Es zeigte Uta Pinnelka mit einem Mann. Deutlich jünger alle beide, die Aufnahme mochte zwanzig oder fünfundzwanzig Jahre alt sein. Diesem Herrn auf dem Foto war Carmen im Zuge der Ermittlungen bereits zwei Mal begegnet.

Unmöglich. Sie richtete den Strahl der Taschenlampe direkt auf die Gesichter. Die Mienen der beiden erschienen weicher und weniger ausgeprägt als heute. Er hatte kaum Ähnlichkeit mit der Karikatur der Person, die Carmen kennengelernt hatte.

So übel sah der damals gar nicht aus. Mit hellblondem Haar, wie er lachend ein Ruderboot steuerte, während Uta Pinnelka einen Knutschmund in die Kamera sandte und kokett mit den Händen ihre Brüste anhob.

Carmen studierte das Bild noch einmal genau. Wirklich unglaublich, aber es gab keinen Zweifel. Diese Haifischzähne traf man nur einmal in Hamburg. Dr. Herbert Pathen.

Ihre Gedanken wirbelten durcheinander. Wo war die Verbindung? Pathen hatte Ragna eingewiesen. Was hatte er mit den Pinnelkas zu tun? Sie schlug den Bilderrahmen auf die Kante der Anrichte, das Glas zersplitterte. Mit fahrigen Fingern fischte sie das Bild aus dem Rahmen.

»O verdammte Sch…!« Sie hatte sich am Bilderrahmenglas geschnitten und sog zwischen den Lippen das Blut von ihrem linken Zeigefinger. Die rechte Hand wischte Splitter beiseite und drehte das Foto in das Licht der schwächer werdenden Solarlampe. Tatsächlich, ihre Hoffnung hatte sie nicht getrogen. Wie so oft bei alten Aufnahmen hatte eine gewissenhafte Tante Hildegard, die es in jeder Familie gab, auf der Rückseite Jahreszahl und Namen notiert: *Uta mit Cousin Herbert.*

Wie in einem Kaleidoskop wirbelten zwei Informationen zunächst in Carmens Kopf bunt durcheinander, bis sie sich wie passende Puzzleteile zusammenfügten.

Was hatte Matthias erzählt, als er den Anwohner auf dem verwahrlosten Grundstück interviewte, wo sie Ragnas Leiche gefunden hatten? Von weither hörte sie die Stimme ihres Kollegen, als er jenen Nachbarn zitierte: Schwanger war sie, schon das zweite Mal übrigens, aber nicht von dem Herrn Bräutigam. Jeder hier wusste, dass sie was mit dem Cousin hatte. Ersten Grades, man muss sich das einmal vorstellen!

Carmen ließ sich in einen Sessel fallen, um die Konsequenzen dieser Erkenntnis zu durchdenken.

Wenn Melanie van Bargen Uta Pinnelkas erste Schwangerschaft gewesen war, dann waren Niels und Niclas jene zweite von diesem Cousin. Von Herbert Pathen, dem eigenartigen Psychologen. Wer hätte das gedacht? Da wären wir von allein nie draufgekommen. Außerdem, wer war seinerzeit Utas Bräutigam? Hatte sie den trotzdem geheiratet und ihm die Zwillingsbrüder von dem Cousin untergejubelt?

Weiter kam sie nicht mit den Überlegungen. Gregor war ihr durch das Fenster gefolgt, denn plötzlich stand er vor ihr, nahm Carmen das Bild aus der Hand und zog sie aus dem Sessel hoch. Als sie sich gerade an ihn lehnen wollte, durchschnitt ein gellender Schrei die Stille des Hauses.

82

»Jeder Patient kannte diese Börse in der Bodenvase im Foyer? Es gab Kuriere und eine Art Währung mit Psychopharmaka? Mit den Zahlencodes der Sicherheitstüren kam man doch überall hin, oder?«

Matthias warf einen Blick auf Linus, der sich in eine Fleecejacke eingekuschelt hatte und auf einem Bleistift herumkaute. Linus redete seit seiner Befreiung vor einer Viertelstunde ununterbrochen auf Matthias ein.

»Ja. Und hundertprozentig ist Dr. Gellert die undichte Stelle gewesen. Garantiert hat er Alina oder sonst einer weiblichen Patientin die Codes gegeben, weil er sich mit ihnen außerhalb der Klinik treffen wollte. Oder er hatte die Codes irgendwo aufgeschrieben und die raffinierten Mädels sind so immer wieder drangekommen. Ach Matthias, wenn ich doch nur so schnell sprechen könnte, wie ich denken kann! Denn da ist noch meine Theorie über Walker, die ich dir schon kurz skizziert habe. Übrigens intelligenter Name, den er da ausgesucht hat. Der wechselt seine Identitäten. Ein Grenzgänger, aber nicht psychisch wie Ragna, sondern körperlich und es passt alles zusammen! Er ...«

»Eines nach dem anderen.« Matthias strich sich mit den Fingern über die Stirn und versuchte die Reizüberflutung, die dieser Informationstsunami auslöste, zu kanalisieren. Linus verstummte, während sich sein älterer Freund sammelte.

»Linus, eine Sorge kann ich dir nehmen. Du sprichst schneller, als jeder Mensch auf der Welt denken kann. Erst einmal möchte ich mich auf deine erste Idee konzentrieren. Wie funktioniert das mit diesen komischen Körperchen, von denen du erzählt hast, denn das ist das Fundament deines Gedankengebäudes? Damit rückt jemand in den Fokus, den wir bisher ausgeschlossen haben. Gibt es die Dinger im Ernst? Woher weißt du so etwas?«

Wenn Linus' seltsame Theorie stimmte, dann hatten sie die Erklärung und den Täter. Aber es war wirklich zu abgefahren.

»Ja, woher wohl? Ich studiere Medizin, daneben lese ich interessiert Zeitungen und Fachmagazine. Polkörperchen heißen die Dinger. Doch die gaben nur den Anstoß für meine geniale Idee mit den zweikernigen Zellen. Ein zwar seltenes Phänomen, dennoch eventuell die Auflösung eures Rätsels.«

Matthias ließ sich Linus' komplette Theorie durch den Kopf gehen und murmelte: »Polkörperchen. Walker, die Kunstfigur, der Grenzgänger zwischen zwei Welten mit zwei Identitäten. Linus, das könnte hinhauen. Ich könnt dich knutschen.«

»Ach, vielen Dank, teurer Bruder, aber Mamas Pudding mit Orangensoße wäre mir im Moment lieber.«

83

»Ich habe es gewusst! Wir befinden uns im Auge des Hurrikans. Hast du das gehört? Oh, verflucht noch mal! Gregor, da lang!« Carmen stürzte in Uta Pinnelkas Wohnung Richtung Tür zum Hausflur. Sie riss die Wohnungstür auf und tastete nach einem Lichtschalter. Jetzt war es egal, ob die Beleuchtung sie verriet, sie musste handeln. Sofort erstrahlte das Treppenhaus in dem Licht der Kristalllüster, die an der Wand dem Treppenverlauf ins Obergeschoss folgten, und die Posaunenengel warfen ihre übergroßen Schatten an die gegenüberliegende Mauer.

»Woher kam der Schrei?« Sie sah sich um. Gregor deutete mit den Daumen auf den Boden.

»Aus dem Untergeschoss. Carmen, du willst jetzt nicht da runtergehen, ohne Verstärkung? Jahrelang hast du mir bei jedem, wahrlich jedem Krimi im Fernsehen detailliert erklärt, dass echte Ermittler niemals so bescheuert wären, alleine in einen Keller herabzusteigen, aus dem unheimliche Geräusche oder Schreie kommen.«

»Wieso ohne Verstärkung, du bist doch bei mir. Gregor! Es geht um Linus! Quatsch keine Opern, sondern komm endlich, oder such ein Telefon und ruf die Polizei. Aber dann beeil dich!«

An einer Marmorsäule unter der elegant geschwungenen Palisanderholztreppe entdeckte Carmen ein schmales Podest, von dem vier oder fünf Stufen in einen winzigen Vorraum herabführten. Düsternis umgab sie, denn die breite Treppe schirmte diese Ecke gegen das Licht der Kristalllüster ab. Carmen hörte mit einem Ohr, wie Gregor auf der Suche nach einem Telefon fluchte. Sie leuchtete mit ihrem Schlüsselanhänger auf eine Stahltür und rüttelte an der Klinke. Mit einem Knarren schwang die Tür auf. Ein Treppenhaus aus brüchigem, rotem Backstein führte wie eine Wendeltreppe in die Tiefe. Modergeruch und Dunkelheit waberten ihr entgegen.

Wo blieb Gregor nur? Schritt für Schritt stieg sie die Treppenstufen herunter. Nach ungefähr fünfzehn Stufen endete die Treppe. Geradeaus ging es nicht weiter, eine offensichtlich nachträglich eingezogene Mauer aus hellgrauen Felssteinen versperrte den Weg. Carmen leuchtete nach links.

Nichts außer einem kleinen halbrunden Raum, in dem mindestens zwölf uralte Emaillewaschbecken vor sich hin rosteten. Schon wollte Carmen sich zur anderen Seite wenden, als sie bemerkte, dass die Waschbecken nicht einfach an der Mauer lehnten. Ihre Lampe wurde von der Dauerbeanspruchung schwächer und schwächer, aber das Licht reichte aus, um zu sehen, dass die Becken in einer hochkant an die Wand gelehnten Badewanne aufeinandergestapelt worden waren. Einer Wanne, die jener glich, in der sie Ragna gefunden hatten. Daneben standen sechs oder sieben Nachttischchen mit Marmoraufsatz, die genau wie das Tischchen aussahen, das sich in der Bauernhofruine neben der Badewanne mit Ragnas Leiche befunden hatte und auf dem ihr Mörder die Brustimplantate abgelegt hatte.

Scheibenkleister. Das hier sind Teile der Einrichtung des ehemaligen Hotels. Und die hat der Täter sehr planvoll genutzt für das dramaturgische Bild, das er in der alten Bauernhofruine in

Szene gesetzt hat. Aber, o mein Gott! Was ist das? Dies gehört sicher nicht zu der Hotelmöblierung. Carmen folgte mit dem Blick dem Licht ihrer Taschenlampe. Ein Metallschrank schälte sich aus der Dunkelheit, dessen Türen, von Rost durchlöchert, lose in den Angeln hingen. Im Inneren des Schrankes konnte sie fünf Regalböden zählen. Trotz des Zwielichts entdeckte sie auf jedem Bord mindestens zwanzig Glasbehälter, in deren eingetrübten Lösungen konservierte Objekte schwammen. Sie trat näher und fühlte ihren Hals enger werden. Organe. Carmen erkannte mit Schaudern ein Gehirn. Daneben eine Bauchspeicheldrüse, deren Funktionsweise ihr Linus erst vor wenigen Wochen bei einem Currywurstessen auf dem Hamburger Winterdom anschaulich und dezidiert auseinandergesetzt hatte.

Hatte Melanie van Bargen nicht ebenfalls erwähnt, dass sich unten in diesem umgebauten Hotel seinerzeit das allererste Labor von Steffens Großvater, dem Firmengründer von Nordhisto, befunden hatte?

Carmen schob den Jackenärmel zurück und kratzte den kompletten Schorf unter ihrem Uhrenarmband ab.

In diesem Gewölbe werde ich die Lösung finden. Ich bin ganz nah dran.

Rechts von ihr öffnete sich ein Tunnel, sie tastete sich an dem Mauerwerk entlang. Die Decke über ihr war wie in einem mittelalterlichen Stollen gewölbt. Die Wände glänzten teilweise feucht, dunkle Stellen ließen Schimmel oder Moosbewuchs erahnen. Hier unten war es still wie in einer Gruft, kein Geräusch von außen drang zu ihr. Nach ungefähr sieben Metern gabelte sich der Gang.

Und nun? Carmen leuchtete in jeden der Tunnel hinein, aber die Finsternis schluckte das spärliche Licht bereits nach wenigen Metern. Sie lehnte sich gegen die Wand in ihrem Rücken und knipste die Lampe aus. Nachdem sich ihre Augen an die totale Dunkelheit gewöhnt hatten, bemerkte sie, dass die rechte Tunnelröhre vor ihr minimal heller war als die linke. Sie versuchte, den Blick zu fokussieren. Tatsächlich. Am Ende des rechten Ganges fiel ein schwaches Licht auf den Boden. Um den Lichtschein nicht aus den Augen zu verlieren, tastete sie sich an der Wand entlang. Vier Meter, fünf Meter. Dann sah sie, woher der Schimmer kam. Er schien durch ein Schlüsselloch einer Holztür. Dahinter musste sich jemand befinden. *Der Schrei. Das Licht.*

Carmen schlich an die Tür, bückte sich, um durch das Schlüsselloch zu spähen, aber sie konnte lediglich erkennen, dass Licht dahinter flackerte. Kerzen? Sie richtete sich wieder auf, drückte behutsam die Klinke herunter und hielt die Luft an. Nie hätte sie damit gerechnet, doch die Tür war unverschlossen und ließ sich leise öffnen. Carmen schob sich in einen circa zwei Quadratmeter großen Vorraum, eine schmiedeeiserne Laterne mit weißer Kerze stand neben einer weiteren Tür.

Wo blieb Gregor nur, verflucht und verdammt noch mal? Carmen überlegte, zurückzugehen. Alle Sinne rieten ihr, auf Verstärkung zu warten.

Natürlich, das war das Vernünftigste. Gerade wollte sie umdrehen, um diesem Gedanken die Tat folgen zu lassen, als sie innehielt. Ein Schluchzen drang an ihr Ohr.

Alina? Oder etwa Linus?

Carmen zögerte keine Sekunde, verwarf jede Vernunft und trat durch die Stahltür neben der Laterne. Hinter ihr fiel die Tür ins Schloss. Das Geräusch irritierte sie und sie blickte sich um. Einen Moment später wusste sie, warum das satt klingende Klack so endgültig geklungen hatte. Zu spät erkannte sie, dass die Tür nur von einer Seite, in diesem Fall ausschließlich von außen zu öffnen war.

Gefangen! Ihr einziger Weg führte vorwärts und abwärts, denn ein weiteres Treppenhaus tat sich vor ihr auf. Zwei, drei Grablichter in Mauernischen, aufgestellt in schmiedeeisernen Laternen, erhellten die Treppe. Das Herz schlug so laut in ihren Ohren, dass sie nicht sicher unterscheiden konnte, welche Geräusche sie außerdem wahrnahm. Sie meinte ein Keuchen zu hören, ein Weinen oder Wimmern. Je tiefer sie die Stufen hinunterschritt, desto dunkler wurde es um sie herum, da der Schein der Grabkerzen hinter der Biegung der Wendeltreppe verschwand. Fast wäre sie am Ende der Treppe gestolpert, denn ihr Fuß trat in etwas Weiches.

Nein! Lass mich nicht zu spät kommen. Das Hämmern im Kopf verstärkte sich, als sie sich bückte. Ihre Hand ertastete Haare. Lange Haare. Sie zwang sich, weiterzutasten. Aber es waren nur Haare.

Ein Glück, kein Schädel darunter. Sie ließ die angehaltene Luft aus den Lungen entweichen und hob eine Perücke hoch. Sie kramte die kleine Schlüssellampe hervor und besah sich die Szenerie. Die roten Locken des Kunsthaares hingen schlaff in ihrer Hand. Eine weitere Stahltür, vor der sie jetzt stand, war nur angelehnt. Carmen zog sie vorsichtig auf. Ihr Puls hatte sich inzwischen beruhigt und sie konnte eine Spieluhr hören, die ein bekanntes Gutenachtlied spielte.

Weißt du, wie viel Sternlein stehen …

Nur schien sie kaputt zu sein, metallen schepperte der Klang, ein hölzerner Resonanzkörper fehlte offenbar. Zudem vermisste Carmen manche Töne, andere schrammten dissonant über die Walze.

Die Rückwand eines Schrankes versperrte ihr die Sicht, sie drückte sich an einer Seite vorbei und erstarrte bei dem Anblick, der sich ihr dahinter darbot. Drei dicke weiße Kerzen spendeten immerhin so viel Licht, dass Carmen feststellen konnte, dass sie zu spät kam.

»Oh, Scheiße!«

Das Himmelbett rechts von ihr beachtete sie nicht weiter, sie richtete alle Aufmerksamkeit auf die Badewanne in der Mitte des Raumes. Carmen fühlte sich ein paar Tage zurückversetzt.

Ein grauenhaftes Déjà-vu.

Wieder lag ein Mädchen in weißer Leinenkleidung in einer Badewanne, schwarze Haare hingen über den Rand. Das Gesicht grotesk bemalt. Riesige Blutflecke in Brusthöhe. Es fehlten nur die roten Haare über dem erstarrten Antlitz der Leiche. Carmen glitt die Perücke mit den karmesinroten Kunstlocken aus den Händen.

Doch weitere Einzelheiten störten das Bild, unterschieden das Szenario vom Fundort Ragna Wellerslebens. Carmen fühlte diese Dissonanz eher, als dass sie sogleich die Fakten hätte benennen können. Sie fokussierte jeden Nerv, jeden Gedanken. Da! Auf dem Nachttisch stand zwar eine Vase mit Teerosen, aber Carmen konnte keine blutigen Silikonkissen davor entdecken. Und noch etwas, das sie bisher nur am Rande des Bewusstseins wahrgenommen hatte: Die Spieluhr war inzwischen verstummt. Wie lange lief eine Spieluhr? Drei oder vier Minuten?

Alina konnte sie nicht aufgezogen haben. *Wer also?* War er doch nicht fertig mit seinem Werk geworden? Die Erkenntnis durchfuhr sie wie ein Blitz.

Wie konnte sie bloß so fahrlässig sein! Doppelt fahrlässig, denn ihre Waffe lag im Auto. Verdammt! Das Himmelbett!

In dem Moment, als sie sich umwenden und die Vorhänge aufreißen wollte, fühlte sie bereits die Anwesenheit einer Person hinter sich. Sekundenbruchteile später tauchte ein schwarzer Schatten schräg neben ihr auf. Ruckartig duckte sie sich. In der halben Drehung um die eigene Achse griff sie nach der Vase auf dem Nachttischchen und schleuderte sie dem Angreifer entgegen. Ein Stöhnen gefolgt von einem dumpfen Aufprall sprach dafür, dass sie gut getroffen hatte.

Über der Hutkrempenlinie. Das zumindest wird die Gerichtsmedizin feststellen, dachte Carmen, während sie sich ihrem Opfer näherte, um es genauer zu betrachten.

»Sieh an, sieh an. Irgendwie kamst du mir von Anfang an komisch vor.«

Einen zweiten Blick gönnte sie der verkrümmten Gestalt nicht, instinktiv wandte sie sich der Badewanne mit dem reglosen Mädchen zu. Lange schwarze Haare verdeckten Teile von Alinas Gesicht. Als Carmen dem Mädchen einzelne Strähnen vorsichtig aus der Stirn strich, blickte sie in ein erstarrtes Auge. Fröstelnd zog Carmen ihre Jacke zusammen und zwang sich weiterzumachen.

Der Profi in ihr registrierte Blutflecken auf der weißen Leinenbluse von Alina, die das Kleidungsstück großflächig rot färbten. Schminke und Blutspuren im Gesicht, eine Wunde von ausgerissenem Haar an der Schläfe. *Zu spät.*

Carmen hätte heulen können. Sie ließ sich auf den Badewannenrand sinken und griff nach dem bleichen Arm, mit dem Alina vielleicht noch nach der Vase hatte greifen wollen, um sich zu verteidigen, der nun aber in dieser letzten verzweifelten Geste über den Badewannenrand hing. Sie fühlte ein Würgen und Übelkeit in der Brust hochsteigen. Es kostete sie einiges an Überwindung, an dem kühlen Handgelenk nach einem Puls zu fühlen. Ihr eigenes Herz pochte so laut in den Ohren, dass sie zweimal ansetzen musste, bis es ihr endlich gelang, sich zusammenzureißen. Denn plötzlich meinte sie, im Unterarm des Mädchens einen schwachen Puls zu verspüren.

84

»So, da sind wir.« Matthias stellte den Motor aus.

»Und wir sind nicht die Ersten.« Linus neben ihm feixte. »Wusste ich doch, dass Mama meine Hinweise mit dem Hotel California schnallt! Da, schau. Sie hat eine Fensterscheibe eingeworfen, bestimmt hat sie schon das unterirdische Labor gefunden. Ich wette mit dir, da unten wird Alina gefangen gehalten und dort ist ebenfalls der Tatort, an dem er seine Operation an Ragna vornahm, bevor er sie in der Bauernhofruine aufgebahrt hat. Los, komm, wir dürfen keine Zeit verlieren.« Linus sprang aus dem Wagen, aber Matthias hielt ihn am Ärmel fest.

»O nein, mein Kleiner! Du wirst hierbleiben!« Er deutete unmissverständlich auf das Auto.

Dann rannte er auf das Haus zu, schwang sich durch das zertrümmerte Fenster und betrachtete den Raum, in dem er gelandet war. Auf einer Anrichte entdeckte er eine Fotografie. Glassplitter und der zerbrochene silberne Bilderrahmen lagen davor auf dem Boden.

Carmens Handschrift, wenn sie es eilig hatte.

Matthias wendete das Foto. Auf der Rückseite war in dunkler Tinte vermerkt: *Uta mit Cousin Herbert*. Er hielt das Bild ins Licht.

Der sah ja aus wie Dr. Herbert Pathen in jung. Ein Geräusch wie eine zufallende Tür riss ihn aus der Betrachtung. Es kam aus dem Treppenhaus. Matthias eilte zur Wohnungstür. *Wer hatte sie offen stehen lassen?*

»Hallo? Carmen?« Die Kristalllüster blendeten ihn und er zog seine Dienstwaffe.

»Carmen?« Nichts. Nur ein Poltern von rechts. Er wandte sich zu einem schmalen Podest unter der Palisanderholztreppe und trat durch die Tür in ein backsteinernes Treppenhaus, dessen Stufen in die Tiefe führten. Nach wenigen Metern, die er vorsichtig abwärts gestiegen war, erreichte er einen halbrunden Raum, aus dem sich plötzlich ein Schatten von der Wand löste.

»Stehen bleiben, Hände hoch!«, zischte Matthias und zielte mit der Waffe auf die dunkle Silhouette.

Sein Gegenüber verharrte in der Bewegung, hob die Arme und flüsterte: »Hey, Matthias? Pst, sei ruhig! Ich bin's. Gregor. Endlich kommt Verstärkung! Carmen ist irgendwo in diesem Labyrinth, aber ich habe ihre Spur verloren. Wir müssen uns beeilen. Vielleicht ist auch Linus hier in Gefahr.«

Matthias entspannte sich etwas und ließ die Dienstpistole sinken.

»Mann, hast du mich erschreckt! Linus? Wie kommst du auf das schmale Brett? Nein, der ist garantiert nicht in diesen Katakomben, da kann ich dich beruhigen. Der sitzt quicklebendig in meinem Auto und programmiert dort wahrscheinlich gerade vor lauter geistiger Unterforderung den Polizeicomputer um. Wo hast du Carmen zuletzt gesehen?«

Gregor atmete kurz auf und deutete mit den Händen in einen dunklen Tunnel, der sich gabelte.

»Gesehen habe ich sie zuletzt oben in der Pinnelka-Wohnung, aber sie kann nur diesem Weg gefolgt sein.«

Die beiden tasteten sich an der Wand entlang, bis sie zu zwei Türen kamen. Matthias rüttelte an der einen, Gregor an der gegenüberliegenden Klinke. Verschlossen.

»Los, komm, wir prüfen den anderen Gang. Carmen wird auf der Suche nach Alina kaum hinter sich abgeschlossen haben.«

Sie kehrten zur Weggabelung zurück und folgten nun dem parallelen Tunnel. Erneut gelangten sie an zwei Türen. Die erste, eine Holztür, ließ sich öffnen. Sie betraten einen Vorraum, in dem eine Laterne vor einer Stahltür stand.

Lautlos öffneten sie auch diese Tür. Matthias bemerkte, dass sie sich nur von dieser Seite öffnen ließ. Mit dem Fuß schob er die Laterne in den Spalt, damit sie nicht in der Falle säßen, sofern die Tür hinter ihnen zuklappte. Sie schlichen vorwärts in ein weiteres, spiralförmiges Treppenhaus. Wie angenagelt blieben sie stehen, als ihnen eine Stimme aus der Tiefe des Gewölbes entgegenhallte.

»Gregor? Gott sei Dank, dass du mich endlich gefunden hast. Ich wollte zurück, um Verstärkung zu holen. Aber die Tür fiel zu, ließ sich nicht mehr öffnen. Dann entdeckte ich das hier. Furchtbar! Mach dich auf etwas gefasst und beeil dich bitte.«

»Carmen?« Die beiden Männer stürzten die Treppe hinab und betraten das Kellerverlies.

»Meine Güte, was ist passiert?«, ächzte Matthias, als er die Szene in sämtlichen Details erfasste. Carmen starrte ihren Kollegen an.

»Matthias, wie um alles in der Welt kommst du hierher? Egal. Hast du ein Telefon? Wir brauchen einen Krankenwagen. Alina lebt noch. Los, beeil dich!«

Gregor deutete auf den leblosen Mann, der vor dem Himmelbett auf dem Boden lag.

»Und was ist mit dem hier?«

»Der ist vollkommen okay. Hat höchstens eine Gehirnerschütterung«, erwiderte Carmen.

Matthias steckte das Handy wieder in die Jackentasche, nachdem er den Notruf abgesetzt hatte. Carmen zerrte ihn am Jackenärmel zu dem Himmelbett.

»So, Matthias. Nun schau dir mal an, wem ich da die Kopfschmerzen verpasst habe! Niels Pinnelka. Wenn der allerdings unser gesuchter Mann ist, dann hat das Lottchen einen gravierenden Fehler bei den DNA-Abgleichen gemacht.«

Ihr Kollege schüttelte den Kopf.

»Nein, hat es nicht. Ich hatte vorhin eine ausführliche Unterhaltung mit Linus.«

»O, Gott sei Dank! Geht es ihm gut?«

Carmen griff nach Gregors Hand und Matthias nickte, bevor er fortfuhr. »Der, der hier liegt, den halten wir nur für Niels Pinnelka. In Wirklichkeit ist es sein Zwillingsbruder Niclas Pinnelka.«

Carmen tippte sich an die Stirn.

»So ein Blödsinn! Matthias, hast du Drogen genommen? Niclas sitzt in der geschlossenen Abteilung der Psychiatrie! Außerdem sind Niels und Niclas eineiige Zwillinge, ergo haben sie die gleiche DNA, weshalb wir die beiden bereits ausschließen konnten.«

»Eben nicht. Sie weisen keine identische DNA auf«, widersprach ihr Kollege. »Es gibt das Phänomen unechter Zwillinge, was nicht im Ansatz etwas mit der gängigen, zweieiigen Variante zu tun hat. Aber lass dir das von Linus erklären.«

85

»Danke.« Carmen griff nach dem heißen Becher Kaffee, den Astrid ihr aus der Thermoskanne eingeschenkt hatte. Nur kurz ließ sie Linus und Gregor los, trank einen Schluck und blickte auf das flatternde Absperrband der Polizei. Das schlossartige Anwesen der van Bargens wurde in ein unwirkliches Licht getaucht, da immer noch Einsatzfahrzeuge mit flackerndem Blaulicht auf dem Parkplatz standen.

Soeben setzte sich der Rettungswagen mit Alina in Bewegung und rollte durch die alleeartige Auffahrt zur Hauptstraße. Ihm folgte ein zweiter Krankenwagen, in dessen Innerem man sich um die Kopfverletzung des Pinnelka-Zwillings kümmerte.

»Hoffentlich schafft Alina es. Der Notarzt meinte, sie wurde vermutlich betäubt, Herz und Kreislauf wären aber stabil. Die Flecken auf ihrer Bluse waren kein Blut; sie hat keinerlei äußerliche Verletzungen.« Carmen wandte sich ihrem Sohn zu.

»Linus, bitte noch mal das Ganze von vorn, für Nichtmediziner. Es gibt Zwillinge, die gar keine Zwillinge sind?«

»Ja, so ähnlich. Grundsätzlich unterscheidet man ein- und zweieiige Zwillinge. Eineiige Zwillinge haben zu hundert Prozent identische DNA, weil sich die Eizelle erst nach der

Befruchtung teilt. Zweieiige Zwillinge haben keine gleiche DNA; sie entstehen aus unterschiedlichen Eizellen, die von zwei Spermien befruchtet werden. Im Prinzip sind sie normale Geschwister, die nur zufällig gleichzeitig im mütterlichen Uterus heranwachsen. Bei Niclas und Niels gingen alle von eineiigen Zwillingsbrüdern aus, weil sie sich so ähnlich sehen.«

Er machte eine Pause und beobachtete ein Eichhörnchen, das auf einem Tannenzweig sitzend die Szenerie betrachtete und an einer Nuss knabberte.

»Dann gibt es Zwillinge, die aus sogenannten Polkörperchen entstehen. Das sind …«, Linus fing den warnenden Blick seiner Mutter auf, »… na ja, egal. Ist bisschen kompliziert. Diese Zwillinge sind ebenso unterschiedlich wie zweieiige. Weil ich über die Polkörperchen vor Kurzem einen Fachartikel gelesen hatte, der seltene Zwillingsphänomene behandelte, kam ich schließlich auf eine andere Idee. Denn in der Abhandlung las ich ebenfalls von Zwillingen, die aus einer zweikernigen Eizelle, also mit zunächst identischen Zellkernen entstehen. Beide Kerne können von Spermien befruchtet werden. Geschieht das, haben die Embryonen mütterlicherseits hundert Prozent gleiche Erbmerkmale. Väterlicherseits unterscheiden sie sich. Salopp gesagt: keine hundertprozentige, sondern fünfundsiebzigprozentige eineiige Zwillinge. Aufgrund der überproportionalen Übereinstimmungen im Erbgut können sie sich extrem ähnlich sehen. So wie Niels und Niclas.«

Astrid hatte aufmerksam zugehört, derweil immer wieder die Becher von Carmen und Linus mit Kaffee aufgefüllt. Sie schüttelte die letzten Tropfen aus ihrer Thermoskanne und sagte: »Da fällt mir etwas ein. Carmen, ich hatte dir doch vorgelesen, dass Niels und Niclas Pinnelka an einer Zwillingsstudie teilnahmen, die eineiige Zwillinge bezüglich unterschiedlicher sozialer Disposition bei psychischen Auffälligkeiten untersuchte. Die Pinnelka-Brüder sind nach zwei Monaten aus dieser Studie ausgeschlossen worden. Ich erinnere mich, dass in der Akte stand, *aufgrund der nicht vorhandenen, jedoch zwingend notwendigen Übereinstimmungen von Trallala,* dann folgten irgendwelche lateinischen Fachtermini. Dem habe ich keinerlei Bedeutung beigemessen, aber kann doch sein, dass die Studienleiter herausgefunden hatten, dass Niels und Niclas keine echten eineiigen Zwillinge sind.«

»Okay, ich versuche, so weit zusammenzufassen. Niels hatten wir als Täter ausgeschlossen, weil seine DNA auf dem Zigarettenstummel nicht zu den forensischen Spuren an Ragnas Leiche passte. Wir sind Niels nur einmal begegnet, als wir hier im Haus Steffen van Bargen befragen wollten. Niels fing uns im Erdgeschoss ab und erzählte, dass Ragna bei ihrem großen Auftritt Steffen als Vater ihres ungeborenen Kindes benannte.

Von seinem unechten Zwillingsbruder Niclas haben wir keine DNA. Es sei denn, es wäre die aller Täterspuren und aus der Haarbürste, die uns die Rufius untergejubelt hat. Was wiederum bedeuten würde, dass er sowohl der Täter als auch der Vater von Ragnas Kind wäre. Nun, das wird sich in Kürze herausstellen. Im Krankenhaus werden sie jetzt pronto DNA von ihm sicherstellen. Angenommen, Niclas ist der gesuchte Mann. Wie ist er aus der geschlossenen Abteilung geflüchtet? Oder sitzt dort in diesem Moment statt seiner Niels?«

Linus nickte, laut schlürfte er den Kaffee und blickte seine Mutter an.

»Hundert Pro. Die beiden haben es immer wieder geschafft, bei Besuchsterminen zu tauschen. Also Niels ging rein und Niclas raus. Ich glaube, sie haben damit nicht nur den Ort, sondern gleichfalls einen Teil ihrer Identitäten getauscht. Dank Clara, die mit *Hotel California*, bin ich auf die Idee mit dem umgebauten Hotel gekommen. Die ganze Nacht hat sie das Lied gedudelt. Zum Glück hattest du dieses Minipuzzleteil mir gegenüber erwähnt, als du mir von der Eisschrank-Wohnung der van Bargens erzähltest und davon, dass du das Haus mitsamt seiner Bewohner mit einem alten Song assoziierst. Dann habe ich angefangen, über die merkwürdige Familie nachzudenken, die hier im Haus wohnt. Und über das Biest aus *Hotel California*, das mit Messern nicht getötet werden kann.«

Gedankenverloren betrachtete Linus den Mufflon und eine deutlich attraktivere Erscheinung neben diesem, die in weißen Overalls aus dem Eingang der Villa auf eines der Einsatzfahrzeuge zustrebten. Er riss seinen Blick von der dunkelhaarigen jungen Dame, die sich aus ihrem Overall schälte, und erklärte: »Wahrscheinlich haben sich die Brüder stark verbunden gefühlt. Das Schicksal des einen, der in der Psychiatrie eingesperrt war, haben sie sich einvernehmlich geteilt. Ohne dass ich mich auf dem Gebiet auskenne, vermute ich, dass sich ihre Psychen, nun, sagen wir mal gegenseitig überlappten. Über die Psychen von Zwillingen ist nicht so viel erforscht, wie uns die Wissenschaft glauben machen will. Wäre für mich jedenfalls vorstellbar, dass es zwischen den beiden eine Art Schnittmenge der Identitäten und Empfindungen gab, aus der sich beide bedienten.« Er dachte nach, ließ jedoch Carmen, die zu sprechen anhob, nicht zu Wort kommen.

»Jaja, Mama, ich sehe an deinem Gesicht, das ist dir zu wenig basiswissenschaftlich. Doch weiter: Clara wusste davon, sie konnte die Brüder auch unterscheiden. Sehr wahrscheinlich hatte sich Niclas ihr teilweise anvertraut. Schlau, wie er ist, wusste er, dass sie ihn nicht verraten konnte als jemand, der sich nicht gern mitteilt. Clara wiederum ahnte, dass etwas Schlimmes geschehen ist, nur nicht genau, was. Aber sie hat Mittel gefunden, sich mitzuteilen. Nicht nur der Song *Hotel California* deutete auf dieses Haus und dessen komische Bewohner hin. Später in der Nacht hat sie mir Bilder gezeigt, die sie gemalt hat. Da wurde mir einiges klar. Die Zeichnungen stellen Walker dar. Einen jungen Mann, hinter dem eine haargenau identisch aussehende Person steht, die in dem Profil mit ihm verschwimmt. Diese seltsame Schöpfung ist jeweils millimetergenau im Zentrum von Claras Bildern positioniert und die Menschen um jene Kunstfigur herum tragen statt Köpfen Glaskuppeln auf ihren Schultern. In die Glasköpfe hat Clara sogar Szenen hineingemalt. Wohl die Gedanken, die Niclas glaubte, in den Köpfen seiner Mitmenschen erkennen zu können.«

Er formte einen Schneeball, presste ihn so in den Händen, dass er zu einer Eiskugel wurde. Den drückte er an die Stirn und nahm den Faden wieder auf: »Eine andere Zeichnung stellt das Hotel California dar. Auch hier verschwimmen die Konturen. Sieht man genau hin, ist es als Zwitter zwischen labyrinthartigem Haus und einem Gehirn gezeichnet, mit verschiedenen Räumen auf vielfältigen Ebenen. In der untersten Kammer tobt das Biest. Logisch, Clara will mehrschichtig zeigen, was in Niclas' Ich und in dem van Bargen'schen Anwesen stattfindet. Intelligent gelöst, insgesamt ein faszinierendes Thema. Da ich hoffentlich mein Sprachvermögen nicht verlieren werde, wechsle ich eventuell doch noch zur Psychologie.«

Gregor hatte die ganze Zeit geschwiegen, nun nickte er und räusperte sich.

»Sicher ist, dass nichts sicher ist. Woher nehmt ihr die Gewissheit, dass Niels, den ihr bei der Befragung glaubtet, vor euch gehabt zu haben, wirklich Niels war?«

»Wer wann Niels oder Niclas war, das ist letztendlich fast egal. Das wird die Forensik klären. Wir haben den Täter direkt neben dem halb toten Opfer überwältigen können und das ist das Wichtigste.«

»Schon, aber wenn Linus auch mit der Überlappung der Psychen recht hat, dann ist derjenige, der sich momentan im Sandorff-Sanatorium aufhält, vielleicht nicht weniger gefährlich als ebenjener, der mit der von dir verursachten

Gehirnerschütterung ins Krankenhaus unterwegs ist. Zumal im Sandorff-Sanatorium vor wenigen Stunden Frau Dr. Rufius niedergeschlagen wurde.«

»Die Rufius wurde niedergeschlagen? Wieso erzählt ihr mir das erst jetzt?«

Matthias und Linus warfen in dramatischer Geste die Hände gen Himmel.

»Wir können eben nicht alle Details gleichzeitig berichten.«

»Sorry, ihr habt ja recht. Wisst ihr was? Jetzt machen wir einen Break und gehen nach Hause. Morgen früh will ich all die Klugscheißer sehen und verhören: Dr. Silvia Rufius, das Ehepaar van Bargen, Uta Pinnelka, die Pinnelka-Zwillinge, Clara Warburg, beziehungsweise ihre Zeichnungen, und wenn sie den anderen Heini, den Gellert, wach kriegen, den auch!«

Sie wandte sich ihrem Sohn zu und drückte ihm einen Kuss auf die Stirn.

»Linus, du hast eine Menge gut bei mir. Sozusagen Hauptgewinn. Fast freie Auswahl.«

Linus plinkerte mit den Augen und dachte nach.

»Ach Mam, ich habe eigentlich alles, was ich brauche, aber morgen endlich dein einzigartiges Nudelgericht zu essen, wäre schön. Und als Nachtisch Vanillepudding mit Orangensoße. Paps, kommst du auch? Ich quartiere Frau Beimer solange in mein Zimmer um. Da kann sie Gesundheits-TV gucken oder Mamas gesammelten Stapel *Apotheken Umschau* aus dem letzten Jahr lesen.« Bei diesem Zusatz warf Carmen ihrem Sohn einen Blick zu, der ihn anwies, keine weiteren Marotten, die sie sich zur Ablenkung nach Georgs Auszug zugelegt hatte, auszuplaudern.

86

Mit einem seltsamen Gefühl der Befreiung erwachte Silvia Rufius. Zwar schmerzte ihr Hals, doch sie hatte erstaunlich gut geschlafen. Sie räusperte sich mehrere Male und trank schluckweise stilles Wasser aus dem Glas, das auf dem Tischchen neben dem Bett stand. Dann tastete sie nach dem Smartphone, um zu sehen, ob es von der Uniklinik Neuigkeiten über Thomas' Zustand gab. Während sie durch verschiedene Nachrichten scrollte, bemerkte sie, dass sie bei dem Gedanken an Thomas vollkommene Leere empfand. Sie ließ das Handy sinken und griff stattdessen nach einer Akte, die sie gestern Abend in ihre Umhängetasche gestopft hatte, als sie das Sanatorium verließ. Kurz dachte sie daran, Dr. Pérez oder Tina anzurufen, um die Sache mit diesem eigenartigen jungen Mann zu klären, der behauptete, der Sohn der Kommissarin zu sein, doch das konnte warten. Wahrscheinlich hatten die beiden ihn inzwischen im Atrium entdeckt. Als Allererstes musste sie herausfinden, was gestern passiert war. Warum hatte Niclas Pinnelka sie niedergeschlagen und gewürgt?

Vor langer Zeit, als sich das Sanatorium noch im Aufbau befand, war Niclas für eine Weile ihr Patient gewesen. Aber sie erinnerte sich heute kaum an Details seiner Geschichte. Außer daran, dass sie nie Zugang zu ihm gefunden hatte. Deshalb hatte sie seinen Fall auch abgegeben und Niclas einem männlichen Kollegen zugeteilt. Während sie die Seiten durch die Finger gleiten ließ, fiel ihr dennoch eine Episode ein: Der Junge war ungefähr vierzehnjährig eingewiesen worden.

War es nicht Herbert Pathen, ihr alter Studienkollege, gewesen, der für seine Einweisung gesorgt hatte?

Damals hatte sie Niclas kurz nach seiner Einlieferung auf dem Flur getroffen. Dort kauerte er in einer Ecke, betrachtete durch eine Lupe die Holzfasern einer Kinderspieluhr, die er in minütlichen Abständen vehement aufzog und die Melodie immer wieder in Gang setzte. Sie erinnerte sich, dass sie gedacht hatte, er würde die Aufziehschnur abreißen. Um ihn von der Beschäftigung mit seinen Dämonen zu erlösen, hatte sie ihn gefragt, ob er Lust hätte, mit ihr in den Garten zu kommen und zu reden.

Seine Antwort war so kryptisch wie beunruhigend gewesen.

»Sehen Sie die Spieluhr, dieses Brennglas und meinen Kopfschmerz?« Er hatte noch mal heftig an der Schnur der Spieluhr gerissen und unstimmig zur Melodie monoton Variationen von Wörtern skandiert, immer die letzte Silbe wiederaufnehmend: »Brenn-Glas, Glas-Schmerz, Schmerz-Uhr, Uhr-Kopf, Kopf-Spiel, Spiel-Schmerz, Schmerz-Uhr, Uhr-Glas, Glas-Kopf ...«

Silvia erinnerte sich an die Verlorenheit in seinem Blick und an ihr eigenes unheimliches Gefühl, dass der Patient tief in ihre Seele hineinsehen konnte.

Die Akte, die sie aufschlug, war dick. Bereits der Anblick ermüdete sie so stark, dass sie am liebsten in die Kissen zurückgesunken wäre. Doch Profi, der sie war, vertiefte sie sich in das Studium.

Erst als sie ihren Nacken schmerzhaft spürte und die Finger so eiskalt waren, dass sie kaum noch die Seiten umblättern konnte, klappte sie den Aktendeckel zu. Wie viele Hinweise hatte es gegeben! Wie viele Fehleinschätzungen von Klinikseite! Und nun war ein Mädchen tot und ein anderes verschwunden, vielleicht ebenso widerlich zugerichtet.

Wenn sie je wieder glücklich werden wollte im Leben, dann musste sie endlich reinen Tisch machen. Mit einem Ruck stand sie auf. Für eine Dusche und Kosmetik fehlte die Zeit. Sie stieg in irgendeine Hose, die auf dem Sofa lag, kämmte flüchtig das Haar zurück und wühlte auf dem Telefontischchen nach der Visitenkarte von Hauptkommissarin Carmen Kollinger.

87

Strahlend blauer Himmel spannte sich über Hamburg an diesem Montagmorgen. Carmen fühlte Erholung und frische Kraft trotz kurzem Schlaf. Hochdrucklage? Oder das beglückende Gefühl, dass Alina gerettet und zudem der Fall gelöst war? Sie genoss den Blick aus dem Fenster des Präsidiums in das klare Blau. Eine Möwe stand in der Luft, setzte schließlich zu einem eleganten Gleitflug auf eine Litfaßsäule mit Werbung für eine Unterwäschemarke an.

Ihre Gedanken schweiften ab zu Linus und Gregor. Gestern Abend hatten sie zusammen ein tragfähiges Team gebildet. Sie alle drei hatten Anteil an der Lösung dieses Falles. Ohne zu überlegen und wie Zahnrädchen, die automatisch ineinandergriffen, hatten sie zusammengearbeitet. Wenn Carmen ehrlich mit sich war, hatte sie die Besorgnis in Gregors Blick gern gesehen. Wenn sie noch ehrlicher war, lag er auch völlig richtig mit seiner Standpauke über ihre Art, mit Linus umzugehen. Beide hatten sie Fehler gemacht.

Er würde nicht mit mir meckern, wenn ich ihm egal wäre, und er hat recht, mein Temperament zeitweise zu zügeln. Außerdem: Vergangen ist vergangen. Achtzehn Jahre war der Treuebruch her. Gregor schien ihn lange Zeit verdrängt zu haben und er war bei ihr und Linus geblieben. Oftmals ist es viel schwerer für den Fremdgänger, mit der Schuld zu leben, als für den Betrogenen. Vor allem seine Tochter Luna konnte nichts dafür.

Ich muss versuchen, sie als Menschen wahrzunehmen und nicht als sichtbaren Beweis von Gregors Untreue.

Carmen vertagte diese Gedanken und konzentrierte sich wieder auf den Fall.

Sie saß bereits seit halb acht Uhr morgens an ihrem Schreibtisch. Noch bevor sie mit einem Becher Kaffee in der Hand die Jacke ausgezogen hatte, hatte sie im Krankenhaus angerufen, aber weder Alina noch Niclas waren bisher vernehmungsfähig. Sie warf die Jacke auf einen Stuhl und überdachte alle Ereignisse der letzten Tage. Dabei kritzelte sie die Papierunterlage mit Strichmännchen, Buchstaben, Uhrzeiten und Verbindungspfeilen voll. Schließlich griff sie nach ihrer Lesebrille, um das Befragungsprotokoll von Niels Pinnelka noch einmal zu lesen.

Obwohl es gestern fast Mitternacht gewesen war, hatten Matthias und sie sich auf den Weg in das Sandorff-Sanatorium gemacht, um Niels zu verhören, bevor seine Mutter ihm einen Maulkorb umhängen konnte. Dr. Rufius hatten sie nicht angetroffen, nur Dr. Pérez.

Das Brillenglas war wegen Fettfingerspuren quasi undurchsichtig und Carmen überlegte träge, ob sie in die Küche gehen sollte, um es mit Spüli zu reinigen. Sie entschied, es vorerst mit dem Pulloverzipfel zu versuchen, schließlich ging es bis vor ein paar Monaten noch ohne Brille. Erst als sie sich bei einer Fußballübertragung HSV gegen Werder Bremen furchtbar blamiert hatte, weil sie Linus als Halbzeitergebnis 6:6 gesimst hatte, war ihr klar geworden, dass sie die kleinen rundlichen Zahlen oben am Bildschirmrand nicht mehr auseinanderhalten konnte. Nochmals hauchte sie auf das Brillenglas und rieb mit dem Ärmel darüber. Langsam konnte sie die Buchstaben klarer erkennen. Die Formalien des von Matthias handschriftlich angefertigten Protokolls am Anfang sowie die Erläuterungen, welche Tat seinem Bruder Niclas angelastet wurde, übersprang sie.

C.K.: »*Trifft es zu, dass Sie Niels Pinnelka sind?*«

N.P.: »*Ja, das sagte ich bereits.*«

C.K.: »*Sie haben mit Ihrem Bruder Niclas die Rollen getauscht?*«

N.P.: »*Ja, hin und wieder. Schon in der Grundschule machten wir aus Niels Niclas und aus Niclas Niels. Damals war es ein Spiel. Später wurde es interessanter. Schauen Sie die Buchstaben an. Es ging so einfach. Das e durch ein c ersetzen und ein a einfügen, schon war ich Niclas.*« (Gelangweiltes Fingertrommeln auf der Tischplatte und überlegene Miene)

C.K.: »*Warum?*«

N.P.: »*Ich denke, uns war danach.*« (Grinsen)

C.K.: »*Klar, verstehe ich. Ihnen war also danach. Wann zuletzt haben Sie getauscht?*«

N.P.: »*Keine Ahnung, ein paar Tage vor Silvester. Niclas war draußen und ich drinnen. Aber wir mussten noch einmal ungeplant zurücktauschen, weil der Gellert einen Termin mit Niclas für den 5. Januar angesetzt hatte. Und Gellert konnte uns als Einziger unterscheiden.*«

C.K.: »*Sieh an. Konnte er das? Der junge Mann also, der uns im Hause van Bargen am 5. Januar abends erzählte, dass Ragna sich einen Auftritt gegönnt und Steffen van Bargen als den Vater ihres Kindes benannt hatte, waren demzufolge Sie?*«

N.P.: »*Exakt.*« (Nachdrückliches Nicken)

C.K.: »*Gut, das glaube ich Ihnen sogar. Nur Ihre Begründung ist unlogisch. Ihr Bruder hatte Dr. Gellert bereits am 4. Januar abends niedergeschlagen und Alina gefangen genommen. Wozu für den Termin am 5. die Identitäten zurücktauschen? Gellert lag im Krankenhaus und hätte Ihren Betrug nicht aufdecken können. Außerdem ist Dr. Thal der Arzt Ihres Bruders.«*

N.P.: »*Wissen Sie* (beugt sich vor und imitiert den Gesichtsausdruck von C.K.), *ich kann mir Daten und Namen nicht gut merken. Was weiß ich, wann Gellert oder Thal den Termin angesetzt hatte. Kann sein, dass wir am 5. zurückgetauscht haben, oder auch nicht.«*

C.K.: »*Verfügen Sie ebenfalls über die faszinierende Fähigkeit, in Köpfe zu sehen?«*

N.P.: »*Sind Sie verrückt? Natürlich nicht.«*

C.K.: »*Haben Sie gestern Frau Dr. Silvia Rufius niedergeschlagen?«*
N.P.: »*No.«*

C.K.: »*Wussten Sie, dass Niclas der Vater von Ragnas Kind war?«*
N.P.: »*Yep.«* (Nicken und Grinsen)

C.K.: »Woher wussten Sie das?«

N.P.: »Hat mir wohl der Wind geflüstert. Oder Niclas selbst.«

C.K.: »*Wussten Sie, was Ihr Bruder trieb, wenn er sich außerhalb des Sanatoriums befand?«*

N.P.: »*Lassen Sie mich nachdenken.«* (Demonstratives Stirnrunzeln, Nasereiben) »*No. Ich glaube, nicht. Nein, das wusste ich nicht.«* (Entspanntes Grinsen und Beine übereinanderschlagen)

C.K.: »Genau das nehme ich Ihnen nicht ab. Wissen Sie, was ich denke? Sie haben zusammengearbeitet. Da Ihr Bruder seit Jahren in der Psychiatrie sitzt, ist eine Verurteilung zu einer Haftstrafe für ihn unwahrscheinlich. Wenn jetzt alles ihm angehängt wird, könnten Sie Ihre Haut retten.«

N.P.: »*Und wissen Sie, was ich denke?«* (Wieder komplette Spiegelung von C.K.s Mimik und Gestik) »*Sie haben nichts in der Hand und Ihre Hilflosigkeit weckt mein Mitgefühl.«*

C.K.: »*Herr Pinnelka, ich finde Sie weniger witzig als einfach nur ermüdend. Unsere Gerichtsmedizin wird eindeutig belegen, wer*

von Ihnen beiden was getan hat. Sie könnten sich überlegen, ob
Sie nicht selber zur Aufklärung beitragen, das würde Ihre Lage
verbessern. Wir haben einen derart beschissenen Tag hinter uns, da
kommt es nicht mehr darauf an. Wir sitzen zur Not bis übermorgen
hier mit Ihnen.«

N.P.: »*Frau Kollinger, es ist Ihr gutes Recht, mich unwitzig zu*
finden. Ich fand Sie von Anfang an nicht witzig. Was wissen Sie
schon? Mir ist das scheißegal, ob wir hier bis übermorgen oder bis
nächsten Monat sitzen. Sie haben mich gleichfalls ermüdet. Daher
werde ich jetzt nicht mehr sprechen.« (Arme verschränkt und
Beine übereinandergeschlagen)

Carmen überflog die restlichen Zeilen des Protokolls und
seufzte abermals.

Was für ein Superschlauberger. Sie hatten weitere Fragen
gestellt, aber Niels antwortete nicht mehr. Irgendwann hatten sie
aufgegeben und zu Hause war Carmen in einen komaähnlichen
Schlaf gesunken.

Sie kaute auf der Unterlippe, dann zog sie die drei
Bleistiftzeichnungen, die in Gellerts Luxuskarosse gefunden
worden waren, aus dem Papierchaos auf ihrem Schreibtisch.
Der Mufflon hatte sich viel Mühe dabei gegeben, die Seiten zu
restaurieren.

Carmen erinnerte sich, wie sie die Blätter schon einmal
im Auto sitzend vor dem Haus der Wellerslebens angeschaut
hatte. Da hatte sie die Abbildungen als Geburtstagstorten mit
Kerzen und Streuselgarnitur interpretiert. Mit den Hinweisen
von Linus lasen sich diese Zeichnungen anders. Tatsächlich,
im Zentrum der Bilder befand sich ein verschwommenes,
doppeltes Gesicht. Schraffiert angedeutet. In den Glasköpfen
drum herum herrschte wildes Leben. Carmen legte ihre Füße

auf den Schreibtisch, drehte die Zeichnungen nacheinander in alle Himmelsrichtungen und hielt sie gegen das Licht.

Phänomenal, diese Clara, dachte Carmen. Aus den verschiedenen Perspektiven ließ sich jede Darstellung anders deuten. Das könnte Ragna sein, mit Feuer in ihrem Glashirn und einem kleinen Strichmännchen im Arm. Das dort könnte Alina sein, ein Gesicht mit nur einem Auge über der Nase.

Die jeweils zwei abstrakten Zeichen, die den drei Bildern wie Initialen oder Wasserzeichen unterlegt waren, formten zusammen den Namen Walker.

Carmen kratzte sich am Haaransatz und betrachtete die herabrieselnden Haarschuppen auf ihrem schwarzen Wollpullover. Vieles ergab plötzlich Sinn: die Kunstfigur Walker, die an Ragnas E-Mail-Adresse Narzisse die sexistischen E-Mails geschrieben hatte. Immer dann, wenn Niclas außerhalb des Sanatoriums weilte und Internetcafés aufsuchen konnte. Was für eine Konstellation: Walker und Narzisse, zwei unwirkliche Persönlichkeiten, die miteinander im virtuellen Netz korrespondierten, jedoch in der Wirklichkeit ein Kind gezeugt hatten.

Ein Scheppern auf dem Flur unterbrach ihre Überlegungen. Sie lauschte und hörte kurz darauf ein Fluchen und die Stimme von Astrid.

»Scheißendreck, welcher Kaffeekochanalphabet hat denn zwei Packungen Kaffee in den neuen Automaten gefüllt? So eine Sauerei, die Soße läuft bis auf den Flur.«

Ein Türenklappen folgte diesem Ausbruch; dann wieder Astrids Stimme: »Prima, dass du kommst, Matthias, hol gleich einen Feudel!«

Carmen beschloss, toter Mann zu spielen, und versteckte ihren leeren Kaffeeplastikbecher unter einem Wust zerknüllter Unterlagen im Papierkorb.

Der letzte Gedanke arbeitete noch in ihrem Gehirn:

Walker, der Grenzgänger. Wie weit hatte Dr. Gellert diese Zusammenhänge ebenfalls erkannt?

Hoffentlich wacht der Heini bald auf. Dann rücke ich ihm auf die Pelle. Mit einer Hand schüttelte sie die Schuppen vom Pullover, während sie mit der anderen ihre Schreibtischschublade aufriss und nach etwas Essbarem, vorzugsweise aus Lakritz, suchte.

88

Für die erste Befragung heute Morgen hatte Carmen Uta Pinnelka einbestellt. Sie blickte auf die Uhr und erhob sich ächzend. Ihr Rücken schmerzte und sie ließ beide Arme kreisen. Sie ahnte, dass ihr diese Begegnung für den Rest des Tages die Petersilie verhageln würde. Bevor sie die Tür zum Flur öffnete, hörte sie die laute Stimme der Pinnelka, die Astrid oder Matthias anschrie.

»Sie haben meinen Sohn verletzt, der liegt im Krankenhaus mit schwerer Gehirnerschütterung. Ihre geisteskranke Hauptkommissarin hat ihm eine Vase über den Kopf gezogen. Hallo? Das geht gar nicht! Eines stelle ich klar: Nicht Sie werden mich verhören, sondern ich Sie! Nichts hat Niclas verbrochen, ich kenne ihn besser als jeder andere Mensch auf der Welt. Außerdem verklage ich sie wegen Einbruchs in mein Haus! Ein Disziplinarverfahren ist dieser Irren sicher! Ja, nun lassen Sie mich gefälligst los, ich bin ruhig, sehr ruhig.« Ihr Tonfall schraubte sich in dissonante Höhen und zeugte vom Gegenteil.

Prost Mahlzeit, Carmen. Na, denn mal los! Mit einem Ruck zog sie die Tür auf.

»Frau Pinnelka. Ja, Sie sind sehr ruhig, ich sehe es. Das wird unser Gespräch erleichtern. Bevor wir uns auf

Nebenkriegsschauplätzen verlieren und Sie sich später aufgrund erwiesener Tatsachen eine neue Strategie ausdenken müssen, lassen Sie mich kurz zusammenfassen, was wir bereits wissen.«

Sie drängte Uta Pinnelka auf einen Stuhl am Fenster, sodass das Sonnenlicht auf deren Gesicht fiel und Carmen jeden Muskel in ihrer Mimik zucken sehen konnte. So erkannte sie, dass ihr Gegenüber Luft holte, und kam ihm rechtzeitig zuvor. »Jetzt rede ich. Wir haben eine DNA-Probe vom Täter. Wir haben DNA von Niels, von Niclas und von zwei anderen Verdächtigen. Warten wir also ab, wer was getan hat. Fakt ist allerdings: Gestern Abend fanden wir Ihren Sohn, vermutlich Niclas, in dem Keller des Hauses von Steffen van Bargen mit einer betäubten Alina vor, die haargenau so hergerichtet war wie die tote und brutal verstümmelte Ragna Wellersleben.«

Uta Pinnelka spreizte mit goldberingten Fingern den Blusenkragen und lachte.

»Sehen Sie nicht, wie dilettantisch Sie sind?« Sie tippte sich an die Stirn. »Niclas! Sie wissen nicht zufällig, wo der wohnt?« Wieder brach sie in wieherndes Gelächter aus.

»Das wissen wir. Nicht nur zufällig. Außerdem haben wir die Aussage von Niels, dass die beiden Brüder immer wieder die Rollen tauschten. Also mal der eine, mal der andere im Sanatorium war.«

Uta Pinnelka lächelte und strich das schwarz gefärbte Haar aus der Stirn.

»Sie *wussten* das?«, fragte Carmen fassungslos. Das Lächeln auf Frau Pinnelkas Gesicht wurde breiter.

»Sie standen sich immer nahe, nur ich war jedem Einzelnen noch näher. In der Grundschule fingen sie mit dem Rollentauschen an. Ist doch witzig, oder?«

Sie bleckte ihre Jacketkronen und Carmen musste sich gewaltsam von der Betrachtung der Miene lösen, die so derartig unzureichend die dahinter wohnende Bösartigkeit verbarg.

»*Witzig?* Diesem *Spaß* zufolge hat ein Mädchen auf bestialische Weise ihr Leben verloren und ein anderes liegt bewusstlos im Krankenhaus!«

Carmen fühlte ihren Blutdruck steigen, sie hätte am liebsten dieser dämlichen, selbstgerechten Person mit ihrem Tacker die Schneidezähne ausgeschlagen.

»Wie können Sie das behaupten! Mein Sohn hat nichts getan, das alles ist ein Missverständnis. Nein, schlimmer! Es ist ein kolossaler Ermittlungsfehler! Ich werde auf eine offizielle Entschuldigung von höchster Stelle bestehen, und Ihnen lasse ich die Hölle heißmachen über meine Verbindungen zu Kriminalrat Schlesinger. Sie werden noch lange an mich denken.«

O ja. Das ganz bestimmt. Weißt nicht mal, dass Schlesinger Oberkriminalrat ist.

Carmen hatte sich gefangen und lächelte.

»Tun Sie, was Sie nicht lassen können. Wer war am Silvesterabend bei der Party bei van Bargens zugegen? Niels oder Niclas?«

»Niels.«

»Sie lügen! Niels selber hat ausgesagt, dass er kurz vor dem Jahreswechsel mit Niclas die Rollen getauscht hat. Silvester saß also Niclas bei Ihnen am Tisch. Und ich verwette mein komplettes Verdauungssystem, dass Sie das wussten. Außenstehende konnten Ihre Söhne vielleicht nur unterscheiden, wenn sie beide nebeneinander sahen, doch Sie als Mutter wussten zweitausendprozentig, wen Sie vor sich hatten.«

Carmen beobachtete den Kampf im Gesicht von Frau Pinnelka. Einerseits wollte sie gern bestätigen, dass sie ihre Söhne auseinanderhalten konnte, andererseits würde damit ihre Lüge amtlich werden.

»Sie haben seinerzeit ausgesagt, Niels wäre die ganze Zeit an diesem Abend anwesend gewesen?«

»Wenn ich das gesagt habe, wird es stimmen. Ich erinnere mich nicht mehr so genau. Es war Silvester, da trinkt man das ein oder andere Gläschen.«

»Ach was. Plötzlicher Gedächtnisschwund. Mal sehen, ob Ihre Tochter und Ihr Schwiegersohn ebenfalls unter spontan auftretenden Erinnerungslücken leiden.« Sie sah auf die Uhr. »Sofern die Herrschaften van Bargen pünktlich sind, treffen sie in fünf Minuten zur getrennten Befragung bei meinen Kollegen ein.«

Absichtlich dehnte sie das Schweigen, bevor sie erneut ansetzte. »Ist Herbert Pathen der Vater von Niels und Niclas?«

»Was geht Sie das an?«, schnappte Uta Pinnelka.

»Ich kriege es sowieso raus, also?«

»Herbert war früher ein Erfolg versprechender Psychologe. Ich war jung und brauchte das Geld.«

»Aha, aber dann heirateten Sie Herrn Pinnelka? Sie haben bei unserem ersten Kennenlernen erwähnt, dass Niclas nicht darüber hinweggekommen sei, dass sein Vater die Familie verlassen hat. Meinten Sie Pathen oder Pinnelka?«

»Das geht Sie nun wirklich nichts an und das werden Sie auch nicht herauskriegen.«

»O doch. Wetten? Ich lege mein komplettes Atmungssystem noch obendrauf. Überhaupt, mir fällt auf, dass Sie heute ohne juristische Kohorte erschienen sind. Ungewohnter Anblick, wieso das?«

In dem Versuch, verbindlich zu wirken, wandte Uta Pinnelka sich Carmen zu.

»Na schön. Herbert Pathen war eine Jugendsünde. Der war seinerzeit ein Star an der Universität. Als ich ihn verließ, ging es bergab mit ihm. Sie sehen ja, wie er heute dran ist.« Uta Pinnelka gönnte sich einen Moment in selektiver Vergangenheitsbetrachtung, bevor sie sich zu weiteren Erklärungen herabließ: »Nein, Niclas hat sehr an meinem späteren Mann gehangen, Werner Pinnelka.« Damit war das Thema für sie beendet und sie kam auf Carmens letzte Frage zurück. »Meine Anwälte? Von denen habe ich mich getrennt. Es gibt Gründe, mich an deren Kompetenz zweifeln zu lassen. Für das heutige alberne Geplänkel brauche ich keinen Rechtsbeistand.«

Ich könnte sie killen. Garantiert war es andersherum: Die Anwaltssozietät hatte sich von Frau Superschlau getrennt, weil die glaubte, über mehr Fachwissen als die Profis zu verfügen. Carmen hätte am liebsten laut losgelacht und verließ wortlos den Vernehmungsraum.

Es war sinnlos. Weder aus Niels noch aus seiner liebreizenden Mami würden sie im Moment etwas herausbekommen. Sie mussten das Ergebnis aus dem Labor abwarten.

89

Die Ermittler standen zusammen vor der Cafeteria. Carmen hatte aus Angst um ihren Blutdruck auf einen Kaffee verzichtet und sich einen grünen Tee aufgebrüht. Aus dem gerichtsmedizinischen Trakt schlenderte Astrid auf sie zu. Carmen überlegte, ob sie gern wieder Mitte zwanzig wäre, denn wie immer sah die junge Kollegin trotz Schlafmangels frisch aus. Astrid lächelte und reichte Carmen lässig eine Klarsichthülle.

»Die DNA-Ergebnisse. Plus Bericht von der Spusi. Ich weiß nicht, wie die Lottchens und der Mufflon das so schnell hinkriegen, aber das kann uns egal sein. Übrigens haben Melanie und Steffen van Bargen bei ihrer Befragung unabhängig voneinander das Alibi vom Silvesterabend für den jungen Pinnelka zurückgezogen. Sie sind nicht mehr sicher, dass er die ganze Zeit dabei war.«

Carmen nickte geistesabwesend, während sie murmelte: »Die Familie leidet an plötzlicher kollektiver Totalamnesie.« Sie und Matthias stürzten sich auf die Bögen aus dem Labor. Carmen war schneller.

»Eindeutig! Weitere Befragungen nur für das Protokoll und die Staatsanwaltschaft. Niclas Pinnelkas DNA aus dem Krankenhaus stimmt überein mit den Haaren aus der

Bürste, mit der DNA des Embryos, mit den Spuren an Ragnas Kleidung, Alinas Handtasche und mit denen aus dem Kellerverlies. Nebenbei hat die Spusi auch den Originaltatort entdeckt. Am Fuße eines Treppenhauses, das parallel zu dem liegt, in dem wir heruntergestiegen sind ...«, sie unterbrach sich und sah Matthias an, »... gibt es einen weiteren unterirdischen Trakt mit komplettem Operationssaal. Dort wurde Ragnas Straßenkleidung gefunden, die sie vor ihrer Aufbahrung in weißem Leinen trug. Operationsbesteck, Blutspuren, Haare – das volle Programm. O Gott! Schau dir die Fotos an!«

Matthias nahm die nächsten Seiten in die Hand.

»In der Doppelgarage hinter dem Gebäude der van Bargens hat der Mufflon einen Ford Transit sichergestellt. Darin standen eine Badewanne, ein Nachtschränkchen, das komplette gruselige Szenario. Inklusive Vase und frischer Rosen. Damit sollte Alina wohl zur finalen Aufbahrung zu dem Bauernhofgrundstück gefahren werden; schließlich hätte er die Leiche nicht im Haus behalten können.«

»Stimmt.« Astrid nickte. »Der Verwesungsprozess setzt sofort nach dem Erlöschen der Vitalfunktionen ein. Auch wenn es in dem Keller kühler als in einer Wohnung war, hätten sich das Cadaverin und Putrescin bald im ganzen Gebäude verbreitet.«

»Das was? Cada-wie?«, Carmen sah die Kollegin an.

»Cadaverin und Putrescin. Ersteres leitet sich aus dem lateinischen Substantiv cadaver ab, was so viel wie Leiche bedeutet. Putrescin kommt von putrescere, ein Verb, das mit faulen übersetzen wird. Dies sind die Duftingredienzien, die den typischen Verwesungsgestank ausmachen.«

»Was du dir alles merken kannst! Wie gesagt, mein großes Latinum ist im Hades versunken, außer an vino erinnere ich mich an keine Vokabel.«

»Ach, Carmen, da fällt mir ein: In Anknüpfung an unser Gespräch über nutzloses Wissen muss ich dir beichten, dass ich es doch nicht lassen konnte. Ich habe gegoogelt und werde nun niemals wieder vergessen können, dass Osteoglossiformes Knochenfische mit *Zungenbezahnung* sind.«

Carmen lachte. »Warum soll es dir besser gehen als mir? Gründlich, wie du bist, hast du sicher auch herausgefunden, was die Anatidaephobie ist?«

»Selbstverständlich. Es ist die Angst, irgendwie, irgendwo von einer Ente beobachtet zu werden.«

Im Büro von Matthias klingelte das Telefon und er sprintete den Flur entlang.

»Geht's noch? Ihr tickt ja nicht sauber!«, rief er über die Schulter zurück, aber der Satz ging im Gelächter seiner Kolleginnen unter. Als er zwei Minuten später zurückkehrte, hielten die beiden sich die Bäuche und Carmen wischte Lachtränen aus ihrem Gesicht.

»Wenn die Damen wieder ernst werden könnten? Es gibt Neuigkeiten. Das war Professor Hennsen aus der Uniklinik Eppendorf. Gellert hat sich dank seiner guten Allgemeinkondition zackiger erholt als gedacht. Wir können ihn heute Nachmittag befragen.«

»Was?« Die Mienen von Carmen und Astrid wurden innerhalb von Sekundenbruchteilen wieder professionell.

»Wieso erst am Nachmittag? Wenn der fertig ist mit knacken, dann könnten wir doch gleich? Also, ich hätte Zeit«, sagte Carmen.

Matthias schüttelte den Kopf. »Nein, heute Nachmittag.«

Das Klappern hochhackiger Absätze ließ sie alle drei in die Richtung der Eingangstür blicken.

»Sieh an, da kommt Frau Dr. Rufius. Prima. Mit der habe ich sowieso ein Hühnchen in Straußengröße zu rupfen.«

Carmen stieß sich mit dem Fuß von der Wand ab und ging auf die Ärztin zu.

90

In Carmens Büro strahlte die Januarsonne, als ob sie den Frühling vorwegnehmen und allen Schnee der letzten Tage vergessen machen wollte. Dort, wo vor einer halben Stunde Uta Pinnelka gesessen hatte, schien sie jetzt Silvia Rufius ins Gesicht und verbarg nicht die kleinste Regung.

Sie sieht zehn Jahre älter aus als bei unserem ersten Treffen vor ein paar Tagen, dachte Carmen und nickte ihrem Gegenüber zu. Sie spürte, dass die Ärztin mit etwas herauswollte.

»Ich weiß, ich weiß.« Silvia Rufius hob die Hände. »Ich habe unentschuldbare Fehler begangen. Ich habe Ihnen, um meinen Lebensgefährten Thomas Gellert zu schützen, eine fremde Haarbürste überreicht. Sie gehörte in Wirklichkeit Niels oder Niclas Pinnelka. Nach unseren Aufzeichnungen im Asservatenschrank hat Niels sie Niclas geschickt. Das sagt natürlich wenig darüber aus, wem von beiden die Haare zuzuordnen sind. Es ging den Herren nicht um die Bürste, sondern darum, den Hohlraum unter dem Borstenaufsatz als Transportmittel für Tabletten oder Drogen zu nutzen.« Sie befeuchtete ihre Lippen mit der Zunge und lockerte das Halstuch, bevor sie fortfuhr: »Weiterhin habe ich den Anschein erweckt, als ob Thomas Gellert am Morgen des 5. Januars in unserem Bett schlief, als ich das Haus verließ. Das war gelogen. Ehrlich gesagt habe ich keine Ahnung, wo er sich die ganze Nacht aufgehalten hat. Für alle diese Vergehen, die Sie mir zu Recht gleich als Ermittlungsbehinderung vorwerfen werden, werde ich geradestehen.«

Ohne mit einer Wimper zu zucken, hielt sie Carmens Blick stand. Als diese das Geständnis nicht kommentierte, hob Silvia Rufius die Hände, betrachtete einen Moment ihre manikürten Fingernägel und erklärte: »Gestern Abend wurde ich überfallen. Bevor ich ohnmächtig wurde, erkannte ich Niclas Pinnelka. Nicht nur an seiner Stimme. Auf dem Boden lagen Glasscherben und ein Metallring, wie von einer Lupe. Niclas hantierte gern mit Brenngläsern. Zwar sind diese wegen Verletzungsgefahr auf der geschlossenen Station untersagt, aber er kam immer wieder an eines heran.«

Carmen betrachtete die Ärztin und zum ersten Mal fielen ihr der graue Haaransatz und die Sorgenfalten um den Mund herum auf. Sie lehnte sich zurück und faltete die Hände.

»Was denken Sie? Warum hat Niclas Sie niedergeschlagen?«

»Niclas kann seine Impulse schwer kontrollieren, viel wichtiger ist jedoch folgende Facette seiner Haupterkrankung, der Schizophrenie: Er ist mit hoher Intelligenz und Intuition ausgestattet. Er ist das, was der Laie hypersensibel nennen würde. Und das in extremer Form. Natürlich kann er nicht wirklich in Köpfe sehen, aber er nimmt Schwingungen und Feinheiten wahr, die unsereins nicht bemerkt. Dazu kommt seine Gabe, Wichtiges und Unwichtiges absolut gleichrangig zu bewerten. Versuchen Sie das mal, nur einen Tag lang! Das alles zusammengenommen mag ihm Erkenntnisse geliefert haben, die wir mit rationalem Denken nicht nachvollziehen können. Vielleicht hat er mich beobachtet und gespürt, dass ich ihm allmählich auf die Schliche komme. Ich war auf dem Rückweg vom Asservatenschrank, hatte eben herausgefunden, wem die Haarbürste gehörte.«

Sie strich eine blonde Strähne aus dem Gesicht hinter das Ohr. »Genauso wahrscheinlich kann er einfach nur rausgewollt haben aus der Klinik, um sein Werk zu vollenden, dabei war ich ihm zufällig im Weg.«

Die Strähne rutschte ihr zurück ins Gesicht, aber Dr. Rufius schob sie nicht weg, was sie etwas unordentlicher und jünger wirken ließ.

»Nachdem ich wieder zu mir kam …«

»… haben Sie meinen Sohn Linus eingeschlossen, der Ihnen seine unkonventionelle Theorie präsentiert hatte.«

»Ich wusste nicht, dass er Ihr Sohn ist. Für mich klang alles, was er sagte …«

»… irre. Ich weiß. Zum Glück hat mein Kollege Matthias Zastrow ihn befreit, denn Linus hatte tatsächlich eine geniale Idee.«

»Nun gut. Ich habe damit, dass ich Linus eingeschlossen habe, zum dritten Mal Ihre Ermittlungen behindert, allerdings war es nicht fair, ihn bei mir einzuschleusen.«

Carmen nickte müde. »War nicht fair. Aber nur durch Linus' Kombinationsgabe sind wir darauf gekommen, wo der Täter Alina versteckt hielt, sodass wir sie retten und ihn festsetzen konnten. Es handelt sich um besagten Niclas Pinnelka. Wie Sie soeben erwähnten, ein Patient auf der geschlossenen Abteilung. Haben Sie eine Erklärung dafür, dass wir ihn mit der halb toten Alina in einem Kellergewölbe in der Elbchaussee antrafen?«

Die Ärztin nickte und zog eine Akte aus ihrer Umhängetasche.

»Niclas Pinnelka wurde als Jugendlicher von meinem Studienkollegen Dr. Herbert Pathen bei uns eingewiesen. Wir arbeiten eng zusammen. Viele Klienten werden von Herbert übermittelt. Aber Niclas' Fall war etwas Besonderes. Ich hatte es lange vergessen, bis ich vorhin die Akte las. Niclas wurde aufgenommen wegen akuter Selbstgefährdung. Tagelang kauerte er in Zimmerecken, schlug mit dem Kopf an die Wand und hörte stundenlang ein Kinderlied aus einer Spieluhr.«

»Weißt du, wie viel Sternlein stehen?«

»Kann sein. Ich habe mehrfach versucht, mit ihm zu reden, aber er riegelte sich komplett ab. Er hatte erkennbar ein gestörtes Verhältnis zu erwachsenen Frauen, daher übergab ich ihn an Herrn Dr. Thal und dieser fand Folgendes heraus.«

Silvia drehte die Akte um neunzig Grad, sodass Carmen mitlesen konnte. Die relevanten Stellen hatte Dr. Rufius mit einem Leuchtstift gekennzeichnet.

… Niclas litt heftig unter dem traumatischen Erlebnis, dass sein Stiefvater, Werner Pinnelka, Selbstmord beging. Dieser schien eine starke Identifikationsfigur für ihn gewesen zu sein. Er und sein Zwillingsbruder Niels entdeckten den Vater tot in der Badewanne. …

»Moment! Der Stiefvater hat Selbstmord begangen? Frau Pinnelka sprach lediglich davon, dass er vor Jahren die Familie verlassen hätte. Na ja, so kann man es natürlich auch ausdrücken«, murmelte Carmen und Dr. Rufius nickte.

»Ein typischer Euphemismus. Oft vorgebracht von Menschen, die sich unbewusst schuldig an einem Suizid fühlen.«

Sie lasen weiter:

… während Niels die Abnabelung von der Mutter zu gelingen schien, schlief Niclas nach wie vor bei ihr im Ehebett. Er fühlte sich durch die Mutter emotional erpresst und zu ihrem Ersatzmann hochstilisiert. Eine Rolle, die für keinen pubertierenden Jüngling gesund ist, aus der er jedoch nicht herausfand …

... die ältere Schwester Melanie berichtete von fast inzestuösen Verhältnissen. Sie behauptete weiterhin, dass Niclas begann, seine Mutter zu hassen. Er gab ihr die Schuld am Tod des Vaters ...

Carmen dachte mit Bedauern an die junge Frau, die sie vor wenigen Tagen befragt hatte, deren Konturen sich zu verflüssigen und im Teppich zu versickern schienen, die in ihrer eigenen Wohnung flüsterte.

... schließlich erfuhr ich in einem Gespräch mit Dr. Pathen, dass er – und nicht Werner Pinnelka – der biologische Vater von Niels und Niclas war. Dr. Pathen hat keinen Hehl daraus gemacht, dass er Niclas einweisen ließ, um ihn aus dem Einflussbereich der Mutter herauszuholen, die sich immer mehr an Niclas klammerte. Niclas versank zunehmend in schizoiden Parallelwelten. Er sprach davon, in Köpfe sehen zu können, und bemerkte mehrfach, dass die fremden Gedanken seine Handlungen steuern würden ...

Während die Ärztin die Akte zu sich drehte und einige Seiten umblätterte, sagte Carmen: »Wissen Sie, es erscheint mir ein bisschen einfach, dass immer die Mutter schuld sein soll, wenn ein lieber Junge sich zu einem Psychopathen entwickelt.«

»Ob Frau Pinnelka schuld war oder nicht, sei dahingestellt. Für Niclas in seiner Erlebniswelt war sie das. Dies mag Auslöser der Schizophrenie gewesen sein. Und schauen Sie in die einschlägige Literatur: Bei den meisten psychopathischen Serientätern konnten frühkindliche Traumata nachgewiesen werden. Im zarten Kindesalter sind nun einmal die eigenen Eltern prägend.«

Carmen nickte. »Stimmt.«

Frau Dr. Rufius hatte die Seite gefunden, nach der sie gesucht hatte. Auch hier waren einige Sätze mit einem Textmarker gekennzeichnet.

... die Zwillingsstudie wurde abgebrochen. Niels und Niclas täuschten unentwegt die Studienleiter. Niels gab sich als Niclas und Niclas als Niels aus.

Es bleibt festzustellen, dass dieses Verhalten die Teilnahme an einer seriösen Studie ebenso unmöglich machte wie die schwerer wiegende Tatsache, dass die notwendigen Merkmale von eineiigen Zwillingen nicht vorlagen. Genetische Tests belegten: Bei Niels und Niclas handelt es sich um sogenannte unechte Zwillinge, entstanden aus einer zweikernigen Eizelle ...

Silvia legte die Hände übereinander und presste ihre Lippen zu einer dünnen Linie zusammen.

»Ihr Sohn hatte recht mit seiner seltsamen Theorie.«

Carmen klappte die Akte zu.

»Ich weiß.« Sie sah die Ärztin an. »Mir geht das Trauma nicht aus dem Kopf. Niclas begann also, seine Mutter zu hassen. Uta Pinnelka ist sicher eine anstrengende Person, aber ist die Hemmschwelle nicht riesig, dass ein Sohn die eigene Mutter hasst?«

»Absolut. Nur, das ist Teil der Problematik. Weil Niclas es sich nicht zutraute, die wahre Konfrontation mit der Mutter aufzunehmen, hat er einen Stellvertretermord begangen. An Ragna. Einer Frau, die genau wie Alina ähnliche körperliche Merkmale wie die Mutter aufwies, oder eine vergleichbare psychische Konditionierung im Hinblick auf ihr dominantes oder selbstbewusstes Verhalten. Dies musste er nach seiner Logik auslöschen, um frei zu werden. Damit die Ersatzhandlung so nah wie möglich an seine Fantasie herankam, richtete er das Opfer analog der kindlichen Erinnerung her. Dabei können verschiedene Zeitebenen und Reminiszenzen durcheinandergeraten sein. Zum Beispiel die Spieluhr, das Lied, das Sie erwähnten. Womöglich hat es vor Jahren, als die Zwillinge klein waren, irgendein Ritual eingeläutet, das mit der Mutter zu tun hatte. Ebenso die Verkleidung, die Perücke. Suchen Sie, Frau Kollinger! Sie werden in der Vergangenheit eine Uta Pinnelka mit rotem Haar, starker Schminke und weißer Leinenkleidung finden.«

Habe ich schon, überlegte Carmen, als sie an die Fotos in der Wohnung von Uta Pinnelka dachte, besonders an das eine, wo diese mit Cousin Herbert in dem Ruderboot ihre Brüste anhob.

»Niclas folgt seiner sogenannten Maximalfantasie. Wenn kein Bild, das er inszeniert, der Originalerinnerung gleicht, wird er weitermachen.«

Dr. Rufius hielt inne, zog die Pumps aus und massierte den rechten Knöchel.

»Entschuldigung, Frau Kollinger, das war jetzt viel psychologische Theorie, aber ich hoffe, Sie verstehen, was ich sagen will: Niclas hatte ein starkes Motiv für seine Taten. Niels könnte ebenfalls gefährlich sein. Nicht einmal den Leitern der Zwillingsstudie ist es gelungen, die beiden auseinanderzuhalten.«

»Gelingt das überhaupt jemandem, ohne den beiden Tag für Tag Blut oder Hautschuppen für einen DNA-Abgleich abzunehmen?«

»Natürlich, obwohl sie viel Mühe aufwandten, zu einer Gestalt zu verschmelzen. Es ist leichter, wenn man beide nebeneinander sieht. Einzeln ist es unglaublich schwer. Aber die Mutter sowie enge Familienangehörige sind selbstverständlich dazu in der Lage. Uta Pinnelka wird unterscheiden können, welchem Kind sie seinerzeit welchen Namen gegeben hat. Wie Sie sehen, haben die zwei Brüder mich und mein Personal ganz schön an der Nase herumgeführt. Ich will nicht behaupten, dass sie so geschickt waren, dass wir es nicht hätten merken können, doch meine persönliche Einschätzung ist die, dass Niels und Niclas ...«

»Sich aus einem gemeinsamen Fundus an Lebenserinnerungen und kruden Glaubenssätzen bedienten.

Dass ihre Identitäten ineinander verschwammen. Gibt es psychologisch einen Punkt, in dem sie sich grundlegend unterscheiden?«, fragte Carmen.

»Den gibt es. Möglicherweise sind beide gleich stark traumatisiert von dem Verlust des Vaters und der folgenden Vereinnahmung durch die Mutter. Ihre Bewältigungsstrategien weichen jedoch voneinander ab. Niclas tötet. Niels nicht. Jedenfalls bisher noch nicht.«

Carmen ließ die Worte auf sich wirken und seufzte.

»Wissen Sie, was ich rätselhaft finde? Wir haben nachgewiesen, dass Niclas der Vater von Ragnas ungeborenem Kind ist. Sie sagten vorhin, dass Niclas ein gestörtes Verhältnis zu Frauen hatte. Wieso nicht zu Ragna? Warum hat sich dann später ausgerechnet Ragna zu seinem Hassobjekt entwickelt? Weil sie außer mit ihm, mit Steffen van Bargen und, pardon, Dr. Gellert in den vergangenen Wochen Geschlechtsverkehr hatte?«

Zu souverän, um private Malaisen mit diesem Fall zu vermischen, überging die Ärztin den letzten Satz.

»Darüber können wir letztendlich nur spekulieren, ich vermute, dass er nicht zu normaler Sexualität fähig war. Mit erwachsenen Frauen, die ihm übergeordnet waren, hatte er wiederkehrende Probleme.«

Dr. Rufius klopfte auf den Pappdeckel der Akte, riss eine Ecke ab, die sie in der Hand zerkrümelte.

»Ich habe heute Morgen viel über ihn gelesen. Seine Schwierigkeiten begannen in der Schule mit Lehrerinnen, es ging weiter mit Ärztinnen und Psychologinnen. Jede Frau, die sein Gefühl des Ausgeliefertseins reaktivierte, wirkte auf ihn bedrohlich. Ragna dagegen war gleichaltrig und alles andere als eine ausgereifte Persönlichkeit. Übrigens ist Ragnas Promiskuität keine Seltenheit bei dissoziativen Störungen.

Vielleicht hat sie Niclas gedemütigt und damit unbewusst einen vergessenen Reiz geweckt. Tja, viel Spekulation. Als gesichert gilt jedoch, dass Niclas mit den Taten an Ragna und Alina in all jenen scheußlichen Einzelheiten stellvertretend die übermächtige Mutter bekämpfen wollte. Da gibt es nach gängiger Lehrmeinung keinen Zweifel.«

Langes Schweigen breitete sich zwischen den beiden Frauen aus. Carmen war gegen ihren Willen von der Souveränität der Psychologin beeindruckt, stand auf und trat ans Fenster. »Was werden Sie jetzt tun, Frau Dr. Rufius?«

Die Ärztin wusste sofort, was Carmen meinte, und antwortete: »Ich werde eine Weile an die Nordsee fahren. Dr. Thal und Dr. Pérez werden solange die Klinik leiten. Vielleicht gebe ich das Sanatorium sogar ganz auf, widme mich stattdessen der Forschung. Das konnte ich schon immer besser. Im stillen Kämmerlein denken und Facharrtikel schreiben. Ich habe gerade eindrucksvoll unter Beweis gestellt, dass ich nicht sehr gut bin, mit gestörten Menschen in der Realität statt in abstrakter Theorie umzugehen.«

Sie zupfte an einer weiteren Ecke des Pappaktendeckels und fügte hinzu: »Im Januar ist das Klima an der Nordsee nicht besonders heimelig, aber das ist jetzt genau das Richtige für mich. Ich brauche jetzt raue Seeluft, um den Kopf freizubekommen.«

Sie lachte, erhob sich ebenfalls und trat neben die Kommissarin.

»Frau Kollinger, das alles habe ich erst soeben auf dem Weg hierher beschlossen. Glauben Sie nicht, dass unsereins aufgrund eines abgeschlossenen Psychologiestudiums professionell mit eigenen Defiziten umgehen kann. Ich vermag es jedenfalls nicht. Der kalte Ostwind auf Amrum wird einige Gespenster wegwehen.«

»Es hat nichts mit dem Fall zu tun und geht mich nichts an, aber meinen Sie damit Dr. Gellert?«

Eine Wolke verdeckte die Januarsonne, legte einen Schatten auf das Gesicht von Silvia Rufius. Dennoch erkannte Carmen einen hellen Funken in den Augen der Psychologin, als diese antwortete: »Ich denke, ich werde mich von ihm trennen. Privat und beruflich.«

»Wir haben soeben erfahren, dass er aus dem Koma aufgewacht sein soll.«

Silvia Rufius griff nach ihrem Mantel, lächelte, als sie sich zum Gehen wandte. »Schön. Das freut mich für ihn. Ich werde es seiner Schwester Susanne sagen. Sie kann sich um ihn kümmern. Sie hat ihm ja netterweise ihre Wohnung für seine amourösen Abenteuer zur Verfügung gestellt.« Sie zog die braunen Lederhandschuhe aus den Manteltaschen und schlüpfte hinein. »Bitte grüßen Sie Ihren Sohn Linus. Es tut mir leid, dass ich nicht gleich verstanden habe, was er von mir wollte, ich war durcheinander. Aber er ist wirklich etwas …«, ihr Lächeln wurde breiter, füllte den Raum, »… etwas ganz Besonderes. Passen Sie gut auf ihn auf.«

91

Zwei Tage später, Mittwoch, 9. Januar

»Ziemlich genau so wird es gewesen sein, das ist die Geschichte von den Pinnelka-Zwillingen, die mir Frau Dr. Rufius erzählt hat«, schloss Carmen ihren Bericht über den Fall, als sie Gregor und Linus jeweils eine Portion Vanillepudding mit Orangensoße hinstellte. Während sie unauffällig ein Haar aus einer Schale angelte, erklärte sie: »Ich habe gestern den halben Tag ausführlich diese Zwillingsphänomene recherchiert. Laut allerneuester Forschung soll die DNA selbst bei eineiigen Zwillingen nicht tausendprozentig identisch sein, sie kann sich durch Mutationen nach der Befruchtung verändern. Geringfügig. Die Tests werden erst entwickelt, sind aufwendig und teuer. Nur, auch wenn wir das gewusst hätten und diese Verfahren bereits für die Forensik nutzbar wären, wir wären nie draufgekommen: Es gab zu keinem Zeitpunkt einen dringenden Tatverdacht gegen die Zwillinge. Niels schied aus, weil seine DNA von der Zigarette nicht in Verbindung mit den Morden zu bringen war, und Niclas hatte, wie wir glaubten, ein bombensicheres Alibi in der geschlossenen Abteilung der Psychiatrie.«

Wie in alten Zeiten betrachteten alle drei einträchtig ihren warmen Vanillepudding in den Glasschalen und tippten mit den Zeigefingern die wackelnde Masse an, bevor sie zu den Löffeln griffen.

»Gestern haben wir mit Niclas Pinnelka gesprochen, aber nichts davon wird vor Gericht zu gebrauchen sein. Er hat sich vollkommen in seine Krankheit zurückgezogen. Über die Taten und Motive schweigt er.«

Mit einer Suppenkelle füllte Carmen großzügig orange Soße auf die Puddingportionen und Linus leckte sich die Lippen.

»Ist er noch im Krankenhaus? Ich hoffe, ihr lasst ihn gut bewachen, nicht dass er mit seinem Bruder tauscht und ihr den falschen einbuchtet.«

»Logisch! Übrigens habe ich gestern endlich mit Alina sprechen können. Sie bestätigte all das, was wir ahnten: Sie und Gellert hatten hin und wieder etwas miteinander. Sie trafen sich öfter außerhalb des Sanatoriums. So auch am 4. Januar. Sie waren in der Nähe der Bar Monserrate, als sie überfallen, Thomas Gellert niedergeschlagen und Alina verschleppt wurden. Alina sagte, sie hätte erst sehr spät im Kellerverlies begriffen, wer sie dort gefangen hielt. Ich finde ihre Idee brillant: Sie hat sich, obwohl sie sich ihrer eigenen Gedankenwelt nie sicher sein konnte, das Krankheitsprinzip des Gegners zunutze gemacht. Mit der originalgetreuen Nachstellung von Ragnas Leiche gelang es ihr, Niclas aus dem Konzept zu bringen: Er fiel aus der Realität in die Wirren der Vergangenheit, hielt sie zunächst tatsächlich für Ragna. Aber dann konnte er Alina schließlich überwältigen, mit einem Barbiturat betäuben und in die Badewanne legen. Es hat nicht mehr viel gefehlt. Zum Glück waren wir rechtzeitig dort, sodass er sein schreckliches Werk nicht vollenden konnte.«

Carmen häufte Gregor, Linus und sich selbst einen Nachschlag in die Dessertschalen.

»Es wird schwer werden, beide Brüder dranzukriegen«, bemerkte Gregor.

»Das stimmt, aber da vertraue ich auf Sören Lambecks Spurensicherung und auf eine in diesem besonders grässlichen Fall hochmotivierte Staatsanwaltschaft, die akribisch Indiz an Indiz reihen wird. Zwei Dinge lassen mich hoffnungsfroh in die Zukunft blicken: Der Haupttäter wird aufgrund seiner psychischen Erkrankung und der Schwere der begangenen Taten im Maßregelvollzug einer forensisch-psychiatrischen Klinik landen. Da kommt er so schnell nicht wieder heraus. Das andere ist, dass gestern Alinas Mutter bei ihr am Krankenhausbett gesessen hat. Hoffentlich haben diese versteinerten Eltern endlich begriffen, dass sie zwar eine Tochter auf tragische Weise verloren haben, die andere aber umso mehr Hilfe braucht.«

»Wie ist die Identifikationskarte von Thomas Gellert an den Fundort von Ragnas Leiche gekommen?«, fragte Linus, während er konzentriert drei Brustwirbel von Frau Beimer untersuchte, sie hin und her schob.

»Sie ist doch älter, als ich dachte«, murmelte er. »Fortgeschrittene Osteoporose.«

»Na, soweit ich weiß, tritt die erst nach den Wechseljahren auf. Das wird eurer Liebe wohl ein Ende setzen. Zu deiner Frage. Es gibt zwei Möglichkeiten: Entweder hatte Ragna die Karte dabei, weil Gellert sie ihr irgendwann mal gegeben hatte. Oder Niclas ist über die Börse in ihren Besitz gekommen und hat sie später in der Bauernhofruine extra fallen lassen, um Gellert zu belasten. Letzteres scheint mir die wahrscheinlichere Variante.«

»By the way, was ist mit dem Herrn Doktor?«

»Den haben wir befragt. Er behauptet, nicht gewusst zu haben, dass die Brüder die Identitäten tauschten. Er hat den Angreifer nicht gesehen, da ihn dieser von hinten attackierte. Ansonsten hat er zugegeben, dass er mit beiden Patientinnen ein Verhältnis hatte und an Ragna psychopharmazeutische

Therapien ausprobiert hat. Wenn er die Aussage nicht zurückzieht, wird ihn das seine Zulassung kosten. Und das ist auch richtig!«

»Du meinst, er wird die Aussage zurücknehmen?« Linus sah nicht hoch, er beschäftigte sich weiterhin intensiv mit den maroden Brustwirbeln der gleichmütig grinsenden Frau Beimer.

»O ja. Seine Anwälte werden darauf dringen. Nach dem Motto: ›Erklärung wurde kurz nach dem Erwachen aus dem Koma, daher nicht im Vollbesitz der geistigen Kräfte abgegeben.‹ Tja, da werden wir viele Indizien zusammentragen müssen. Aber wir haben zum Glück die Unterlagen aus Ragnas Patientenakte, die in Gellerts Auto gesichert wurden und die seine Experimente belegen. Zudem die Zeichnungen von Clara Warburg. Dass er diese kopiert und seiner privaten Akte über Ragna hinzugefügt hat, spricht dafür, dass er einige Zusammenhänge erkannt hat.«

»Habt ihr herausgefunden, wie Ragnas wirkliche Eltern umgekommen sind? War es ein Unfall oder Brandstiftung, wie Ragna meinte, sich zu erinnern?«, fragte Linus.

»Astrid hat den inzwischen pensionierten Reporter, der den Fall seinerzeit recherchiert hatte, Gerd Donhauser, noch einmal kontaktiert. Der ist sicher, dass es Brandstiftung von Christian Wellersleben war. Es gab eine Menge Ungereimtheiten, aber die Polizei konnte damals nichts beweisen. Die einzige Zeugin war zu jener Zeit ein Kleinkind und nun ist sie tot.«

Linus erhob sich und betrachtete seine Füße, die in verschiedenfarbigen Strümpfen steckten. Er wackelte mit den Zehen.

»Abgründe, wohin man schaut. Jeder in diesem Fall hat Dreck am Stecken. Die Wellerslebens, die Ragna mindestens um ihr Geld, wenn nicht um die ganze Kindheit betrogen haben. Die Rombachs, die ihre Tochter in Anstalten entsorgten, weil sie unfähig waren, den Verlust des jüngeren Kindes zu verwinden. Gellert, der seine Patientinnen verführte und mit verbotenen Medikamenten therapierte, um zu schnellen Erfolgen in seiner psychologischen Arbeit zu kommen. Die Rufius, die die Ermittlungen behinderte und der das Alibi von Gellert wichtiger als Alinas Leben war. Schließlich die Pinnelka, die ihre eigenen Kinder zu emotionalen Krüppeln machte. Wenn die verhindert hätte, dass Niclas sich immer wieder aus der Klinik schummeln konnte, dann könnte Ragna noch leben. Nein, ihr Lieben, ich werde bei der Medizin bleiben und nicht in die Psychologie wechseln. So eine Pissnelke könnte ich niemals neutral betrachten. Mama, dein Essen war oberlecker, ich geh jetzt zu Nathalie hinüber, wir müssen noch lernen.«

»Grüß sie und unbekannterweise auch den von seiner Frau gewaltsam getrennten Herrn Beimer mit dem herzförmigen Beckeneingang. Soll ich euch etwas Pudding einpacken?« Carmen betrachtete die noch zur Hälfte gefüllte Schüssel. Halb aufgestanden ließ sie sich auf den Stuhl zurückfallen, denn die Wohnungstür klappte bereits hinter Linus ins Schloss.

»Gregor, nun sitzen wir da und werden uns über uns selbst unterhalten müssen. Nein, halt, ich muss dir erst noch erzählen, dass ich selten in einem Kriminalfall einer derartigen Ballung von Egomanen und Heuchlern begegnet bin. Dass wir in unserem Beruf überproportional oft belogen werden, ist das eine. Aber hier haben sich so viele Gestörtheiten gegenseitig potenziert, dass es einem speiübel werden kann.«

»Ich verstehe, dass du den Fall belastend findest – all diese jungen Menschen, die früh im Leben von Erwachsenen missachtet wurden. Vielleicht hätte Niclas sich in einer gesünderen Familie anders entwickeln können. Deiner Gründlichkeit widerstrebt es, dass du bei dem Tatmotiv von Niclas auf Spekulationen von Psychologen angewiesen bist, weil er selber nicht mit dir spricht.«

Carmen legte den Esslöffel aus der Hand, in dem sie ihr Gesicht gespiegelt hatte.

»Das war eine lange Rede für deine Verhältnisse. Ich soll endlich die Klappe halten und mich auf uns konzentrieren, stimmt's?«

»Wenn du das schaffst?« Er stand auf, zog sie von dem Stuhl hoch.

»Ich glaube, ich schaffe es«, sagte Carmen mehrdeutig und löschte das Licht.

92

Donnerstag, 10. Januar

*Ich schreibe mit meinem Blut ein großes I an die Wand und ein M.
»Intrinsische Motivation.« Ich muss lachen. Wie diese
Psychologen sich in schwer übersetzbare Fachwörter kleiden und
doch nichts kapieren. Ich hasse es, wenn sie neben mir stehen, dabei
über mich in dritter Person fachsimpeln. Aber ich habe gelernt, in
jenen Momenten zu schweigen. Und ich kann ihr Kauderwelsch
übersetzen.*

Meine Motivation ist nicht intrinsisch. Fehler!

*Meine Motivation ist nicht sich selbst dienend. Es ist ein
größeres, ein hehres Ziel, das ich verfolge.*

*Ich will ihnen ins Gesicht spucken, sie über ihre Irrtümer
aufklären. Aber wie nutzlos wäre das.*

*Mein Universum ist nicht ihres, meine Ordnung viel
differenzierter organisiert als ihre. Ich finde mich zurecht in den
labyrinthartigen Windungen, die ihnen als konfuse Irrgärten
erscheinen. Ich kann in Köpfe sehen, denn sie sind aus Glas. Wie
könnten sie je mein hohes Niveau erreichen? Mir gelingt es ja auch
nicht, mich auf ihre niedere Ebene zu begeben.*

Das Bettlaken habe ich zerrissen, den Bezug ebenfalls. Sie sind so dumm, so ignorant. Sperren mich in diesem Krankenzimmer ein. Postieren eine arme Kreatur auf dem harten Plastikstuhl vor der Tür, die mich rund um die Uhr überwachen muss. Geben mir Tabletten, die mich sedieren sollen. Als wenn ich mich inzwischen nicht tausendmal besser mit dem Zeug auskennen würde als sie.

Die müde Krankenschwester vorhin hat nicht bemerkt, dass ich die roten Pillen ausgespuckt habe. Genauso wenig hat sie mitgekriegt, dass ich ihr das Fieberthermometer aus der Tasche gezogen habe. Die Quecksilberkugeln trudeln auf der Fensterbank, silbrig glänzen sie in der Januarsonne.

Das zersplitterte Glas des Thermometers hat meine Haut aufgeschnitten.

Wenn ich mich umblicke, könnte ich ihnen fast glauben, dass sie es mit mir mit einem Irren zu tun haben.

Um diesem Bild noch besser zu entsprechen, grimassiere ich und rolle mit den Augen.

Ein neuer Lachanfall schüttelt mich. Wie so oft in diesen Momenten allergrößter Heiterkeit überfällt mich ein Schluckauf. Ich halte meinen Kopf mit beiden Händen fest und sehe mich von außen: der weit offene, lachende Mund über dem weißen Krankenhaushemd in dem kalkweißen Krankenhauszimmer.

Wie ein Clown, dabei mochte ich die nie! Ich hatte immer Angst vor ihnen. Im Zirkus habe ich den Kopf in Papas Schoß verborgen, wenn diese schrecklich traurigen Gestalten auftraten.

Genauso habe ich die Fürstin in der Marionettenkiste gehasst. Das hölzerne, geschnitzte Gesicht mit der spitzen Nase und den stechenden Augen. Ihre Fäden habe ich mit Absicht verheddert, damit sie nicht mehr auftreten kann. Mama hat mich ausgelacht und die Spieluhr aufgezogen.

»Puppen!«, hat sie gerufen. »Du Kretin hast Angst vor Clowns und Puppen?« Dann hat sie mich gepackt. Im Verlaufe der nächsten

Minuten wollte ich regelmäßig ersticken unter ihrer schwitzenden Plastikhaut. Ich möchte nie wieder daran denken!

Meine gehobene Stimmung gerät ins Wanken. Ich versuche, mich auf das Gute zu konzentrieren:

Ragna ist tot, ihre Plastikbrüste wird ein gelangweilter Gerichtsmedizinmitarbeiter inzwischen in eine Mülltonne geworfen haben. Freude durchflutet mich wie eine warme Welle bei dieser Vorstellung.

Nur eines stört meine freundliche Stimmung nachhaltig:

Alina, wir werden uns noch einmal sehen müssen. Du Biest. Eines Tages. Ich kann warten.

Irgendwann werden meine Bewacher wieder alle unaufmerksam werden in der unendlichen Gleichgültigkeit dieser Welt. Dann finde ich den Weg hier heraus. Dann komme ich und erlöse dich. Dich oder eine andere arme Plastikfrau.

Erinnern Sie sich, dass ich Sie am Anfang fragte, ob Sie schon einmal in einen Abgrund hineingesehen haben? Sie haben meine Warnung ignoriert und sind mir tatsächlich bis zu diesem Punkt gefolgt.

Versteht es endlich! Ich habe keine Wahl. So wenig, wie ich mir meine Geburt ausgesucht habe.

Nein, ich glaube an den Determinismus: Ich führe eine vor Millionen von Jahren in Gang gesetzte Ereigniskette weiter. Ich werde wieder und wieder herabsteigen müssen in meinen Keller. Niemand wird mich oder die Welt vor meinem zweiten Ich schützen können.

Danksagung

(und ein paar Worte aus dem Krimi-Nähkästchen)

Alles begann vor Jahren mit einer vagen Idee. Ich las auf einem Flug nach Kreta in einer Boulevardzeitung von einem Täter in den USA, der seine Ex-Freundin umgebracht hatte. Damit man ihm nicht auf die Schliche käme, hatte er dem Opfer die typischen Identifizierungsmerkmale wie Zähne und Fingerkuppen entfernt und die Leiche in einem Wald abgelegt. Ihre Identität konnte nicht ermittelt werden. Jedoch hatte der Täter bei seiner akribischen Planung Entscheidendes übersehen: Die Frau hatte sich einst die Brüste vergrößern lassen. Über die Chargennummer der Silikonimplantate kam die Rechtsmedizin auf den Namen des Opfers – woraufhin es ein Kinderspiel für die Polizei war, ihren Ex-Freund als (Beziehungs-)Täter zu entlarven.

Die Geschichte in »VERIRRT« ist natürlich eine vollkommen andere, aber irgendein Nerv ist durch den Artikel damals in meinem Kopf in Schwingung geraten und ich hatte die Idee zu einem Krimi. Wie von allein gesellten sich daraufhin Carmen, Linus, Silvia und Alina zu mir. Übrigens, anfangs war geplant, dass Alina die zweite Leiche in diesem Buch werden würde. Nur wurde sie im Verlauf der Handlung immer stärker (ich gönne es ihr von Herzen!), sie hatte dann den Geistesblitz mit ihrer Scharade, und da war der Punkt gekommen, an dem ich sie nicht mehr umbringen konnte.

Mit dem fertigen Manuskript hatte ich das Glück, von der Literaturagentur Keil & Keil in Hamburg unter Vertrag genommen zu werden. Danke euch, vor allem meiner Agentin Sabine Langohr, die vom ersten Moment an »VERIRRT« geglaubt und es bei Amazon Publishing platziert hat. Dort möchte ich zuallererst Senior Editor Fabian Knecht danken, der mich ebenfalls in unglaublich freundlicher und professioneller Weise mit seinem Team auf meinem Weg begleitet hat. Dank an Kanut Kirches in Köln für das einfühlsame Entwicklungslektorat, an Diana Schaumlöffel, die im Stil- und Feinlektorat manch wirren Gedanken meiner Figuren geglättet hat, und an Manuela Tiller im Korrektorat. Großartig auch Brian Barth, der das Cover mit der gruseligen Haarsträhne gestaltete.

Ein großes Lob gebührt meinen engagierten Testlesern, die allesamt ganz unterschiedliche Expertisen beisteuerten. Es war immer entspannter, eure lobenden Worte auszuhalten als eure Kritik, aber hauptsächlich an der konstruktiven Kritik ist das Manuskript gewachsen.

Danke also Katrin, Moni, Michael, Nicky, Jutta, Heidrun, Frauke und last, but not least Bernd im fernen Adelaide. Ihr wart super!

Viele gute Geister, die an der Entstehung des Buches beteiligt waren, kenne ich nicht namentlich.

Und natürlich kenne ich auch euch nicht, meine Leserinnen und Leser. Wir alle haben uns auf eine Reise begeben. Danke, dass ihr dabei seid. Mir hat die Reise Spaß gemacht und ich hoffe, euch ebenfalls.

Nika Michaelis

Zeitfracht Medien GmbH
Ferdinand-Jühlke-Straße 7
99095 Erfurt, Deutschland
produktsicherheit@kolibri360.de

Druck:
CPI Druckdienstleistungen GmbH
im Auftrag der
Zeitfracht Medien GmbH
Ein Unternehmen der Zeitfracht - Gruppe
Ferdinand-Jühlke-Str. 7
99095 Erfurt